먼저 먹이라

먼저 먹이라

마더 테레사, 무너진 세상을 걸어간 성녀

마더 테레사 말과 글 브라이언 콜로제이축 신부 엮음 오숙은 옮김

학고재

A CALL TO MERCY
: HEARTS TO LOVE, HANDS TO SERVE

Published by arrangement with Folio Literary Management, LLC and Danny Hong Agency.

가난한 자들 중에서도 가장 가난한 자들을 위하여.

환영받지 못하고 사랑받지 못하고

거절당하고 잊힌 사람들이라도

마더 테레사와 그분의 영향을 받은 이들이 보여준

온유하고 자비로운 사랑을 통해서

자신이 하느님에게 소중한 존재임을

확인할 수 있기를.

올여름은 유난히 더웠습니다. 에어컨이 없는 방에서 선풍기를 켜놓고 출판사가 보내준 꽤 많은 분량의 원고를 읽다가 "이 도시의 많은 사람들이 보도에서 죽어가는데 제가 어떻게 선풍기 아래서 잘 수 있겠습니까"라며 선풍기 사용조차 꺼린 마더 테레사를 생각하곤 했습니다. 곳곳에 "목마르다"는 말을 적어놓고, 항상 목마름에 대해 말씀하시며 이 시대의 목마른 이들에게 구원과 사랑의 물을 마시게 했던 마더 테레사.

마더 테레사의 주옥같은 말씀들을 읽다 눈길이 멈추는 구절들을 따로 적어보기도 했지요.

'불친절로 기적을 만드는 것보다 친절로 실수를 저지르는 편이 더 좋습니다'

'여러분이 거룩해지기로 결심했다면 각각의 굴욕을 기회로 잡으십시오'

'용서하기 위해서는 많은 사랑이 필요하지만, 용서를 구하기 위해서는 훨씬 더 많은 겸손이 필요합니다'

'먼저 미안하다고 말하는 사람이 되십시오'

뜻깊은 자비의 해에 시성되시는 마더 테레사! 존재 자체로 시대를 밝히는 등불이 되고 자비의 어머니가 되신 마더 테레사의 인간적, 영성적 모습을 잘 보여주는 책이 여기 있습니다. 마더 테레사의 말씀Her Words을 들려주고, 실천적인 애덕과 봉사의 삶Her Example을 소개하며 그가 즐겨 바치던 기도Prayer를 알려주고 우리 스스로 성찰Reflection하게 인도해주는 친절하고 따뜻한 책! 구성과 편집에도 정성을 가득 들인 책! 마더 테레사의 시성을 축하하고 존경하는 마음으로 우리 함께 이 책을 읽읍시다. '하나님 사랑의 전달자, 사랑의 협력자'로 우리를 초대하는 마더 테레사처럼 깊은 신앙과 사랑의 열망을 지닙시다. 그리고 어느 상황에서든 도움이 필요한 사람에겐 "먼저 먹이라"고 손 내미는 마더 테레사를 닮은 일상의 성인이 됩시다.

1994년 12월 인도 캘커타에서 마더 테레사를 만나고 온 이후 저는 더욱 관심을 갖고 이분에 대한 책을 읽고 영화도 보고 더러는 번역하는 일에도 참여하고 어느 방송국에서 마더 테레사를 소개하는 다큐멘터리에 내레이션도 맡아서 했습니다.

1997년 9월 5일 마더 테레사가 선종하신 후 제가 쓴 추모시도 다시 꺼내 읽어보니 그분의 깊고 푸른 눈과 힘찬 목소리가 그립습니다. 그분에게 오늘도 이렇게 고백하고 싶습니다.

메마른 세상 곳곳
사랑의 샘을 만들고
인종과 이념의 벽을 넘어
누구에게나 평화의 어머니가 되셨던
마더 테레사

겸손과 신뢰가 출렁이던
당신의 푸른 눈을 들여다보고
오래된 나무처럼 투박했던 당신의 두 손 잡고
이기심과 욕심을 부끄러워하며
맑고 순한 기쁨만 가슴에 가득한
만남의 순간들을 항상 기억하렵니다.

서로 사랑하라는 당신의 그 마지막 말씀을
다시 삶의 지표로 세우고
끝까지 가야 할 사랑의 길을
우리도 기쁘게 달려가겠습니다.

이해인 수녀

자비의 특별 희년을 선포하신다는 교황 성하의 뜻은 뜻밖이면서도 환영할 만한 일이었습니다. 프란치스코 교황께서는 자비의 특별 희년 선포칙서인 『자비의 얼굴Misericordiae Vultus』에서는 물론이요, 이 주제와 관련된 수많은 말씀들을 통해서, 하느님께서 늘 저희에게 간절히 주고자 하시는 선물인 "자비의 신비"[1] 속으로 더 깊이 들어가자고 권유하십니다. 아울러 이 선물을 다른 이들에게 전해야 하는 저희의 임무를 일깨우고자 하십니다. 교황 성하께서 보여주시는 예수님은 "하느님 아버지의 자비로운 얼굴"이요, 실제로 하느님 아버지의 둘도 없는 자비의 표현입니다.

교황 성하께서는 자비의 희년에 마더 테레사의 시성식을 올리기를 바라십니다. 이 기쁜 일이 기회가 되어 하느님 사랑의 "전달자"가 모름지기 어떠해야 하는지를 보여주는 본보기로 마더 테레사를 떠올리는 많은 이들이, 그분의 실천과 하느님의 온유하고 자비로우신 사랑의 메시지에 다시 한 번 관심을 가지게 될 것입니다. '자비의 소명'이란 정확히 그것을 실천하려는 시도입니다.

무릇 모든 성인들이 "자비의 성인"이라 불릴 만하지만, 그럼에도 하느님의 뜻이 이 특별한 시기에 마더 테레사를 시성되게 하신 이유가 무엇일까요? 이 "온유하고 자비로운 사랑의 성인"이 자비라는 주제 아래 전 세계의 교회에, 그리고 교회를 넘어 온 세상에 전했던 메시지는 곧 교황 성하의 가르침과 실천에서 거듭 반복되는 사상입니다. 교황 성하께서 "외롭고 그늘진 곳"에 있는 이들에게 기울이시는 특별한 관심과 사랑, 그리고 마더 테레사가 가난한 이들 중에서도 가장 가난한 이들을 섬기는 일을 우선 택하신 일, 이 두 가지 사이에는 특별한 울림이 존재합니다. 온유함과 연민은 자선의 가장 두드러진 특징인바, 마더 테레사는 예수님께서 자신에게 가난한 자들 중에서도 가장 가난한 자들에게 이런 자선을 "전달"하기—알리고 경험하기—를 바라신다고 여기셨습니다. 그 예로, 마더 테레사는 신도들에게 "가난한 이들에게 온유함으로 다가가고, 세심하고 이타적인 사랑으로 그들을 섬기라"고 말씀하셨습니다. 이것이 "저희들 한 사람 한 사람을 자비와 연민으로 온유하게 사랑"하시는 예수님의 사랑을 "전달"하는 일임을, 마더 테레사는 확신해 마지않았습니다.

교황 성하께서 『자비의 얼굴』에서 저희에게 "자비의 육체적 실천을 다시 한 번 살펴보"고 "자비의 영적 실천 역시 잊지" 않도록[2] 하라고 권유하신 바에 걸맞게, 마더 테레사의 시성식은 자비로운 사랑에 대한 그분의 가르침과, 아울러 일상에서 그 가르침을 실천으로 옮기신 그분의 행적까지 모두 보여줄 적절한 행사입니다.

흔히 "행동은 말보다 더 큰 소리를 낸다"고들 합니다. 이 책은 무엇보다 마더 테레사의 행동에 관한 책입니다. 마더 테레사는 당신 자신의 말씀을 통해, 그리고 목격자들의 눈을 통해 하느님의 온유하고 자비로운 사랑의 성상으로서, 특히 가난한 이들 중에서도 가장 가난한 이들에 대한 하느님의 자비를 보여주는 오늘날의 거울로 나타나십니다.

모쪼록 이 책에서 드러난 바와 같이 이 "자비의 성인"이 보여준 본보기가, 우리로 하여금 온유하고 자비로운 사랑의 하느님과 더욱 깊은 관계를 맺도록 격려하고, 이 사랑을 우리의 형제자매에게로, 특히 가장 궁핍한 사람들, 물질적으로든 정신적으로든 가난한 자들 중에서도 가장 가난한 자들에게로 확장해나가는 데 힘이 되었으면 하는 것이 저의 바람입니다.

마더 테레사 시성 청원자
사랑의 선교회 사제 브라이언 콜로제이축

여러 성인들의 삶에서와 마찬가지로, 우리는 마더 테레사의 삶에서 역시 살아 움직이는 신학을 목격합니다. 마더 테레사가 남기신 말이나 글에서 자비의 의미를 공들여 설명하는 구절은 찾아볼 수 없습니다. 그러나 그분이 다른 이들을 섬기며 개인적으로 자비를 경험하시고 또 실천하셨기에, 우리에겐 자비와 연민의 영성에 대한 풍부한 유산이 있습니다. 마더 테레사와 그분의 정신을 따르는 모든 이들이 실천했던 매우 구체적이고 수많은 자비의 행적에는 세상 역시 관심을 기울였습니다.

흥미롭게도, '자비'는 마더 테레사가 말이나 글에서 자주 사용하신 단어는 아니었습니다. 그럼에도 마더 테레사는 스스로를 하느님의 자비를 끊임없이 필요로 하는 사람으로 여기셨습니다. 이는 그분이 무엇보다 하느님의 사랑과 권능, 연민에 온전히 의존하는 나약하고 죄 많은 인간이라는 의미이기도 했습니다. 실제로 예수님께서는 마더 테레사에게 '사랑의 선교회Missionaries of Charity'를 세우라고 하시면서 말씀하셨습니다. "너는 내가 아는 사람 중에 가장 능력 없고 미약하고 죄가 많으나, 바로 그렇기 때문에 나의 영광을 위해 너를 쓰고 싶은 것이다!" 이것은 마더 테레사의 마음속 깊이 뿌리내린 실존적 경험이었기에, 그분의 얼굴에서나 다른 이들을 대하는 태도에서 고스란히 드러났습니다. 마더 테레사는 다른 이들 역시 당신과 마찬가지로 하느님의 사랑과 연민, 하느님의 보살핌과 온화함을 필요로 한다고 여기셨습니다. 그분은 다른 모든 인간들을 쉽게 당신과 동일시하고 "나의 자매 나의 형제"라 부르셨습니다. 하느님 앞에서 "궁핍한" 존재였던 자신의 경험이 있었기에 그분은 스스로를 그 가난한 자들 중 하나라 여기게 되었습니다.

프란치스코 교황께서는 '자비mercy'에 해당하는 라틴어 misericordia의 어원학적 의미를 이렇게 설명하십니다. "miseris cor dare, 즉 '궁핍한 자, 고통받는 자, 불쌍한 자에게 마음을 준다'는 뜻입니다. 예수께서 행하신 바로 그 일 말입니다. 예수께서는 인간의 비참함에 대해 당신의 마음을 여셨습니다."[1]

이와 같이, 자비는 내면적인 것과 외면적인 것 모두를 포함합니다. 첫째는 마음의 내면적 움직임—연민의 감정—이요, 둘째는 마더 테레사가 즐겨 말씀하신 것처럼, "실제 우리의 행동 하나하나에 사랑을 담는 것"입니다.

프란치스코 교황께서는 『자비의 얼굴』에서 자비란 "인생길에서 만나는 형제자매를 진실한 눈으로 바라보는 모든 이들의 마음속에 자리잡는 근본 법칙"[2]이라고 말씀하십니다. 그리고 다가오는 희년부터는 "넘치는 자비 가운데 우리가 모든 이들에게 다가가 하느님의 선하심과 온유하심을 가져다주"[3]기를 소망한다고 하십니다.

그런 생각에 담긴 속뜻은 우리의 태도가 "위에서 아래로" 향하는 것이 아니라, 다시 말해 우리가 우리 자신을 섬기는 대상보다 우월하다고 생각하는 것이 아니라, 우리가 누구인지 스스로 깨달아야 한다는 것입니다. 즉 우리는 가난한 이들 가운데 하나이며, 어떤 점에서는 그들과 다르지 않고, 어떤 점에서는 똑같은 상황에 처한 존재라는 것입니다. 이 깨달음은 반드시 마음에서 우러나와야 하는데, 왜냐하면 이해라는 것은 바로 우리 자신의 문제이기 때문입니다. 마더 테레사는 이 원칙을 보여주는 훌륭한 예입니다.

에메리투스 베네딕트Emeritus Benedict 교황께서는 『하느님은 사랑이십니다 Deus Caritas Est』에서 이런 태도의 근원을 지적하고 계십니다. "그리스도와 만나 커가는 사랑, 인간에 대한 사랑을 드러내 보여주지 않는다면 실천적 활동만으로는 언제나 부족합니다."[4] 실제로 마더 테레사가 안전한 수녀원의 일상을 떠나 새로운 선교를 시작하시게 된 것도 그리스도와의 만남 때문이었습니다. 예수님은 가난한 이들 중에서도 가장 가난한 이들에 대한 당신의 사랑과 연민이 되라고, 당신의 "자비의 얼굴"이 되라고 마더 테레사를 부르셨습니다. 마더 테레사는 말씀하셨습니다. "저는 모든 것을 버리고 그분을 따라 빈민가로 들어가, 가난한 이들 중에서도 가장 가난한 이들 속에서 그분을 섬기라는 부르심을 들었습니다…… 저는 그것이 주님의 뜻이며, 제가 주님을 따라야 한다는 것을 알았습니다. 그것이 주님의 일이 되리라는 데는 의심의 여지가 없었습니다." 베네딕트 교황께서는 계속해서 말씀하십니다. "다른 이들의 요구와 고통에 몸소 깊이 동참하는 것은 나 자신을 그들과 함께 나누는 것입니다. 나의 선물이 그들에게 굴욕이 되지 않게 하려면, 내가 가진 것뿐만 아니라 나 자신까지도 주어야 합니다. 내가 주는 선물 안에 나 자신이 있어야 합니다."[5]

마더 테레사는 이 주는 행동을 단적으로 보여주고 계십니다.

마더 테레사의 직속 후계자인 니르말라Nirmala 수녀는 이렇게 말한 바 있습니다. "수녀님의 마음은 하느님의 마음처럼 컸고, 사랑과 친근함, 동정, 자비로 가득했습니다. 모든 민족, 모든 문화, 모든 종교의 부자와 가난한 사람, 청년과 노인, 강한 사람과 약한 사람, 배운 사람과 무지한 사람, 성자와 죄인을 가릴 것 없이 수녀님의 마음에서 사랑 어린 환대를 발견했던 이유는 수녀님이 그들 한 사람 한 사람에게서 그분의 연인—예수님—의 얼굴을 보았기 때문입니다."

그러므로 마더 테레사의 시성은 이 자비의 희년에 가장 어울리는 일이 아닐 수 없습니다. 그분이야말로 프란치스코 교황의 '교회로의 초대'를 수락한다는 것이 어떤 의미인지, 다시 말해 "가난한 이들이 누구보다 하느님의 자비를 더 특별하게 누리는 복음의 핵심을 더욱 깊이 이해"[6]한다는 것이 어떤 의미인지, 몸소 보여주셨기 때문입니다. 가난한 이들은 마더 테레사를 만나면서 실제로 하느님의 자비를 만나는 기회를 누렸습니다. 그들은 그들을 사랑해주고, 돌봐주고, 그들의 고통과 괴로움을 연민의 마음으로 이해해주는 능력을 가진 한 사람을 만났습니다. 가난한 이들과, 그분을 만났던 모든 이들은 마더 테레사의 주름진 얼굴에서 우리를 사랑하시는 하느님 아버지의 온유하고 연민 어린 얼굴을 "보는" 기회를 누렸습니다. 그들은 마더 테레사가 그들을 이해한다는 것, 그분 역시 그들과 하나라는 것을 알고 있었습니다. 1948년 12월 21일—마더 테레사가 극빈자들에게로 가는 여정을 시작하기 위해 처음으로 캘커타[7]의 빈민가에 갔던 날—그분의 일기에는 이렇게 쓰여 있습니다.

> 아가무딘 가街에서 심한 종기가 난 많은 어린이들과 함께 있었다. 한 늙은 여인이 나에게 아주 가까이 다가왔다. "수녀님, 큰수녀님이 우리 중 한 사람이 되셨군요. 우리를 위해서. 정말 멋진 일이에요. 대단한 희생입니다." 나는 그녀에게 그들 중 한 사람이 되어 무척 기쁘다고 말했다. 그리고 실제로 기뻤다. 그들 중 고통을 겪는 몇몇 이들의 슬픈 얼굴을 마주 보자 그 얼굴들이 기쁨으로 환해졌다. 수녀님이 오셨기 때문이라고 했다. 그래, 어쨌거나 이 일은 가치 있는 일이다.[8]

복음에서도 밝히고 있지만, 자비의 구체적인 표현이란 자비의 육체적인 실천과 영적인 실천을 가리킵니다. 프란치스코 교황께서는 『자비의 얼굴』에서 이렇게 말씀하고 계십니다.

> 예수님께서는 자비의 이러한 실천을 우리에게 가르쳐주시어 우리가 그

> 분의 제자로 살아가고 있는지를 알 수 있게 해주십니다. 자비의 육체적 실천에 대해 다시 한 번 살펴봅시다. 곧 배고픈 이들에게 먹을 것을 주고, 목마른 이들에게 마실 것을 주며, 헐벗은 이들에게 입을 것을 주고, 나그네들을 따뜻이 맞아주며, 병든 이들을 돌보아주고, 감옥에 있는 이들을 찾아주며, 죽은 이들을 묻어주는 것입니다. 또한 자비의 영적 실천 역시 잊어서는 안 됩니다. 곧 의심하는 이들에게 조언하고, 모르는 이들에게 가르쳐주며, 죄인들에게 충고해주고, 상처받은 이들을 위로하며, 우리를 모욕한 자들을 용서해주고, 우리를 괴롭히는 자들을 인내로 견디며, 산 자와 죽은 자들을 위해 하느님께 기도해야 합니다.[9]

이 책 『먼저 먹이라』는 "이 희년에 그리스도인들이 자비의 육체적·영적 실천에 대해 깊이 생각해보기를 간절히 바라"[10]시는 교황 성하의 말씀에 응답하여, 마더 테레사의 자비에 대한 가르침과 자비의 실천 활동을 보여드리고자 합니다. 바람이 있다면, 마더 테레사가 보여주신 본보기가 교황 성하의 말씀처럼 "가난이라는 비참함에 무뎌진 우리의 양심을 다시 일깨워"[11]주었으면 하는 것입니다. 마더 테레사는 가난한 이들과 하찮은 사람들을 보살피는 일에 생애의 거의 오십 년을 바치셨습니다. 놀랍게도 마더 테레사는 오십 년에 가까운 그 세월 동안, 겉으로 보기에는 하느님께서 원하지 않으시고 사랑하지 않으시는 듯한 당신 자신의 경험을 통해, 그분이 섬기는 가난한 이들과 완전히 똑같아지셨습니다. 마더 테레사는 이 고통스러운 내면의 "어둠"을 통해, 신비로운 방식으로, "환영받지 못하고, 사랑받지 못하고, 보살핌받지 못하는" 이들의 크나큰 빈곤을 맛보셨습니다. 이러한 경험을 통해 그분은 당신이 보살피는 가난한 이들이 당신 자신과 다를 것이 없음을 이해하셨습니다. "환영받지 못하고, 사랑받지 못하고, 내 사람이라고 나서는 이 없이 거리에 남겨진 내 가난한 이들의 물리적 상황—[그것은] 나 자신의 영적인 삶과 예수님을 향한 내 사랑을 보여주는 참된 그림이지만, 그렇다고 이 끔찍한 고통 때문에 그것이 달라지기를 바란 적은 한 번도 없습니다."

이 책은 마더 테레사가 자비와 자비의 활동을 어떻게 이해하시는지를 보여주는 그분의 생각과 글 가운데 일부를 싣고 있습니다. 그만큼 중요한 것으로, 마더 테레사께서 자비의 육체적·영적 활동을 어떻게 실천하셨는지 설명해주는 증언들을 추린 글이 있습니다. 이런 일화들은 가장 가까운 사람들의 눈에 비친 마더 테레사의 모습을 보여주고 있습니다. 이는 곧 자비의 얼굴이기도 할 것입니다.

이 책이 나오기까지, 그리고 구성에 관해

마더 테레사를 "온유하고 자비로운 사랑의 성상"으로 제시하려는 생각이 처음으로 떠올랐을 때, 가장 적절한 접근은 "행동하는" 그분을 보여주는 게 아닐까 싶었습니다. 따라서 처음부터 마더 테레사를 그저 스승으로서가 아니라 하나의 본보기로서 그려 보일 필요가 있었습니다. 마더 테레사의 말씀은 독특한 단순함과 깊이가 특징이므로, 마땅히 이에 중점을 두는 동시에, 당신의 가르침을 그대로 실천해 보인 그분의 일관성을 드러내는 것 또한 중요하게 여겼습니다. 마더 테레사의 가르침에 담긴 진실성은 그분 생활의 진실성에 의해 전면에 드러납니다. 따라서 그분의 가르침은 기도와 명상의 주제가 되는 동시에 행동의 추진력, 모방의 자극이 될 수도 있는 지혜의 말씀입니다.

『먼저 먹이라』는 마더 테레사의 일상생활, "비범한 사랑으로 평범한 것들을" 해나가는 그분의 모습을, 그분과 가장 가까웠던 지인들의 독특한 관점에서 보여줄 것입니다. 마더 테레사의 시성 과정에서 목격자들이 했던 증언들을 추려내어 그분의 가르침을 더욱 돋보이게 하는 효과적인 사례들을 제시하고자 했습니다. 일화와 이야기들은 그 진실성을 위해 최소한의 편집만 거쳐 소개했습니다. 일부 목격자들의 제1언어가 영어가 아닌 것이 분명하더라도 그분이 목격자들에게 끼쳤던 영향력의 크기를 훼손하지 않기 위해서입니다.

이 책은 자비의 일곱 가지 육체적 활동과 일곱 가지 영적 활동을 구분해서 다루고 있습니다. 이들 각각의 활동과 관련해서는, 먼저 짧은 도입부를 통해 마더 테레사가 이해했던 이런 육체적·영적 활동에 대해 소개한 다음, 그분이 쓴 글—자매님들이나 신앙으로 이루어진 가족의 여러 구성원들, 협력자들, 친구들에게 쓴 편지, 수녀님들에게 하는 권고, 공적인 말씀과 연설, 인터뷰 등—을 추린 인용문이 이어집니다. 마지막으로 그분과 가장 가까웠던 사람들, "한 지붕 아래서" 날마다 함께했던 분들, 신앙으로 이루어진 가족의 구성원들, 가까운 협력자와 조력자, 자원봉사자, 친구 등 여러 해 동안 같이 일했던 사람들의 증언을 넉넉히 추려서 소개하고 있습니다. 이 목격자들은 가난한 자들이나, 다른 많은 사람들을 만나는 마더 테레사를 그 현장에서 볼 수 있는 위치에 있었습니다. 더러 마더 테레사가 이야기를 전하는 당사자를 어떻게 대했는지 직접 설명하는 일화도 있지만, 대부분은 그분이 다른 사람, 다른 집단과 교류하셨던 모습을 전하는 목격담입니다.

마지막으로 성찰을 위한 질문으로 구성된 짧은 글과 기도문이 나오는데, 이는 우리가 살면서 하느님의 자비에 더욱 마음을 열기 위해, 또한 마더 테레사를 본받아 우리 형제자매들에게 더욱 마음을 열고 그 자비를 기꺼이 펼쳐나가도록 인도하기 위한 것입니다. 이 질문들은 프란치스코 교황께서 명하신 대로, "가난이라는 비참함에 무뎌진 우리의 양심을 다시 일깨"[12]우기 위한 것입니다. 우리 한 사람 한 사람이 겸허하게, 온순하게, 아낌없이 이 부름에 응답했으면 하는 것이 저의 소망입니다.

관계자들의 프라이버시를 존중하기 위해, 목격자에 관해서는 개인의 이름보다 그 개인에 관한 짧은 설명을 실었습니다. 이에 대해서는 책 뒤쪽에 실린 미주를 참고하시면 됩니다. 이렇게 우리는, 지켜져야 할 비밀을 유지하면서도 동시에 마더 테레사가 남긴 말씀과 사례들의 풍부한 유산을 더 많은 대중과 공유할 수 있게 되었습니다.

차례

✣ **일러두기**

1. 성경에서 인용한 내용은 대한성서공회의 공동번역성서를 따랐습니다.
2. 원서의 본문에서 이탤릭체로 강조한 부분은 고딕체로 표시했습니다.
3. 인도 '캘커타'는 현재 '콜카타'로 바뀌었지만 이 책에서는 '캘커타'로 표기하였습니다. 캘커타는 마더 테레사가 살아있는 동안 계속 사용되었던 지명이며 마더 테레사는 '캘커타의 성녀 테레사'로 알려지게 됩니다. 그 외의 지명도 마더 테레사가 활동했던 시기의 명칭인 경우가 있습니다.

하나,

굶주린 이에게 먹을 것을 주다

Feed the Hungry

"저는 아이들을 보았습니다. 그 눈망울들은 굶주림으로 반짝이고 있었습니다. 여러분이 굶주림을 보신 적이 있는지는 모르겠지만, 저는 그것을 자주 보아왔습니다." 마더 테레사가 굶주린 사람에게 느끼는 감정은 그들과 직접 마주함으로써 마음이 움직일 때 뚜렷이 나타납니다. 그분은 실제로 육체적인 굶주림으로 고통받는 사람들을 만날 때면 마음 깊이 흔들리곤 하셨습니다. 이는 굶주린 이들을 만났던 경험담을 들려주실 때면 특히 그 감정이 뚜렷하게 드러났지요. 그런 경험은 그분이 어릴 때부터 시작되었습니다. 그분의 어머니는 거리의 사람들을 돌보고 시중드는 일이 몸에 배도록 자녀들을 키우셨습니다. 굶주림—또는 가난한 이들의 다른 요구들—을 목격하셨을 때 그분의 반응은 "그에 대해 무언가를 해야 한다"는 거였습니다. 그분은 굶주린 사람에게 음식을 가져다주기 위해 가능한 일이라면—그리고 때로는 거의 불가능한 일도— 무엇이든 했습니다. 때로는 말 그대로 "세상을 움직이려" 애쓰셨습니다.

굶주림이란 우리의 경험이나 우리가 처한 환경과는 동떨어진 것일 수도 있습니다. 어쩌면 굶주림에 시달리는 가난한 이들이란 어느 먼 나라의 심란한 재난 보도를 통해서나 "만나"게 되는 사람들인지도 모릅니다. 그러나 마더 테레사가 우리에게 당부하셨듯이, "보려고 눈을 뜨기"만 한다면, 생명유지를 위한 최소한의 것조차 갖지 못해서 고통받는 사람들을 더 많이 만나게 될지도 모릅니다.

마더 테레사가 알려진 것은 세계의 기아를 해결하는 거대한 사업—이것 역시 가치 있고 필요하지만—을 계획해서가 아니라, 한 사람 한 사람 "굶주린 이에게 먹을 것을 주"셨기 때문입니다. 그 과정에서 그분은 먼저 그들 개인의 삶을 바꾸셨고, 궁극적으로는 세상을 바꾸셨습니다.

마더 테레사가 특히 서유럽에 그분의 집을 연 후에 말씀하기 시작한 또 다른 유형의 굶주림이 있습니다. 사람들이 "빵뿐만 아니라 사랑에 대해서도 굶주리고 있다"고 거듭 말씀하셨습니다. 보통은 사랑의 궁핍으로 인한 고통을 가난이라고 말하지 않지만, 그분은 이런 유형의 가난이 "없애기는 훨씬 더 어렵다"는 것을 깨달으셨던 것입니다. 그러므로 그분이 덜어주고자 하신 것은 이 "사랑에 대한 굶주림"이기도 했습니다. 그분은 수녀님들에게 이렇게 요구하셨습니다. "여러분은 여기[서유럽]에서 그런 사람들에게 사랑과 연민이 되어야 합니다."

> 제가 거리에서 굶주린 한 사람을 데려와서 그에게 밥 한 그릇, 빵 한 조각을 주면, 저는 그 굶주림을 채워주고 굶주림을 없애준 것입니다. 그러나 마음을 닫은 사람, 환영받지 못하고 사랑받지 못한다고 느끼고 겁에 질린 사람, 사회에서 버려진 사람 들에게, 그 가난은 무척 해롭고 무척 커서 저에게 역시 굉장히 어렵게 느껴집니다. 서유럽에 계신 우리 수녀님들은 그런 사람들 사이에서 일하고 계십니다.

이렇게 마더 테레사는 부자 나라나 가난한 나라를 가릴 것 없이, 모든 계급적, 종교적 배경을 지닌 사람들에게서 다른 유형의 굶주림을 발견하셨습니다.

"사람들은 하느님께 굶주려 있습니다"라고 그분은 입버릇처럼 말씀하시곤 했지요. 가시는 곳마다 뼈저리게 경험하고 마주했던 "영적인 굶주림"의 현실을, 소박하고 시의적절한 방식으로 그렇게 말씀하셨던 것입니다. 마더 테레사는 어디를 가시든 "하느님의 사랑, 하느님의 연민, 하느님의 존재"이고자 했습니다. 그리고, 그분이 자신을 통해 비추고자 했던 하느님을 알게 되기를 소망하셨습니다.

예수님께서 사랑하셨기 때문입니다

[예수님께서는] 그 수많은 이들에게 연민을 가지고 계셨기에, 사람들을 가르치기 전에 우선 먹이셨습니다. 그분은 기적을 행하셨습니다. 빵을 축복하시고 그 빵으로 오천 명의 사람들을 먹이셨습니다. 예수님께서는 그들을 사랑하셨기 때문입니다. 그들을 가엾게 여기셨기 때문입니다. 예수님께서는 그들의 얼굴에서 굶주림을 보셨고, 그래서 그들을 먹이셨습니다. 그런 후에 비로소 그들을 가르치셨습니다.[1]

✣

그 어느 때보다 사람들은 보잘것없고, 소박한 우리의 일들을 통해 행동하는 사랑을 보기를 원합니다. 외롭고, 굶주린 이들 안에 계신 예수님께 먹을 것을 드리기 위해, 우리가 예수님과 사랑에 빠지는 것이 얼마나 필요한지요. 우리의 눈과 마음이 얼마나 순수해야 가난한 이들 속에서 그분을 볼 수 있을까요. 우리의 손이 얼마나 깨끗해야 가난한 이들 속의 그분을 사랑과 연민으로 만질 수 있을까요. 우리의 말이 얼마나 맑아야 가난한 이들에게 복음을 선포할 수 있을까요.[2]

굶주림의 고통

얼마 전 한 여인이 아이를 데리고 저를 찾아와서 말했습니다. "마더 테레사 수녀님, 우리는 사흘 동안 아무것도 먹지 못했습니다. 먹을 것을 구걸하러 두세 곳을 찾아가보았지만, 사람들은 제가 젊으니까 일해서 먹어야 한다고 하더군요. 저에게 그 누구도, 그 무엇도 주지 않았습니다." 제가 음식을 가지러 자리를 떴다가 돌아올 때쯤 여인이 안고 있던 아기는 굶주림으로 죽어 있었습니다. 그녀를 거절했던 사람들이 우리 수녀원 사람이 아니었기를 바랍니다.[3]

✣

우리는 누구나 끔찍한 굶주림을 이야기합니다. 그러나 내가 에티오피아에서 보아온 것, 특히 요즈음 에티오피아와 비슷한 여러 나라에서 보아온 것은 단지 한 조각의 빵[이 없기] 때문에, 한 잔의 물[이 없기] 때문에 죽음에 직면하고 있는 수십만 명의 사람들이었습니다. 많은 사람들이 저의 품 안에서 죽음을 맞이했습니다. 그런데 우리는 잊어버립니다, 왜 우리가 아니고 그들일까요? 다시 사랑합시다. 그리고 나눕시다. 이 끔찍한 고통을 우리 가난한 이들에게서 거두어 달라고 기도합시다.[4]

✣

굶주림의 고통은 끔찍합니다. 여러분과 내가 가야 할 곳, 아플 때까지 내주어야 할 곳이 바로 이곳입니다. 나는 여러분이 아플 때까지 내주었으면 합니다. 이렇게 주는 것이야말로 행동하는 하느님의 사랑입니다. 굶주림은 빵에 대한 것만은 아닙니다. 굶주림은 사랑에 대한 것입니다.[5]

✣

얼마 전 캘커타에서 한 여자아이를 데려왔습니다. 아이의 검은 눈에서 저는 그 아이의 굶주림을 읽었습니다. 아이에게 빵을 조금 주었으나, 아이는 부스러기만 조금씩 먹을 뿐이었습니다. 제가 말했습니다. "편히 먹으렴. 배고프잖니."[6] 아이에게 왜 그렇게 천천히 먹는지 물었더니 이렇게 대답하더군요. "빨리 먹는 게 두려워요. 이 빵을 다 먹어버리면 전 또 배가 고플 테니까요." 제가 말했습니다. "다 먹고 나면 빵을 더 주마." 그 작은 아이는 이미 굶주림의 고통을 알고 있는 것입니다. "두려워요." 그런데 우리는 모릅니다. 여러분도 아시겠지만, 우리는 굶주림이 무엇인지 알지 못합니다. 우리는 배고픔으로 인한 고통이 어떤 느낌인지 알지 못합니다. 나는 한 잔의 우유[가 없기] 때문에 죽어가는 어린 생명들을 보아왔습니다. 품 안의 자녀가 굶주림에 지쳐 죽어가는 끔찍한 고통에 빠진 어머니들을 보아왔습니다. 잊지 마십시오! 저는 여러분에게 돈을 요구하는 게 아닙니다. 제가 바라는 건 여러분의 희생입니다. 여러분이 좋아하는 어떤 것, 가지고 싶은 어떤 것을 희생해주었으면 합니다…… 하루는 아주 가난한 한 여인이 우리 집을 찾아왔습니다. 여인은 말했습니다. "수녀님, 수녀님을 돕고 싶지만, 저는 너무 가난합니다. 날마다 이 집 저 집 돌아다니면서 빨래를 해주고 있어요. 당장 내 아이들을 먹여 살려야 하지만, 뭐라도 하고 싶습니다. 부디 토요일마다 여기 와서 삼십 분 동안 수녀님 자녀들(수녀님이 돌보는 어린이들)의 옷을 빨게 해주세요." 이 여인은 수천 루피보다 값진 것을 저에게 주었습니다. 자신의 마음을 온전히 주었으니까요.[7]

✣

오늘 아침 저는 아프리카의 우리 사람들을 위해 식량을 보내달라고 부탁하기 위해 코르 우눔Cor Unum, 교황청의 사회복지평의회 책임자인 마르세유 추기경님을 찾아갔습니다. 아프리카의 빈곤은 심각합니다. 얼마 전에 저희 수녀님들이 보내온 편지에 따르면, 사람들이 음식을 구하기 위해 우리의 집 문 앞까지 오지만, 그 가운데 많은 이가 굶주림으로 죽는다고 합니다. 만약 지금과 같은 상황이 계속된다면 많은 이들이 죽음의 위험에 처하게 됩니다. 아이들이 어머니의 품에서 죽어가고 있습니다. 얼마나 끔찍한 고통인지요. 그래서 저는 추기경님을 찾아가 우리 수녀님들에게 식량을 좀 보내달라고 부탁했습니다. 추기경님은 매우 좋은 분이었습니다. 우리 수녀님들이 아프리카에 가기 전까지, 대부분의 사람들은 가난한 이들이 존재한다는 것조차 몰랐다고 말씀해주셨습니다.[8]

참된 사랑에는 아픔이 함께합니다

한 힌두교 가족의 아주 특별한 이웃 사랑을 경험한 적이 있습니다. 한 신사분이 우리 집을 찾아와서 이렇게 말씀하시더군요. "테레사 수녀님, 오랫동안 먹지 못한 가족이 있습니다. 수녀님께서 어떻게든 해주셨으면 합니다." 저는 당장 쌀을 좀 챙겨 그곳으로 갔습니다. 저는 아이들을 보았습니다. 그 눈망울들은 굶주림으로 반짝이고 있었습니다. 여러분이 굶주림을 보신 적이 있는지 모르겠지만, 저는 그것을 보아왔습니다. 그런데 그 가족의 어머니가 쌀을 받아들더니 밖으로 나가더군요. 여인이 돌아왔고, 제가 물었습니다. "어디 가셨던 거예요? 무얼 하고 오셨나요?" 그녀는 아주 간단하게 대답했습니다. "그들도 굶주리고 있어요." 제가 가장 놀랐던 건, 그녀가 그들을 알고 있다는 것이었습니다. 그들이 누구였을까요? 그들은 바로 무슬림 가족이었습니다. 그녀는 이것을 알고 있었습니다. 그날 저녁 저는, 더는 쌀을 가져다주지 않았습니다. 그들—힌두교도와 무슬림—이 나눔의 기쁨을 누리기를 바랐기 때문입니다. 아플 때까지 줄 수 있는 사랑을 가진 어머니가 있었기에 그 집의 아이들은 기쁨으로 빛나고, 그 기쁨과 평화를 어머니와 함께 나누고 있었습니다. 보세요. 사랑이 시작되는 곳은 바로 가정인 것입니다.[9]

✣

참된 사랑은 아파야 합니다. 굶주린 이 여인은 이웃 또한 굶주리고 있다는 것, 그리고 그 가족이 하필이면 무함마드를 섬기는 가족이라는 것을 알고 있었습니다. 때문에 그 일은 더욱 감동적이고, 더욱 현실적이었습니다. 가난한 우리의 이웃들에게 우리가 가장 올바르지 못한 부분이 바로 이 지점입니다. 우리는 그들을 모릅니다. 우리는 그들을 알지 못합니다. 그들이 얼마나 대단한지, 얼마나 사랑스러운지, 얼마나 사랑에 굶주려 있는지, 우리는 알지 못합니다.[10]

우리에겐 '공짜'라는 단어가 있습니다. 저는 제가 하는 일에 대해 어떤 것도 청구할 수 없습니다. 사람들은 '공짜'라는 이 단어 때문에 우리를 비판하고 험한 말들을 합니다. 일전에 [어느 사제가] 쓴 기사를 읽었습니다. 자선은 가난한 이들에게는 마약과 같다, 우리가 그 사람들에게 무언가를 공짜로 주는 것은 그들에게 마약을 주는 것과 같다는 내용이었습니다. 저는 그에게 편지를 써서 묻기로 결심했습니다. "예수님께서는 왜 사람들을 가엾게 여기셨습니까?" 하고 말입니다. 그의 말대로라면 예수님이 빵과 물고기를 몇 배로 불리시어 사람들을 먹이셨을 때에도 마약을 주신 것이어야 합니다. 예수님은 우리에게 복음을 전하러 오셨지만 사람들이 굶주리고 지쳐 있는 모습을 보시고는 우선 먹을 것을 주셨습니다. 그 사제님께 또 하나 질문하려고 합니다. "가난한 사람들의 굶주림을 한 번이라도 느껴본 적이 있으신지요?"[11]

✣

아시다시피 우리는 캘커타에서 수천 명이 먹을 음식을 만듭니다. 하루는 한 수녀님이 저에게 말하더군요. "테레사 수녀님, 음식을 만들 재료가 다 떨어졌습니다." 전에는 한 번도 없던 일이었습니다. 그런데 아침 아홉시가 되자 빵을 가득 실은 트럭 한 대가 도착했습니다. 정부가 그날 하루 학교들 문을 닫으면서 급식으로 나가지 못한 빵을 우리에게 보내준 것입니다. 그러니 보세요, 역시 하느님께서 관여하고 계시는 것입니다. 하느님께서는 학교 문까지 닫으시면서,

굶주린 이들이 죽도록 내버려두지 않으신 것입니다. 하느님은 온유하고 사려 깊은 분이십니다.[12]

우리가 드리고 싶습니다

불구자, 영양실조에 걸린 아이, 결핵 환자 들을 돌보고 있는 덤덤Dum Dum[13]에 얼마 전 구자라트의 가족이 찾아왔습니다. 요리한 음식을 들고 가족이 모두 왔더군요. 한때 사람들은, 이런 불구자나 환자 들 근처에는 얼씬도 하지 않으려 했었지요. 수녀님들에게 그 가족을 도와 음식을 나누어드리라 하자, 놀랍게도 그분들은 이렇게 말하더군요. "수녀님, 저희가 직접 나눠드리고 싶습니다." 힌두교도로서 종교적으로 자신을 더럽히는 행위이기 때문에, 그건 보통 일이 아닙니다. 가족 중에는 심지어 노인도 있었습니다. 하지만 어떤 것도 그들을 막지 못했습니다. 힌두교 가족이 그렇게 말하고 그런 일을 하다니 믿어지지 않았습니다.[14]

함께하면 우리는 하느님을 위해 아름다운 무언가를 할 수 있습니다

사랑은 오늘을 위한 것이고, 계획은 내일을 위한 것입니다. 우리는 오늘을 위해 존재합니다. 내일이 오면 우리는 그때야 무엇을 할 수 있을지 알게 되겠지요. 오늘 마실 물 때문에 목이 마르고, 오늘 먹을 음식 때문에 배가 고픈 사람들이 있습니다. 우리가 오늘 그들에게 먹을 것을 주지 않는다면 내일, 그들은 이미 없을 것입니다. 그러므로 여러분이 오늘 할 수 있는 일들이 무엇인지에 주의를 기울이세요.[15]

✣

저는 절대 정부가 해야 할 일이나 하지 말아야 할 일에 관여하지 않습니다. 그런 문제에 시간을 쓰는 대신 저는 말합니다. "지금 내가 할 수 있는 [무언가를] 하자." 어쩌면 내일은 영영 오지 않을지 모릅니다. 가난한 우리의 이웃들은 내일이면 이미 죽은 자가 될지도 모릅니다. 그들에게 한 조각의 빵과 한 잔의 차가 필요한 건 오늘입니다. 저는 바로 오늘 그들에게 빵과 차를 줍니다. 누군가 흠을 찾으며 말하더군요. "수녀님은 왜 항상 그들에게 먹을 물고기를 주십니까? 물고기를 잡을 낚싯대를 주시는 게 어떨까요?" 저는 대답했습니다. "가난한 우리의 이웃들은 굶주림과 질병 때문에 제대로 서 있지도 못합니다. 물고기를 낚을 낚싯대를 잡고 있기란 더더욱 불가능하지요. 저는 계속해서 그들에게 물고기를 줄 것입니다. 그들에게 충분한 힘이 생겨 두 발로 설 수 있게 되면, 그때 당신에게 그들을 넘길 테니 당신이 그들에게 물고기를 잡을 낚싯대를 주시지요." 저는 이것이 나눔이라고 생각합니다. 우리가 서로를 필요로 하는 곳이 바로 이 지점입니다. 우리가 할 수 있는 것을 여러분은 할 수 없습니다. 그리고 여러분이 할 수 있는 것을 우리는 할 수 없습니다. 그러나 우리가 서로 함께 일한다면, 하느님을 위해 아름다운 무언가를 할 수 있습니다.[16]

✣

다시 얼마 전 얘기를 하지요. 아주 멀리서 힌두교 학교 어린이들이 단체로 찾아왔습니다. 일등상과 이등상을 받은 어린이들이 모두 교장선생님을 찾아가 부상 대신 돈으로 달라고 했다고 하더군요. 교장선생님이 돈을 봉투에 넣어 아이들에게 건네자, 어린이들이 이렇게 부탁하더랍니다. "우리를 마더 테레사님께 데려다주세요. 그분의 가난한 이웃들에게 이 돈을 주고 싶어요." 어린이들이 그 돈을 자신을 위해 쓰지 않은 것은 얼마나 훌륭한 일인가요. 이러한 의식을 일깨우려 애쓴 결과, 전 세계가 가난한 이들과 나누려 하고 있습니다. 돈이나 상, 혹은 그 외의 어떤 것을 받을 때마다, 저는 늘 가난한 이들의 이름으로 그것을 받습니다. 사람들은 저를 통해 그들을 알아봅니다. 저는 제가 옳다고 생각합니다. 저는 대체 무엇일까요? 저는 아무것도 아닙니다. 사람들이 도우려는 대상은, 그들이 저를 통해 알게 된 가난한 이웃들입니다. 우리가 하고 있는 일들을 보고 있는 것이지요. 오늘날 전 세계의 사람들이 보고 싶어합니다.[17]

사랑에 대한 엄청난 굶주림

에티오피아와 인도에서는 수백 명의 사람들이 한 조각의 빵[이 없기] 때문에 우리를 찾아오고, 또 바로 그 자리에서 죽어갑니다. 로마나 런던 같은 도시에서는 사람들이 외로움과 비통함으로 죽어갑니다.[18]

✣

우리는 빵에 대한 굶주림만 굶주림이라는 잘못된 생각을 가지고 있습니다. 하지만 그보다 더한 굶주림, 훨씬 더 고통스러운 굶주림이 있습니다. 사랑에 대한 굶주림, 나를 원하는 누군가에 대한 굶주림, 어떤 이에게 특별한 누군가가 되고 싶은 굶주림입니다. 환영받지 못하고, 사랑받지 못하고, 거부당하는 마음. 그것이야말로 매우 큰 굶주림이자 커다란 빈곤일 것입니다.[19]

✣

유럽과 미국 곳곳, 그 외 많은 도시에 우리의 집이 있습니다. 빵 한 조각이 없어 굶주리는 곳들은 아니지요. 하지만 그곳들은 사랑에 대해 엄청나게 굶주리고 있습니다. 환영받지 못하고 사랑받지 못하고 따돌림하고 거절당하고 잊힌 마음들이 있습니다. 사람의 미소가 무엇인지, 사람의 손길이 무엇인지 잊어버린 사람들이 있습니다. 이것이야말로 아주, 아주 큰 빈곤이라고 생각합니다…… 빵 한 조각 때문에 겪는 굶주림, 옷가지 하나로 인한 헐벗음이나 벽돌로 지은 집…… 등등으로 인한 굶주림[은 만족시킬 수 있는 것]과는 달리, 이러한 빈곤은 없애기가 매우 어렵습니다. 저는 그것이 훨씬 중대한 빈곤이요, 훨씬 중대한 질병이며, 훨씬 중대하고 고통스러운 오늘날의 상황이라고 생각합니다.[20]

✣

언젠가 우리 수녀님들이 일하고 있는 런던의 한 빈민가를 걷고 있을 때였습니다. 저는 참으로 처참한 몰골로 혼자 앉아 있는 한 남자를 보았습니다. 그는 몹시 슬픈 표정을 짓고 있었습니다. 그에게 다가가 손을 잡으며 몸이 어떤지 묻자, 저를 쳐다보며 그가 대답했습니다. "오, 정말 오랜만에 사람의 따스한 손길을 느껴봅니다. 누군가 나를 잡아주는 건 정말 오랜만이에요." 다음 순간 그의 눈이 환해지는가 싶더니, 그가 몸을 세워 똑바로 일어나 앉는 것이었습니다. 아주 작은 관심이 그의 삶 속으로 예수님을 안내한 것입니다. 그는 아주 긴 시간 동안 인간적인 사랑의 표시를 기다리고 있었습니다. 어쩌면 그가 기다린 것은 하느님의 사랑의 표시였습니다. 이것은 가난한 이들 중에서도 가장 가난한 이, 무지하고 환영받지 못하는 이, 사랑받지 못하는 이, 거부당한 이, 잊힌 이 들에게서 제가 본 굶주림의 전형일 것입니다. 그들은 하느님께 굶주려 있습니다. 바로 이것이 사제 여러분들이 계속해서 만나야만 할 굶주림입니다. 이는 육체적으로 고통받는 사람들의 굶주림만이 아니라, 영적으로 또 정서적으로 고통받는 사람들의 굶주림이기도 합니다. 마음과 영혼이 고통받는 사람들, 젊은이들이 특히 그렇습니다.[21]

하느님의 말씀에 대한 참혹한 굶주림

"우리나라에 굶주림이 어디 있습니까?" 예, 굶주림은 있습니다. 빵 한 조각이 없어 굶주리는 것은 아닐지라도, 사랑에 대한 참혹한 굶주림이 있습니다. 하느님의 말씀에 대한 참혹한 굶주림이 있습니다. 멕시코에 갔을 때 몹시 가난한 가족들을 방문했던 일을 저는 결코 잊지 못할 것입니다. 그 사람들의 집에는 아무것도 없다시피 했지만, 그들 중 누구도 무언가를 달라고 하지 않았습니다. 그들은 모두 이렇게 말했습니다. "하느님의 말씀을 가르쳐주세요. 하느님의 말씀을 들려주세요." 그들은 하느님의 말씀에 굶주려 있었습니다. 여기, 그리고 전 세계가 하느님에게 굶주려 있습니다. 그것은 특히 젊은 사람들에게 심합니다. 우리가 예수님을 찾아 그 굶주림을 채워야 할 곳이 바로 여기입니다.[22]

우리는 음식을 머리에 이고 물을 헤쳐서 갔습니다

1968년에 캘커타에 큰 홍수가 났습니다. 우리는 홍수에 피해를 입은 틸잘라 사람들에게 음식을 나눠주기 위해 한밤중에 트럭을 타고 달려갔습니다. 음식을 머리에 이고 물을 헤쳐 그곳으로 갔습니다. 한순간 아그네스 수녀님이 넘쳐난 물살에 휩쓸려갈 뻔해서, 트럭에 가 있으라고 돌려보내기도 했습니다. 옷이 흠뻑 젖어 몹시 추웠습니다. 새벽 세시에야 집으로 돌아갔는데 마더 테레사 수녀님이 문 앞에서 기다리고 계시더군요. 물이 식지 않도록 계속 불을 때주신 덕분에 우리 모두 뜨거운 물로 목욕할 수 있었습니다. 수녀님께서는 우리 몸을 따뜻하게 해줄 뜨겁고 진한 커피까지 준비해놓고 계셨어요. 수녀님께서 그분의 자녀인 우리를 돌보시는 온유하고 사랑 넘치는 보살핌에 모두 깊이 감동했지요.[23]

바구니를 꽉꽉 눌러 가득 채웠습니다

가난한 이들에게 나눠줄 크리스마스 선물 바구니를 만드는 일에 마더 테레사 수녀님이 함께하셨어요. 수녀님이 물건들을 꽉꽉 눌러 바구니를 가득 채우시는 모습을 보면서 제 마음은 하느님에게로 날아오르는 것 같았지요. 그런데 여기저기서 목소리가 들리더군요. "수녀님, 아직 채워야 할 바구니가 너무 많습니다." 수녀님은 대답하셨습니다. "하느님께서 주실 거예요." 산더미 같던 바구니들, 하지만 물건들은 모자라지 않았습니다. 수녀님이 하느님을 믿고 신뢰하는 마음은 살아 있는 어떤 것, 그분의 일부가 되어 우리가 느낄 수 있는 그런 것이었어요. 네, 수녀님에게는 항상 함께 일하는 막강하고 신실한 '친구'가 있다는 것을 느낄 수 있었어요. 수녀님의 원칙은 이랬습니다. 환한 미소로 그분이 가져가시는 것을 드리고, 그분이 주시는 것을 받아라. 저에겐 분명 힘든 일이었지만, 아끼지 않고 그 일을 해냈을 때 그건 하느님의 사랑의 손길이 되었습니다.[24]

다른 이들은 머뭇거렸으나 수녀님은 전혀 그렇지 않았습니다

[방글라데시에서 온 난민들] 수백만 명이 인도로 쏟아져들어왔지만, 마더 테레사에게 숫자는 아무 문제가 안 된다는 [그러니까, 전혀 낙담하지 않으시는] 것을 보고 깊은 감명을 받았습니다. 수녀님께서는 어떻게든 해내셨습니다. 그분은 그저 "우리가 할 수 있는 일을 할 겁니다"라고 말씀하시면서, 가능한 모든 것을 조정하셨습니다. 그러고는 상황이 되는 모든 사제와 수녀가 당신을 돕게끔 하셨습니다. "이건 하느님의 일입니다. 이 아이들이 고통받고 있고 죽어가고 있습니다. 우리는 무언가 해야 합니다." 마더 테레사는 그곳으로 가셔서 빵과 음식을 충분히 구할 수 있도록 신경써주셨습니다. 특히 솔트레이크 캠프에 수두가 유행했을 때는, 수녀님들을 따로 불러 의료 지원을 받을 수 있는 방법을 찾으려 애써주셨습니다. 당시 그곳에는 이십만 명이나 되는 사람들이 있었습니다. 수녀님은 당장 그들을 도와줄 사람을 찾으셔야 했습니다. 더 많은 사람들이 그곳을 찾아와 도울 수 있게 하기 위해 수녀님은 애를 끓이셨습니다. 저에겐 이 또한 수녀님의 깊은 사랑을 보여주는 하나의 예라고 생각합니다. 수녀님은 좋은 "어머니"처럼 온 세계를 껴안아주실 수 있을 것 같았습니다. 인도로 밀려들어온 수백만 난민의 물결에 전 세계가 그저 경악하고 있을 때 이 작고 연약한 여인은 난민을 도울 수 있도록 앞장서서 저희를 독려하셨습니다. 수녀님은 언제나 '하느님을 위한 일이라면 실패할 리 없다'는 태도를 견지하셨습니다. 다

른 이들은 머뭇거렸으나, 수녀님은 전혀 그렇지 않았습니다.[25]

베이루트에 온 평화의 전령

1982년 8월, 베이루트의 포화는 최고조에 달했습니다. 테레사 수녀님은…… 8월 15일에 도착하셨는데 폭격과 포격이 가장 심할 때였습니다. 수녀님은 종종 말씀하시곤 했습니다. "세계를 정복하기 위해 포탄과 총을 사용해서는 안 됩니다. 온 세계와 모든 인간의 마음에 하느님의 평화를 퍼뜨리고 모든 미움과 권력욕을 사라지게 만들어야 합니다." ……동베이루트East Beirut의 마르타클라에 있는 수녀님들이 안전하다는 소식을 들으신 테레사 수녀님은 적십자를 통해 새로운 소식을 듣게 되셨습니다. 서베이루트West Beirut의 한 정신병원에 정신적, 신체적으로 아픈 아이들이 있다는 걸 말이죠. 폭격으로 집이 파괴되어 어린이들이 극도로 참혹하게 방치되고 있었습니다. 수녀님은 교회 관계자들로부터 현지 상황이 얼마나 위험한지 수차례 들었음에도 불구하고…… 그 아이들을 구해내기로 결심하셨습니다…… 총격이 계속되고 있었으므로, 대치선을 넘어 서베이루트로 들어갈 수는 없었습니다. 수녀님은 그 크신 믿음으로 포화를 중단시켜 달라고 기도하셨습니다. 그리고, 포화가 중단되었습니다! 뜻밖의 정전이 이루어지고 적십자 차량 네 대와 함께 직접 성체聖體를 지니시고 서베이루트로 건너간 수녀님은 정신적·신체적으로 장애가 심각한 서른여덟 명의 아이를 구해내셨습니다. 적십자와 병원 직원들이 아이들을 한 명씩 차로 옮길 수 있도록 도운 뒤, 수녀님은 다시 마르타클라 수녀원으로 출발하셨습니다. 이틀 후, 수녀님은 다시 대치선을 넘어 스물일곱 명의 아이들을 구하셨습니다…… 의복과 음식을 비롯한 생필품은 이웃들이 보내주었습니다…… 영양실조가 어찌나 심한지, 열두 살 난 아이들이 다섯 살 아이처럼 보였습니다. 아이들은 작은 짐승처럼, 손에 닿는 건 뭐든지—기저귀와 침구들까지도—입으로 가져가려 했습니다. 심지어 서로를 먹으려고까지 했습니다. 아이들의 설사를 치료하는 동시에, 저는 아이들이 고무 매트를 먹지 않도록 구운 빵을 침대 옆에 매달아놓았습니다. 물도 전기도 없었지만 서서히 도움의 손길이 도착하기 시작했습니다…… 11월이 되자 아이들은 많이 호전되어 있었지요……

우리 모두에게 슬픈 일이었지만, 마침내 아이들을 데려왔던 바로 그 병원으로 아이들을 돌려보내야 하는 날이 되었습니다…… 그리고 하느님의 사랑이 또다시 돈에 대한 탐욕에, 아이들에게 제공된 정부 지원금을 가로채려는 인간의 탐욕에 가로막혀버렸습니다. 수녀님에게는 크게 실망스러운 일이었습니다. 수녀님의 두 손이 묶여버렸으니 아이들은 하느님의 자비에 맡길 수밖에 없었습니다. 수녀님이 말씀하셨듯이 "여러분이 최선을 다하기만 했다면 어떤 실패에도 낙담해서는 안 됩니다."

베이루트에서의 이 일을 통해, 저는 자연 재해든 인간의 분쟁으로 인한 재해든, 재해 지역에 가장 먼저 도착하는 사람이 수녀님인 경우가 얼마나 많은지를 경험했습니다. 재해로 인한 절박한 상황들이 오히려 자극이 되었습니다. 수녀님은 당신의 안전이 위협을 받더라도 즉각적인 행동에 나섰던 것입니다. '수녀님'하면 위험하고 불가능한 임무 속에서 발휘된 수녀님의 영웅적인 사랑이 먼저 떠오릅니다. 하느님에 대한 그분의 믿음이 너무 컸기 때문에 그 어떤 시련도 하느님의 소명과 그 실행을 가로막는 장애물이 될 수 없는 것 같았습니다. 하느님께서 당신을 원하신다는 그 믿음이 그분에게 상상을 초월하는 힘을 불어넣었고, 그로 인해 그분은 베이루트에 도착하셨으며, 온갖 위험과 악조건에도 불구하고 사명을 완수할 수 있었던 것입니다.[26]

그분은 개인적인 필요에 의해 부탁하지 않으셨습니다

수녀님이 델리에 오셨을 때, 우리는 그분을 모시러 공항으로 갔습니다. 인도 공군 사령관이 자기 사무실을 방문해 축복해달라는 요청이 있었고, 수녀님은 그러기로 약속하셨습니다. 차 안에서 수녀님이 물으셨습니다. "공군은 우리를 위해 무얼 해줄 수 있을까요?" 우리 중 누군가 대답했습니다. "수녀님, 공군이 할 수 있는 건 없습니다. 어쩌면 그 사령관에게 부탁하면 수녀님이 필요하실 때 헬리콥터를 제공해줄 수는 있을 겁니다. 구조활동을 가신다거나 다른 인도주의적인 목적으로 필요하실 때 말입니다." 수녀님이 되물으셨습니다. "헬리콥터요?" 그사이 우리는 사무실에 도착해 사령관을 만났습니다. 그런데 수녀님이 불쑥 말씀하시는 겁니다. "혹시 사령관님의 부하들이 나무를 심을 수 있나요?" 그들은 공군이었지만 상관하지 않으셨지요. 사령관이 대답했습니다. "네, 수녀님. 무슨 일인지 자세히 설명해주시겠습니까?" "어떤 분이 가난한 이들을 위해 집을 지을 수 있도록 땅을 내주었어요. 그들이 과일을 먹을 수 있도록 과실수를 심으면 정말 근사할 거예요. 과일은 건강에도 좋을 테니까요." 사령관은 알아보겠다고 했습니다. 나중에 우리는 수녀님께 당신이 그에게 어떤 요구를 하셨는지 일러드렸습니다! 그런데 그게 하느님의 뜻이었을까요. 바로 다음 날 공군에서 사람이 왔습니다. 원래 그곳은 물이 없는 곳이고, 물을 따로 구할 방법도 없었습니다. 결국 공군은 나무를 심을 땅에 물을 대기 위해 세 개의 관정管井을 팠고, 지금 그곳에는 과수원이 들어서 있습니다. 그렇습니다. 수녀님의 부탁은 개인적인 필요에 의한 것이 아니었습니다. 어느 누가 공군 사령관에게 나무를 심어달라고 부탁할 수 있겠습니까! 하지만 수녀님은 언제나 성령의 소리에 마음을 열어두고 계셨던 것입니다.[27]

남는 음식을 모았습니다

수녀님은 비행기에서뿐 아니라 호텔에서도 [남는] 음식을 부탁하셨습니다. 그것은 보이기 위한 쇼가 아니었습니다. 그렇게 남는 음식들을 모아 결국 수녀님이 데리고 있는 소녀들을 위한 음식 펀드가 만들어졌으니까요. 덤덤에서 나오는 저녁식사와 아침식사의 일부는 캘커타 공항에서 나온 음식입니다. 물론 다른 음식도 있습니다. "플루리스 베이커리"에서 팔다 남은 빵은 일주일에 하루나 이틀 정도 "산티 단"에 점심으로 나갑니다. 그 외에도 델리에서는 비행기에서 나온 여분의 음식들이 병원에 가지 못하고 집에 있는 환자들에게 전해졌습니다. 이 음식들은 모두 수녀님들이 정기적으로 수거하고 있습니다. 때로는 공항 사람들이 이들 센터에 음식을 배달하기도 하지요.[28]

만찬 비용, 가난한 이들을 위한 선물

아그네스 수녀님과 저는 테레사 수녀님을 따라 오슬로에 가서 그분의 노벨상 연설을 지켜보았습니다…… 박수갈채 속에서 시상식이 진행되는 내내, 수녀님은 다른 누군가를 위한 행사에 참석한 양 조용히 앉아 계셨습니다. 식이 끝난 후 이어진 축하연에서도 수녀님은 물 말고는 아무것도 드시지 않으셨지요. 보통 그 후에 열리는 만찬은 수녀님의 요청으로 취소되었고, 만찬 비용은 가난한 이들에게 줄 선물로 수녀님에게 전달되었습니다…… "저는 이 상을 받을 자격이 없습니다. 솔직한 마음으로는 이 상을 받고 싶지 않습니다. 하지만 이 상을 통해 노르웨이인들은 가난한 사람들의 존재를 깨달았습니다. 이 자리에 제가 온 것은 그들을 위해서입니다."[29]

사랑에는 사실 희생이 따릅니다

테레사 수녀님께서는 사람들의 희생에 대해 곧잘 이야기하셨습니다. 그 희생이 수녀님들과 그분의 자선활동을 통해 "사랑의 기쁨을 나누는" 일이 된다고 말씀하셨지요. 수녀님이 언젠가 '마더 하우스Mother House'를 방문했던 스님들의 이야기를 들려주신 적이 있습니다. 테레사 수녀님과 다른 수녀님들은 매달 첫째 금요일, 가난한 이들을 위해 '사랑의 선교회 첫 금요일 단식'을 하는데, 그걸 알게 된 스님들이 이와 비슷한 일을 하셨다고 했습니다. 사랑의 선교회 관례에 따라 한 끼 식사를 희생하고 그 돈으로 가난한 이들에게 음식을 사주기로 하신 것이지요. 스님들은 그들이 정한 하루, 점심을 드시지 않고 그 식비를 모아 수녀님께 전달했습니다. 가난한 이들에게 먹일 음식을 사는 데 쓰시라고 말입니다. 테레사 수녀님은 그런 예기치 않은 선함과 너그러움을 보여주는 미담을 나누기를 즐기셨습니다. 모든 사람의 마음에는 그런 선함이 있다고 믿고 계셨으니까요. 사람들이 자기 안의 선을 발견하고 그것을 타인들과 나누도록 인도하셨던 것입니다. 또한 수녀님은 타인을 위해 참다운 희생을 하는 후원자들을 사랑의 아름다운 예로 들곤 하셨습니다. "사랑은, 진정한 사랑이 되기 위해서는 대가를 치러야" 한다고 보셨기 때문이었습니다. 수녀님은 가난한 이들을 위해 거액을 기부하는 선한 사람들이 적지 않지만, 타인과 나누기 위해 진심으로 희생하는 작고 가난한 사람들에 대해서만 주로 말씀하셨습니다. 예수님께서 성전을 위해 몇 푼 안 되는 전 재산을 기부한 어느 과부를 칭찬하셨던 것과 같이 말입니다. 테레사 수녀님은 마더 하우스 앞 거리에서 지내는 거지 남자의 이야기를 예로 드는 것을 가장 좋아하셨습니다. 남자는 수녀님을 찾아와 누더기 옷 속에서 3루피를 꺼내 수녀님의 일을 위해 기부했습니다. 수녀님은 그 3루피가 남자가 가진 전부라는 것을 알고 계셨지만, 타인을 위한 그의 희생을 존중해 그걸 받을 수밖에 없었다고 하셨습니다.[30]

✢

테레사 수녀님이 나이로비를 방문하셨을 때 부유한 사람들 몇이 아주 값비싼 케이크들을 가져왔습니다. 수녀님은 말씀하셨습니다. "그 케이크를 모두 환자들과 어린이들에게 보내주세요." 우리는 케이크를 전부 그들에게 보냈습니다. 그분이 포기하고 희생하시는 용기를 본 적이 한두 번이 아닙니다. 수녀님은 예수님의 사랑을 위해 언제나 행복한 마음으로 포기하고 희생하셨습니다.[31]

기쁜 마음으로 해야 합니다

저는 테레사 수녀님과 함께 사도의 임무를 위해 나가곤 했습니다. 아주 먼 거리를 걸어가서 불구에 결핵까지 앓고 있는 니콜라스라는 소년을 돌보곤 했지요…… 소년에게는 커다란 욕창이 두 군데 있었는데, 테레사 수녀님은 그 상처를 닦아주고, 또 약을 발라주곤 하셨습니다…… 그 가족은 몹시 가난했기 때문에 그들이 먹을 식량을 가져가기도 했지요. 저는 너무 피곤해서 날마다 울고 싶은 마음뿐이었는데, 수녀님은 그렇게 말씀하시더군요. "우리에겐 영혼을 구원해야 할 의무가 있습니다. 기쁜 마음으로 그 일을 해야 해요." 그분 역시 피곤하셨겠지만, 어떤 식으로도 절대 내색하지 않으셨지요. 그 일을 우리는 몇 년 동안 함께했습니다.[32]

적절한 품위와 사랑, 다정한 보살핌으로

테레사 수녀님이 임종자의 집에서 사람들을 먹이는 방식은 매우 모범적이고 감동적이었습니다. 수녀님은 그들을, 당신의 자비를 받는 수혜자들이라 여기지 않으셨습니다. 그분은 적절한 품위와 사랑, 다정한 보살핌으로 그들에게 다가가셨습니다…… 그곳엔 너무나 많은 사람들이 있었지만, 수녀님은 한 사람 한 사람을 일일이 돌보셨습니다. 사제가 제단에서 성체를 다루듯이, 우리가 예수님의 육체를 매우 경건하게 받아모시듯이, 가난한 사람들의 망가진 육체를 그와 똑같은 존경으로 대해야 한다고 수녀님은 말씀하곤 하셨습니다.[33]

하느님을 믿으세요

인도차이나 전쟁 중에, 다르질링에서 평원으로 나가는 모든 도로가 차단되었던 때가 기억납니다. 저는 육십 명의 어린이들과 오십 명의 노인들, 먹을 것을 구하러 온 가난한 이들과 수녀님들이 먹을 양식을 어디서 구해야 할지 막막했습니다. 마더 테레사 수녀님께 전화를 걸어 여쭤보았습니다. "어떻게 해야 할까요?" 수녀님이 되물으셨습니다. "주님께 말씀드려보았나요?" 저는 대답했습니다. "네." 그러자 수녀님은 이렇게 말씀하시더군요. "주님을 믿으세요." 그것이 제가 했던 마지막 통화였습니다. 우리가 먹여야 할 사람이 매우 많다는 소식을 접한 산동네 사람들이 갑자기 식량과 우유뿐 아니라 그 외에 많은 물건을 가져다주었고, 덕분에 우리는 전쟁이 끝날 때까지 넉넉하게 지낼 수 있었습니다.[34]

하느님이 그들을 사랑하듯이

테레사 수녀님에게 사랑이란 하느님이 우리 모두를 사랑하시듯이 사람들을 사랑하는 것을 뜻합니다. 수녀님에게 이웃사랑은 특히나 중요한 일이었습니다. 육체적인 보살핌이 필요한 사람을 만나면 테레사 수녀님은 그 일부터 하셨습니다. 먼저 그들을 씻기고 먹이신 다음에 영혼을 돌보셨습니다. 수녀님의 말씀처럼 "뱃속이 빈 사람은 하느님을 생각하기가 힘듭니다. 예수께서는 사람들에게 먹을 것을 주셨습니다." 죽어가는 이들을 위한 집인 니르말 흐리다이 Nirmal Hriday에서 그분은 그렇게 하셨습니다. 수녀님의 자선활동을 보면서 아픈 사람들은 자신들을 사랑하시는 그분이 하느님을 닮았다고 느꼈습니다.[35]

말하지 말고, 무엇이든 행동하세요

1987년, 인도에서 세계 기아에 관한 회의가 열렸습니다. 테레사 수녀님이 연설자로 초빙되었지요. 우리가 그 건물 옆쪽 입구에 도착했을 때…… 한 남자가 땅바닥에 누워 있더군요. 오랫동안 굶주린 듯 그는 먹을 것을 구걸하고 있었습니다. 수녀님께서 말씀하시더군요. "저 사람을 집에 데려가야겠어요." 차에 들것이 있어서 제가 그 남자를 데려다주겠다고 했더니, 수녀님은 당신이 직접 하시겠다고 고집을 부리셨습니다. 수녀님은 남자를 집에 데려다주고 오느라 회의에는 한 시간 반이나 늦었지요. 당시 수녀님은 그 일에 대해선 아무 말씀도 하지 않으셨고 그 일을 예로 들지도 않으셨습니다. 하지만 거기, 우리가 가 있는 곳은 기아 퇴치를 위한 회의였습니다. 기아는 바로 현관문 앞에 있었습니다.

수녀님은 언제나 하나씩 하나씩, 무엇이든 하나씩 하라는 태도를 보여주셨습니다. 그곳에서 저는 수녀님을 설득하고 있었습니다. "수녀님은 회의장에 들어가세요. 제가 저 사람을 돌보겠습니다." 인도에는 길바닥에 수백만 명의 사람들이 있었지만, 수녀님은 이 한 사람을 직접 돌보셔야 마음이 놓이는 분이셨지요. 수녀님은 늘 말씀하셨습니다. "말하지 말고 무엇이든 행동하세요." 수녀님이 정치가들에 대해 직접 말을 하지 않는다는 비난도 많았습니다. 수녀님은 말씀하셨지요. "저는 종교인입니다. 저는 사람들에게 그리스도를 전하기 위해 여기 있는 것입니다."[36]

수녀님이 직접 가실 것입니다

제가 일 년차 수련자로 캘커타에 있을 때였습니다. 한번은 캘커타에 큰 홍수가 나서 무릎까지 물에 잠기는 바람에 가난한 사람들에게 찾아가기가 힘들게 되었지요. 하지만 테레사 수녀님과 우리는 굶주린 사람들, 가난한 사람들에게 빵을 나눠주기 위해 밖으로 나갔습니다. 물이 넘쳐 거리엔 사람이 거의 없었습니다. 하지만 수녀님은 하느님과 하느님의 가난한 사람들에 대한 크고 온유하신 사랑으로 그 물을 헤치고 굶주린 사람들에게 빵을 나눠주기 시작하셨습니다. 수녀님에게는 굶주리고 있는 사람들이 곧 예수님이셨으니까요. 우리 어린 수련자들에게는 물에 들어가지 못하게 하시면서도 당신은 아플 때까지 하느님의 사랑을 보여주는 영웅적인 행동을 계속하셨지요.[37]

✣

이따금 가난한 이들이 한 명씩 찾아와서 테레사 수녀님께 사정하곤 했습니다. "어머니, 오늘 아무것도 못 먹었어요." 그러면 수녀님은 그 사람을 응접실에 앉히고 저에게 음식을 내오라고 하셨지요. 제가 없을 땐 직접 찬장에서 음식을 가져오셨습니다. 수녀님은 늘 가난한 사람들을 걱정하셨습니다.[38]

배고픈 사람을 그냥 돌려보내지 마십시오

테레사 수녀님은 설사 우리가 빈손일 때에도 배고픈 사람을 절대 그냥 돌려보내지 말라고 가르치셨습니다. 수녀님은 말씀하셨지요. "그들에게 미소와 위안의 말을 주세요." 테레사 수녀님이 집을 세우시는 곳이라면 어디든, 종파를 가리지 않고 부자와 가난한 이들 모두가 찾아와 자신들도 가난한 이들을 도울 수 있는지 물었습니다. 수녀님은 절대 그들에게 직접적으로 도움을 구하지 않으셨습니다. 다만 이렇게만 말씀하셨지요. "줄 수 있는 걸 주세요. 아무것도 가진 게 없어도 걱정하지 마세요. 봉사할 손과 사랑할 마음을 주시면 됩니다. 다른 사람을 도우면 평화와 기쁨으로 보상받게 됩니다."[39]

사람들은 하느님에게 더 굶주려 있습니다

알바니아의 첫 번째 공동체는 1991년 3월 2일, 티라나에 만들어졌습니다. 테레사 수녀님은 그 나라의 모든 것이 텅텅 비어 있다는 것을 곧장 알게 되셨지요. 사람들은 물질적인 것에도 굶주려 있었지만 하느님에게 더욱 굶주려 있었습니다. 그건 비상상황이었습니다. 당장 일을 시작해야 했지요. 테레사 수녀님은 영화관, 운동경기장, 창고 등등으로 쓰이고 있던 수많은 교회를 정부로부터 돌려받았습니다. 그러고는 아픈 사람들과 행려자들이 쉼터로 사용하는 중앙 모스크로 가셔서 거기 있던 사람들을 티라나에 있는 우리의 두 번째 집으로 데려오셨습니다. 그리고 그 모스크를 무슬림 이맘에게 돌려주셨습니다.[40]

· "너희는 내가 굶주렸을 때에 먹을 것을 주었고" _마태오 복음서 25:35

· "그들은 오늘 굶주리고 있습니다. 내일이면 너무 늦을지 모릅니다."[41]

· "오늘날 가난한 이들은 빵과 밥에 굶주리고 있습니다. 그리고 사랑에, 하느님의 살아 있는 말씀에 굶주리고 있습니다."[42]

나는 내 가족, 내 공동체, 내 교구, 내 이웃, 내가 사는 도시 혹은 국가 속의 "굶주린" 한 사람을 알아볼 수 있습니까? 굶주린 그 사람에게 조금의 위안을 제공할 방법—물질적 도움이나 사랑과 친절의 단순한 몸짓, 하느님 말씀—을 찾아낼 수 있습니까? 굶주림에 고통받고 있는 그들과 하나가 되어 금식하거나 지역 자선단체의 자원봉사 프로그램에 지원할 수 있습니까?

나는 식사 전후에 기도를 드림으로써 하느님의 뜻에 따라 내가 받은 음식에 대해 하느님께 감사의 마음을 표시할 것이며, 먹을 것 없이 지내는 사람들을 떠올리고 음식을 낭비하지 않을 것입니다.

주여, 전 세계의 우리 형제자매들, 가난과 굶주림 속에 살고 죽어가는 그들을 섬길 수 있도록 우리를 가치 있게 하여주십시오. 오늘 우리의 손을 통해 그들에게 일용할 양식을 주시고, 사랑에 대한 우리의 이해로써 평화와 기쁨을 주시옵소서.

_교황 바오로 6세

둘,

목마른 이에게 물을 주다

Give Drink to the Thirsty

"목마른 사람에게 물을 주는 것." 이 자비의 행동은 마더 테레사의 삶에서 특별한 울림을 가집니다. 예수님이 십자가에서 하신 말씀, "목마르다"(요한 복음서 19:28)는 십자가에 달리신 예수님이 느끼셨던 사랑과 영혼에 대한 끝없는 갈증을 달래드리고자 하는 마더 테레사의 소명을 간결하게 요약하고 있습니다. 목마른 자와의 만남은 그 소명을 떠올리게 하는 일이었고, 눈앞에 있는 가난한 자의 절실한 필요에 가장 먼저 응답하기 위한 한결같고도 새로운 초대였습니다. 동시에 그것은 이 사람 즉 "가난한 이의 비참한 모습" 안에서 "물을 좀 달라"(요한 복음서 4:7)고 요구하시는 예수님의 갈증을 달래드리는 신비한 방식이기도 했습니다.

늘 가난한 이들의 필요, 특히 그들이 생존을 위해 기본적으로 필요한 것들에 늘 마음을 쓰셨던 마더 테레사는 실질적이고 적절한 단계를 밟아 그들을 도우셨습니다. 물이 부족한 곳이라면 그곳이 어디든 도시 당국이나 자선단체의 도움을 받아 마실 물을 공급하게 하신 것은 수녀님의 노력들 가운데 하나였습니다.

물론 마더 테레사의 관심은 거기에만 머무르지 않았습니다. 그분은 한발 더 나아가 많은 이들이 "친절함에, 연민에, 섬세한 사랑에" 목말라하고 있음을 깨달으셨습니다. 인간에게 기본적으로 필요한 것들을 채워주기 위해 마더 테레사는 친절, 연민, 사랑이 생생하게 느껴지도록 표현하려 애쓰셨고, 당신도 역시 그렇게 하도록 권유하셨습니다.

어떤 사람이 실제로—물 부족, 물을 얻을 수단의 부재, 물을 구할 능력이 없거나 거리에서 죽어갈 정도의 궁핍으로—육체적인 갈증을 겪든 사랑을 갈구하는 인간적인 목마름을 경험하든, 구체적인 이유야 어떻든 간에 목마른 자에게 물을 주는 것은 자비의 활동이며 이는 분명 우리의 관심을 필요로 합니다. 마더 테레사의 실천을 본보기로 우리는 주위의 목마른 자들을 알아보고, 그들의 갈증을 달래주기 위해 온 힘을 쏟아야 합니다. 그분이 하신 것처럼 물을 찾는 이에게 마실 것을 주되 "단지 물에 대한 갈증뿐만 아니라 지식과 평화, 진실, 정의, 사랑에 대한" 목마름까지 채워주려 애써야 합니다.

예수님은 우리의 사랑에 목말라하십니다

예수님은 십자가에 매달려 돌아가실 때 "목마르다"고 울부짖으셨습니다. 영혼에 대해, 사랑에 대해, 친절에 대해, 연민에 대해, 섬세한 사랑에 대해 예수님이 느끼시는 그 갈증을 [우리가] 달래드려야 합니다. 병든 이, 죽어가는 이에게 행한 저의 행동 하나하나가 그들을 사랑하고자 하시는 예수님의 갈증을 달래드리는 것입니다. 제 안에 계신 하느님의 사랑을 그 한 사람에게 주는 것은 물론 환영받지 못하는 이, 사랑받지 못하는 이, 외로운 이, 그리고…… 가난한 이들을 돌보는 모든 행동이 이를 위한 것입니다. 바로 이것이 행동으로 그분의 사랑을 사람들에게 주는 것이고 바로 예수님의 갈증을 적셔드리는 저의 방법입니다.[1]

✣

십자가에 매달려 돌아가시면서, 예수님은 말씀하셨습니다. "목마르다." 예수님은 우리의 사랑에 목말라하고 계십니다. 그것은 가난하거나 부유한 모두에게 하나의 시험과 같습니다. 우리는 모두 다른 사람의 사랑에 목말라합니다. 우리에게 피해를 입히지 않으려 애쓰고 우리에게 잘하려 애쓰는 사랑 말입니다. 이것이 진정한 사랑의 의미입니다. 아플 때까지 주는 것입니다.[2]

✣

예수님께서 "목마르다"고 하셨을 때, 사람들은 예수님께서 물을 찾는다고 생각했습니다. 사람들은 예수님께 신 포도주를 드렸지만 예수님은 받지 않으셨습니다. 그러나 그분의 갈증은…… 사랑에 대한 갈증, 영혼에 대한 갈증이었습니다. 오늘날 예수님은 여러분과 저에게 그때와 똑같이 말씀하고 계십니다. 사랑에, 영혼에 "목마르다"고 말입니다. 예수님의 갈증을 어떻게 달래드릴 수 있을까요? 지금 바로 여기서 우리 한 사람 한 사람이 영혼의 정화와 구원을 위해 일하는 것입니다. 그것이 바로 예수님의 목마름입니다. 예수님의 그 끔찍한 목마름, 십자가 위의 그분에게 너무도 고통스러웠던 그 목마름. 그분은 알고 계셨습니다. 앞으로도 많은 고통을 겪게 되시리라는 것, 그럼에도 많은 사람이 그분을 받아들이지 않으리라는 것을 말입니다.[3]

✣

사소한 일에서도 가난을 택할 수 있어야 합니다. 많은 사람들이 불빛 없이 살아가고 있습니다. 감옥에서는 사람들이 죽어가고 있습니다. 그들에겐 씻고 마실 물이 한 양동이뿐입니다. 저 역시 한 양동이의 물만 사용하기로 했는데, 그것은 의무감 때문이 아니라 내가 원했기 때문입니다. 가난을 알고 나누는 방법을 알 때 참다운 '사랑의 선교회' 회원이 됩니다. 이것은 성모님과 우리 주님께서 지상에서 선보이신 간단한 나눔의 방법입니다.[4]

그분은 무엇에 목말라하실까요?

예수님은 우리를 특별히 가난한 이들에게 보내십니다. 여러분이 가난한 이와 병든 이에게 주는 물 한 잔, 죽어가는 사람을 부축하는 몸짓, 아기를 먹이는 태도, 배우지 못한 아이를 가르치는 것, 나병 환자에게 약을 주는 것…… 그들을 향한 여러분의 태도와 몸짓 하나하나가 오늘날 이 세상에 존재하는 하느님의 사랑입니다. "하느님은 여전히 이 세상을 사랑하십니다!" 저는 이 사실을 여러분의 마음에 새겨놓고 싶습니다. 하느님은 여러분을 통해, 그리고 저를 통해 지금도 여전히 사랑하십니다. 여러분의 두 눈에서, 여러분의 행동에서, 여러분이 움직이는 태도에서 하느님의 그 사랑을 보여주십시오.[5]

✣

에티오피아에서 저는 그들의 끔찍한 육체적 고통, 정말 끔찍한 고통을 보았습니다. 아침에 문을 열 때가 되면 사람들은 문 앞으로 몰려들어 물 한 잔만 달라고 간신히 내뱉습니다. 먹을 거라곤 구경도 못한 사람들이었습니다. 온유한 사랑과 약간의 보살핌, 얼마간의 음식을 얻기 위해 그들은 먼 길을 걸어온 것입니다.[6]

우리는 어디에 있습니까?

거리의 수많은 사람들…… 환영받지 못하고, 사랑받지 못하고, 보살핌받지 못하는 사람들, 사랑에 굶주린 사람들. 그들 옆에는 술병들이 뒹굴고 있습니다. 그들이 그것을 마시는 것은, 다른 무언가를 주는 사람이 아무도 없기 때문입니다. 여러분은 어디에 있습니까? 저는 어디에 있나요? ……다름아닌 뉴욕에, 런던에, 그리고 유럽의 큰 도시들에 그런 사람들이 넘쳐납니다. 덜렁 신문지 한 장을 깔고 거기 누워 있습니다. 우리 수녀님들은 밤 열시부터 새벽 한시까지 로마의 거리로 나갑니다. 샌드위치와 따뜻한 마실 것을 가져가지요. 런던에서 저는 체온이 떨어지지 않도록 공장 담벼락에 붙어있는 사람들을 보곤 했습니다. 왜 그렇게 됐을까요? 왜일까요? 우리는 도대체 어디에 있는 걸까요?[7]

이해에 대한 목마름

빵과 밥에 대한 굶주림만 있는 것이 아닙니다. 사랑에 대해, 환영받는 것에 대해, 자신이 중요한 사람임을 알리는 것에 대해, 자신의 이름이 불리는 것에 대해, 깊은 연민을 가지는 것에 대해서도 굶주림이 있습니다. 여기서 끝이 아닙니다. 오늘날 이 세계에는 사랑에 대한 크나큰 굶주림이 하나 더 존재합니다. 바로 이해에 대한 목마름입니다.[8]

✣

예수님은 말씀하십니다. "나는 굶주렸다. 나는 목마르다. 나에겐 잘 곳이 없다. 나에겐 아무도 없다. 너희가 나에게 이렇게 한 것이다." 저는 늘 이렇게 말합니다. 우리는 사회사업가가 아니라 세상의 마음속에서 관상觀想하는 자라고 말입니다. 우리는 세상의 마음속에서 굶주린 예수님께 먹을 것을 드리고 있습니다. 자비와 기쁨의 물을 인간에게, 그리고 예수님께 드리고 있는 것입니다.[9]

에티오피아—열린 갈보리

에티오피아의 알라마타를 방문했던 한 수녀님이 테레사 수녀님에게 전화를 걸어 자신이 본 것을 전했습니다. 수녀님은 괴로워하며 말씀하셨습니다. "수녀님, 그들이 죽기 전에 무언가를 하세요." 수녀님이 대답했습니다. "테레사 수녀님, 우리에겐 음식과 약품, 옷, 그리고 무엇보다 물이 필요합니다." 테레사 수녀님이 말씀하셨습니다. "나중에 제가 전화할게요." ……테레사 수녀님은 [레이건] 대통령에게 [전화를 걸어] 말씀하셨습니다. "방금 에티오피아에서 걸려온 전화를 받았는데, 배고픔과 목마름으로 죽어가는 사람이 수없이 많다고 합니다. 부디 무언가를 해주세요. 음식과 물, 옷과 약이 필요합니다." 수녀님에게 감동받은 대통령은 곧 전화하겠다고 했지요.

하루 만에 미국이 개입했고, 가톨릭 구호 서비스Catholic Relief Services, CRS를 통해 [많은 양의] 음식이 에티오피아의 사랑의 선교회에 전달되었습니다. 테레사 수녀님은 음식과 옷, 약품을 실은 화물기와 화물선을 보내신 후, 네 명의 수녀님과 함께 에티오피아에 도착하셨습니다. 당신이 쓰실 담요와 옷가지, 비스킷을 가지고 오셨더군요. 모두가 수녀님을 만나기를 고대하고 있었습니다. 오는 길에 수녀님은 공항에서 한 팝 가수를 만나셨습니다. 수녀님에게 [인사한 후] 그가 말했습니다. "에티오피아는 열린 지옥입니다." 수녀님은 그의 눈을 들여다보며 말씀하셨지요. "에티오피아는 열린 갈보리Calvary, 골고다 언덕입니다. 열린 지옥이 아닙니다. 선생님과 제가 우리의 작은 몫을 할 수 있다면 생명은 구제될 것입니다."

다음 날, 수녀님은 고열에 시달리시면서도 구조 장소로 떠날 준비를 하셨습니다. 에티오피아 대통령이 자신의 전용기를 내주었습니다. 수녀님은 죽어가는 환자들, 눈이 움푹 꺼지고 뱃가죽이 등에 달라붙어 뼈만 남은 채 두려움에 떠는 수백 명의 사람들을 보셨습니다. 아침 일곱시부터 저녁 일곱시까지, 수천 명의 사람들이 음식이 나오길 참을성 있게 기다리며 앉아 있었습니다. 우리 수녀님들은 한 사람 한 사람에게 물잔을 건네었습니다. 그들 모두를 축복하며 둘러보신 수녀님은 한 사람 한 사람의 고통을 느끼셨습니다. 수녀님은 물동이를 직접 들고 다니며 마실 물을 건네셨습니다. 그러고는 함박웃음을 지으며 다른 수녀님들에게 말씀하셨지요. "여러분이 부럽습니다. 시원한 물 한 잔을 내어주면 천국에서 보상을 받을 거라고 예수님께서 말씀하셨거든요. 여러분은 가난한 사람들 안의 예수님께 갈증을 달래드리고 있으니 특혜를 받은 거예요. 예수님은 '너희가 나에게 해준 것이다'라고 말씀하셨습니다. 예수님 말씀은 진리이며, 예수님은 우리를 속이지 않으십니다." 수녀님들이 기뻐하는 걸 보고, 테레사 수녀님은 지역 [담당자]에게 말씀하셨습니다. "저들을 보세요. 가진 것은 없지만 저들은 저렇게 건강하고 행복합니다. 그래요, 우리는 많은 것이 없어도 살 수 있습니다. 가난한 이들 중에서도 가장 가난한 이들에게 마음을 다해 아낌없이 봉사하는 것이 바로 그 기쁨의 비밀입니다." 수녀님은 우리를 축복하신 후 마칼레를 향해 떠나셨습니다……

공항에서 나온 저희는 기아 이재민이 수용되어 있는 캠프로 곧장 출발했습니다. 병이 깊은 사람들은 텐트 안에 누워 있었습니다. 그때 수녀님의 눈에 띈 것은 밀림의 나뭇가지로 만든 작은 움막이었습니다. 그 안에는 매장 순서를 기다리는 시체가 쌓여 있었습니다…… 사람들이 말하더군요. "물이 없어 수천 명이 죽고 있습니다, 수녀님. 물을 주세요." 수녀님은 일찍 잠자리에 드셨지만, 많이 주무시지는 못하셨습니다…… 수녀님은 아디스아바바로 돌아가려고 동이

틀 때를 기다리셨습니다. 이따금 수녀님들은 테레사 수녀님의 중얼거림을 들을 수 있었습니다. "물 없이 사는 건 얼마나 끔찍한 일인지, 갈증은 끔찍해." 수녀님은 잠을 못 이루고 뒤척이셨습니다.[10]

✣

대기근 동안 [에티오피아의 알라마타에는] 물이 한 방울도 없었습니다. 수녀님이 오셨을 때 그곳엔 물이 전혀 없었습니다. 심지어 마실 물조차 없었지요. 점심시간이 되어 모두들 물을 한 잔씩 마셨습니다. 하지만 수녀님은 물을 드시지 않으셨습니다. 몹시 더운 날이어서 다들 목이 마른 상태였어요. 한데 수녀님은 당신 몫의 물을 어느 죽어가는 여인에게 건네셨습니다.[11]

현실적이고 구체적으로

수녀님은 병든 사람, 고통받는 사람들에게 각별한 사랑을 보여주셨습니다. 칼리가트Kalighat—1952년 마더 테레사가 세운 호스피스, '니르말 흐리다이'라는 이름으로도 알려져 있다—에서 수녀님을 뵙는 것, 수녀님이 침대마다 둘러보며 그들을 어루만져주시는 모습이나 그분의 실질적인 관심을 보는 것 자체가 복음을 전하는 것과 같았습니다. 몸소 사랑을 표현하고 계셨으니까요. 그분은 현실적인 여성이었습니다. 목마른 사람에게 물을 주거나 신부님들에게 초콜릿을 주거나, 구체적인 방식으로 그 사랑을 표현하셨습니다. 그리고 우리에게 뭐라도 권고하실 때면 언제나 사랑의 표현에 더 가까웠습니다…… 그분은 늘 우리에게 희생하라고, 사람들이 필요로 하니 서두르라고 권유하셨습니다. 직접적이든 간접적이든 항상 진심을 다해 봉사해야 했습니다. 그분은 도움이 필요한 누군가를 발견하면, 이런저런 요구를 모두 들어주기 위해 몸을 둘로 쪼개다시피 하셨습니다. 그분이 그들에게 보여주신 사랑은 각별했습니다.[12]

예수님은 가장 비참한 모습을 한 사람들 안에서 목마르신 분입니다

수녀님의 영성에서 중요한 특징 가운데 하나는, 가난한 이들 중에서도 가장 가난한 이들 안에서, 가장 비참한 모습을 한 이들 안에서 그리스도를 보시는 능력이었습니다. "비참한 모습"이라는 이 표현에는 아주 특별한 의미가 있습니다. 그것은 단순히 가장 가난한 이들을 가리키는 게 아니라 알아보기가 아주 힘들고 어려울 만큼 비참한 모습으로 변장한 예수님을 알아보는 것, 그 안에 계시는 예수님이 목말라하신다고 믿고 그분과 함께하려 애쓰는 것을 말합니다. 명상을 통해, 기도를 통해, 특히 성체성사를 통해 접촉하지 않는다면 비참한 모습을 한 이들에 대한 믿음 안으로 들어갈 수 없습니다. 수녀님은 말씀하곤 하셨습니다. "제가 성체성사에서 받아들인 예수님은 제가 섬기는 예수님과 같습니다. 다른 예수님이 아닙니다." ……저는 사랑의 선교회 내의 영성은 그 존재에 중심을 두고 있다고 생각합니다…… "저는 가난한 사람들 안의 예수님을 섬기고 사랑하고 싶습니다. 저는 아시시의 성 프란치스코처럼 살고 싶어요. 가난한 삶을 살면서 주님을 섬기고 싶습니다."[13]

· "내가 굶주렸을 때에 먹을 것을 주었고 목말랐을 때에 마실 것을 주었으며"_마태오 복음서 25:35

· "여러분은 주님께서 목말라하실 때, 거기서 여러분의 자매[또는 형제]를 통해 그분께 연민의 물, 용서의 물을 드리셨습니까?"[14]

· "친절에 대한 목마름을 주님이 여러분에게 간청하십니다…… 여러분이 그분에게 그 '한 사람'이 되지 않겠습니까?"[15]

우리와 가장 가까운 이들 가운데 목마른 사람이 있을 때, 그들에게 관심이 쏠리지 않게 하면서도 목마름뿐 아니라 사랑과 관심에 대한 갈증까지 달래줄 수 있는 작은 자선의 행위가 있습니까? 봉사받기를 기대하기보다 먼저 봉사하는 사람이 되기 위해서, 나는 내 가족이나 공동체 구성원에게 작은 봉사를 할 수 있습니까? 물이 없는 사람들에게 물을 공급하는 프로젝트에서 내가 도움이 될 수 있습니까? 물 부족으로 고통받는 사람들과 하나가 되는 마음에서, 나는 어떻게 하면 물 낭비를 줄일 수 있습니까?

예수님의 어머니이신 성모 마리아시여, 당신은 "목마르다"는 예수님의 울부짖음을 처음 들으신 분이었습니다. 당신께서는 예수님이 얼마나 저를, 그리고 가난한 이들을 진실로 깊이 갈망하고 계시는지 알고 계십니다. 저는 당신의 것입니다. 부디 저를 가르치시어, 십자가에 달리신 예수님 마음속의 그 사랑을 대면하게 해주십시오.

성모 마리아시여, 당신의 도움으로 저는 예수님의 목마름에 귀를 기울일 것이며 그것을 저의 '생명의 말씀'으로 삼을 것입니다. 저는 당신 가까이 서서, 예수님께 제 사랑을 드릴 것이며, 예수님께 저를 사랑해주실 기회를 드리어 당신의 기쁨의 원천이 될 것입니다. 그리고 제가 예수님의 목마름을 달래드릴 것입니다.

_마더 테레사

셋,

헐벗은 이에게
옷을 주다

Clothe the Naked

마더 테레사는 결코 빈곤에 익숙해지지 않으셨습니다. 다른 지역에 있는 자매님들의 공동체를 방문한 후에 이렇게 말씀하곤 하셨어요. "우리 가난한 이들은 너무 많은 고통을 받고 있어요." "뉴욕, 런던, 로마에서 가난이라니…… 밤에 로마의 거리에 나가보면 신문지를 깔고 자고 있는 사람들을 보시게 될 거예요." 몹시 슬퍼하셨지요. 때때로 가난한 이들은 갈수록 더 가난해지는 것 같았습니다. 수녀님이 보시기에는 입을 만한 옷가지가 제대로 없는 사람들 역시 많았습니다. 갈아입을 옷도, 샤워를 할 만한 기회도 없는 사람들은, 거리에서 지내는 동안 가난한 행색과 고약한 냄새 때문에 자신을 업신여기는 눈길들을 견뎌야 했습니다. 그들 역시 다른 사람들처럼 단정하고 좋은 옷을 입고 싶었겠지요.

가난한 이들이 남루하든 그렇지 않든 마더 테레사는 그들에게 입을 만한 옷가지만 주는 것이 아니라 존경하는 마음을 보여주었습니다. 그분은 거리에서 헐벗고 누워 있는 이들의 몸을 덮어주시고, 추위에 떨고 있는 이들에게 따뜻한 담요를 둘러주셨으며, 상처에서 구더기가 끓고 있는 이들의 부끄러움을 가려주셨습니다. 가난으로 인해 다른 사람들이 혐오감을 가지고 돌아서지 않도록 하셨습니다. "헐벗은 이들에게 단지 옷만이 아니라 인간적인 품위까지 입히라." 이렇듯 그분은 궁핍에 시달리는 이들을 크나큰 존경으로 대함으로써, 하느님의 아들딸인 그들의 존엄성을 되찾아줘야 할 필요성을 강조하고 계셨습니다.

당신 스스로에 대해 깊이 이해하고 계셨기에 마더 테레사는 겉모습을 떠나, 그들과 다르지 않고 그들보다 나을 것도 없는 한 존재로서의 당신을 보실 수 있었습니다. 당신 자신이 가난한 이들 중에서도 가장 가난한 이들 가운데 한 사람이라는 것을 마음속 깊이 깨닫고 계셨기 때문입니다. 이러한 앎은 그분으로 하여금 눈앞에 있는 이에게 마음 깊은 곳에서 솟아오르는 온유한 연민을 느끼게 하고, 아울러 그의 인간적인 품위를 알아보게 해주었습니다. 나아가 마더 테레사는 다음과 같은 사실도 알고 계셨습니다. "가난한 자들은 매우 위대한 사람들입니다. 그들은 우리에게 아름다운 많은 것들을 가르쳐줍니다…… 먹을 것이 없고 몸을 누일 곳 하나 없는 사람들이지만, 이들은 모두 위대한 사람들입니다."

하지만 오늘날 우리가 살고 있는 세계에서 인간 존엄성에 부여되는 가치가 얼마나 미미한지 우리는 알고 있습니까? 가끔 한 개인을 그저 착취의 대상으로만 여기지는 않습니까? 인간 존엄성이 존중되지 않고, 한 개인이 그저 착취의 대상으로밖에 여겨지지 않는 수많은 상황 속에서, 마더 테레사가 모든 인간을 대하면서 보여준 사랑과 존중은 시의적절하고 가치 있는 신호입니다. 다른 누군가를 친절한 마음으로, 존중하고 공경하는 마음으로 대하는 것이야말로 자기 자신의 내면의 존엄성을 회복할 수 있는 길일 것입니다.

그분이 우리와 같아지고자 하셨습니다

가난한 이들이야말로 위대한 사람들이며, 우리는 그들에게 큰 은혜를 입고 있습니다. 만약 그들이 우리를 받아들이지 않는다면 우리 사랑의 선교회는 존재하지 않을 것입니다. 이를 이해하려면 예수님을 보아야 합니다. 그분은 인간이 되기 위해서 "그분은 부요하셨지만 여러분을 위하여 가난하게 되셨습니다."(고린토인들에게 보낸 둘째 편지 8:9) 그분은 왕의 궁전을 택할 수도 있었지만, 우리와 동등해지기 위해 죄를 제외한 모든 면에서 우리와 같아지고자 하셨습니다. 우리는 가난한 사람들과 동등해지기 위해 궁핍을 제외한 모든 면에서 그들과 같이 가난해지고자 합니다.[1]

분명히 확신하지만 우리 곁에서 죽었던 그들은 모두 천국에 있을 것입니다. 그들은 진정 성자들입니다. 그들은 신의 존재 안에 있으니까요. 이 지상에서는 그들을 원하는 사람이 없었을지 모르나 그들은 하느님의 크신 사랑을 받는 하느님의 자녀들입니다.[2]

예수님은 저 헐벗은 이들을 위해 돌아가셨습니다

예수님은 더욱 큰 사랑을 보여주기 위해 십자가에서 돌아가셨습니다. 그분은 여러분을 위해, 저를 위해, 저 나병 환자를 위해, 굶주림으로 죽어가는 저 남자를 위해, 그리고 캘커타뿐 아니라 아프리카, 뉴욕, 런던, 오슬로의 거리에 누워 있는 헐벗은 이들을 위해 돌아가셨습니다. 그리고 당신이 우리 한 사람 한 사람을 사랑하시는 것처럼 우리에게 서로 사랑하라 말씀하셨습니다. 복음에는 그 말씀이 분명하게 나와 있습니다. "내가 너희를 사랑한 것처럼 너희도 서로 사랑하여라. 아버지께서 나를 사랑하신 것처럼 나도 너희를 사랑해왔다."[3]

✢

그분은 말씀하셨습니다. "너희는 내가 굶주렸을 때에 먹을 것을 주었고 목말랐을 때에 마실 것을 주었으며 나그네가 되었을 때에 따뜻하게 맞이하였다. 또 헐벗었을 때에 입을 것을 주었으며 병들었을 때에 돌보아 주었고…… 너희가 여기 있는 형제 중에 가장 보잘것없는 사람 하나에게 해준 것이 바로 나에게 해준 것이다." 또한 예수님께서 우리에게 거듭 강조하신 말씀은, 당신이 우리를 사랑하셨듯이 우리도 서로 사랑하라는 것이었습니다.[4]

✢

그러므로, 우리 모두가 수고를 아끼지 말아야 할 것은, [가난한 이들 중에서도 가장 가난한 이들이 사는] 곳이 어디인지 [찾아내고] 다른 '협력자'들을 안내해 그곳으로 가는 것입니다. 절대 혼자 가지 말고 둘이 가라고 하십시오. 절대 혼자 가서는 안 됩니다. 다른 한 명을 데리고 그곳으로 가십시오. 그것이 비참한 모습을 하신 그리스도이며, 우리에게는 이것이 굶주린 그리스도이고 헐벗은 그리스도이며 나그네 그리스도입니다…… 겸손하게 그 일을 하십시오…… 우리는 앞으로도 그 겸손한 일을 계속하기로 결심했습니다…… 먹을 것을 주고 씻겨주고 닦아주고 사랑해주고 보살펴주고. 이런 자질구레한 일을 하는 것은 시간 낭비가 아닙니다. 그것은 굶주린 그리스도, 헐벗은 그리스도에게 직접 해드리는 일입니다. 그분은 우리를 속이실 수 없습니다. 그것은 스물네 시간 그분을 만지는 일입니다. 그 때문에 우리가 그 사람들 곁에 머물면서 그들을 어루만지며 스물네 시간 기도할 수 있다는 게 그렇게 아름다운 일입니다.[5]

✣

정말로 예수님을 사랑하십니까? 정말로 종종 예수님의 목마름을 느끼십니까? "가난한 이들 중에서도 가장 가난한 이들 안에 있는 나를 사랑하느냐?" 물으시는 그분의 목소리가 들리십니까? 수녀님들, 제 말에 귀를 기울여주세요. 여러분은 저 굶주린 사람 안의 예수님의 울부짖음을 들을 수 있습니까? 저 헐벗은 사람에게서는요? 사랑받지 못하고 대접받지 못하는 저 사람에게서는요? 구더기가 들끓는 커다란 상처가 있는 나병 환자에게서는요? 저 에이즈 환자에게서는요? 여러분은 어떤 존엄성을 가지고 그들을 대하십니까? 그 한 사람 한 사람 안에서 고통받는 그리스도가 보이십니까? 만약 여러분이 예수님에게 아주 가까이 있다면, 성모 마리아의 도움으로 그들의 고통을 나눔으로써 예수님의 목을 축여드리겠다고 말할 수 있을 것입니다. 우리 공동체 안에서도, 우리의 수녀님에 대해서도, 우리 윗사람들에 대해서도 마찬가지입니다. 그리고 잊지 마세요. "너희가 나에게 해주었다"는 말씀을.[6]

여러분의 손은 얼마나 깨끗해야 할까요

기도에 함께하려면, 헐벗은 그리스도에게 옷을 드리려면, 여러분의 손은 얼마나 깨끗해야 할까요.[7]

✣

오늘 한 무리의 학생들이 저를 찾아왔습니다. 푸자 의식puja, 힌두교의 종교 의식이 끝난 후 제물로 바쳤던 돈과 음식을 우리에게 가져다주기 위해 뽑힌 남녀 어린이들로, 우리의 시슈바반Shishu Bhavan, 어린이들의 집에 들른 뒤에 저를 보러 온 것이었습니다. 이 아이들이 우리에 대해 어떻게 알았는지 모르겠습니다. 그렇습니다. 바로 이러한 것들이 우리가 하는 일에서 경이로운 부분입니다. 우리 사랑의 선교회가 전 세계에서 가난한 이들에 대한 인식을 만들어왔다는 것 말입니다. 이십 년 전에 만약 우리 주변에 어떤 사람이 굶주리고 있거나 헐벗고 있다고 말했다면 아무도 믿지 않았을 겁니다. 지금은 우리가 해온 일들 때문에 전 세계가 가난한 사람들을 알고 있습니다. 알고 있기에 나누고 싶어합니다.[8]

✣

케네디 대통령이 그곳을 방문하러 왔을 때였습니다. 아그네스 자매님이 더러운 옷들을 빨고 있었는데, 그분이 자매님과 악수를 하겠다고 고집을 부리더군요. 자매님이 두 손을 감추자 그분이 말했습니다. "허락해주십시오…… 그 손은 그리스도의 사랑을 위해 겸손한 일을 하고 있습니다."[9]

✣

마지막으로 베이루트에 갔다가 아이들을 데려왔을 때가 기억납니다. 아이들은 참담한 상황에 처해 있었습니다. 병원이 폭격을 당하자 직원들은 일찌감치 달아나버리고, 서른일곱 명이나 되는 아이들은 완전히 벌거벗은 채 서로 포개어져 있었습니다. 아이들을 먹이고 돌봐주는 이는 아무도 없었습니다. 아이들은 서로를 빨아먹고 있는 것만 같았습니다. 우리는 아이들을 데려와 깨끗한 침대에 눕혔습니다. 수녀님들이 아이들에게 어떤 변화를 일으켰는지 보십시오. 아이들을 보러 온 의사들이 다들 말하더군요. "감사합니다, 수녀님. 하지만 아이들은 모두 일주일 안에 죽을 겁니다." 놀랍게도 단 한 명의 아이도 죽지 않았습니다. 그리고 그 아이들의 미소는 너무도 아름다웠습니다.[10]

✣

유럽에 있는 이곳을 비롯해 다른 도시에는 굶주린 사람이 없다고, 헐벗은 사람이 없다고, 잘못 생각하는 일이 없어야 합니다. 세상에는 빵에 대한 굶주림도 있지만 사랑에 대한 굶주림도 있습니다. [어쩌면 이곳에는] 옷가지[가 없음으]로 인한 헐벗음은 없겠지만, 인간 존엄성[의 결핍]으로 인한 헐벗음이 있습니다. 벽돌로 지은 방 한 칸이 없어서 행려자가 있는 것이 아닙니다. 환영받지 못하고 사랑받지 못하고 보살핌받지 못하는 이들을 거절하기 때문에 그들이 있는 것입니다. 우리가 기도해야 하는 것은 바로 그 때문입니다. 기도는 우리의 마음을 맑게 해줍니다. 맑은 마음으로 우리는 하느님을 볼 수 있습니다. 만약 우리가 하느님을 본다면, 하느님이 우리 한 사람 한 사람을 사랑하시듯이 우리는 서로를 사랑하게 될 것입니다.[11]

헐벗음은 인간 존엄성의 상실입니다

우리가 환영받지 못하는 사람, 사랑받지 못하는 사람, 보살핌받지 못하는 사람, 잊힌 사람, 외로운 사람을 이야기하는 이유가 바로 여기에 있습니다. 그것이 훨씬 더 큰 가난이기 때문입니다. 물질적인 가난은 물질로 얼마든 만족시킬 수 있습니다. 빵에 굶주린 한 사람에게는 빵을 줌으로써 그의 굶주림을 만족시킬 수 있게 됩니다. 그러나 끔찍하게 외롭고, 사회에서 버림받고 거부당한 사람에게는 물질적인 지원이 전혀 도움이 되지 않습니다. 그 외로움을 없애기 위해서는, 그 끔찍한 아픔을 없애기 위해서는 기도가 필요하고 희생이 필요하고 온유함과 사랑이 필요합니다. 그런데 이것은 이따금 물질을 주는 것보다 훨씬 더 어렵습니다. 우리에게 빵에 대한 굶주림만 있는 게 아니라 사랑에 대한 굶주림이 있는 이유는 바로 그 때문입니다.[12]

✣

인간은 하느님의 형상을 따라 만들어졌고, 그리스도는 육화되심으로써 인간 한 사람 한 사람과 결합되셨습니다. 제가 처음에 이 일을 시작했던 초기에 교회는 쓰레기로 만들어진 곳이 아니라고 말하는 이들이 있었습니다. 그들이 말하는 쓰레기란 가난한 사람, 병든 사람, 죽어가는 사람, 불구인 사람, 집 없는 사람을 뜻하는 것이었습니다. 지금은 모두가 쓰레기로 여겨지던 그들을 돌아보게 된 것 같습니다. 그렇습니다. 가난한 사람도 인간적 품위를 누리며 존중받을 가치가 있습니다. 인간은 사랑을 경험하지 않는다면 자신의 존엄성을 의식하지 못하게 됩니다. 그러고 보니 니르말 흐리다이에서 죽은 한 남자가 생각납니다. "거리에서 저는 짐승처럼 살았지만, 이제 사랑받고 보살핌을 받으니 천사처럼 죽을 겁니다."[13]

✣

아주 추운 나라에서 죽어가는 사람들이 많습니다. 그들은 몸이 얼어서 죽습니다. 헐벗음이란 인간 존엄성의 끔찍한 상실이자 순수함, 순결한 몸, 순수한 마음, 깨끗한 마음 같은 아름다운 미덕의 상실이기도 합니다. 순수함, 정숙함, 순결함. 하느님께서 주신 그 아름다운 선물을 잃어버리는 것입니다.[14]

✣

헐벗음이란 인간 존엄성의 상실이자 존경의 상실입니다. 너무도 아름답고 위대한 순수함의 상실, 젊은 남녀가 사랑하여 서로에게 줄 수 있는 가장 아름다운 순결의 상실, 아름답고 위대한 그 존재의 상실입니다. 바로 이것이 헐벗음입니다.[15]

✣

인간 존엄성에 대한 헐벗음, 우리 한 사람 한 사람 안의 신성을 섬기는 마음에 대한 헐벗음이 있습니다. 하느님께서는 더욱 위대한 것들을 위해서 우리를 창조하셨고, 사랑하고 사랑받도록 하셨습니다. 그래서 인간 존엄성을 빼앗을 때, 그것은 곧 그의 안에 있는 신성을 파괴하는 것이 됩니다.[16]

그는 상처투성이 알몸이었습니다

언젠가 한 영국인 청년이 성난 군중이 던지는 돌을 피하며 미친 듯이 달리고 있었습니다. 테레사 수녀님은 우리가 타고 가던 구급차를 멈추게 하시고는 그 청년을 태우셨습니다. 청년은 실오라기 하나 걸치지 않은 알몸에 상처투성이였습니다. 수녀님은 청년을 마더 하우스로 데려가서 목욕물을 주셨고, 상처를 치료해주고 입을 옷과 따뜻한 식사를 주셨습니다.[17]

이곳의 아이를 모두 데려가겠습니다

처음에 우리가 [루마니아에 있는] 그 고아원에 갔을 때…… 예순세 명의 아이들은 도저히 말로 할 수 없는 상황에 놓여 있었습니다…… 테레사 수녀님은 마흔 명의 아이를 데려가도록 허락받은 상태였지요. 고아원에 가서 보니, 벌거벗은 아이들 두세 명이 한 침대를 쓰고 있었습니다. 소변으로 젖은 자리에 앉거나 누워 있는 아이들도 많았습니다. 수녀님은 저에게 말씀하셨습니다. "이곳의 아이를 모두 데려가겠습니다." 제가 대답했지요. "수녀님, 우리 서류엔 마흔 명만 데려가기로 되어 있습니다." 수녀님은 제 말을 가로막으셨습니다. "아이들을 전부 데려가지 않는다면 떠나지 않을 겁니다." 나중에 밖에서 뵈니, 수녀님은 계속 이런 말을 되풀이하고 계셨습니다. "저는 심판할 생각은 없습니다." 수녀님은 눈에 띄게 화가 나 계셨지요. "그들을 심판할 생각은 없지만, 이 사람들—

아이들의 보육 담당자들—은 부끄러운 줄 모르고, 창피한 줄도 모르고 저기 서 있습니다. 어떻게 그럴 수 있을까요?" 수녀님은 다시 덧붙이셨습니다. "그들을 심판하고 싶지는 않아요." 수녀님은 보육 담당자들에게 평정심을 잃지는 않으셨습니다. 하지만 우리는 끝내 예순세 명을 모두 데려왔습니다.[18]

테레사 수녀님은 여인을 돌려보내지 않으셨습니다

저는 하느님의 섭리를 굳게 믿는 테레사 수녀님에게 큰 감명을 받았습니다. 어느 날 찢어진 옷을 입은 한 여인이 찾아오자, 수녀님은 담당 수녀님에게 사리 한 벌을 가져다달라 하셨습니다. 하지만 그 여인에게 줄 사리는 없었습니다. 그래도 수녀님은 여인을 돌려보내지 않으셨습니다. 그리고 몇 분 후 한 남자가 여러 벌의 새 사리를 들고 나타났습니다. 그 여인은 매우 기뻐했습니다.[19]

그분에게는 하느님의 사랑의 힘이 있었습니다

1991년 알바니아에는 모든 것이 완전히 텅 비어 있었습니다. 가게에는 식품이 하나도 없었고, 옷도 의약품도 구경할 수 없었습니다. 테레사 수녀님은 주로 이탈리아에서 옷과 음식, 의약품을 지원받으셨습니다. 생필품들이 쏟아져들어오기 시작했지만, 그것을 나눠주는 일 또한 쉽지 않았습니다. 사람들은 자제심을 잃었고 서로 으르렁거렸습니다. 테레사 수녀님에게 그 사실을 알려드렸더니 당신이 함께 있을 때 옷가지와 음식을 나눠주라고 하셨습니다. 우리는 사람들에게 배급표를 나누어주었지만 그조차 쉽지가 않았습니다. 배급일이 되자 테레사 수녀님이 앞치마를 두르고 준비를 하고 계셨습니다. 바깥에는 경찰도 와 있었습니다. 경찰도 통제할 수 없을 만큼 엄청난 군중이 몰려와 있었습니다. 수녀님은 밖으로 나가셔서 군중을 향해 말씀하셨습니다. 수녀님이 심장병을 앓고 계셨기 때문에 저희는 두려웠습니다. 하지만 수녀님은 용감하고 결단력이 있는 분이셨습니다. 수녀님이 군중들을 진정시키시자 우리는 사람들에게 옷을 나눠 주었습니다. 수녀님이 그렇게 하실 수 있었던 건 하느님의 사랑의 힘이 그분에게 있었기 때문입니다. 배급이 끝난 후 수녀님이 탄식을 하셨습니다. "예전 알바니아 사람들은 이렇지 않았습니다." 그분은 당신의 과거를 떠올리셨습니다. 그렇습니다. 십오 년 만에 나라 전체가 완전히 파괴되어버렸던 것입니다. 하느님이 그 나라에서 법적으로 추방되신 이상 인간에게서 무엇을 기대할 수 있겠습니까. 존엄성을 잃은 인간 말고는. 어느 알바니아인이 우리에게 이렇게 말하더군요. "공산주의가 사람들의 양심을 파괴하는 데 오십 년이 걸렸지만, 알바니아인들이 양심을 회복하는 데는 백 년이 걸릴 겁니다."[20]

기침을 멈추는 최고의 약

테레사 수녀님은 우리 중 누가 아프든 그 침대 곁을 떠나지 않으시면서 계속 지켜보셨습니다. 성당에서 어떤 수녀님이 기침이라도 하면 그 수녀님을 데리고 나가셔서 당신의 따뜻한 옷으로 감싸주곤 하셨지요. 밤에 침실에서 기침을 하는 수녀님이 있으면 테레사 수녀님은 그 수녀님에게 가서 다정하고 상냥하게 말씀하곤 하셨습니다. "수녀님, 제가 밤새도록 그 기침 소리를 들어줄까요?" 그러면 기침이 멈추는 것이었습니다. 기침을 멈추는 최고의 약은 우리에 대한 수녀님의 크신 사랑과 관심이었습니다. 침실에서 수녀님은 매일 밤 잠자리에 드시기 전에 침대마다 돌아다니시면서 모두가 탈이 없는지 확인하고 담요를 꼭꼭 덮어주셨습니다. 다리가 밖으로 삐져나와 있으면 다리를 모기장 안으로 밀어넣어주시고, 담요를 다시 여며주곤 하셨지요. 써야 할 편지가 많고 말할 수 없이 바쁜 날에도 언제나 그러셨답니다. 꼭 제 친어머니 같았던 수녀님이 너무나 보고 싶습니다.[21]

가난한 사람들은 얼마나 많은 고통을 받을까요

저는 기숙사에 있었습니다. 겨울이었는데 문이랑 창문이 죄다 열려 있어서 제 방에서 떨고 있었지요. 담요 두 장으로는 충분하지 않았습니다. 자정쯤 되자, 저는 가지고 있는 것들로 어떻게든 몸을 따뜻하게 하려고 애썼습니다. 바로 그 때 누가 저에게 담요를 덮어주는 느낌이 들었습니다. 그저 상상이겠지 생각하면서 눈을 떠보았는데, 누구였을까요? 말할 것도 없이 수녀님이셨습니다. 수녀님은 다시 한 번 매우 다정하게 담요를 여며주셨고, 담요 귀퉁이를 매트리스 밑으로 밀어넣고는 저를 축복해주셨습니다. 그 따뜻한 손을 제 얼굴에 대고 말씀하셨습니다. "그만 주무세요." 다음 날 아침이 되어서야 저는 수녀님이 당신의 담요를 제게 주셨다는 걸 알게 되었습니다. 수녀님은 담요 한 장 없이 어떻게 그 추위 속에서 주무실 수 있었을까요? 그건 하느님만 아시겠지요. 그날 아침 수녀님은 제게 말씀하셨습니다. "가난한 사람들은 담요 한 장 없이 차가운 맨바닥에서 자면서 얼마나 많은 고통을 받을까요. 우리 고통은 가난한 사람들의 고통에 비하면 아무것도 아닙니다."[22]

제 옷이 다 젖었습니다

어느 비오는 날이었는데, 제 옷이 모두 흠뻑 젖어버렸습니다. 수녀님께 가서 말씀을 드렸지요. "수녀님, 입을 옷이 없습니다. 제 옷이 다 젖어버렸어요." 수녀님께서 당신 방에 가서 베개 밑에 있는 당신의 잠옷을 입으라고 하시더군요. 저는 그리했습니다.[23]

· "헐벗었을 때에 입을 것을 주었으며" _마태오 복음서 25:36

· "하느님께서 여러분께 바라시는 것은 충심을 위한 헐벗음입니다…… 여러분이 그분에게 그 '한 사람'이 되어주시겠습니까?"[24]

· "가난한 이들은 헐벗고 있습니다. 옷에, 인간적 품위와 연민에 헐벗고 있습니다."[25]

차림이 남루하거나 옷이 더러운 사람들을 업신여기지는 않습니까? 갈아입을 옷이 없어서 그런 차림을 하고 있을 수도 있다는 걸 알고 있습니까? 그들이 그런 남루한 옷차림 때문에 따돌림을 당할 수도 있다는 걸 깨닫고 있습니까? 그들을 경멸스럽게 바라보거나 또는 못 본 척함으로써 그들의 비참함을 더하고 있지는 있습니까? 그들이 궁핍함 때문에, 사람들에게 업신여김을 받음으로써 고통받고 있다는 걸 깨닫고 있습니까? 그들이 누더기를 입었다는 이유로 사람들이 꺼리고 멀리하는 일이 없도록 하기 위해 나는 무엇을 할 수 있습니까?

나는 거리에서 만나는 사람들 가운데 옷이 필요한 이들은 알아볼 수 있습니까? 나는 내 옷가지 일부를 그들과 기꺼이 나눌 준비가 되어 있습니까? 내게 필요하지 않은 옷 한 벌이 누군가를 도울 수 있습니까?

어려운 처지에 있는 사람에게 다가가는 일이 간단하지 않고 힘들 수는 있지만 한편으로는 보상을 줄 수도 있습니다. 어려운 사람을 위해 여러분이 직접 무언가를 주려고 노력하되 그 사람의 존엄성을 회복하는 방식으로, 그 사람이 명예롭고 존중받는다고 느낄 수 있는 방식으로 그리하도록 애쓰십시오. 여러분은 누군가에게 따뜻하고 다정한 인사를 건네며 상호작용을 통해 그의 내면적인 존엄성을 인정할 수 있습니까?

사랑하는 예수님,

제가 가는 곳마다 당신의 향기를 널리 퍼뜨리도록 저를 도우소서.

제 영혼을 당신의 영과 생명으로 넘치게 하소서.

저의 전 존재를 온전히 소유하시고 온전히 스며드시어

저의 삶이 당신의 한 줄기 빛이 되게 하소서.

저를 통해 빛나시고, 저와 함께 머무소서.

그리하여 제가 만나는 모든 영혼이

제 안에서 당신의 현존을 느끼게 하소서.

그들이 나에게서 내가 아닌 오직 주님만을 보게 하소서!

저와 함께 머무르시어, 당신이 빛을 발하듯 저도 빛을 발하고

사람들에게 빛이 되게 하소서.

오, 주님. 그 빛은 모두 당신으로부터 올 뿐,

저의 것은 하나도 없습니다.

저를 통해 사람들을 비추는 것은 당신이실 것이니.

저로 하여금 주변 사람들을 비추게 하여

당신이 가장 사랑하신 방법으로

당신을 찬양하게 하소서.

설교하지 않고도 당신을 전하게 하소서.

말이 아니라 본보기로,

제가 하는 일의 감화력과 호소력으로,

당신을 향한 제 마음에 가득한 그 사랑으로

당신을 전하게 하소서.

아멘.

_존 헨리 뉴먼 추기경의 기도에서 영감을 얻어
마더 테레사가 영성체를 받은 후 매일 올렸던 기도문

넷,

집 없는 이에게 쉴 곳을

Shelter the Homeless

불행하게도 노숙은 선진국에서조차 점점 더 흔한 일이 되어가고 있습니다. 마더 테레사는 허술한 집에서 지내는 가난한 자들에 대해서도 물론 걱정하셨지만, 날이면 날마다 달이면 달마다 몇 년째 거리에서 "하늘을 지붕 삼아" 사는 가난한 자들에 대해서는 더욱 염려하셨습니다. 현실적으로 다른 미래는 보이지 않기 때문에 이들의 상황은 더더욱 절망적이었습니다. 문제의 심각성을 깨달은 마더 테레사는 노숙자가 기거할 쉼터나 주거지로 적절한 장소를 찾으셨습니다. 이런 센터들을 세운 이유는 가난한 이들이 환영받고, 사랑받고, 보살핌을 받는 곳, 특히 수녀님이 늘 주장하셨듯이 "집처럼 편안"하게 지낼 수 있는 진정한 집을 제공하기 위함이었습니다.

노숙인들의 절망적인 상황 속에서, 마더 테레사는 단순히 집이 없는 것 이상으로 문제를 더 깊이 들여다보셨습니다. 수녀님은 "대접받지 못하고, 사랑받지 못하고, 보호자가 없이 거리에 버려진 내 가난한 자들의 육체 상태"에 대해 말씀하셨습니다. 살기 위해 몸부림치는 동안 이렇게 거절당하고 버림받고 방치되어 있다고 느끼는 것, 어디에도 속하지 못하고 어떤 기착지나 안전한 피난

처도 가질 수 없다고 느끼는 것이야말로 그들에겐 진정한 고난이었습니다. 수녀님이 육체의 쉼터를 제공하면서 치유하고자 하셨던 것은 바로 그러한 고난이었습니다.

"집 없음"에 대한 이런 깊은 이해 역시 마더 테레사의 신비적 경험에서 나온 것입니다. 수녀님은 당신의 영적인 지도자에게 쓴 어느 편지에서, 모두에게서 거절당하고 고난 속에 버려진 거리의 가난한 이들의 상황은 "저 자신의 영적 삶에 대한 진정한 그림"이라고 단언하셨습니다. 당신이 온 마음으로 사랑하는 하느님에게 환영받지 못하고, 사랑받지 못하고, 부름받지 못한다는 생각에 내적으로 극심한 고통을 겪으신 마더 테레사는 노숙자들이 일상에서 느끼는 감정을 이해하셨습니다. 그들의 불행과 외로움, 거절당한 기분에 진심으로 공감하셨습니다. 그리고 가난한 이들은 이처럼 자비로우며 함부로 판단하지 않는 마더 테레사의 깊은 연민을 느꼈습니다. 그분에게서 환영받고 사랑받고 이해받는다고 느낀 것입니다.[1]

이 고통을 잘 아는 마더 테레사는 수녀님들에게 "노숙인에게 쉴 곳을" 내주라고 강조하셨습니다. "벽돌로 만든 쉼터만이 아니라 이해하고 감싸주고 사랑하는 마음까지" 주라고 말입니다.[2] 그분은 모두가 환영받고 사랑받고 보호받는다고 느낄 수 있는 진정한 집을 만들기 위해 애쓰셨습니다. 사랑도 애정도 없는 차갑고 생명 없는 기관을 바라신 게 아닙니다. 노숙인이 하느님의 사랑을 경험할 수 있는 곳, 죽어가는 이가 사랑받고 보살핌을 받고 있다 느끼면서 "하느님 곁에서 평화롭게 죽을" 수 있는 평화와 휴식의 장소를 원하셨습니다.

예수님은 우리의 가난한 이들 속에서 다시 수난을 체험하고 계십니다

"내가 집이 없을 때 너희가 나를 받아주었다." 아시시에 계신 여러분은 빵에 대한 굶주림은 모르시겠지만, 분명 이곳에는 사랑에 대한 굶주림이 있습니다…… 여러분의 눈에는 거리에 누워 있는 사람들이 보이지 않을 수도 있습니다. 하지만 노숙인들은 사람들에게 거부당했기 때문에, 인간적 품위와 인간적 사랑[을 누리지 못했기] 때문에 노숙인이 된 것입니다. 여러분은 아시시의 가난한 사람들을 알고 계십니까? 로마에는 거리에서 데려온 노숙인들을 위한 집이 있습니다. 카를로 카타네오Carlo Cattaneo[3]에는 집이 없는 사람들, 빈털터리인 사람들, 굶주린 사람들을 위한 집이 있습니다. 우리가 기도한다면 분명 여러분이 살고 있는 도시에서, 여러분의 동네에서 가난한 사람을 만나게 될 것입니다.[4]

✣

예수님은 가난한 이들 속에서 다시 수난을 체험하고 계십니다. 가난한 이들은 실제로 그리스도의 수난을 경험하고 있습니다. 우리는 존경하는 마음으로 그들을 섬겨야 합니다. 그들을 이 집에서 저 집으로—시슈바반에서 마더 하우스로—보내서는 안 됩니다. 그들은 이미 너무 많은 고통을 받아왔습니다. 그들에게 품위 있게 대해야 합니다. 가난한 이들은 오늘날 고통받는 예수님입니다. 더 나은 방법으로 그들을 도울 수단과 방법을 찾아야 합니다. 그들의 고통을 더

보태지 마십시오. 가난한 이들은 오늘날 예수님의 갈보리입니다.[5]

✣

지금까지 우리가 캘커타의 거리에서 데려온 사람들은 오만이천 명이나 됩니다. 그들은 사회에서 버림받은 사람, 환영받지 못하고 사랑받지 못한 사람, 사랑해주는 이가 단 한 명도 없는 사람들입니다. 어쩌면 여러분은 단 한 번도 경험해본 적이 없겠지만 그것은 끔찍한 고통, 참으로 끔찍한 고통입니다.[6]

✣

기차역이나 빈민가에 가보면 여러분은 공원이나 거리에서 잠을 청하는 사람들을 만날 수 있을 것입니다. 저는 런던에서 그런 사람들을 보았습니다. 뉴욕에서 보았습니다. 로마에서 역시 거리에서, 공원에서 자는 사람들을 보았습니다. 노숙의 형태는 이뿐만이 아닙니다 — 추운 밤, 한 남자 혹은 한 여자가 거리에서 신문지 한 장을 깔고 자는 모습을 보는 것은 참혹합니다. 정말 참혹합니다. 하지만 그보다 훨씬 더 중대한 노숙이 있습니다 — 거부당하는 것, 환영받지 못하는 것, 사랑받지 못하는 것입니다.[7]

수녀님은 어떻게 그 사람을 보셨어요?

델리에 있을 때, 차를 타고 어느 대로를 지나가고 있었습니다. 한 남자가 도로와 인도에 몸을 걸친 채 누워 있었습니다. 자동차들이 계속해서 지나가고 있었지만, 차를 세우고 그 사람이 괜찮은지 보는 이는 아무도 없었습니다. 제가 차를 멈추고 그에게 다가가자 수녀님들이 놀라서 물었습니다. "그런데 테레사 수녀님, 수녀님은 그 사람을 어떻게 보셨어요?" 아무도 그를 보지 못했습니다. 심지어 수녀님들조차 말입니다.[8]

노숙인은 단지 벽돌로 지은 집[이 없기] 때문에 생기는 것이 아닙니다. 병든 사람과 죽어가는 사람을 위한 집은 많습니다. 노숙인들을 위한 집들도 전 세계에 많이 있습니다. 그러나 노숙인은 환영받지 못하고 사랑받지 못하고 보살핌을 받지 못한다는 끔찍한 느낌, 사회에서 버려진 느낌 때문에 생겨나기도 합니다. 현재 우리 곁에는 그들뿐 아니라 에이즈로 고통받는 사람들, 사회에서 버림받은 사람들이 너무나 많습니다. 그들은 모두 우리의 형제요, 자매입니다. 뉴욕과 워싱턴에 각각 우리의 집 '사랑의 선물the Gift of Love'과 '평화의 선물the Gift of Peace'을 열어, 에이즈로 고통받는 사람들을 데려와 그들이 보살핌 속에서 사랑받으며 죽을 수 있도록 했습니다. 그렇게 해서 아름다운 죽음을 경험할 수 있게 하자 그들의 삶은 물론 많은 자원봉사자들의 삶도 크게 달라졌습니다. 이것은 여러분과 내가 그들과 나눌 수 있는 사랑의 열매입니다. 이것이 생명을 보호하는 일입니다. 더욱 위대한 것, 사랑하고 사랑받기 위해 태어난 그 사람들을 보호하는 것입니다.[9]

오스트레일리아에는 알코올중독자들을 위한 집이 있습니다. 그곳의 수녀님들이 오랜 세월 술에 빠져 지내던 한 남자를 거리에서 데려왔습니다. 그는 자신의 삶과 가족의 삶을 송두리째 망가뜨렸습니다. 그러나 수녀님들[이 그를 치료해준] 덕택에, 어느 날 문득 그는 "하느님이 나를 사랑하신다"는 사실을 깨달았습니다. 언제, 어떻게 그렇게 되었을까요? ……수녀님들이 그에게 말을 걸었던 방식, 수녀님들이 그를 어루만지고 그를 사랑해준 방식 때문이었습니다. 수녀님들은 특별한 일을 한 것이 아닙니다. 하지만 그에게 넘치는 사랑과 넘치는 연민을 보여주었고 그를 깊이 이해했습니다. 그가 술고래라고 그가 무력하다고 그가 가망 없다고 놀라지도 않았습니다. 그런데 문득 "하느님이 나를 사랑하신

다"는 깨달음이 왔고, 그날부터 그는 결코 술에 입을 대지 않았습니다. 그는 집으로, 가족에게로 돌아갔습니다. 일과 다른 모든 것들을 회복했습니다. 첫 월급을 받자, 그는 노숙인 알코올중독자를 위한 재활센터를 짓고 있는 곳으로 우리를 찾아왔습니다. 특히 출소하는 노인들을 위한 재활센터를 짓는데 온 힘을 다하고 있었습니다. 그들은 감옥에서 나온 뒤에 갈 곳이 없어 다시 술을 찾게 되기 때문이었습니다. 우리의 목적은 출소한 노인들을 데려와 집을 주고, 사랑과 보살핌을 받고 있다는 느낌을 갖게 해주려는 것이었습니다. 그는 그곳으로 월급을 들고 찾아와서 말했습니다. "저에게 하느님은 너무도 경이로웠습니다. 수녀님들 속에서, 수녀님들을 통해서, 저는 하느님이 저를 사랑하신다는 것을 알게 되었습니다. 그 깨달음 덕분에 생명을 되찾았으니 그 생명을 다른 사람들과 나누고 싶습니다." 수녀님들이 하시는 일들은 아주 작은 일들일지 모릅니다. 아주 사소한 일들이지요. 우리가 그들을 위해 할 수 있는 일은 아주 작은 것들입니다. 하지만 그들은 우리가 그들을 사랑한다는 것을 알고 있습니다. 필요하다면 얼마든지 우리에게 기댈 수 있다는 것을, 그들은 잘 알고 있습니다.[10]

✣

그날 밤, 그 시각에 찾아온 그 어린 소년의 고난을 저는 절대 잊지 못할 겁니다. 소년이 말했습니다. "아빠한테 갔었어요." 소년은 아버지와 어머니에게 갔지만, 누구 하나 소년을 반기지 않았습니다. 그래서 깊은 밤, 그 시간에 그 어린 아이가 용기를 내어 우리의 집을 찾아온 것입니다. 그것이 아름다운 일일까요? 저는 그 소년을 받아들이고 집으로 데려왔습니다. 그는 아름다운 아이였습니다.[11]

✣

어느 날 한 수녀님이 오솔길에서 한 남자를 만났습니다. 수녀님이 그를 일으켜세우는데 남자의 등 전체—피부와 살—가 바닥에 그대로 붙어 있었습니다.

남자의 살을 파먹은 벌레들이 커다란 덩어리를 이루고 있었던 것입니다. 수녀님은 남자를 우리의 집으로 데려왔습니다. 벌레들이 온몸을 덮고 있었습니다. 수녀님은 그를 씻기고 사랑을 보여주었습니다. 그리고 세 시간 후 그는 가장 아름다운 미소를 띤 채 숨을 거두었습니다. 제가 가자 수녀님이 자초지종을 들려주었고 저는 수녀님에게 물었습니다. "기분이 어땠어요? 마음속에서 무엇을 느꼈나요? 그의 몸을 만질 때는 기분이 어땠지요?" 젊은 수녀님의 대답은 아름다웠습니다. "저는 그 존재를 전혀 느끼지 못했습니다. 다만 제가 그리스도의 몸을 만지고 있다는 것만 알고 있었습니다."[12]

누구의 마음에도 그들을 위한 자리는 없습니다

노숙인들은 벽돌이나 나무로 지은 집이 없는 이들일 뿐만 아니라 누구의 마음에도 그들을 위한 자리를 찾을 수 없는 이들, 거절당하고 사랑받지 못하는 이들이기도 합니다.[13]

어제 추기경님이 저를 데리고 가서 타지마할을 보여주셨습니다. 저는 생명이 없는 그 거대한 대리석 건물을 바라보기가 몹시 불편했습니다. 그 차가운 부富 옆에서 나병 환자들과 극빈자들은 극도의 고난과 궁핍 속에서 살고 있습니다. 저는 마음이 너무나 아팠습니다—하지만 비참한 모습을 하신 그리스도를 위해 더 많은 일을 해야겠다는 결심은 더욱 굳어졌습니다.[14]

젊은이들 안의 길 잃은 예수님을 찾아 집으로 데려오십시오. 성모 마리아가 그러셨지요. 성모님께서는 예수님을 찾으셨을 때 예수님을 집으로 데려가셨습

니다. 여러분…… 그리고 다른 많은 사람들이 성모님과 함께 젊은이의 비참한 모습을 한 예수님을 찾아나서야 합니다. 여러분의 사랑과 고결함으로 그분을 찾아서 집으로 데려와야 합니다. 그러면 그들은 빵을 자르면서 자신의 아버지와 어머니, 형제자매, 이웃들 안에서 예수님을 알고 또 보게 될 것입니다.[15]

버림받은 어린이를 위해 가족을 찾아주십시오

우리는 다시 어린이들을 보살핌과 관심의 중심에 놓아야 합니다. 이것만이 세상을 살아있게 만드는 길입니다. 아이들이 곧 미래의 유일한 희망이기 때문입니다. 사람들이 하느님 앞으로 불려가고 나면 그 아이들만이 그 자리를 대신할 수 있습니다. 하느님께서 뭐라고 하셨습니까? [성서에 따르면] 이렇게 말씀하셨습니다. "어미는 혹시 잊을지 몰라도 나는 결코 너를 잊지 아니하리라. 너는 나의 두 손바닥에 새겨져 있고"(이사야 49:15~16) 우리는 하느님의 손바닥에 새겨져 있습니다. 태중의 아기들 역시 잉태될 때부터 하느님의 손바닥에 새겨져 있습니다. 그리고 그 아이들은 이 세상에서뿐만 아니라 영원히 사랑하고 사랑받도록 하느님의 부르심을 받았습니다. 하느님은 결코 우리를 잊으시는 법이 없습니다. 여러분께 아름다운 이야기를 하나 들려드리겠습니다. 우리는 입양을 통해 낙태와 싸우고 있습니다. 어머니를 보살피고 그 아기를 입양시킴으로써 우리는 수많은 생명을 구해왔습니다. 개인병원과 큰 병원과 경찰서에 우리가 맡아 보살필 테니 제발 아기를 죽이지 말아달라고 전했습니다. 또 누군가는 곤란에 처한 어머니들에게 어서 오라고, 우리가 돌봐주겠다고 얘기했습니다. 버림받은 아이에게 가족을 찾아주려 합니다. 단, 아이를 가질 수 없는 부부들이 부탁해오는 경우와 달리 아이를 가지지 않으려 했던 부부에게는 결코 아이를 보내지 않을 것입니다. 예수님은 말씀하셨습니다. "또 누구든지 나를 받아들이듯이 이런 어린이 하나를 받아들이는 사람은 곧 나를 받아들이는 사람이다."(마태오 복음서 18:5) 어떤 부부는 한 아이를 입양함으로써 예수님을 모시게 되는 것이지만 어떤 부부는 아이를 낙태함으로써 예수님을 거부하게 되는 것입니다. 제발 아이를 죽이지 마십시오. 저는 그 아이를 원합니다. 부디 그 아이를 저에게 주십시오. 저는 곧 낙태될 모든 새 새명을 기꺼이 받아들여 사랑해줄 부부, 그 아이의 사랑을 받게 될 부부에게 맡기겠습니다. 캘커타에 있는 우리 어린이들의 집에서만 지금까지 삼천 명이 넘는 아이들을 낙태에서 구해냈습니다. 이 아이들은 양부모에게 크나큰 사랑과 기쁨을 안겨주었고, 충만한 사랑 속에서 자라고 있습니다.[16]

✣

지금은 특별히, 큰 고통 속에 빠진 난민들을 위해 기도해주십시오. 그들은 어디를 가도 함께 모여 있습니다. 그러니 성모님께 난민들의 어머니가 되어주시어 우리가 그들을 도와 그들이 이 고통을 받아들일 수 있게 해달라고, 세상의 평화를 위해 그 고통을 사용할 수 있게 해달라고 부탁하십시오.[17]

✣

난민과 집 잃은 사람들을 돕는 여러분의 모든 노력에 하느님의 축복이 있기를. 여러분이 노숙인과 극빈자에게 하느님의 사랑과 희망과 용기를 가져다주기를 바랍니다. "내가 나그네 되었을 때에 너희가 나를 영접하였다"는 예수님의 말씀을 기억하십시오.[18]

사랑의 겸허한 실천

우리는 사랑받지 못하는 사람, 보살핌받지 못하는 사람, 몹시 가난한 사람들에게 하느님의 자애로우신 사랑과 관심을 전하기 위해 사랑의 겸허한 실천을 해왔습니다. 이에 전 세계 사람들이 깊은 감명을 받은 까닭에, 많은 사람들의 마음속에 나누고자 하는 소망이 생겨났습니다. 그중에는 물론 부유해서 그렇게 하는 이들도 있겠지만 많은 이들, 어쩌면 훨씬 더 많은 이들은 그 자신이 하고 싶은 무언가를 포기하면서 덜 가진 형제자매들과 나누고 있습니다. 희생 정신이 많은 이들의 삶 속으로 번져나가는 것을 보는 것은 참으로 아름답습니다. 사랑을 받는 가난한 이들에게 이로울 뿐 아니라 주는 이들 역시 하느님의 사랑으로 풍요로워지기 때문입니다.[19]

인간 삶에서 가장 위대한 발전

우리는 병든 사람과 죽어가는 사람을 돌보고 있습니다. 거리에서 사람들을 데려오지요. 캘커타 한곳에서만 거의 삼만천 명을 데려왔고 그중 만사천 명 이상이 아름다운 죽음을 맞았습니다. 하느님의 품에서 평화롭게 죽는 것이야말로 한 인간의 삶에서 가장 위대한 발전일 것입니다.[20]

여러분과 저는 같은 목적을 위해 창조되었습니다. 성모 마리아께서 가시는 곳마다 행하셨듯, 사랑을 나누고 연민을 전파하는 것입니다…… 타인의 아픔을 느끼고 성모님께서 하신 것처럼 무언가를 한다는 것은 한 여인의 마음에 깃든 아름다운 연민이라고 생각합니다. 여러분과 저의 마음에도 그 연민이 있습니다. 우리는 정말 그 연민을 발휘하고 있을까요? 타인의 필요를 알아보시는 성모님의 눈이 우리에게도 있을까요? 우리의 부모님, 우리의 남편들, 우리의 아이들이 필요한 것이 무엇인지, 우리는 알고 있나요? 예수님이 마리아와 동행하셨듯, 아이들은 우리와 함께 집으로 돌아오고 있나요? 우리의 집은 우리 아이들을 위한 집일까요?[21]

그리스도는 여러분 마음속의 노숙인일지도 모릅니다

그들은 벽돌로 지은 쉼터가 없어서, 외로워서, 환영받지 못해서, 보살핌받지 못해서, 사랑받지 못해서 노숙인이 되었는지 모릅니다. 한편 여러분의 마음속에는 어쩌면 사랑으로 지은 집을 찾고 있는 노숙인이 있을지도 모릅니다. 사랑은 가정에서 시작되는 것입니다. 어쩌면 여러분의 마음속에서, 여러분의 가족 안에서, 여러분의 이웃 사이에서, 여러분이 사는 나라에서, 세상 속에서, 그리스도는 굶주리고 헐벗고 병든 노숙인일지 모릅니다.[22]

✣

예수님께서 말씀하셨습니다. "내가 바로 너희 집 문을 두드린 그 사람이다. 내가 바로 거리에 누워 있던 그 사람이다. 내가 바로 부서진 그 집에서 얼어 죽은 그 사람이다."[23]

✣

여러분의 마음속에서 쉼터를 찾는 노숙인이신 그분께서 부탁하고 있습니다…… 여러분이 그분에게 "한 사람"이 되어주시겠습니까?[24]

✣

예수님은 분명 당신의 가정을 무척 사랑하실 것입니다. 저는 항상 생각합니다. 예루살렘에서—그분을 사랑하고 원하는 마리아와 마르타, 라자로를 찾아 베다니로 가는 내내—머물 곳을 찾지 못하시는 예수님을 말입니다. 지금 생각하면 예루살렘에서는 그분을 원치 않았던 것 같습니다. 하지만 당신의 가정은 틀림없이 그분의 베다니일 겁니다. 그분을 위해 그 가정을 지키십시오.[25]

그를 거리에 내버려둘 수 없습니다

런던의 거리에서 잠을 청하는 노숙인들이 많다는 얘기를 들으신 테레사 수녀님께서, 그들을 보고 싶다며 데려다달라고 하시더군요. 그래서 어느 밤, 앤 블레이키 부인과 제가 수녀님을 모시고 나갔지요. 한 남자를 눈여겨보시던 수녀님이 차에서 내려 그에게 다가갔습니다. 처음에 수녀님이 다가가는 줄도 몰랐던 남자는, 수녀님이 손을 잡으시자 고개를 들고 말하더군요. "사람의 따뜻한 손길을 느껴본 게 정말 얼마 만인지 모릅니다." 수녀님은 차로 돌아오시면서 말씀하셨습니다. "저 사람은 몸이 아픈 병자예요. 이렇게 거리에 내버려둘 순 없어요." 블레이키 부인이 대답했습니다. "수녀님 말씀이 맞지만, 이런 밤중에 저 분을 어디로 데려갈 수 있을까요?" 그때는 밤 열한시쯤이었습니다. 수녀님이 말씀하셨지요. "추기경 관사로 데려가지요." 운전기사와 블레이키 부인에게는 몹시 미안한 일이었지만 우리는 그 밤중에 추기경 관사로 갔습니다. 관사에 도착했을 때 물론 문은 모두 잠겨 있었습니다. 안으로 들어갈 수 없어 거의 절망할 무렵 사제 한 분이 작은 문을 열고 안으로 들어가는 것이 보였습니다. 그걸 본 운전기사가 달려가서 설명했습니다. 마더 테레사가 차 안에 계시고, 노숙인 한 사람이 묵을 곳이 필요하다고 말이지요. 사제는 아주 친절하게 우리에게 기다리라고 하고는 구세군에 전화해 모든 일을 처리해주었습니다. 그렇게 해서 우리는 그 남자를 구세군으로 데려갈 수 있었지요.[26]

노숙인의 고통에 주목하셨습니다

수녀님은 오랫동안 시알다 역 건물 안팎의 노숙인들이 겪는 고통에 주목해 오셨습니다. 그 도시에서 소소한 일자리를 찾는 무직자들, 거지들, 밤을 지낼 곳이 없는 모든 사람들이 그곳에 있었습니다. 수녀님은 철도 총책임자와 경찰 고위간부를 만나셨고, 그들은 수녀님을 전폭적으로 지원해주었습니다. 바락포르에서 온 경찰대는 도로 양쪽의 인도에 방수포와 대나무로 쉼터를 세웠습니다. 방문차 그 역에 오신 수녀님들이 플랫폼에서 병자들을 데려왔습니다. 매일 밤 아홉시 삼십분에 그곳에 들르시는 두 수녀님은 그들에게 빵과 우유, 담요 한 장씩을 주었습니다. 자원봉사자들도 거들었습니다. 아침이면 많은 이들이 일거리를 찾아 떠나고, 환자와 몸을 가누지 못하는 사람, 그리고 어린이들만 남았습니다. 죽어가는 사람들은 니르말 흐리다이임종자의 집로 옮겨졌습니다. 환자들은 치료를 받거나 병원으로 보내졌고, 어린이들은 정오까지 교육을 받았습니다. 석면 지붕을 올린 더욱 튼튼한 건물이 세워졌고, 공식적인 개원식이 있었습니다. 디아스 부인은 연설을 통해, 마더 테레사께서는 만지는 모든 것이 금으로 변하는 미다스 왕의 마법의 손을 갖고 계시다고 말씀하셨지요. 금은 비싸지만 마더 테레사께서 주신 것은 금보다 훨씬 소중한 것—사랑과 애정의 황금—이라고 말입니다. 이동병원, 구호센터, 벵골어와 힌두어로 가르치는 학교, 여성을 위한 재봉교실도 문을 열었습니다. 저녁이면 어린이들이 역 주변에 나와 떨어진 코코넛 껍데기를 주워 거리가 깨끗하고 청결하게 유지되도록 도왔습니다. 공간이 부족한 탓에, 코코넛 껍데기들은 쓰레기통에 들어갈 날을 기다리며 야간 쉼터 한구석에 높이 쌓여 있었지요. 어느 날 그곳을 방문하신 테레사 수녀님이 담당 수녀님에게 물으셨습니다. "이 껍데기들은 무엇 때문에 모으고 있나요?" 담당 수녀님의 대답은 간단했습니다. "사실 특별한 목적이 없습니다." 그러자 테레사 수녀님이 말씀하셨습니다. "저것들을 프렘단에 보내세요. 이 쓰레기들로 뭔가 시작해봅시다." 그렇게 해서 코코넛 껍데기를 실은 트럭 한 대가 일주일에 한 번, 정기적으로 다니면서 가난한 이들에게 작은 일거리를 주게 되었습니다. 코코넛 껍데기로 밧줄과 깔개, 매트리스의 재료인 코이어를 만들게 된 거예요.[27]

성모 마리아와 성 요셉에게 쉴 곳을 내어주기를 거절하실 건가요?

시슈바반에는 정신적으로 병든 한 가족이 있었습니다. 어머니와 아이들이 함께 살고 있었는데 지적 장애아인 큰아이는 다리까지 절었습니다. 그런데 이 여인이 우리를 나쁘게 이용했기 때문에 어느 날 저는 열쇠를 넘기며 만약 그 어머니가 아직도 거기 머문다면 시슈바반에 돌아가지 않겠다고 했습니다. 그곳에 가기를 거부했지요. 수녀님께서는 소지품과 아이들을 데리고 시슈바반을 떠나라고 하셨고, 그 여인은 자리에서 일어나 그곳을 떠났습니다. 그날은 추적추적 비가 내리고 있었고 어느새 저녁이었죠. 저는 여인에게서 벗어난 것이 기뻤지만 테레사 수녀님은 아니었습니다. 다섯시쯤, 여인과 그 아이들이 떠난 지 한 시간쯤 지났을 때 수녀님은 시슈바반으로 돌아오셨고 그들을 찾아나서겠다고 하시더군요. 저는 심한 양심의 가책을 느끼며 수녀님을 따라나섰습니다. 수녀님은 집이 없는 그들을 걱정하셨습니다. 비까지 오고 있었으니까요. 우리는 성 테레사의 교회에서 그들을 찾아냈고 다시 시슈바반으로 데려왔지요. 제 마음은 눈 녹듯 녹기 시작했습니다. 그 교훈은 결코 잊지 못할 것입니다. 수녀님은 말씀하셨습니다. "성모 마리아와 성 요셉이 베들레헴에서 쉴 곳을 찾지 못하고 거절당했던 일을 항상 기억하세요. 그들에게 쉴 곳을 내주기를 거절하실 건가요?"[28]

수녀님은 곧장 일어나셨습니다

마더 테레사 수녀님의 축일날이었습니다. 축일을 맞아 마더 하우스 수녀님들은 성대한 연극을 준비했습니다. 그런데 그날 갑자기 폭우가 쏟아져서 칼리가트임종자의 집 안에 물이 계속 들이찼습니다. 그리고 밖에는 많은 병자들이 기다리고 있었습니다. 모두가 들어가 있을 만한 공간이 충분하지 않았어요. 그래서 연극 도중에 수녀님께 이 문제를 말씀드렸더니 수녀님은 곧장 자리에서 일어나셨습니다. 연극이 한창 진행되고 있었는데도 말이에요. 수녀님은 저와 함께 칼리가트로 가서 문제를 해결하셨습니다. 수녀님은 큰 어려움 없이 환자들을 건물 안으로 들여보내셨습니다. 마치 사람마다 정해진 자리가 있다는 듯 수월하게 처리하셨지요. 수녀님이 어떻게 그렇게 능숙하게 해내셨는지 지금도 상상이 잘 안 되지만, 모두들 무척 만족했습니다. 수녀님이 문간에 찾아온 누구도 거절하지 않으셨다는 이야기는 사실입니다. 저 역시 그렇게 하기로, 누구에게든 자리를 내어주기로 결심했습니다. 수녀님이 그러셨거든요. 예수님은 가난한 사람으로 변장하고 문을 두드린다고 말입니다. 그래서 아무리 자리가 부족하다고 해도 결코 거절하지 않습니다. 어떻게든 우리는 하느님의 도움을 받고 있으니까요.[29]

저는 그 누구라도 만나기를 거절하지 않습니다

어느 누가 찾아오든 테레사 수녀님은 환대하셨고 그 누구든 만나기를 거절하는 법이 없으셨습니다. 수녀님은 꼭 그렇게 말씀하셨습니다. "저는 그 누구라도 만나기를 거절하지 않습니다." 수녀님은 세상 모두에게 마음을 활짝 열고 계셨습니다. 카스트도, 종교적 교리도 아무 문제가 되지 않았습니다. 수녀님은 지칠 줄 모르고 봉사하셨습니다. 그런 덕목을 많이 갖추고 계셨던 수녀님은, 하느님 앞에 모든 사람이 평등하다는 걸 이해하고 실천하는 분이었습니다.[30]

테레사 수녀님이 갑자기 군중 속에서 나오셨습니다

테레사 수녀님은 "큰수녀님들"과 협력자들 외에도 많은 사람들에게 둘러싸여 계셨습니다. 저는 다른 예비 수녀들과 함께 자동차 근처에서 기다리고 있었습니다. 한 가난한 노인이 다가와 마더 테레사가 언제 오시냐고 묻더군요. 앞이 잘 보이지 않는 노인이었습니다. 우리는 정문 근처에 몰려 있는 군중을 가리켜 보였습니다. 우리가 있는 쪽에선 수녀님이 보이지 않았습니다. 가슴이 아팠습니다. 노인이 테레사 수녀님을 가까이에서 볼 가능성은 없어 보였거든요. 수녀님들이 너무 가까이 오지 말라는 신호를 보내기도 했고요. 그런데 갑자기, 어떻게 된 일인지, 믿을 수 없게도 수녀님이 "군중" 속에서 나와 노인에게로 다가오셨습니다. 노인은 모자를 벗고 수녀님에게 자신의 눈을 축복해달라고 부탁했고, 수녀님은 영어로 그의 눈을 축복해주시고는 아름다운 미소를 지어 보이셨습니다. 노인은 펑펑 울었습니다. 저는 큰 감화를 받았습니다. 그때 테레사 수녀님이 우리에게로[우리가 서 있는 곳으로] 오신다는 건 "불가능"한 일이었으니까요.[31]

테레사 수녀님의 도움과 격려

우리 집에 데리고 있던 소년들이 성장해 따로 지낼 곳을 만들어야 할 필요가 생겨, 이십여 년 전에 '보이스타운Boys Town'이 만들어졌습니다. 수녀님이 헨리 대주교님께 도움을 요청한 덕에 얼마 지나지 않아 이 보이스타운이 문을 열었고, 소년들은 이곳에서 학교 수업을 받게 되었지요. 나중에 수녀님은 '바타 프로젝트Bata Project'—인도의 한 구두회사가 소년들이 생계를 꾸릴 수 있도록 지원하는 시범 계획—를 추진하셨고, 소년들이 구두를 제작해 생활비를 벌 수 있게 하셨습니다. 소년들이 결혼을 하고 정착할 때가 되자 약간의 땅을 주어 집을 지을 수 있게 지원하는 프로젝트가 마련되었습니다. 이것이 결실을 맺어 오늘날 여든 가족이 넘게 성장하고 있습니다. 처음에는 소년들이 말썽도 많이 피웠습니다. 사제들과 심각한 오해도 있었고, 버릇없이 굴기도 했지요. 며칠 동안 그곳에 계셨던 한 신부님은 너무 힘들어 사제직을 그만두고 싶어할 정도였으니까요. 결국 테레사 수녀님이 나섰습니다. 그 신부님을 직접 보이스타운으로 데려가 일을 계속하게 하셨지요. 수녀님의 도움과 격려로 신부님은 그곳에서 여러 해 동안 훌륭하게 해내셨습니다.[32]

그들은 사다리의 맨 아래에 있었습니다

로마에 있는 집은 나이든 매춘부들을 돌보기 위해 지어진 것입니다. 병을 얻은 늙은 매춘부들은 더 이상 스스로를 돌볼 능력이 없으니까요. 바로 그들이 마더 테레사가 이곳에서 돌보고 계셨던 사람들이었습니다. 마더 테레사의 수녀님들이 그들을 돌보고 있었지요. 돌봐주고 싶다는 생각조차 들지 않을 것 같은, 사다리의 맨 아래 있는 그 사람들을 말입니다.[33]

어린이들의 친구

테레사 수녀님은 버려진 아이들과 마주치곤 하셨습니다. 때로는 죽음 직전 쓰레기 더미에 버려져 있는 갓난아기들을 발견하기도 하셨습니다. 수녀님은 1955년에 시슈바반이라는 어린이들의 집을 개원하셨습니다. 그것이 훗날 지어질 많은 집 가운데 첫 번째였지요. 수많은 아기들과 어린이들이 경찰의 손에, 사회복지사의 손에, 그리고 수녀님들의 손에 이끌려 이곳으로 왔습니다. 사랑과 보살핌 속에서, 영양실조였다가 기적적으로 회복하는 아기들도 많았습니다. 테레사 수녀님이 어린이들을 만지는 손길은 경이롭고 다정했습니다. 수녀님이 계시면 아기들은 편안해했습니다. 수녀님은 금세 아이들을 웃게 만들고는 같이 노셨지요. 많이 아픈 아기들도 수녀님이 편안하고 동정적이며 차분하신 분이라는 걸 아는 것 같았습니다. 어린이들과 함께 있는 수녀님을 보면, 누구든 "어린이들의 친구"이신 예수님을 떠올렸을 것입니다.[34]

밤 열시에 아기를 데려오셨습니다

한번은 파출소의 경찰관 몇 분이 태어난 지 일주일밖에 안 된 아기를 캘커타의 제 부서로 데려왔습니다…… 버려진 그 아기는 어디에서도 받아주지 않았습니다. 밤 아홉시 삼십분쯤, 경찰관들이 조언을 구하기 위해 저에게 전화를 걸어왔더군요…… 저는 곧바로 마더 테레사께 전화를 걸었습니다. 마침 수녀님이 계시기에 저희가 처한 상황을 말씀드렸지요. 그분은 파출소가 어디 있는지 물으시고는, 삼십 분 안에 그 아기를 데려오겠다고 하시더군요. 그땐 벌써 열시가 다 되어가고 있었습니다.[35]

우리를 돌봐주신 한 사람, 사랑하는 우리의 마더 테레사

저는 다르질링 시슈바반 출신의 고아 소녀입니다. 부모님은 우리가 아주 어릴 때 돌아가셨습니다. 부모님에 대한 기억이 없습니다. 부모님이라면 우리를 돌봐주시고, 보살펴주시고, 위탁 가정을 알아봐주신 한 사람밖에 모릅니다. 그분은 다름아닌 사랑하는 마더 테레사이십니다. 저는 어릴 때부터 그분을 알았습니다. 아주 어렸을 때, 이따금 우리를 찾아오시던 그분을 지금도 생생하게 기억합니다. 마더 테레사는 캘커타에서 실리구리까지 기차를 타고, 거기서 다시 버스로 갈아타셨습니다. 다르질링 기차역에 도착하신 후에는 우리 집—시슈바반—까지 걸어오셨지요. 그분을 보면 우리는 기뻐서 "어머니!" 하고 소리치곤 했습니다. 그러면 마더 테레사는 웃음을 지으며 손을 흔드셨고, 우리는 달려가서 그분의 가방을 받아들고 손을 잡았습니다. 마더 테레사를 만나면 정말이지 너무나 기뻤습니다…… 고아가 되어 버려진 우리에게, 사랑하는 마더 테레사는 위탁 가정을 주시고, 돌봐주시고, 살아갈 길을 보여주시고, 우리가 독립하도록 도와주셨습니다. 제 남편과 저는 모두 직장을 가지고 있고, 가정을 이루어 행복하게 살고 있습니다. 제가 성공한 것은 다른 어느 누구도 아닌 사랑하는 마더 테레사와 사랑의 선교회 덕분입니다.[36]

저는 시슈바반 제일의 장난꾸러기였습니다

마더 테레사는 제가 네 살 때쯤 캘커타의 거리에서 저를 데려오셨습니다. 그분이 저를 키우고 공부도 시켜주셨지요. 그분이 우리의 엄마같았기에 저는 항상 그분과 가까이 있었습니다. 그분은 저를 많이 사랑하셨습니다. 사실 저는 니르말라 시슈바반에서 제일가는 장난꾸러기였습니다. 처음 오던 날 마더 테레사는 저를 목욕시키고, 제 부스럼을 닦아주셨습니다. 그때 온몸은 부스럼투성이였습니다. 그러고는 약을 주시고 빵과 우유를 주셨지요…… 그분과 함께 있을 때면, 우리는 "하느님의 천사"가 우리와 함께 있다고 생각했습니다.[37]

이것이야말로 기적이 아닐까요?

쓰레기통 근처에서 발견된 아그네스라는 갓난아이가 있었습니다. 피부에 심한 염증이 있는 여자아이였지요. 저는 그 아기가 2개월 되었을 때 우리 집에 데려와서 의사 친척에게 치료를 받게 한 뒤 다시 시슈바반으로 돌려보냈습니다. 그 후 일곱 달 동안 저는 종종 그 아이를 집에 데려와 우리 가족과 같이 지내곤 했습니다. 그러다가 아기는 스페인의 양부모를 만나게 되어 그곳으로 떠났습니다. 양부모에겐 아그네스보다 오빠인 아들이 있었고, 아그네스가 입양된 후 또

한 명의 건강한 사내아기가 축복처럼 태어났습니다. 그들은 아름다운 가정을 꾸렸고 우리에게도 매우 친절했습니다…… 우리 불쌍한 아그네스가 다정한 오빠와 남동생이 있는 아름다운 가정을 얻었다고 생각할 때마다 이런 생각이 절로 듭니다. 이것이야말로 기적이 아닐까요?[38]

연민의 마음으로 나병 환자를 어루만지십시오

1957년, 직장에서 쫓겨난 나병 환자 다섯 명이 테레사 수녀님을 찾아왔습니다. 수녀님은 항상 지금 이 순간의 필요를 중요시하셨으므로 곧장 나병 환자들을 돌보기 위한 사업을 시작하셨습니다. 그들을 위한 이동진료소가 마련되었고, 곧이어 캘커타에 다섯 곳의 센터가 문을 열게 되었지요……

나병 환자들의 수가 점점 늘어나자 실내는 물론 실외 진료소까지 갖춘 나병 환자들을 위한 집이 세워졌습니다. 티타가르에 있는 이 센터를 지원하기 위해 마리아 협회Marian Society가 합류했습니다. 지금은 잘 알려진 슬로건인 "연민의 마음으로 나병 환자를 어루만지십시오"는 바로 이 사업에서 시작되었습니다. 치료를 받고 있거나 기형이 된 나병 환자들에게 말을 거실 때, 수녀님은 특별히 신경을 많이 쓰셨습니다. 그들에게 여전히 일할 수 있다고 말씀하시면서 희망과 자존감을 불어넣어주셨지요. 이 사업이 성장해 결국 인도 전역에서 온 수많은 나병 환자의 갱생을 도와주는 주거 구역이 탄생했습니다.[39]

✣

정부는 나병 환자 가족들이 살 장소를 제공해야 합니다. 나병 환자들은 도시 바깥의 동굴 속에서 살고 있었습니다. 그런데 마더 테레사가 나병 환자들을 돌볼 수 있도록 한 지역 전체가 그분께 주어진 것입니다. 아주 놀라운 일을 해내신 것이지요. 그분은 또한 나병 환자 가족들이 살 수 있는 작은 공동체를 구성하기 위해 정부의 인가를 받아내셨습니다. 제가 [제 남편과] 처음에 마더 테레사를 알게 되었을 때 그분이 말씀하시더군요. 나병 환자 가족이 살면서 채소를 키워 먹으려면 텃밭이 딸린 아주 조그만 오두막이 필요한데 150달러의 비용이 들어간다고 말입니다. 많은 사람들이 오두막을 짓기 위한 청원서에 사인을 했습니다. 이런 가족 중에서 나병을 앓고 있는 사람은 치료를 받았고, 다른 가족들은 예방을 위한 치료를 받았습니다. 마더 테레사는 그곳을 평화의 마을이라 부르셨습니다.[40]

수녀님은 지체함이 없으셨습니다

난민들이 (1971년에) 방글라데시 국경을 따라 서벵골West Bengal로 쏟아져들어올 때, 테레사 수녀님은 곧장 거대 난민촌에 보낼 파견단을 조직하셨습니다. 하루가 지나자 수녀님은 필요한 물품들을 구할 좋은 생각이 나셨는지 다음 날 혼자서 캘커타로 돌아가셨습니다. 그러고는 지체 없이 또 다른 수사, 수녀님들과 함께 매트, 옷가지, 음식 등등을 보내셨습니다…… 테레사 수녀님은 날마다 솔트레이크에 가서 되도록 많은 우리 젊은 수녀님들이 이 일에 전폭적으로 참여하도록 하셨습니다. 젊은 수녀님들은 아침 일찍 출발했다가 저녁에 돌아오곤 했습니다. 난민촌에서 가장 힘들었던 것 중 하나는, 수많은 여성들에게 먹을 것과 입을 것을 주고, 의약품을 얻으려 줄을 선 그들의 요구를 들어준 후에 그들을 머물 수 있게 해주는 것이었습니다.

수녀님은 굶주림과 질병으로 죽어가는 난민 어린이들을 위해 그린파크의 센터 하나를 인수하셨습니다. 우리 수녀님들이 그 어린이들을 밤낮으로 보살폈지요. 거기엔 또 다른 센터 두 곳이 있었는데, 하나는 여성 노인 환자를 위한 곳이고, 다른 하나는 임산부들을 위한 곳이었습니다. 테레사 수녀님은 그들을 위해 대나무와 텐트로 숙박시설을 만들도록 하셨습니다. 이 무렵 인상적인 책자 하나가 인쇄되어 전 세계에 배포되었는데, 여기에 수녀님의 호소문이 실려 있었습니다. "우리에겐 영양실조와 굶주림으로 고통받는 수백만의 어린이가 있습니다. 세상이 음식과 단백질을 가지고 오지 않으면 이 어린이들은 곧 죽게 될 것이며 이 세상은 그들의 죽음에 답해야 할 것입니다." 세계는 실제로 응답했습니다. 테레사 수녀님은 난민들을 위해 할 수 있는 건 다 하셨습니다. 그것이 비록 그 엄청난 상황에 비하면 마치 대양 안에 한 방울의 물같이 작아 보일지라도 말입니다. 수녀님은 당신 자신과 피로를 잊고 지내셨습니다. 그분이 만드신 일들이 점점 커지면서 많은 시간을 빼앗기면서도 당신 자신이나 수녀님들의 몸을 아끼지 않으셨습니다. 그 모든 일들은 테레사 수녀님의 지도와 지시를 필요로 했으니까요.[41]

마더 테레사는 필요한 것이 이루어졌는지 보셨습니다

제가 마더 하우스에 갔던 어느 오후가 기억납니다. 극도로 가난한 집안의 할머니와 할아버지가 울고 있었습니다. 그들의 외동딸은 간질병이라는 이유로 집에서 나가야 했고 마더 테레사의 집 중 한 곳에 들어가서 위로를 받았지요. 여인은 자신이 의사의 진료를 받을 수 있는지 물었습니다. 마침 제 (의사) 남편이 거기에 있었지요. 여인은 그동안 많은 병원에서 치료를 거부당했다고 했습니다. 마더 테레사는 연로하신 몸으로 그 여인이 진정될 때까지 기다리셨습니다. 그분은 필요한 것이 행해지고 있는지 지켜보는 엄청난 능력을 가지고 계셨습니다.[42]

장관 옆으로

어느 날 한 장관과 테레사 수녀님이 같은 차를 타고 가게 되었습니다. 그러던 중 수녀님은 아주 늙은 노인이 길가에 앉아 있는 걸 보셨습니다. 수녀님은 그 노인을 장관 옆에 앉히시어 우리 집 중 한 곳으로 데려가셨습니다. 그 순간, 그 가난한 노인이 장관보다 더 중요한 사람이었습니다.[43]

우리는 모두 거리에서의 삶이 얼마나 참담한지 잊어버리고 있습니다

제가 그 집에 있을 때 누군가 마더 테레사를 뵈러 찾아왔습니다. 마더 테레사는 다른 방에 계셨지요. 제가 나가보니 정신이 반쯤 나간 듯한 가난한 여인이 문간에 서 있었습니다. 거리에서 지내는 사람이었습니다. 정신적으로 병들어 보였고 누더기 차림이었지요. 그 여인은 "화장실 좀 가야겠어요."라고 말하고는 안으로 성큼 들어왔습니다. 문 바로 앞에는 침실로 곧장 이어지는 계단이 있었습니다. 바로 그때 한 아름다운 미국인 수녀님이 들어오면서 말하더군요. "마거릿, 어서 와요." 마거릿이라는 그 여인은 문도 닫지 않고 위층 화장실로 쏜살같이 뛰어갔습니다. 수녀님이 그러시더군요. "불쌍한 마거릿. 거리 생활에서 가장 힘든 것 중 하나가 저거예요. 화장실에 가는 프라이버시조차 없다는 거." 여태까지 마거릿은 하루에도 몇 번씩 찾아왔던 눈치였습니다. 이윽고 마거릿이 아래층으로 내려오더니 아주 불안해하면서 수녀님에게 물었습니다. "안에 들어가서 예수님께 말씀드려도 될까요?" 수녀님이 대답했습니다. "물론이죠." 마거릿은 성당으로 가서 닳고 닳은 낡은 구두를 벗었습니다. 수녀님과 제가 함께 들어가 무릎을 꿇었는데, 양말에 군데군데 구멍이 나서 거의 맨발이나 다름없던 그녀의 발이 아직도 기억에 생생합니다. 그때 전 생각했습니다. "가난한 여인이구나." 나이가 많아 보이진 않았습니다. 삼십대 정도였어요. 밖으로 나온 후 여인은 수녀님과 저에게 고맙다고 인사하고는 떠났습니다. 참으로 감동적인 순간이었습니다. 정말 아름다웠던 건 수녀님의 태도였으며 친절한 목소리였습니다. 우리는 모두 거리에서의 삶이 얼마나 참담한지 잊어버리고 있는 것 같습니다. 그들에겐 화장실을 사용할 수 있도록 받아주는 곳이 전혀 없습니다.[44]

사람들이 보도에서 죽어가는데 제가 어떻게 선풍기 아래서 잘 수 있겠습니까?

저는 마더 테레사의 방에 있었습니다. "선생님, 더우세요? 따뜻하세요?" "네, 수녀님. 덥고 땀이 납니다." 저는 선풍기를 찾아 천장을 올려다보았지만, 천장에는 선풍기가 없었습니다. 제가 물었지요. "왜 선풍기를 사용하지 않으세요?" 그때 저를 감동시킨 마더 테레사의 대답은, 지금까지 똑똑히 기억하고 있습니다. "이 도시의 많은 사람들이 보도에서 죽어가는데 제가 어떻게 선풍기 아래서 잘 수 있겠습니까?"[45]

비죽 나온 두 발

수사님들은 마더 테레사와 제가 수녀원에서 나오기를 기다리고 있었습니다. 뒷문으로 나가니 거기에는 커다란 상자형 금속 쓰레기통이 있었습니다. 그 옆을 지나가는데 비죽 비어져나온 두 발이 보였습니다. 한 발에는 빨간 양말이 신겨져 있었지만 다른 발은 맨발이었습니다. 마더 테레사가 말씀하셨습니다. "오, 누군가 우리를 필요로 하고 있어요." ……가난한 남자는 그 쓰레기통 안에서 깊이 잠들어 있었습니다. 처음에 우리는 그가 죽었다고 생각했습니다. 꼼짝도 하지 않았으니까요. 마더 테레사가 허리를 굽혀 살피며 물으셨지요. "선생님, 괜찮으세요?" 그제야 눈을 뜬 남자는, 굉장히 많이 취해 있었습니다. 한눈에 봐도 알 수 있었습니다. 행색을 보니 몇 주째 목욕을 하지 않은 것 같았습니다. 우리는 그를 부축해 일으켜세웠습니다. 마더 테레사가 다시 물으셨지요. "저희와 같이 가시겠습니까?" 남자는 대답했습니다. "네, 그렇게 하겠습니다." 마더 테레사가 또다시 말씀하셨습니다. "저희 수사님들이 도와주실 겁니다. 그분들이 깨끗한 옷과 먹을 것을 구해주실 겁니다." 마더 테레사의 관심은 온통 그 가난한 남자에게 쏠려 있었습니다.

수사님들은 스테이션 왜건의 가장 뒷좌석에 앉으시고, 마더 테레사와 그 남자와 저는 가운데 좌석에 앉았습니다. 수녀원에서 수사님들의 집으로 가는 동안 마더 테레사는 그 남자와 대화를 나누셨습니다. 수녀님께서는 그에게 무척 예의를 갖추셨습니다. 가족이 있는지 묻자 그가 대답했습니다. "이십오 년은 못 본 것 같습니다. 하지만 한때는 저에게도 가족이 있었습니다." 마더 테레사가 다시 물으셨습니다. "저희가 대신 가족에게 연락해도 괜찮겠습니까?" 그는 너무 오랫동안 누구에게도 연락하지 않았기 때문에 연락할 방법을 전혀 모르겠다고 대답했습니다.

마더 테레사는 그 사실에 몹시 마음을 쓰셨습니다. 그리고 매우 관대하셨습니다. 남자는 큰 곤경에 처해 있었습니다. 마더 테레사는, 그가 술에 취해 있다거나, 너무 더럽다거나, 오랫동안 세수도 안 한 얼굴이라거나, 심한 악취를 풍긴다는 등의 말씀은 전혀 하지 않으셨습니다. 그 역시 한 인간일 뿐이었습니다. 우리는 남자를 곧장 수사님들의 집으로 데려갔고 같은 날 수사님들이 그를 위층으로 데려갔습니다. 남자는 샤워를 하고, 낮잠을 자고, 잘 차려진 식사를 했습니다. 다음 날 몰라보게 달라진 그 남자가 우리에게 고맙다고 인사를 하러 찾아왔더군요. 수사님들이 마더 테레사에게 말씀드리기를, 그날은 사회보장 수당이 나오는 날이니, 남자가 우체국에 가서 돈을 받아올 거라고 했습니다. 그러나 아마 곧장 식료품가게로 달려가 술 따위를 사는 데 그 돈을 다 써버릴 거라고 덧붙였지요. 어쨌든 그는 아주 품위 있게 찾아와서 시내에 볼 일이 있다고 마더 테레사께 말했습니다. 그만 가봐야겠다며 마더 테레사께 도와줘서 고맙다고 인사했고, 수사님들에게도 감사의 인사를 전했습니다. 수사님들은 그를 알고 있었습니다. 그곳에 여러 번 왔었던 사람이었지요. 그가 떠난 뒤 마더 테레사는 아무 비난도 하지 않았습니다. 다른 사람이었다면 그 사람 근처에도 가기 싫었을 것입니다. 마더 테레사는 전혀 그러지 않으셨습니다. 만약 그가 "아니, 난 여기 누워야겠어요"라고 고집을 부린다 해도 그러지 말라고 말리지 않으셨을 것입니다. 그것이 정말 아름다웠습니다. 마더 테레사께서 그 남자를 대하는 방식이 저는 좋았습니다. 그는 마더 테레사가 자신에게 보여주신 바로 그것을 마더 테레사에게 보여주려 했습니다. 아름다운 순간이었습니다. 저는 마더 테레사가 도움이 필요한 사람을 보시고 곧바로 응대하지 않으시는 모습은 한 번도 본 적이 없습니다.[46]

그분은 모든 곳으로 달려가셨습니다

인디라 간디의 장례식이 끝난 후, 많은 사람들이 수녀님께 수천 명의 목숨을 앗아가고 있는 델리의 폭동에 관해 말씀드렸습니다. 수녀님은 잠을 못 이루시고 침대에서 뒤척이셨습니다. 그러고는 미사가 끝나자마자 미사를 위해 왔던 사제에게 사람들의 상황이 어떤지 말해달라 하셨습니다…… 수녀님은 급하게 아침을 드시고, 저희들 몇몇을 데리고…… 근처의 공립학교를 찾으셨습니다. 아, 그곳은 정말 혼돈의 아수라장이었습니다…… 집이 불타버려 피신해온 수천 명의 사람들이 몰려들어 북적이고 있었습니다. 그들은 미친 사람처럼 비명을 지르고 소리지르고 울고 있었습니다. 음식도, 물도 없었습니다. 경찰이 안팎에서 군중을 통제하려 애쓰고 있었습니다…… 인간적으로 말해, 어디서부터 무얼 해야 할지 누구도 알 수 없었을 겁니다. 그 소음은 정말 끔찍했습니다.

테레사 수녀님은 우리들 몇몇과 함께 조용히 안으로 들어가셨습니다. 수녀님을 알아본 사람들이 울면서 달려들었습니다. 수녀님은 차분히 [계속 사람들 사이를 걸어가시면서] 벵골어와 서툰 힌두어로 말씀하셨습니다. "괜찮을 겁니다. 괜찮을 거예요, 용기를 내세요." 잠깐 주위를 둘러보신 수녀님이 우리에게 빗자루를 가져오라고 지시하시더군요. 우리는 구할 수 있는 대로 서둘러 빗자루를 모았습니다. 수녀님은 빗자루를 들고 교실을 쓸기 시작하셨습니다. 그렇게 교실을 하나씩 쓸면서 사람들에게 말씀하셨습니다. "가족끼리 모여 앉으세요." 우리 역시 수녀님을 따랐고 많은 남녀가 우리와 함께했습니다. 교실을 모두 쓸고 나자 다 끝난 줄 알았는데 수녀님은 화장실로 가시는 것이었습니다. 화장실은 더러웠습니다. 수녀님이 먼저 손을 걷어붙이고 청소를 시작하셨습니다. 우리 역시 거들었지요. 그러는 사이 저는 안절부절못하던 사람들이 차분해지고 있다는 걸 알아차렸습니다. 수녀님의 지시에 따라 가족끼리 모이기 시작하면서 비명과 외침은 줄어들었습니다. 고된 화장실 청소가 끝나자, 수녀님은 식수를 구하기 위해 시 당국자를 만나러 가셨습니다. 물이 도착하자 수녀님은 모두 줄을 서서 물을 받아가도록 하셨습니다. 수녀님은 다시 행정관들, 장관들과 접촉해 음식을 구해오는 일을 추진하셨고, 모두에게 음식이 돌아가는지 직접 지켜보셨습니다. 마치 수천 명을 먹이셨던 그날의 예수님과 함께 있는 것 같은 기분이었습니다. 그렇게 그 캠프에 평화가 찾아왔습니다. 저녁 무렵 수녀님은 다른 캠프에 들르셔서 똑같은 일을 시작하셨습니다. 그리고 대주교와 모든 종교 사제들, 수사님들, 자원봉사자들을 불러 회의를 소집하셨습니다. 곧이어 육십 개가 넘는 캠프가 조직되었습니다. 마음씨 좋은 사람들이 많은 물건을 기증해주었고, 수녀님은 [모든 것이] 동등하게, 캠프 내의 필요에 맞게 배분되는지 지켜보셨습니다. 그렇게 수녀님의 결단력과 고통받는 사람들에 대한 관심 덕분에 델리는 엄청난 파괴로부터 구제되었습니다. 수녀님은 또 정부 관리들, 장관들 등등 —[모든 정당 사람들]— 을 함께 만나 같이 일하게 하셨고, 그러는 중에도 짬을 내어 다치거나 화상을 입은 사람의 상처에 드레싱을 해주셨습니다. 수녀님은 딱한 처지의 그들에게 친절한 말 한마디, 다정한 손길과 미소, 사랑의 표정을 건네는 것을 결코 멈추지 않으셨습니다. 수녀님은 여러 캠프에서 인간으로선 이해할 수 없는 기적을 행하셨습니다. 닷새 동안 구호활동을 추진한 후 떠나셨던 수녀님은 곧 다시 돌아오셨습니다. 캠프의 평화는 빗자루에 의해 찾아왔습니다.[47]

✣

방글라데시의 홍수 구호사업, 1970년대 서벵골 북부의 난민 캠프, 1976년 과테말라 지진, 1988년 아르메니아 지진, 1993년 마하라슈트라 지진…… 마더 테레사는 모든 현장으로 달려가서 할 수 있는 모든 것을 하시면서, 수많은 재해 현장을 도우셨습니다. 하루도 쉬지 않고 일하시면서 가장 효율적인 지원 방법을 신속히 알아내기 위해 끊임없이 질문하셨습니다. 그분은 어느 누구도 원하지 않을 사람들을 모두 받아들이셨습니다. 정부 사람들에게는 그렇게 환영받지 못하는 사람이 있으면 당신에게 연락하라고 하셨습니다…… 그분은 언제나 시정 당국, 교회 당국과 함께 일하시면서도 늘 당신의 독립성과 자치권을 지키셨습니다. 그리고 당신의 재능과 품위를 사용해 세계를 더 나은 곳으로, 더 인간적이고 더 순수한 곳으로 바꾸고자 하셨습니다. 그분은 모든 유형의 더러움과 빈곤을 마주하셨습니다. 하지만 그것을 탓할 책임자를 찾느라 시간을 낭비하지 않으셨습니다. 대신에 그 고통을 덜어주는 데 모든 시간과 에너지를 쏟으셨습니다. 그리고 가난한 이의 이름으로라면 어떤 굴욕이나 학대, 허위 비난 등등이라도 기꺼이 감수하려 하셨습니다.[48]

· "나그네 되었을 때에 따뜻하게 맞이하였다." _마태오 복음서 25:35

· "노숙인들에게 쉴 곳을 주십시오. 벽돌로 만들어진 쉼터만이 아니라 이해하는 마음, 감싸주는 마음, 사랑하는 마음까지 주십시오."[49]

거리에서 행려자를 만났을 때 불쾌한 경험을 하지 않으려고 반대편으로 건너가버리지는 않습니까? 나는 그런 사람을 알아볼 수 있습니까? 그에게 미소를 띠고, 귀를 기울이며 인사할 수 있습니까? 내가 그 사람보다 잘났다고 생각하고 그를 거부하며 독선의 감정을 가지거나, 더 나쁘게는 거리의 그 사람을 업신여기지는 않습니까?

내 집, 내 가족, 내 공동체, 내 직장, 내 이웃 속의 누군가에게 내 마음을 열 수 있는 방법은 어떤 것들이 있습니까? 내 가족, 친척들, 친구들, 동료들이 내 집에 왔을 때 자신을 받아들이고 인정해주고, 사랑해주고 환영해준다고 느끼게 할 수 있는 작은 친절의 행동은 무엇입니까? 당신에게 다가가는 이에게 환영받는 느낌을 주는 환한 미소를 지어주세요. 상대방을 대접하는 훌륭한 방법일 수 있습니다.

성모 마리아님, 사랑하는 우리의 어머니시여, 우리에게 당신의 그 아름답고 순수하고 티 없는 마음을 주시고, 사랑과 겸손으로 가득한 그 마음을 주시어, 우리가 생명의 빵 속에서 예수님을 받아들이게 하시고, 당신이 그분을 사랑하셨듯이 그분을 사랑하게 하시고, 가난한 이들 중에서도 가장 가난한 이의 모습을 한 그분에게 봉사하게 하십시오.

_마더 테레사

다섯,

병든 이를 찾아가다

Visit the Sick

병들고 아픈 사람들은 마더 테레사의 마음속에서 항상 특별한 위치를 차지하고 있었습니다. 누구나 한 번쯤은 질병을 경험하기 마련인데, 아플 때 우리는 가장 상처받기 쉽습니다. 그리고 누군가의 도움이 필요한 상황에 놓이게 됩니다. 자신의 한계와 나약함이 드러나고, 타인에 대한 의존성이 더욱 두드러지게 됩니다. 이런 상황에 놓인 사람을 만날 때 마더 테레사는, 사랑과 관심을 아끼지 않으셨습니다. 그분은 도움을 주기 위해서라면 어떠한 수고도 마다하지 않으셨고, 동시에 그들이 스스로를 짐이나 성가신 존재로 여기는 일이 없도록 애쓰셨습니다.

마더 테레사는 특히 만성 질환자와 죽어가는 사람들을 세심하게 보살피셨습니다. 세계 곳곳에 수많은 집을 세우신 그분은, 병든 사람은 적절한 의료적 조치를 받아야 하며, 아울러 다정하고 애정 어린 보살핌 가운데 있어야 한다고 주장하셨습니다. 그분은 수녀님들에게 "병든 사람과 죽어가는 사람의 몸뿐 아니라 마음과 영혼까지 간호하면서" 친절과 정성을 다하라고 강조하셨습니다. 또한 당신의 보살핌 속에서 환자 한 사람 한 사람에게 복지를 제공하고 그들이 앓고 있는 병의 치료법을 찾으려 애쓰셨습니다. 가난한 이들을 위해 일하던 초기에 그분은, 당시에는 흔했던 전염병인 나병으로 고통받는 사람들을 돌보는 데 크게 헌신하셨습니다. 나중에는 다른 어려운 상황에 처한 사람들에게도 똑같이 헌신하셨습니다. 예를 들면, 미국에 처음으로 에이즈 환자들을 위한 호스피스를 여셨는데, 설사 당신에게 위험할지 모르는 일일지라도 병든 사람을 도울 수만 있다면 무엇이든 마다하지 않으셨습니다.

마더 테레사는 어린 시절부터 병든 사람에게 깊은 연민을 보였습니다. 그분은 어머니를 본받아 병든 사람들을 돌보기 시작했습니다. 그분의 어머니는 몸이 아픈 한 여인을 이따금 집으로 데려와 회복할 수 있도록 해주었습니다. 여인을 돌보는 어머니의 시중을 들며 두 딸은, 여인이 쉬면서 몸을 추스르는 동안 여인의 아이들을 맡았습니다.

마더 테레사가 병든 이들에게 느끼신 연민은, 한편으로는 그분 역시 육체적 질병을 피하지 못했다는 사실에도 뿌리를 두고 있습니다. 사소하지만 고질적인 질병들이 있었으나 칠십대에 심장 질환을 얻으시기 전까지는 건강한 편이었습니다. 주치의 가운데 한 명은 중요한 사실을 밝혔습니다. "그분은 만성 두통도 있으셨어요…… 대수롭지 않게 넘겨버렸지만 늘 그것을 염두에 두고 계셨습니다. 그분은 끊임없이 두통에 시달리셨을 겁니다…… 그분은 그것을 하느님께 바치는 선물로 여기셨던 것 같습니다. 또 하나 흥미로운 건, 그분이 당신의 두통을 가리켜 이 '가시관'이라고 하셨다는 것입니다. 그것은 예수님과 하나가 되는 그분의 방식이었습니다."[1] 다른 시련을 겪으실 때와 마찬가지로 그분은 이런 육체적 고통에 있어, 인간들의 영혼을 위해 그 고통을 주님께 바치셨습니다. 그분은 사도 바울이 그랬듯이 이렇게 단언할 수 있었습니다. "나는 여러분을 위하여 기꺼이 고통을 겪고 있습니다. 그리고 나는 그리스도의 몸인 교회를 위하여 그리스도의 남은 고난을 내 몸으로 채우고 있습니다."(골로사이인들에게 보낸 편지 1:24)

온전한 정신으로 겪어내는 고통의 가치를 알고 계셨던 마더 테레사는 사람들에게 고통을 그런 방식으로 인정하고 받아들이라고 가르치셨습니다. 고통을 포함해 모든 것을 최대한 활용하는 특유의 능력으로, '아프고 고통받는 협력자들Sick and Suffering Co-Workers' 운동을 창설하셨습니다. 그리고 가난한 사람들 사이에서 일하는 사도직의 실천이 결실을 맺도록 그들의 기도와 고통을 바치게 하셨습니다. 그분은 설명하셨습니다. "사랑은 희생을 요구합니다…… 고통은 그 자체로는 아무것도 아니지만 그리스도의 수난을 함께하는 고통은 아름다운 선물입니다. 저는 여러분이 기꺼이 '사랑의 선교회'의 고통받는 성원이 된 것이 무척 기쁩니다…… '사랑의 선교회' 선교사—하느님 사랑의 전달자—가 되고자 하는 사람은 누구든지 환영합니다. 하지만 저는 특히 마비된 사람, 불구인 사람, 불치병을 앓는 사람이 우리 회원으로 왔으면 합니다. 그들이야말로 수많은 영혼을 예수님의 발아래로 인도할 것임을 알기 때문입니다."

고통을 전혀 다른 관점에서 이해하는 이런 태도는, 서양을 지배하는 세속적인 사고방식에 대한 하나의 대안입니다. 서양에서는 고통을 피하는 한 가지 방법으로 여러 형태의 죽음을 제시합니다. 마더 테레사는 병든 이들에게 자애롭고 연민 가득한 사랑을 보여주고, 피할 수 없는 고통을 받아들이면서 그 고통을 영적 수준으로 드높이셨습니다. 낙태아, 신생아, 어린이, 노인, 병자, 장애인 등 모든 인간의 생명 하나하나가 중요하고 가치 있고 존엄하다는 것을 확인시켜주십니다.

"길 위의 다친" 사람들을 보았을 때 우리의 첫 번째 반응이 착한 사마리아인의 우화(루가 복음서 10:33~34) 속 사제와 레위 사람이 했던 것과 같이 못 본 체 지나갈 수 있습니다. 하지만 마더 테레사의 실천은 우리에게 "연민으로 가득" 차서 "사랑할 마음과 봉사할 손"을 필요로 하는 어려운 처지의 그들에게 "가까이 가"[2]도록 요구합니다.

내가 아플 때 너희가 나를 찾아주었다

당신이 병든 이들에게 하는 일들은 예수님과 그분의 사랑에 목마른 그들의 갈증을 적시는 아름다운 수단입니다. 이는 우리의 축복받으신 성모께서 당신께 주시는 가장 아름다운 선물일 것입니다.[3]

예수님은 나병 환자처럼 되셨습니다

우리는 놀라운 연민의 어머니이신 성모 마리아께 일어난 일을 알고 있습니다. 그분은 예수님이 당신 아들이라고 주장하기를 부끄러워하지 않으셨습니다. 모두가 예수님을 떠나도 그분은 혼자 예수님 곁에 남으셨습니다. 예수님이 채찍질을 당하고 사람들이 침을 뱉어도 부끄러이 여기지 않으셨고, 나병 환자처럼 되어 환영받지 못하고, 사랑받지 못하고, 모두에게 미움받게 되었어도 그가 당신의 아들이라는 걸 부끄러이 여기지 않으셨습니다. 그분 마음에는 깊은 연민이 있었습니다. 제살붙이가 고통받을 때 우리는 그들의 곁을 지키고 있습니까? 남편이 직업을 잃었을 때는요? 그랬을 때 나는 남편에게 무엇입니까? 남편에 대한 연민으로 가득 차 있습니까? 남편의 고통을 이해합니까? 자녀들이 잘못된 길로 이끌려갈 때 나는 깊은 연민으로 아이들을 찾아나서고, 아이들을 찾아내고, 아이들의 편이 되어주고, 집에서 따뜻이 맞아주고, 깊은 사랑의 마음으로 그들을 사랑해줍니까? 나는 내 공동체의 수녀님들에게 성모님처럼 하고 있습니까? 나는 그들의 고통, 그들의 고난을 알고 있습니까? 만약 제가 사제라면, 그 사제는 성모님의 마음을 가지고 있을 것입니다. 용서하는 연민, 자기 앞의 고통받는 죄인에게 하느님의 용서를 가져다줄 연민, 성모님의 깊은 연민을 가지고 있을 것입니다. 성모님은 부끄러워하지 않으셨습니다. 그분은 예수님이 당신의 아들이라고 선언하셨습니다.[4]

✢

우리는 십자가에 매달리신 예수님 옆에, 주님의 어머니, 그분이 서 계시는 것을 봅니다. 아들에 대한 살아 숨쉬는 사랑을 품으셨던 그분은 얼마나 크나큰 믿음을 가지고 계셨을까요. 거기 서서, 아들이 모든 이에게 부인당하고, 모든 이에게 사랑받지 못하고, 모든 이에게 환영받지 못하고, 최악의 죄인 중 한 사람이 되는 걸 보면서도 그 옆에 서 계시려면 말입니다. 나아가 그분은 그가 당신의 아들이라고 인정하셨습니다. 그가 당신의 사람이며 당신이 그의 사람이라고 인정하셨습니다. 그분은 예수님을 인정하기를 두려워하지 않으셨습니다. 우리의 사람들, 우리의 피붙이와 가족이 고통받고 버려질 때 우리는 그들이 고통받고 있다는 사실을 알고 있을까요? 예수님을 위해 그들의 굶주림을 깨닫고 있을까요? 이것이 이해하는 사랑에 대한 굶주림입니다. 우리 성모님에게는 이해하는 사랑이 있었습니다. 바로 그것이 우리 성모께서 위대하신 이유입니다. 여자인 여러분과 제 안에는 그 엄청난 것, 이해하는 사랑이 있습니다. 저는 우리의 사람들, 날마다 고난에 부딪히고, 자녀를 위해 그 고난을 받아들이는 우리의 가난한 여인들 안에서 너무나 아름답게 빛나는 그것을 봅니다. 정말 가진 것 없이 지내는 한부모—어머니—를 본 적이 있습니다. 그 여인은 구걸을 하면서까지 아이가 원하는 것을 가질 수 있게 해주었습니다. 어떤 한부모는 자신의 아이이기 때문에 장애아를 지키고 있었습니다. 고통받는 자신의 아이를 이해하는 사랑이 그녀에게 있었던 것입니다.[5]

예수님이 기쁨과 평화를 가져오십니다

하느님이 우리 수녀들로써 세상에서 하시는 일을 볼 때면…… [우리가 러시아에 있을 때], 일주일에 한 번, 저녁때면 한 신부님이 오셨습니다. 우리는 작은 성당에서 미사를 가졌고, 신부님은 우리에게 예수님을 모셔왔습니다. 이것은 병원 분위기를 바꿔놓았습니다. 병원 전체가 달라 보였습니다. 어느 날 의사가 저에게 와서 물었습니다. "마더 테레사님, 제 병원에 무슨 일이 벌어지고 있는 거지요?" 제가 대답했습니다. "모르겠습니다, 선생님. 무슨 일이 일어나고 있지요?" 그가 말했습니다. "뭔가 일어나고 있어요. 간호사들과 의사들이 훨씬 더 친절해지고 환자들을 더 많이 사랑해주고 있어요. 환자들은 예전처럼 아프다고 소리를 지르지도 않고요. 무슨 일입니까? 수녀님들이 대체 어떻게 하신 건가요?" 저는 그를 쳐다보며 말했습니다. "선생님, 무언가 일어나고 있군요. 칠십 년 만에 예수님이 이 병원에 오셨습니다. 예수님이 지금 여기 계십니다. 저기 저 작은 성당에 그분이 살아 계십니다. 사랑하고 계십니다. 그분이 이 기쁨과 평화를 주신 것입니다." "아!" 그 후 그는 단 한마디도 하지 않았습니다. 그대로 밖으로 걸어나갔습니다. 그는 그렇게 커다란 변화에 대해 입을 열 마음이 없었던 것입니다! 그는 그 위대한 변화가 우리와, 성체와 함께 왔다는 사실을 믿지 못했습니다![6]

한 번의 발길을 갈망하는 이가 너무 많습니다

"내가 아플 때 너희가 나를 찾아주었다"는 예수님의 말씀입니다. 가난한 자들 가운데는 누군가 한 번쯤 찾아주기를 갈망하는 이들이 너무 많습니다. 그들에게 말을 걸 때는 여러분의 모든 사랑과 애정을 가득 담아 말씀하십시오. 또는 예수님께 여러분을 통해 말씀해달라고 간청하십시오. 그것이 바로 그리스도는 신성하심을, 그분이 바로 기다렸던 구세주이심을, 복음은 가난한 사람들에게 전하는 말씀임을 증명하는 것과 같습니다. 우리의 실천이 곧 하느님의 일입니다. 복음이 가난한 사람들에게 전하는 말이라는 사실이 바로 그 증거입니다. 여러분이 이런 삶을 살고 이런 실천을 하도록 선택되었다는 것에 대해, 하느님께 기도하고 감사하십시오.[7]

온 마음으로 봉사해야 합니다

어제 저는 그 사람들이 있는 곳에서 우리 수녀님들에게 이야기하고 있었습니다. 수녀님들은 이 노인들, 아무 연고가 없는 사람들, 아무도 원하지 않는 사람들이 모여 있는 이곳을 방문합니다. 그 사람들이 바로 여기에 있습니다. 그들은 언제 일요일이 되나 손꼽아 기다리곤 합니다. 수녀님들이 와서 자신들을 위해 해주는 작은 일들, 그들에게 지어 보이는 한 번의 미소, 이불을 펴주는 작은 행동 하나, 그들을 부축해주는 몸짓 하나, 머리를 빗겨주고 손톱을 잘라주는 그런 작은 일들을 말입니다. 너무 사소해서 그것까지 해줄 시간은 없지만, 그래도 이 사람들, 이들은 우리의 사람이고 우리의 형제자매입니다.[8]

✣

인도를 예로 들면, 이 실천에 참여하는 힌두교도, 불교도, 무슬림이 점점 늘어나고 있습니다. 무엇 때문일까요? 무슨 이유로 그들이 오고 있을까요? 그들이 하느님의 현존을 느끼기 때문입니다. 그들은 나름의 방식으로 하느님을 섬기려는 것입니다. 희생으로, 기도로, 하느님을 섬길 수 있다는 것을 깨닫고 가난한 이들 중에서도 가장 가난한 이들과 함께하기 위해 오는 것입니다. 특히 인도에서 나병 환자를 만지고 죽어가는 사람을 만지는 일은 아주, 아주, 아주 힘든 일입니다. 그런데도 [우리는] 이 젊은이들이 그곳을 찾아와 그런 일—우리 '수도회'에서 하는 일은 그런 보잘것없는 실천밖에 없기 때문에—을 하고 있는 것을 봅니다. 그분이 굶주리고 계셨을 때 먹을 것을 드리고, 그분이 헐벗었을 때 옷을 드리고, 그분이 집이 없을 때 쉴 곳을 드리고, 그분이 아프셨을 때, 감옥에 갇혔을 때 돌보아드린 것처럼 말입니다.[9]

✣

우리는 오만삼천 명의 나병 환자를 돌보고 있습니다. 아주 훌륭하고 값비싼 최고의 약을 가지고 있으며, 이것으로 그 사람들을 치료해줄 수 있습니다. 이 비싼 약이 있으면 심한 양성 [나병] 사례를 [나병이 없는] 음성 사례로 바꿀 수 있습니다. 약이 있는 곳에 희망이 있습니다. 우리의 나병 환자들을 되살리고 그들의 삶에 사랑과 기쁨을 가져다줄 수 있습니다. 정부는 모든 곳에서 우리에게 땅을 내주었습니다. 그들의 삶에 새 생명이 있습니다. 하지만 그것이 외로움이라면, 환영받지 못하고 사랑받지 못하는 것이라면 얘기는 너무 달라집니다.[10]

✣

우리의 니르말 흐리다이와 시슈바반에서 여러분이 아침 기도와 저녁 기도를 올렸으면 합니다. 나병 환자 치료와 의료활동을 할 때는 기도로 시작해주시고, 환자들에게 더욱 상냥하게, 더 많은 연민을 가지고 대해주십시오. 여러분이 만지는 것이 그리스도의 몸이라는 사실을 기억하면 도움이 될 겁니다. 그분은 그런 손길에 목말라하고 계십니다. 여러분이 그 손길을 건네지 않으시겠습니까?[11]

✣

가난한 이들 중에서도 가장 가난한 이들을 위한 '수도회'의 겸허한 활동에 전념해주십시오. 우리의 '집'들은 깨끗하고 깔끔하게, 그러나 소박하고 겸허하게 유지해야 합니다. 가난하고, 병에 걸려 죽어가는 환자들에게는 다정한 보살핌을 주어야 합니다. 나이가 많고, 장애가 있거나 정신적으로 아픈 환자들에게는 항상 예수님의 말씀을 염두에 두고 품위와 존중으로 대해야 합니다. "너희가 나의 형제 중에 가장 보잘것없는 사람에게 해준 것이 바로 나에게 해준 것이다."[12]

✣

가난한 이들 안의 병든 그리스도에게 봉사할 때에는 온 마음으로 봉사해야 합니다. 환자 한 사람 한 사람에게 큰 관심을 기울이고, 그리스도의 몸을 만지고 그분을 섬기는 일이 다른 편견이나 일 때문에 방해받지 않도록 해야 합니다.[13]

✣

어떤 수녀님들은 자기 발전을 염두에 두고 행동하면서 병든 사람, 죽어가는 사람, 불구인 사람, 나병 환자, 아무도 환영해주지 않는 사람을 피해서 천천히 지나갑니다. 그 수녀님들에게 이런 일을 할 시간과 장소는 곧 없어질 것입니다. 하느님께 우리를 바치는 것은 곧 가난한 이들 중에서도 가장 가난한 이—환영받지 못하는 이—에게 바치는 것입니다.[14]

저에겐 당신과 같은 영혼이 필요합니다

고통 그 자체는 아무것도 아닙니다. 그러나 그리스도의 수난을 함께 나누는 고통은 인간의 삶에 주어진 경이로운 선물입니다. 이것이 그리스도의 수난에서 우리가 나눌 수 있는 가장 아름다운 선물입니다.

당신이 더 좋아졌기를 바랍니다. 자주 당신을 떠올리면서, 저는 당신의 고난과 일에 함께 하고 있습니다. 그래서 당신과 가까이 있습니다. 오늘은 당신이 분명 아주 기뻐할 이야기를 해드리려고 합니다. 당신은 선교사가 되기를 간절히 바라왔고 지금도 그 열망을 마음 깊이 간직하고 있습니다. 그렇다면 당신이 정말로 사랑하는 우리 수도회와 영적으로 묶이는 건 어떨까요? 우리가 빈민가

같은 곳에서 일할 때 당신은 당신의 고통과 기도로 그 일의 가치와 기도, 실천을 우리와 나누는 겁니다. 일이 너무나 많기 때문에 사실 일손이 필요하지만 그 일을 위해 기도하고 아파해줄 당신 같은 사람들도 필요합니다. 저의 영적인 자매가 되어서, 육체가 아니라 영혼으로, 벨기에 사랑의 선교회 회원이 되어주시겠습니까? 인도나 다른 나라에는, 우리 주님을 갈망하는 영혼들이 있지만 그들 대신 빚을 갚아줄 사람이 없어서 주님께 다가가지 못합니다. 당신은 진정한 사랑의 선교회 회원이 되어 그들의 빚을 갚아주고, 우리의 자매들—당신의 자매들인—은 그들이 하느님께 다가가도록 몸으로 그들을 돕는 겁니다. 당신은 이에 대해 기도해주시고 바라는 것이 있다면 저에게 알려주십시오. 저는 당신 같은 사람, 이런 식으로 '수도회'에 가입할 사람이 많이 필요합니다. 왜냐하면 저는 (1) 천국에는 영광된 '수도회'가, (2) 지상에는 '고통받는 수도회'의 영적 자녀들이, 그리고 (3) '전투 수도회'—전장의 자매님들—가 각각 있었으면 하기 때문입니다. 영혼의 싸움터에서 악마와 싸우고 있는 자매님들을 본다면 당신은 틀림없이 매우 기뻐할 것입니다. 그들은 영혼의 문제라면 어떠한 것이라도 개의치 않습니다.

몸은 어떤가요? 지금도 계속 누워 있나요? 얼마나 오랫동안 그렇게 지내야 하나요? 우리 주님께서 당신을 얼마나 사랑하셨으면 그분의 고난에서 그렇게 큰 부분을 당신께 주셨을까요. 당신은 행복한 사람입니다. 그분의 선택을 받은 사람이니까요. 용기를 내고 기운을 내시어 저를 위해 큰일을 해주십시오. 제가 많은 영혼을 하느님께 데려갈 수 있도록 말입니다. 일단 당신이 그 영혼들과 접촉하게 되면 그 목마름은 하루하루 커질 것입니다.[15]

✣

당신이 기꺼이 '사랑의 선교회'의 고통받는 회원—이게 무슨 뜻인지는 알게 될 것입니다—이 되어주신다니 무척 기쁩니다. 당신을 비롯해서 앞으로 우리 선교회에 참여하는 사람들은, 우리가 하는 모든 기도와 활동, 그리고 우리가 영혼들을 위해 하는 모든 일들을 함께 나누게 될 것이며, 당신의 기도와 고난에 대해서도 우리가 똑같이 나누게 될 것입니다. 우리 '수도회'의 목표가 빈민가에 사는 이들의 성화와 구원을 위해 일함으로써 십자가에 달리신 예수님의 사랑에 대한 목마름을 달래주는 것임을 알고 계시겠지요. 이런 일을, 당신과 당신처럼 고통받는 사람들보다 더 잘할 수 있는 사람들이 있을까요? 당신의 고통과 기도가 성스러운 잔이 될 것이며, 우리와 일하는 회원들은 영혼의 사랑을 한데 모아 그 잔에 부을 것입니다. 그러니 우리의 목표를 이루기 위해서는 당신이 아주 중요하고 필요합니다. 예수님의 목마름을 달래기 위해 우리에겐 잔이 있어야 하며, 그 잔을 만들어줄 당신과 다른 사람들—남녀노소, 부자와 빈자—은 대환영입니다. 당신은 고통의 침대에 있지만, 제가 발로 뛰면서 하는 것보다 훨씬 더 많은 것을 할 수 있습니다. 당신과 제가 함께한다면 우리에게 힘을 주시는 하느님 안에서 모든 것을 할 수 있을 것입니다.[16]

우리가 몇 가지 기도문을 구하고 당신을 위해 그 기도를 올림으로써 한가족이라는 느낌을 배가할 수도 있지만, 우리가 함께 가져야 할 것이 하나 있습니다. 바로 우리 '수도회'의 정신입니다. 하느님에 대한 전적인 자아 포기와 사랑 넘치는 믿음, 참다운 기쁨이 그것입니다. 이를 통해서 당신은 '사랑의 선교회' 회원임을 알게 됩니다. '사랑의 선교회' 회원, 하느님 사랑의 전달자가 되려는 사람은 누구든 환영이지만 저는 특히 몸이 마비된 이들, 불구인 이들, 불치병을 앓는 이들이 들어왔으면 합니다. 그들이야말로 수많은 영혼을 예수님의 발아래로 데려올 테니까요. 우리 수녀님들은 저마다 자신과 하나가 되어 기도하고 고통받고 생각하는 자매를 한 명씩 두게 될 것입니다. 또 다른 나인 셈이지요. 사랑하는 자매님, 아시겠지만 우리 일은 가장 힘든 일입니다. 우리와 함께하면서 우리와 우리의 일을 위해 기도하고 고통받는다면, 우리는 하느님의 사랑을 위해 큰일을 할 수 있을 것입니다. 바로 당신 덕분에 말입니다.[17]

개인적으로 저는 무척 행복합니다. 당신을 비롯해 우리 '수도회'에 영적으로 들어오는 분들을 생각하니 제 영혼에 새로운 힘이 솟아납니다. 이제 당신과 여러 사람들이 우리와 함께 이 일을 하게 되었으니, 무슨 일인들 마다하겠습니까? 하느님을 위해 무슨 일인들 못하겠습니까?[18]

기도와 인내

당신이 '사랑의 선교회'를 위해 기도하고 희생하며 그 병의 고통을 감내하고 있다는 소식을 듣고 무척 반가웠습니다. 당신의 병은 하느님께서 주시는 특별한 사랑의 선물이라고 받아들이십시오. 그것은 당신이 하느님께 매우 가까이 있으니, 십자가에 달리신 그분이 당신을 그분에게로 끌어당기실 수 있다는 신호입니다. 이제는 당신이 고통받는 게 아니라 당신 안의 그리스도가 고통받고 계신 것입니다. 그러니 계속해서 기도와 인내 속에서 당신의 병을 주님께 바치고 그 고통이 영혼들을 위해 유익하게 쓰이도록 하십시오.[19]

죽어가는 예수님을 옮길 기회

하루는 테레사 수녀님이 병에 걸려 누워 있는 환자의 가족들을 방문하셨습니다. 수녀님은 인력거를 불러 저에게 그 안에 타라고 하시고는, 한 수녀님의 도움을 받으며 심하게 병든 한 남자를 저에게 데려오셨습니다. 마흔다섯 살쯤 된 남자였는데, 기침을 심하게 하고 피를 토하는 걸로 봐서 결핵 환자였습니다. 입고 있는 옷은 얼마나 더러웠는지 시궁창 속에 누워 있다가 온 사람 같았습니다. 수녀님은 인력거꾼에게 결핵 병원으로 가는 길을 일러주셨습니다. 수녀님은 우리 앞에서, 한 수녀님과 나란히 걷고 계셨습니다. 그 사건과 병이 깊어 피를 토하던 그 사람을 보았을 때의 끔찍함은 평생 잊지 못할 것입니다. 도중에 테레사 수녀님이 말씀하시더군요. "수녀님은 죽어가는 예수님을 옮길 기회가 생긴 거예요. 그분을 맡아서 돌봐드리세요. 겁먹지 마세요. 제가 그분의 입원을 알아보고 있으니까요." 저는 도망치고 싶은 마음과 싸우며 이런 걱정을 하고 있었습니다. "만약 우리 아버지나 친척들이 내가 길 한가운데서 아파서 다 죽어가는 젊은 남자를 무릎에 안고 있는 걸 보면 어쩌지?" ……저는 그저 마음속으로 성모 마리아께 기도를 올렸습니다. 기도를 마쳤을 때 죽어가는 그 남자가 아주 고통스러운 눈빛으로, 눈물을 글썽이며 저를 쳐다보았습니다. 그 순간 제 마음속에 빛줄기가 비치고 제 두 눈에 똑똑히 보였습니다. 그것은 "십자가에서 성모님의 품으로 옮겨진 예수님"의 모습이었습니다. 테레사 수녀님의 말씀 —"수녀님은 죽어가는 예수님을 옮길 기회가 생긴 거예요. 사랑으로 그분을 옮겨드리세요. 그분이 상처 받지 않도록 하세요. 성모 마리아님께 도움을 청하세요"—생생한 현실이 되었습니다. 방금 전까지의 혐오감은 초자연적인 사랑으로 바뀌었습니다. 현실 속의 예수님, 아파서 죽어가는 사람 안에 그렇게 변장하고 계신 예수님을 경험했던 그 순간을 절대 잊지 못할 것입니다. 제 영혼 속에 심어졌던 그 믿음, 그렇게 비참한 모습을 하신 예수님의 현존은 그날 수녀님이 제 안에 뿌리내리게 해주신 것입니다.[20]

우리는 일단 그곳으로 가서 일을 시작합니다

그분은 세계적인 관심을 끌어내셨습니다. 마더 테레사와 그분의 수녀님들이 평소에 하시던 대로 단순한 방식으로 말입니다. 저는 종종 여쭤봤습니다. "수녀님은 무엇을 해야 좋을지 어떻게 아십니까? 예를 들어 태풍이나 화재가 났을 때 무엇을 해야 할지 어떻게 아십니까?" 마더 테레사 수녀님은 대답하셨습니다. "우리에게는 수많은 실천 방식이 있지 않습니까? 우리는 일단 그곳으로 가서 일을 시작합니다. 모두가 우리에게 동참합니다. 모두가 도움을 주고 그러다 보면 일이 이루어지는 것이지요." 어떻게 생각하면 그 말씀은 아주 간단합니다. 그러나 달리 생각하면, 마더 테레사와 그분의 수녀님들은 일종의 공평무사한 선善을 상징하기 때문에 보통 사람들의 선—누구나 어느 정도는 마음속에 선을 가지고 있지요—을 끌어내어 그 노력에 참여하게 만들고 결국 일이 이루어지게 만드는 것 같습니다.[21]

내 다리를 자르지 말라고 부탁하셨습니다

한번은 [마더 테레사에게서 자란 고아 소년인] 제가 학교에서 사고를 당했습니다. 학교 지붕에서 연을 날리다가 바닥으로 떨어졌지요. 다리가 부러졌죠.

학교는 제가 병원에서 치료를 받도록 조치하고는 수녀님께 연락했습니다. 수녀님은 소식을 듣고 제 후원자들과 함께 저를 보러 오셨더군요. 병원에서 치료받은 지 한 달이 지났을 때, 수녀님은 치료가 만족스럽지 않은 듯 다른 병원으로 저를 데려가셨습니다. [한 정형외과 의사의 말이] 괴저 때문에 제 다리를 절단해야 한다고 했습니다. 수녀님은 다리를 자르지 말라고, 저를 위해 최선을 다해달라고 부탁하셨습니다. 수녀님과 제 후원자는 병원에 있는 저에게 병문안을 오곤 하셨습니다. 비록 입원해서 거의 일 년 반이란 시간을 보내긴 했지만, 세 번의 수술을 받은 후 완치되었으니 저에게 그 일은 기적이었습니다.[22]

누구보다 인자하신 수녀님

마더 테레사 수녀님과 함께 티후아나에 도착해서 기념행사를 했던 적이 있었습니다. 수녀님을 비롯한 모든 사람들이 지쳐 있었죠. 시간이 늦어 해가 지고 있었습니다. 바리오[이웃동네]에서 누군가 찾아와서 말했습니다. "마더 테레사 수녀님, 병원에 어떤 사람이 있는데 사제님이 와주셨으면 한답니다." 수녀님이 말씀하셨지요. "신부님, 갑시다." 저는 피곤하다고 솔직히 고백해야 했습니다. 우리는 방금 비행기에서 내렸으니까요. 저는 합리적이지만 너그럽지는 않은 핑계를 대기 시작했습니다. "수녀님, 한 교구에 들어가실 때는 그냥 가시면 안 됩니다. 허가도 받아야 하고 다른 절차들도 필요합니다." 수녀님이 제 말을 자르셨습니다. "오, 그렇죠." 그러고는 말씀하셨습니다. "허가는 받을 겁니다." 그렇게 우리는 차에 올라 병원이 있는 옆 교구에 도착했고, 수녀님은 교구에 들어가셔서 교구 사제를 만나셨습니다. "신부님, 우리가 병원에 입원한 사람을 방문해도 될까요?" 사제가 대답했습니다. "좋습니다." 수녀님은 알지도 못하는 그 사람을 찾아갔습니다. 그는 수녀님의 직접적인 책임 범위 밖에 있는 사람이었습니다.[23]

그분이 하신, 세상에서 가장 큰 일

칼리가트임종자의 집에 가게 되면 침상에서 죽어가는 그 남자를 보게 되죠. 몸에는 구더기가 파들어간 큰 구멍이 있고, 그 속에서 구더기들이 꼬물거리는 것까지 훤히 보이기 때문에 웬만한 사람은 가까이 가지도 못합니다. 그런데 마더 테레사와 관련해 제가 가장 좋아하는 기억 중 하나는 그분이 어떻게 그 일을 시작하게 되었는지 말씀하셨을 때입니다. 마더 테레사는 그 남자 옆에 앉아서, 그 남자의 머리를 무릎에 누이고는 코를 찌르는 악취가 전혀 나지 않는다는 듯 그의 몸에서 구더기들을 파내던 이야기를 들려주셨습니다. 거기서 그분이 하셨던, 세상에서 가장 중요한 일은 그의 몸에서 구더기들을 파내는 일이었습니다. 그 구더기들을 없앤다고 해서 그 남자의 죽음을 막을 순 없다는 건 수녀님도 물론 알고 계셨습니다. 평범한 한 인간으로서 생각하면, 솔직히 그 남자는 어차피 죽을 테고 그런 일 따위 신경 안 쓰면 그만이겠지요. 그저 그의 몸을 닦아주고 이불을 덮어주고, 나중에 품위 있게 묻어주면 됩니다. 하지만 천만에요. 마더 테레사는 거기 앉아서, 몇 시간 동안 그 구더기들을 파내셨습니다. 전에도 그런 이야기를 듣곤 했지만 실제로 칼리가트에 가서 비슷한 상황을 보니 견딜 수가 없었습니다. 사람 몸 안에서 살아 움직이는 구더기를 보면 온몸이 머리카락과 함께 곤두섭니다. 근처에 가고 싶지도 않지요. 겁이 납니다. 내 안의 모든 것이 "여기 있으면 안 돼" 하고 말하는 것 같습니다. 하지만 마더 테레사는 몇 시간이고 그러고 계셨습니다. 그분은 그 남자 안에서 예수님을 보셨고, 또 그 남자 안의 예수님을 사랑하려 하셨기 때문이겠지요.[24]

이 사람은 도움이 필요합니다

어느 하루, 마더 테레사 수녀님과 함께 마더 하우스 밖으로 외출을 나갔습니다. 그 지역 일부에 물을 공급해줄 급수차를 기증하는 행사에 가는 길이었지요.

마더 하우스 밖으로 나오자 작은 골목길에 한 남자가 누워 있었는데, 상태가 매우 심각해 보였습니다. 정말 도움이 필요한 상황이란 걸 한눈에 알 수 있었지요. 수녀님은 급수차를 기증받는 명예로운 행사에 가고 있었다는 사실을 곧바로 잊어버리셨습니다. 당신이 그 행사의 귀빈이라는 것도 말입니다. 수녀님은 남자 옆에 무릎을 꿇고 앉아, 그를 부축해 일으키고는 말씀하셨습니다. "이 사람을 돌봐주어야 합니다. 이 사람은 도움이 필요합니다. 병원으로 옮겨야 합니다." 수녀님의 관심은 온통 그에게 쏠려 있었습니다. 당신의 위치, 지각한다는 사실, 급수차를 받을 곳에 가지 않았다는 것, 그 모든 것이 사라져버렸지요. 수녀님에게는 길바닥에 누워 있는 이웃이 당신의 관심을 필요로 한다는 사실만 보였습니다. 우리는 수녀님께 행사에 가셔야 한다고, 그 사람은 우리가 돌보겠다고, 우리가 그 사람을 병원에 데려가겠다고, 간신히 설득할 수 있었습니다. 수녀님은 정말 내키지 않는 듯 자리를 뜨시면서도 계속 뒤를 돌아보셨습니다. 우리가 약속대로 하는지 확인하려는 듯 말입니다. 수녀님에게는 급수차를 받으러 가는 것보다 그 일이 더 중요했던 것이지요.[25]

경찰조차 두려워하던 남자

뉴욕에는 에이즈 환자를 위한 우리의 집이 있습니다. 수녀님은 자주 그곳에 들러 사람들을 돌보곤 하셨습니다…… 거기 한 남자가 실려왔습니다. 그의 이름은 D였습니다. 그는 범죄자였고 경찰조차 두려워하는 사람이었습니다. 하지만 그는 완전히 다른 사람이 되었고 수녀님을 무척 사랑했지요. 그의 병이 깊어지자 병원으로 데려갔습니다. 그 무렵 수녀님이 그곳을 방문하셨습니다. 남자는 자신의 친구, 그러니까 수녀님을 보고 싶다는 전갈을 보내왔고, 수녀님은 병원으로 그를 보러 가셨지요. 남자는 말했습니다. "수녀님과 단둘이 있고 싶습니다." 우리는 모두 밖으로 나갔고, 남자 혼자 수녀님과 남았습니다. 남자가 말했습니다. "수녀님, 아시겠지만 저는 끔찍한 두통을 앓고 있습니다. 저는 그걸 예수님의 가시관과 연결짓고 있습니다. 손에도 끔찍한 통증이 있습니다. 그건 예수님의 상처 입은 손과 연결짓지요. 다리에도 끔찍한 통증이 있습니다. 그건 예수님의 상처 입은 발과 연결짓습니다." 남자는 자기 몸의 각 부분에 대해, 그것을 어떻게 예수님의 고통과 묶고 있는지 말하고 있었습니다. 남자가 다시 수녀님에게 말했습니다. "수녀님, 한 가지 소원이 있습니다." 수녀님이 물으셨습니다. "뭐지요?" "저를 수녀님들의 집에 데려가주세요. 그곳에서 죽고 싶습니다." 수녀님은 그를 집으로 데려오셨습니다. 그리고 도착하자마자 우리에게 말씀하셨습니다. "저는 성당에 가서 예수님을 뵈었습니다. 저분 역시 몇 분 동안 거기 있었습니다. 십자가에 달리신 예수님에게 말을 걸면서 말이에요." 그러고는 함박웃음을 지으며 말씀하셨지요. "저는 예수님께 알려드렸습니다. '예수님, 여기 D를 보세요. 그가 당신을 몹시 사랑합니다' 하고요." 제가 이 이야기를 들려드리는 건 그래서입니다. 하느님과 그렇게 멀리 떨어져 있던 사람들이, 예수님에 대한 수녀님의 사랑 덕분에 하느님과 그렇게 가까워지다니요. 수녀님은 그 사랑을 이 사람들과 나눔으로써 살아 있는 행동으로 옮기신 것입니다.[26]

그를 도우러 달려가신 수녀님

1969년, 저는 수녀님과 여행 중이었습니다. 방갈로르의 기차역에서 플랫폼을 따라 우리가 탈 기차가 있는 곳으로 가고 있었습니다. 수녀님은 제 오른쪽에, 열차 선로는 제 왼쪽에 있었습니다. 저는 수녀님께 말을 하면서 걷고 있었는데, 주변의 소음 속에서 제 말이 잘 들리도록 수녀님 쪽으로 몸을 기울이고 있었습니다. 바닥 여기저기에 놓인 온갖 짐들 사이를 지나가느라, 저는 이따금 아래를 보면서 걸음을 조심하고 있었습니다. 그러다가 문득 고개를 들어보니, 수녀님이 보이지 않았습니다. 주위를 둘러보았지만 수녀님은 보이지 않았습니다.

선로 근처 플랫폼의 끝자락에 사람들이 모여 있었습니다. 그리고, 그 군중들 사이로 수녀님이 보였습니다. 저는 얼른 그쪽으로 달려갔지요. 다리 한 쪽이 없는, 목발을 짚은 한 거지가 열차 선로를 건너오고 있었습니다. 철로 위로 빠른 속도로 전차가 다가오고 있었습니다. 거지가 안전하게 건너지 못할 것 같았습니다. 수녀님은 그 거지를 보시고 그를 도우러 달려가셨던 것입니다. 수녀님은 몸을 숙여 손을 내밀어 그를 끌어올리려 했지만, 도리어 당신이 끌려내려가고 있었습니다. 플랫폼에 있던 사람들이 그 광경을 보고 달려가서 두 사람 모두 안전하게 플랫폼 위로 끌어올렸습니다. 저와 말씀을 나누며 짐들을 피해 걸어가던 중에 수녀님이 어떻게 그 군중들 사이로 거지를 보셨는지 놀라울 뿐이었습니다. 수녀님은 그 재능이 너무 완벽하고 그 자애로움이 너무 깊으신 나머지 다른 사람들 속의 하느님을 섬길 기회를 끌어당기게 되는 사랑의 자석이셨던 것 같습니다.[27]

결코 잊지 못할 온유하신 그 사랑

저 개인적으로는 아주 심한 천식으로 고생할 때 수녀님의 온유하신 사랑과 보살핌을 받았던 아름다운 경험이 있습니다…… 저는 특별한 은총을 구하기 위해 수녀님을 찾아가 저를 위해 기도해달라고 부탁드렸습니다. 수녀님은 사랑이 가득한 눈으로 저를 보시더니 앞으로 아흐레 동안 매일 루르드 성수와 숟가락 하나를 가지고 당신을 찾아오라고 하시더군요. 수녀님이 저에게 손을 얹으시면 우리는 함께 '메모라레Memorare, 성 베르나르도의 기도' 기도를 드렸습니다. 그런 뒤에 수녀님은 저에게 루르드 성수 한 숟가락을 마시게 하셨지요. 저에게 보여주신 수녀님의 온유하신 그 사랑은 결코 잊지 못할 것입니다.[28]

행동에 나선 수녀님

저는…… 제 고향 교구 출신의 한 여인을 소개해드렸습니다. 그녀에겐 열두 자녀가 있었습니다. 테레사 수녀님이 그 여인에게 말씀하셨습니다. "가난한 이들을 돕도록 저에게 한 명만 주세요!" 두 사람이 아이들에 대해 이야기하고 있을 때 근처에 있던 한 여인이 쓰러지더니 간질발작으로 경련을 일으키기 시작했습니다. 수녀님은 재빨리 움직이시어, 그 여인을 두 팔로 받쳐서 바닥에 눕게 하셨습니다. 그런 다음 다른 수녀님들에게 담요와 여인이 마실 따뜻한 것을 가져오게 하셨습니다. 그리고 수녀님은 그 자리에서 무릎을 꿇은 채 기도를 시작하셨지요. 저에게도 같이 기도하자고 청하신 수녀님께서는, 주머니에서 기적의 메달을 꺼내어 저에게 그것을 여인의 이마에 대고 있으라고 하셨습니다. 우리는 함께 성모송을 불렀습니다. 그러자 몇 분 만에 여인이 진정되었고 일어나 앉아서 우리에게 평화로운 미소를 지어 보였습니다. 테레사 수녀님은 미소를 띠고 저를 보며 말씀하셨습니다. "아버지, 보소서. 당신은 항상 기적을 행하십니다!"[29]

마더 테레사가 당신을 만나러 온다면……

당시 병원 사제였던 저는 마더 테레사께서 병원의 몇몇 환자를 방문하시도록 주선했습니다. 마더 테레사께서는 세인트 크리스토퍼 대성당에서 역사상 가장 많은 군중들 앞에서 말씀하신 후 세 명의 환자를 방문하셨습니다. 한 남자 환자는 심장이식을 앞두고 있었는데 자기가 하느님과 화해할 수 있을지 모르겠다고 고개를 젓곤 했습니다. 저는 그전에도 그를 여러 번 방문한 적이 있었는데 그때 그렇게 말했습니다. "만약 마더 테레사가 당신을 만나러 온다면 그것으로 당신이 하느님께 돌아갈 이유는 충분하지 않겠습니까?" 그는 대답했습니다. "글쎄요, 그분이 오시는 일은 절대 일어나지 않을 겁니다." 그런데 마더 테레사께서 정말로 방문하시자 그는 침대에서 벌떡 일어나 앉아 그분이 주시는 메달을 받았습니다. 마더 테레사는 간단한 기도를 드렸고 이후 그는 참회했습니다. 심장이식 후 그는 몇 해를 더 살았습니다.[30]

예수님께서 오심

저는 캘커타의 한 병원에서 심장수술을 받았습니다. 수술 후 사흘이 지나서야 중환자실에서 나와 일반 병실로 옮겼습니다. 갑자기 한 간호사가 외치는 소리가 들렸습니다. "마더 테레사께서 오고 계십니다…… 마더 테레사께서 오셨어요!" 복도에서 사람들이 우르르 바깥으로 몰려나가더군요. 저는 궁금했습니다. "마더 테레사께서 여긴 무슨 일이시지?" 그런데 잠시 후 그분이 제 옆에 계셨습니다. 저를 굽어보고 계셨습니다! ……저는 너무도 가슴이 벅차서 그분의 말씀에 제대로 대답할 수조차 없었습니다…… 저는, 마더 테레사께서 오신 것은 예수님이 오신 거라는, 그분의 사랑의 징표라는 강렬한 느낌에 사로잡혔습니다. 그 순간 저는 깜짝 놀랐습니다. 방 안이 어느새 사람들로 가득 차 있었습니다. 심장센터 대표가 와 있었고 저를 수술했던 외과과장은 수술가운을 입은 채 수술실에서 달려와 있었지요. 그 밖에도 많은 의사들, 간호사들, 환자들까지 와 있었습니다. 그들 모두 마더 테레사를 보면서 애정과 공경 어린 미소를 짓고 있었습니다. 그분이 오신 것에 그들이 얼마나 기뻐했는지는 누구라도 느낄 수가 있었지요. 작은 사건이라고요? 네, 하지만 마더 테레사께서 가시는 곳마다 똑같은 일이 벌어졌고 어김없이 자발적인 공경과 사랑이 피어났습니다. 사람들은 그분을 보기를, 그분께 말을 걸기를, 그분이 축복해주시기를 갈망했습니다. 저 자신이 그런 일을 여러 번 목격했습니다.[31]

그를 위해 할 수 있는 건 없었습니다

한 젊은 남자가 있었습니다. 갓 결혼한 사람이었는데 광산에서 사고를 당하는 바람에 온몸이 마비되고 말았지요. 그를 위해 할 수 있는 건 아무것도 없었습니다. 절망에 빠진 가족은 침대 위의 그를 데려와 미사 도중에 제단 앞에 놓았습니다. 마더 테레사께서는 남자를 걱정하시며 저에게 그를 축복해달라고 부탁하셨습니다. 그리고 수녀님들에게는 그 남자가 [알바니아의] 티라나에서 치료를 받을 수 있을지 알아보라고 하셨습니다. 이는 마더 테레사께서 어려움에 처한 사람을 돕기 위해, 다른 이들을 통해 구체적인 행동을 하게 만드신 또 하나의 사례입니다. 그분은 자신이나 수녀님들이 실제로 필요한 일을 할 수 없을 때에는, 다른 사람들이 각자 할 수 있는 일을 하게끔 하셨습니다.[32]

내 삶의 기쁨

1979년 8월, 우리는 아이티의 포르토프랭스에 있는 빈민가에서 테레사 수녀님과 함께 걷고 있었습니다. 수녀님은 병든 이들과 죽어가는 이들의 상황을 둘러보고 계셨습니다…… 그들은 방치된 채 죽어가고 있었습니다. 쥐들이 살을 파먹고 있었죠. 설사병을 앓고 있던 한 불쌍한 남자는 바깥 하수구 근처에 팽개쳐져 있었습니다. 그 광경들을 둘러보신 수녀님은 아이티가 캘커타보다 가난하다고 판단하시고 그곳에 집을 열기로 결심하셨습니다. 바닥은 시멘트로 발라져 있고 지붕이 있는, 방 두 칸짜리 집이었습니다. 수녀님은 그 집을 직접 꼼꼼히 청소하고 칠을 하셨습니다…… 거기엔 물도 없고 전기도 없고 운송수단도 없었지만 하느님의 뜻이 있었습니다. 가톨릭 구호 서비스 회장님이 수녀님을 보러 오셨고 수녀님은 부탁하셨습니다. "병들고 죽어가는 사람들을 운반할 자동차 한 대가 필요합니다." 그 말씀은 당장 실현되었습니다. 8월 5일까지, 병들어 죽어가는 칠십 명이 포르토프랭스 종합병원에서 우리 집으로 실려왔습니다……

하지만 문제가 생겼습니다. 온갖 병자들이 모이는 것을 본 그곳 사람들이 이를 불쾌하게 여기고는, 자동차가 들어올 수 없도록 우리 대문 앞에 도랑을 팠습니다. 한창 이 문제로 시끄러울 때 수녀님이 도착하셨습니다. 수녀님은 아무 말씀도 없으셨습니다. 그저 두 손을 모으셨을 뿐이었는데 그 침묵의 기도가 기적을 낳았습니다. 방금 전 도랑을 팠던 그들이 직접 다시 도랑을 메웠고 평화가 찾아온 것입니다. 그렇게 우리는 집을 열 수 있게 되었습니다. 공식 개원식이 끝날 무렵 수녀님은 "가난한 이를 섬기는 사람이 신을 섬긴다"는 간디의 말을 인용하면서 말씀을 이으셨습니다. "저는 가난한 이들, 병든 이들, 죽어가는 이들, 사랑받지 못한 이들, 환영받지 못한 이들, 나병 환자들, 정신적으로 장애가 있는 이들을 섬기며 숱한 시간을 보냈습니다. 왜냐하면 저는 하느님을 사랑하고, '너희가 나에게 그렇게 한 것이다'는 하느님 말씀을 믿기 때문입니다. 가난한 이, 집 없는 이, 환영받지 못한 이, 굶주린 이, 목마른 이, 헐벗은 이의 비참한 모습을 하신 하느님을 사랑하고 섬기는 것, 이것이 이 제 삶의 유일한 이유요, 기쁨입니다. 그리고 그 일을 하면서 저는 고통받는 형제자매 한 사람 한 사람에 대한 하느님의 사랑과 연민을 자연스럽게 드러내 보일 수 있습니다."[33]

맨 처음 보고 일어나시는 분

성소聖所는 어느 큰 교회였고 그곳엔 사람들이 가득 들어차 있었습니다. 물론 그 많은 사람들은 모두 수녀님을 보러 나온 것이었습니다. 다른 집에서 오신 수녀님들도 계셨고, 노인과 병자들을 위한 집과 에이즈 환자들을 위한 집에서도 다들 나왔습니다. 영성체 시간이었습니다. 우리 집에서 온 남자들 가운데 발이 불편한 호세가 자리에서 일어나 영성체를 받으러 앞으로 나아가던 중 갑자기 넘어졌습니다. 그는 대리석 계단에 머리를 부딪쳐 피를 흘렸습니다. 그곳에는 수많은 사람이 있었지만 곧바로 자리에서 일어나 호세—적어도 몸집이 수녀님보다 두 배는 큰—에게 달려가 그를 부축한 사람은 다름아닌 테레사 수녀님이셨습니다. 수녀님은 그를 교회 제단 한쪽 옆으로 데려가 얼굴과 머리를 어루만지시면서 곁을 떠나지 않으려 하셨습니다. 무슨 일이 일어났는지 맨 처음 보고 일어나신 분이 수녀님이셨다는 것, 그리고 구급차가 올 때까지 그의 곁에 계시겠다고—미사가 계속 진행되고 있었음에도—고집하셨다는 것에 저는 큰 감동을 받았습니다. 수녀님은 절대 당신을 대단한 사람으로 여기지 않으셨습니다. 당신 자신을 완전히 잊으시고…… 가난한 이들 안의 예수님을 섬기기 위해서라면 언제나 서둘러 달려갈 준비가 되어 있는 하느님의 종으로 여기셨습니다.[34]

내 곁에 누군가 서 있는 느낌

어느 깊은 밤이었습니다. 심한 치통 때문에 갑자기 잠에서 깬 저는 4층에 있는 맨 끝 침대에서 일어나 앉아 두 손으로 얼굴을 감싸고 있었습니다. 다른 사람들은 모두 깊은 잠에 빠져 있었습니다. 한밤중에 누구를 깨워야 할지 몰랐습니다. 수녀님들이 자고 있는 그 큰 기숙사에 앉아, 통증을 덜어보려 이를 누른 채 아침이 오기만을 고통스레 기다리고 있었지요. 그런데 갑자기 누군가 내 곁에서 내 어깨에 손을 얹고 있는 게 느껴졌습니다. 그 사람이 무슨 일이냐고 물었습니다. 고개를 들어 쳐다보았더니 수녀님이셨습니다. 자초지종을 말씀드렸지요. "약은 가지고 있지 않아요. 하지만 물을 한 잔 가져올게요." 그렇게 말씀하신 수녀님이 사라지고 난 뒤에도 저는 그대로 앉아 있었지요. 수녀님이 아래층까지 내려가셨다가 다시 4층까지 올라오셔야 한다는 건 생각도 못했지요. 잠시 후에 물을 가져오신 수녀님이 물을 건네기 전에 말씀하시더군요. "성모송을 세 번 부릅시다." 우리는 성모송 기도를 드렸고, 저는 물을 마셨습니다. 수녀님은 저를 침대에 누이고 축복해주시며 말씀하셨습니다. "주무세요. 이제 괜찮아

질 겁니다." 저는 깊이 잠들었고, 통증은 사라져서 그후 몇 달 동안 재발하지 않았습니다.[35]

유독가스가 덮친 도시로 달려가신 수녀님

1984년 보팔에서 수많은 목숨을 앗아간 가스 누출 사고가 일어난 직후, 마더 테레사는 의사들과 사랑의 선교회 수녀님들과 함께 비행기 한 대분의 구호품을 싣고 참사가 일어난 그 도시로 달려가셨습니다. 씩씩한 박애활동가들조차 누군가 와서 구조해주기를 기다리던 때였습니다. 마더 테레사는 도착하자마자 곧바로 구조활동을 펼치느라 바쁘셨습니다. 그분이 보팔에 도착해서 솔선수범하시자 다른 사람들도 그분이 지휘하는 집단에 참여해 유독가스 누출 피해자 지원을 확대하는 만만치 않은 일을 해나갔습니다. 마더 테레사는 수녀님들과 함께 정부 관리들조차 가기를 꺼리는 피해 지역을 찾아 집집마다 문을 두드렸습니다. 마더 테레사 단체가 했던 일은 마치 진정한 기적처럼 사람들로 하여금 그 일에 참여하게 만들었습니다. 믿음의 활동이 시작되는 동안 사람들이 끔찍한 일을 당할까 두려워 문을 굳게 닫고 틀어박혀 있던 그때, 마더 테레사는 길에 나가 피해를 입은 사람들에게 보급품을 나눠주며 사후의 상황에 대면할 수 있도록 용기를 주셨습니다.[36]

그 크신 사랑과 보살핌으로

제가 휴가로 자리를 비웠을 때 연수 외과의에게서 연락이 왔습니다. [사고를 당한 한 사랑의 선교회 수녀님의] 치료를 위해 마더 테레사께서 초조하게 저를 기다리고 계신다는 거였습니다. 즉시 병원으로 달려가보니 그 수녀님은 맥박이 없고 출혈이 심해 헐떡이다시피 간신히 숨쉬고 있었습니다. 그 수녀님의 입에서 흐르는 피를 닦아주고 계시던 마더 테레사가, 저를 보시며 고통스러운 표정으로 말씀하셨습니다. "X선생님이신가요? 기다리고 있었습니다. 부디 제 수녀님을 살려주세요. 당신을 위해 기도하겠습니다." 저는 마법에 걸린 듯 마더 테레사를 보았습니다. 그분은 어머니 같은 모습으로 수녀님의 목숨을 살려달라고 기도하고 계셨습니다. 저는 놀라운 힘과 말로 표현할 수 없는 감정을 느꼈습니다. 그래서인지 그 수녀님을 살리고 말겠다는 굳은 결의가 솟아났습니다. 수액을 투여하고, 몇 병이나 수혈하는 등 모든 조치가 이루어졌습니다. 여러 의사들이 저를 도왔습니다. 마더 테레사는 매우 초조하고 간절한 표정으로 수녀님의 얼굴을 지켜보고 계셨습니다…… 서서히 맥박이 느껴지기 시작했고 호흡이 어느 정도 편안해졌습니다. 우리는 약간의 희망을 가졌고 마더 테레사께서도 그제야 불안했던 마음을 놓으시더군요.

다음 날 수녀님은 어느 정도 안정이 되어 말을 할 수 있었고, 마더 테레사는 크게 위안을 받으신 듯 표정이 밝고 쾌활하셨습니다. 그분은 제 손을 잡고 고맙다며 말씀하셨습니다. "선생님, 부디 모든 수단을 동원해서 수녀님의 회복을 앞당겨주세요. 두 달 후에 서원을 해야 하거든요." ……턱과 팔뼈에 두 번의 큰 수술을 받긴 했지만 얼마 지나지 않아 수녀님이 고비를 넘겼습니다. 마더 테레사는 수녀님을 퇴원시켜달라고 부탁하셨습니다. 가난하게 죽어가는 수많은 환자들은 입원조차 받아주지 않는 분주한 병원에서 침상을 차지하고 있는 것은 바람직하거나 정당하지 않다고 생각하셨던 것입니다…… 수녀님은 예정대로 세인트메리 성당에서 서원을 하셨고, 저는 그 의식에 참관했습니다.[37]

아이를 먹이는 어머니처럼

테레사 수녀님은 틈이 나실 때마다 매우 기쁜 마음으로 칼리가트에 가셨습니다. 수녀님은 환자들 옆에 앉아 말을 걸어주고 병이 심한 환자에게는 음식을 먹여주곤 하셨지요. 자기 아이를 먹이는 어머니처럼 매우 크신 사랑과 보살핌으로 당신의 손으로 먹이실 때도 있었습니다.[38]

내 손을 잡아주신 수녀님

의욕 충만한 지망생으로서, 저는 니르말 흐리다이칼리가트에서 사도직을 했습니다. 처음 며칠 동안은 나이든 사람들을 만지는 일이 굉장히 두려웠습니다. 한 남자는 다리에 아주 큰 상처가 있었는데 그 상처에는 구더기가 잔뜩 끓고 있었어요. 얼마나 무서웠는지 모릅니다. 그 앞을 지나가시던 테레사 수녀님은, 드레싱 트레이를 들고서 어쩔 줄을 몰라 당황하는 저를 보시고, 제가 두려워한다는 걸 눈치채셨습니다…… 수녀님은 제 손을 잡으셨습니다. 그러고는 제 손에서 트레이를 가져가더니 직접 그 상처를 닦기 시작하셨습니다. 벌레들을 모두 파내신 다음 수녀님은 제 손에 겸자를 쥐어주시고는, 제가 그 상처를 깨끗이 닦게 하셨습니다. 그러나 저는 역시 아무것도 할 수 없었습니다. 그러자 수녀님이 마저 상처를 닦으시고는 직접 드레싱까지 하셨습니다. 저는 그제야 겨우 두려움이 사라지는 듯했습니다. 이어서 수녀님은 그 환자가 마실 뜨거운 우유 한 잔을 가져오시더니 저에게 그 환자의 입에 조금씩 우유를 흘려넣어주라 하셨습니다. 제가 하는 모습을 가까이서 지켜보시면서 수녀님은 미소를 지으셨습니다. 그러고 나서야 우리는 다음 환자에게로 갔습니다. 수녀님은 환자에게 필요한 일들을 언제나 직접 하셨습니다…… 그날부터 저는 어떤 두려움도 없었습니다. 수녀님이 그날 오전 내내 저를 가르치면서 제 곁에 계셨으니까요.[39]

온갖 궂은일을 기쁘게 하시는 그분

저는 수녀님이 드레싱을 하시기를 기다리고 있었습니다. 그런데 수녀님이 나타나지 않으셨고, 저는 수녀님을 찾아나섰습니다. 그러다가 [화장실을] 청소하시는 수녀님을 보았지요. 도와드리고 싶었지만 수녀님은 말씀하셨습니다. "자매님은 안에서 일하세요. 이 일은 제가 합니다." 그래도 도와드리고 싶어서 빗자루를 찾아 들고서 수녀님에게로 갔더니 수녀님은 화장실 청소를 다 끝내고 배수구 때를 벗기고 계셨습니다. 그러고 나서는 휴지통의 쓰레기를 수레에 비우셨지요. 수녀님은 직접 그 수레를 밀고 길 건너편으로 가져가셨습니다. 수레 한쪽을 잡고 바깥에 있는 큰 소각장에 비우는 일만큼은 저에게 거들게 하셨지요. 수녀님이 입소자들과 죽어가는 사람들에게 보이시는 온유하신 사랑, 다른 사람에게는 절대 못하게 하시는 궂은일—화장실 청소, 요강과 변기, 환자들이 침을 뱉는 타구 씻기 등등—을 당신이 직접 기쁘게 하시는 모습은 저에게는 큰 감동이었습니다.[40]

그 사람에 대한 깊은 관심

마더 테레사는 항상 한 사람 한 사람에게 깊은 관심을 쏟으시면서 동료 인간에 대한 사랑을 뚜렷이 드러내 보이는 분이셨습니다. 칼리가트에 가실 때면 환자의 침대 옆에 무릎을 꿇고 앉곤 하셨지요. 그러고는 환자를 어루만져주시며 무엇이 필요한지 물으셨습니다. 그 사람이 라스굴라[벵골 지역의 대표적인 디저트]가 먹고 싶다거나 다른 무언가를 요구하면 그것을 구해오도록 하셨습니다. 침대마다 돌아다니시면서 미소 띤 표정으로 말을 건네시며 한 사람 한 사람을 어루만져주셨습니다.[41]

제 친구는 어디에 있나요?

프렘단에서 청원기를 지내고 있을 때 저는 여성 병동에서 일하고 있었습니다다. 그곳에 오실 때면 테레사 수녀님은 환자들을 먼저 돌아보신 뒤에 다른 수녀님들을 만나시곤 하셨습니다. 수녀님은 늘 이렇게 물으셨지요. "제 친구는 어디 있나요?" 그 친구는…… 밀림 근처에서 발견된 여인이었는데, 귀머거리에 벙어리였습니다. 수녀님은 처음에 그녀를 덤덤으로 데려가셨다가 다시 프렘단으로 데려오셨지요. 그녀는 수녀님이 오시면 매우 기뻐했습니다. 수녀님은 모든 환자를 둘러보곤 하셨는데, 한 사람 한 사람 돌보시는 그 모습은 너무도 성스러웠습니다. 저는 그분의 크신 사랑에 감동했습니다. 모든 환자, 모든 어린이, 모든 수녀님들을 한 사람 한 사람 그렇게 사랑하시는 분은 처음이었습니다.[42]

가난한 이들 몫으로

처음부터 수녀님에겐 가난한 이들을 위해 부탁하는 기술이 있었습니다. 그분은 당신을 도우려는 분들에게 부탁의 말씀을 전하곤 하셨습니다. 그렇게 해서 책과 연필, 입을 옷, 의품 등등을 구해오셨지요. 의약품을 부탁하러 직접 가실 때면 때때로 성공하기도 했지만 거절당하기도 했습니다. 한번은 큰 건물들 중 한 곳의 어느 의사를 찾아가시면서 저를 함께 데려가셨습니다. 의약품도 구해야 했지만 수녀님은 골결핵을 앓던 마르셀라라는 어린 소녀를 위해 도움의 손길을 찾고 계셨습니다. 의사는 단호하게 거절하더군요. 그러자 수녀님은 두 손을 모으며 일어나 미소를 띠고 정중하게 말씀하셨습니다. "감사합니다." 그 의사는 당연히 깜짝 놀랐습니다. 우리가 현관에 도착하자 그 의사 방으로 돌아오라는 전갈이 왔습니다. 의사가 수녀님께 말했습니다. "저는 아무것도 드리지 않았는데 그래도 수녀님은 '감사합니다'라고 하셨습니다. 제가 이걸 드리면 어쩌실 건가요?" 의사는 수녀님이 부탁했던 것을 내밀었습니다. 수녀님이 대답하셨지요. "처음에 당신이 주지 않은 것은 내 몫이었지만 지금 내가 받는 이것은 가난한 이들의 몫입니다." 그 의사에겐 그런 일이 아마 처음이었을 것입니다.[43]

예수님의 십자가를 지면서

결국 제 등의 X선 사진을 제대로 찍어보고 나서 척추가 심하게 손상되었다는 사실을 알게 되었지요…… 저는 마더 테레사께 그 소식을 전했습니다…… 그분이 보내신 편지를 받았습니다. 그분과 그분의 일을 위해 저의 모든 걸 바치고 저와 같은 일을 해줄 사람들을 찾아달라고 부탁하는 내용이었습니다…… 저에게 고통 자체는 아무것도 아니었습니다. 저는 패배자였고 그 고통은…… 파괴적이었습니다. 하지만 그리스도의 수난을 함께 나누는 고통은 소중한 선물이 되었지요. 제 마음 한가운데에는 예수 그리스도가 살아 계십니다. 그리고 그리스도의 수난과 십자가를 통해 크나큰 희망의 메시지가 온다는 것을, 저는 알고 있습니다. 부활을 통해 우리는 구원받을 것입니다. 고통에 대한 설명을 찾고 싶을 때면 저는 저의 본보기이신 예수 그리스도를 바라봅니다. 그분이 갈보리 언덕을 올라가시는 모습을 볼 때면, 그저 그분의 발자국을 따라야 한다는 걸 알게 됩니다. 저는 마더 테레사께서 우리에게 하신 말씀대로 살려고 진심으로 노력합니다. "하느님께서 무엇을 주시든지 무엇을 가져가시든지 환한 미소로 받아들이세요." 통증이 찾아오고 허리가 아플 때면, 저는 제가 그리스도의 십자가를 두 어깨에 짊어지고 있다는 걸 실제로 느끼게 됩니다.[44]

돌아가신 후에도

마더 테레사는 자신의 강령—"만일 제가 성녀가 된다면 분명 '어둠'의 성녀일 것입니다. 지상의 어둠에 빛을 밝히러 내려가 있을 테니 천국에는 계속 없을 것입니다"—에 충실하시어 지금까지도 자비의 실천을 계속하고 계십니다. 환자들이 자신의 병상 곁에 계신 그분을 보았다는 수많은 보고가 있었습니다. 다음은 그 가운데 두 가지 사례입니다.

감사합니다, 마더 테레사님

안녕하세요. 저는 미구엘이라고 합니다. 나이는 서른넷입니다. 저는 원래 가톨릭이 아니라 다른 종교를 가지고 있었습니다. 6월 23일, 저는 척추수술을 받았습니다. 오후 한시 십오분에 수술실에 들어가서 오후 다섯시 사십오분에 나왔습니다. 대략 그렇습니다. 전신마취에서 깨어난 건 오후 일곱시쯤이었습니다…… 잠이 들었는데 꿈에서 누군가 내 침대 곁에 와서 오른쪽 다리를 어루만지는 게 느껴졌습니다. 눈을 떠보니 아무도 없더군요. 조금 후에 다시 아까처럼 다리에 손이 얹혀 있는 느낌이 들었습니다. 눈을 떠보았지만 역시 아무것도 없었습니다. 세 번째로 다시 어떤 손길을 느꼈습니다. 눈을 뜨자 이번에는 손 하나가 보였습니다. 왼쪽 손밖에 보이지 않았지만 그 사리 자락과 묵주를 보고 저는 그 손을 알아보았습니다. 네, 그것은 캘커타의 마더 테레사님의 손이었습니다. 저는 눈을 더욱 크게 떴습니다. 눈앞의 광경을 믿을 수가 없었습니다. 그분의 주름, 그분의 묵주, 다른 사람들의 것보다는 큰 검버섯, 나이든 사람들에게 흔한 그 반점 하나까지 모두 볼 수 있었습니다. 그뿐 아니라 (굵은) 손가락의 손톱 끝까지 보였고 그분이 손바닥으로 제 다리를 만지는 것이 느껴졌습니다. 얼마 후 의사가 와서 말하더군요. "앞으로 발을 못 쓰게 되어도 두려워하지 말라는 말을 하러 왔어요. 미리 알고 있어야 마음의 준비를 할 수 있으니까요." 저는 제 발을 움직이며 말했습니다. "아니요! 보세요, 발이 움직이잖아요!" 의사는 깜짝 놀라서 밖으로 나갔습니다. 그다음 주 토요일, 의사가 다시 와서 저에게 일어나보라고 하더군요. 저는 의사에게 말했습니다. "이미 어젯밤에 일어나서 화장실에 다녀온걸요." 의사는 다시 한 번 깜짝 놀라며 말했습니다. "누군가 부축해준 거겠죠." 저는 대답했습니다. "아니요. 혼자 해냈습니다." 의사는 축하해주며 자리를 떠났습니다. 원래는 6월 27일 화요일에 퇴원할 예정이었는데, 의사는 25일 일요일에 저를 퇴원시켰습니다. 감사합니다, 마더 테레사님.

네, 그분이 바로 그분이에요!

우리는 [멕시코의] 아주 가난한 목장 출신입니다. 비록 돈 한 푼 없는 가난한 빈털터리였지만 종교에 대해서는 무시하지 않고 살았습니다. 우리에겐 세발자전거 하나와 제 딸 돌로레스가 있습니다. 저는 달콤한 사탕이나 과자로 속을 채운 달걀을 팔러 다닙니다. 벌이는 소금이나 칠리가 들어간 토르티야를 사먹는데 부족하지 않고, 아주 가끔 수프를 사먹을 정도는 됩니다. 그런데 어느 날 우리가 다른 목장에 도착했을 때 제 딸이 자동차에 치였습니다. 바닥에 나동그라진 돌로레스는 의식이 없었습니다. 딸이 정신을 차리도록 얼굴을 때려보았지만 소용이 없었습니다. 아는 기도문이 없어서, 제 딸에게 아무 일 없게 해달라고, 제 딸의 피가 굳지 않게 해달라고 마더 테레사께 빌었습니다. 주기도문, 성모송, 영광송을 외고 [마더 테레사를] 소리쳐 불렀습니다. 사고가 일어난 지 팔십 분이 지나서야 제 딸은 의식을 되찾았습니다. 나중에 제 딸이 아주 자애롭고 키가 작은 할머니 한 분을 뵈었다고 하더군요. 그분이 머리를 쓰다듬으시며 축복해주었다고 말입니다. 눈처럼 하얀 옷을 입고 계셨는데 웃으면서 사라지셨다고요. 우리는 마더 테레사를 몰랐습니다. 그분의 사진 한 장을 본 적이 없습니다. 우리에겐 텔레비전조차 없었으니까요. 나중에 한 젊은이 — 우리가 이 증언을 쓰도록 도와준 사람 — 가 우리에게 캘커타의 마더 테레사 사진을 한 장 주었는데 제 딸이 기뻐하며 소리를 지르더군요. "맞아요, 그분이 바로 그분이에요!"

· "병들었을 때에 돌보아주었고" _마태오 복음서 25:36

· "병든 이에게 위안의 천사가 되십시오."[45]

· "그들은 의료적 보살핌과 다정한 손길, 따뜻한 미소가 그리워 병든 사람들입니다."[46]

나는 내가 병들어 아팠을 때의 느낌을 잊지 않을 것이며 병든 사람에게는 친절하고 배려하는 마음으로 대할 것입니다.

나는 병들고 아픈 누군가의 고통을 어떻게 덜어줄 수 있습니까? 그에게 필요한 약을 구해줄 수 있습니까? 병든 누군가를 위해 내가 할 수 있는 작은 친절의 행위는 어떤 것이 있습니까? 병문안 가기, 대화하면서 약간의 시간을 같이 보내기, 눈먼 사람을 위해 신문 읽어주기, 쾌유를 빌어주기 등등을 할 수 있습니까? 큰 사랑으로 하는 작은 일이 누군가의 삶을 크게 바꿀 수도 있습니다.

만약 지금 나에게 병이 있다면, 현재의 병약함과 한계로 인해 다른 사람과의 관계가 부정적인 영향을 받는 일이 없도록 살기 위해서는 무엇을 할 수 있습니까?

만약 병든 사람들의 고통이 그리스도의 고통과 이어져 있고, 그것이 어떤 좋은 의도로 제시된 것이라면, 아픈 사람을 어떻게 도와야 그 고통의 가치를 이해할 수 있습니까? 나는 내가 아는 병든 사람들이 병자성사를 받게 해줄 수 있습니까?

사랑하는 주님, 위대한 치유자이신 당신 앞에 무릎을 꿇으니,
완벽한 선물은 모두 당신이 주시는 것이기 때문입니다.
부디 제 손에 기술을 주시고, 제 머리에 투명한 시야를 주시고,
제 마음에 친절과 온화함을 주소서.
목적에 온 마음과 정성을 쏟게 하시고,
고통받는 이의 짐을 조금이나마 들어줄 힘을 주시며,
그것이 저의 특권임을 진심으로 깨닫게 해주소서.
제 마음의 모든 간교함과 속됨을 가져가시어,
어린아이의 소박한 믿음으로 당신에게 의지하게 하소서.
아멘.

_이름을 알 수 없는 어느 의사의 기도,
마더 테레사가 매일 올렸던 기도

여섯,

감옥에 갇힌 이를 찾아가다

Visit the Imprisoned

감옥에 갇힌 사람을 생각할 때, 우리들 대부분은 그럴 만한 이유가 있었을 거라고 생각합니다. 우리의 내적 판단은 지나치게 빨리 이루어집니다. 서둘러 판단합니다. 그 판단이 맞을 수도 있지만 틀릴 수도 있습니다. 하지만 교회가 우리에게 지우는 자비의 육체적 실천의 의무는 달라지지 않습니다. 마더 테레사가 다른 사람과 달랐던 것은—감옥에 갇힌 이들뿐 아니라 누구에게도 그러셨지만—어떠한 판단도 겉으로 드러내 보이지 않으셨다는 것입니다. 그분은 말씀하셨습니다. "그 행동은 옳지 않습니다. 우리는 그 사람이 왜 그러는지 알지 못합니다…… 우리는 그 의도를 모릅니다. 우리가 판단한다는 건, 그 사람, 그 가난한 사람의 의도를 판단하는 것입니다."

마더 테레사는 감옥에 갇힌 죄수들을 찾아가시고, 그들에게 큰 관심을 쏟으셨습니다. 그럴 때 그분은 어느 누구에게도 편견 없이 대하셨습니다. 누구도 얕보거나 업신여기지 않으시며, 오히려 한 사람 한 사람을 깊이 존중하면서 큰 희망을 품고 계셨습니다. 그분은 언제나 또 다른 기회를 주실 준비가 되어 있었습니다. 단지 두 번째에 그치지 않았습니다! 한 사람 한 사람에게, 그들이 선고받은 이유와 상관 없이 한결같이 자비로운 태도로 다가가셨습니다. 여기엔 "하느님의 은총이 없었다면 저도 그렇게 되었을 것입니다"는 확신도 있었고, 고통받는 그 한 사람에 대한 연민도 있었습니다. 만약 상황이 달랐다면, 그들은 지금과 같은 처지에 놓이지 않았을 수도 있습니다. 반대로 제가 그들과 같은 상황에 놓여 있었다면, 어쩌면 저 역시 그들과 똑같이 하거나 더 나쁜 일을 했을지도 모릅니다. 그 고통의 이유가 무엇이든 고통받는 사람은 도움을 필요로 하고 있습니다. 그들에게 모른 척 무관심해서는 안 됩니다.

마더 테레사는 "감옥 소녀들jail girls"을 위한 특수 사도직을 시작하셨습니다. "감옥 소녀"란 거리에서 발견된 후 마땅한 시설이 없어 감옥에 보내지는—종종 정신적으로 아픈— 소녀들을 가리킵니다. 마더 테레사는 정부의 도움으로 그런 소녀들이 풀려나게 하셨고 그들을 위한 집을 열어 직업 치료를 제공하고 작은 일도 주셨습니다. 그 소녀들은 일을 하면서 품위 있게 살아갈 수 있었습니다. 나아가 그분은 그들의 가족과 만나 화해하도록 도우셨습니다.

가난한 이와 함께 하는 특권

저에게 이렇게 여러분과 함께할 수 있는 기회를 주시고, 하느님의 선물을 나눌 수 있는 기회를 주신 하느님께 감사드립니다. 가난한 이들과 함께하는 특권, 스물네 시간 그리스도를 만지며 지내는 특권은 하느님의 선물입니다. 우리를 속이실 수 없는 예수님께서 말씀하시기를, "너희가 나에게 그것을 해주었다. 내가 주릴 때 너희가 나에게 먹을 것을 주었고, 내가 목마를 때 너희가 마실 것을 주었으며, 내가 병이 들고 감옥에 갇혔을 때 너희가 나를 찾아주었고, 내가 나그네 되었을 때 영접하였다" 하셨습니다. 우리도 그렇게 하려고 노력하고 있습니다. 저와 여러분이 함께, 비참한 모습을 하신 그리스도를 어루만지는 기쁨을 누리려 노력하고 있습니다.[1]

✣

성 바오로를 본받아야 할 것입니다. 성 바오로는 그리스도의 사랑을 깨달으신 후로는 더 이상 아무것도 걱정하지 않으셨습니다. 채찍질을 당하셔도, 감옥에 갇히셔도 개의치 않으셨습니다. 그분에게는 오직 한 가지, 예수 그리스도만이 중요했습니다. 어떻게 하면 "세상 그 무엇도 그 누구도 그리스도의 사랑에서 나를 떼어놓지 못할" 거라는 이런 확신을 가질 수 있을까요?[2]

✣

여러분이 예수님에게서 받은 것을 아낌없이 내어주십시오. 그분은 나를 사랑하십니다. 그분은 우리에게 복음을 주시기 위해, 우리가 서로 사랑하도록 하기 위해 모든 고난을 무릅쓰고 천국에서 오셨습니다. 자매 여러분, 우리는 사랑할 수 있어야 합니다. 성 막시밀리아노[3]를 본받도록 합시다. 그분은 원래 지명당한 자가 아니었습니다. 지명당한 자가 말했습니다. "내 아내는 어찌합니까. 내 아이들은 어찌합니까." ……그러자 [성 막시밀리아노가] 나섰습니다. "제 목숨을 대신 가져가십시오." 그다음은 우리가 잘 알고 있는 일이 벌어졌지요. 그들은 그분을 감옥에 집어넣고 굶어 죽게 했습니다. 우리는 굶주림의 고통이 어떠한지 모릅니다. 우리는 알지 못합니다. 저는 사람들이 죽는 모습을 보아왔습니다. 아무것도 먹지 못하는 굶주림이 여러 날 계속되었음에도 그분이 죽지 않자 그들은 독극물을 주사했습니다. 그분은 왜 그렇게 하셨을까요? 더 크신 사랑이 있었기 때문입니다. 나도 내 자매들을 위해 그럴 수 있을까요?[4]

감옥이냐 길바닥이냐

우리에겐 수천 명의 나병 환자가 있습니다. 그들은 가장 환영받지 못하는 이들이고 사람들이 가장 꺼리는 이들입니다. 우리에겐 알코올중독자들과 고난에 빠진 이들이 있습니다. 이들은 감옥이 아니면 거리, 두 곳밖에 갈 곳이 없습니다. 우리에겐 야간 쉼터와 그 비슷한 시설들이 있습니다. 하지만…… 굶주린 이에게 먹을 것을 주고 옷을 빨아주고, 환영받지 못하는 이에게 다정한 보살핌과 사랑을 주는 작은 일들, 그 보잘것없는 일을 하는 것, 우리 모두에게 그것은 결코 시간 낭비가 아닙니다.[5]

✣

우리는 뉴욕에 에이즈 환자들을 위한 이 집을 열었습니다. 이들이 부자라고 해도 누구 하나 이들을 환영하지 않았기 때문입니다. 자신이 그 병에 걸렸다는 말을 들은 세 남자는 건물 35층에서 뛰어내리기도 했습니다. 우리가 이 병에 걸려 죽어가는 이들을 받아들이고, 또 수녀님들이 그들을 돌보는 사이 이 나라 전체에 엄청난 변화가 일어났습니다. 지사를 찾아갔을 때 그가 말하더군요. "당신들은 이 사람들에게 그리스도를 불러온 첫 번째이자 유일한 사람들입니다." 그리고 그는 일찍이 미국에서 들어본 적이 없는 일을 했습니다. 에이즈에 걸린 수감자 열두 명을 풀어준 것입니다. 미국 역사를 통틀어 처음 있는 일이었습니다. 그들은 [이 죄수들이] 감옥에서 나와 우리 곁에서 죽을 수 있도록 허락해주었습니다. 수녀님들은 그곳에서 참다운 기적을 행하고 계십니다. 오늘 아침 요셉 신부님[6]이 전화를 걸어오셨습니다. 하느님께서 그들에게 참으로 놀라운 기적을 행하고 계십니다. 한 사람이 세례를 받고 첫 번째 영성체와 견진성사를 받은 후 숨을 거두었습니다. 어떤 수녀님은 이런 편지를 보내왔습니다. "이 사람들이 죽을 때 그 얼굴이 얼마나 평화로운지, 얼마나 큰 기쁨으로 빛나는지 모릅니다." 이러한 일들은 그 나라에 새로운 희망을 만들었습니다. 많은 사람들이 도움을 받기 위해 앞으로 나오고 있습니다. 지금까지 벌어진 일들은 모두 하느님의 기적일 것입니다.[7]

✣

어제 한 수녀님으로부터 교도소를 방문하는 수녀님들이 있다는 이야기를 들었습니다. 그들이 언제부터 교도소를 찾기 시작했는지, 교도소에서 어떻게 성체를 모시고 있는지, 그곳의 사목 신부님이 어떻게 매일같이 삼십 분씩 성체조배를 드리기 시작했는지 전해들었습니다. 죄수들—청년들과 남자들—이 기도하는 것을 볼 수 있었습니다. 그 청년들 중 일부는 첫 영성체를 준비하고 있습니다. 그들은 그리스도의 현존에 마음을 활짝 열었고 그 힘과 연결되어 있었습니다. 그들은 하느님에게 굶주려 있습니다. 하느님에게 몹시 굶주려 있습니다.[8]

한 인간의 목숨을 위한 호소

존경하는 지사님,

제가 오늘 이렇게 지사님 앞에 나선 것은 한 남자, 조지프 로저 오델의 목숨을 살려달라고 호소하기 위해서입니다. 저는 그가 어떤 일을 저질러서 사형을 선고받게 되었는지 모릅니다. 제가 아는 것은, 그 사람 역시 하느님의 자녀이며 더 큰 일을 위해, 사랑하고 사랑받기 위해 창조되었다는 것뿐입니다. 저는 조지프가 하느님과 화해하기를, 그리고 하느님과 그가 다치게 한 사람에게 미안하다고 사과했기를 기도합니다. 그의 목숨을 빼앗지 말아주십시오. 그는 물론 우리 모두의 삶에 희망을 주십시오. 우리 한 사람 한 사람을 자비와 연민으로 온유하게 사랑하시는 예수님께서는 용서의 기적을 행하십니다. 친애하는 조지프, 당신에게 말합니다. 하느님이 당신을 온유하게 사랑하심을 믿고, 하느님이 당신에게 주시는 것을 받아들이세요. 하느님이 받으시는 것을 환한 미소로 드리세요. 기도합시다. 하느님이 당신을 축복하기를.

마더 테레사[9]

그들이 감옥에서 나올 때

지금 우리가 할렘에서 시작한 또 한 가지 실천이 있으니, 수녀님들이 소년원이 있는 감옥을 방문하는 것입니다. 구류된 그걸 뭐라고 부르는지 모르겠지만, 어쨌든 감옥에는 그런 사람들이 있습니다. 어린 소녀들이 감옥에서 풀려나면 누구에겐가 붙잡혀 어딘가로 끌려가곤 합니다. 그래서 우리는, 그들이 감옥에서 나올 때 우리 집으로 데려오기로 했습니다. 그들에게는 제대로 된 옷이 필요하고 적절한 일자리가 필요합니다…… 도시마다 이런 사람들이 있을 것입니다…… 우리가 그 소녀들을 넘겨받아 수도원에 데려오면 그후부터는 [협력자회가] 다음 일을 계속할 수 있을 것입니다.[10]

그것은 오히려 인간 존엄성의 문제였습니다

캘커타의 텡그라에 있는 "감옥 소녀들"을 위한 집은 수녀님이 마음으로 가장 소중히 여기시는 사업 가운데 하나입니다. 그 집은 가난한 이들의 물질적 필요만 보살피는 데 그치지 않고, 그들의 품위까지 지켜주려는 그분의 관심이 맺은 열매입니다. 이곳에 온 여인들 대부분은 정신적이거나 정서적인 장애를 어느 정도 가지고 있습니다. 캘커타의 거리를 배회하다가 경찰에 발견되었지요. 이들을 보살펴줄 마땅한 시설이 없기 때문에, 아무 죄를 짓지 않고도 감옥에 보내집니다. 이런 상황을 알게 된 서벵골의 지사님이 수녀님을 만났습니다. 범죄자가 아닌데도 피해를 보는 여인들의 수가 많아지고 있었습니다. 지사님은 우리 수녀님들이 이 여인들을 돌봐줄 수 있는지 물었습니다. 물론 그것은 음식이나 숙소의 문제가 아니었습니다. 그런 것들은 감옥에서도 제공하고 있으니까요. 그보다는 인간 존엄성의 문제였습니다. 이 여인들이 회복되거나 적어도 호전되는 데 도움이 되고, 사랑받고 존중받는다고 느낄 수 있는 환경과 보살핌을 제공할 수 있는가 하는 것이었지요. 수녀님은 그들을 "감옥 소녀들"이라 부르시면서 그들을 위한 시설을 짓도록 정부가 땅을 내준다면 기꺼이 그들을 돌보겠다고 하셨습니다. 일이 성사되자 수녀님은 협력자회와 후원자들로부터 우리 "감옥 소녀들"에 대한 관심을 끌어내느라 지칠 줄을 모르고 일하셨습니다. 수녀님은 이 소녀들을 공부시키고 수공예 같은 유용한 기술을 익히도록 교수님들을 비롯한 여러 자원봉사자들의 협조까지 끌어내셨습니다.[11]

완전히 달라진 남자

그분은 심지어 살인범들에게도 큰 희망을 품고 계셨습니다…… 미국에 있는 한 살인범과 우리는 아주 친해졌습니다. 그는 종신형을 살던 중에 가톨릭으로 개종했습니다. 저는 마더 테레사께 연락을 드렸고 그분은 남자의 사연을 깊은 사랑으로 받아들이셨습니다. 그는 이제 막 삶의 방식을 통째로 바꾸었고, 그를 통해 다른 죄수들까지 변했습니다. 마더 테레사는 제가 캘커타에 갈 때마다 그의 안부를 묻곤 하셨습니다. "내 친구 X는 어떻게 지내요? 살인범 X 말이에요." 그는 이제 완전히 딴사람이 되었습니다. 사목 신부가 교도소에 올 때마다 조수 역할을 하고 있지요. 어느 해인가 제가 부활절 미사를 집전할 때였습니다. 그는 마더 테레사에게 드릴 그림을 그렸고, 저를 위해서도 한 장을 그려주었습니다. 저는 마더 테레사를 몹시 사랑하는 제 아버지께 그 그림을 드렸습니다. 언제 사형을 당할지 모르지만 그는 여전히 그리스도를 위해 살고 있습니다. 마더 테레사는 최고 보안 등급의 교도소에 수감된 그와 편지를 주고받기 시작하셨습니다. 저는 집에 돌아갈 때마다 그를 방문합니다. 그것은 제 삶의 기쁨 가운데 하나입니다…… 감옥에 갇혀 있다는 건 중요하지 않습니다. 그곳에서도 여전히 그리스도를 섬길 수 있으니까요…… 저에게 보낸 어느 편지에서 그는 이런 이야기를 했습니다. "신부님을 만나고, 또 마더 테레사께 편지를 쓰기 시작한 후부터 저는 종종 이런 생각을 합니다. 이 비극이 벌어지기 전에 예수 그리스도를 알았다면 내 삶이 얼마나 달라질 수 있었을까…… 남은 삶은 제 도움이 필요한 사람들을 돕는 데 바치고 싶을 뿐입니다."[12]

에이즈 환자들을 위한 미국의 첫 번째 집

저는 마더 테레사를 비롯한 다른 두 분과 함께 뉴욕 주 오시닝에 있는 싱싱 교도소를 찾았습니다…… 그 교도소의 죄수들 대부분은 종신형을 살고 있었습니다. 우리가 갔을 때 이 남자들—역기 운동으로 근육이 울퉁불퉁한 살인범, 강간범 등등이 많았지요—가운데 얼마나 많은 이가 무릎을 꿇었는지 모릅니다. 마더 테레사가 머리를 쓰다듬으시며 기적의 메달을 주셨을 때는 또 얼마나 많은 이가 울기 시작했는지요.[13]

✣

테레사 수녀님께 그들은 범죄자가 아니었습니다. 수녀님은 그들이 하느님의 형상으로 하느님과 닮게 만들어졌다고 말씀하시며 그들에게 희망을 주셨습니다. 그분은 그들을 주님에게로 이어주는 적절한 말과 행동 들을 언제나 찾아내시지요.[14]

✣

마더 테레사는 뉴욕에 에이즈 환자의 집을 열기로 하셨습니다. 그것이 첫 번째 에이즈 환자의 집으로, 1985년에 문을 열었습니다. 뉴욕의 에이즈 환자들은 대부분 동성애자이거나 마약중독자였습니다. 이 동성애 집단은 반가톨릭 성향이 강한데다 교회 역시 그들의 생활방식을 소리 높여 반대하고 있었기 때문에, 당시 교회 내에서도 큰 논란이 되었습니다. 아주 높으신 신부님들도 수녀님을 말리셨지요. "수녀님, 개입하지 마세요. 건드리지 마세요. 수녀님이 그들의 생활방식을 지지한다고 비난받게 될 겁니다." 이들을 현대의 나병 환자라고 여기셨습니다. 아무도 그들을 원하지 않았기 때문이지요. 마더 테레사는 그들을 위한 집을 열고 싶어하셨지만 의견이 분분했습니다. 그 사업에는 거의 6개월이라는 시간이 걸렸습니다. 마더 테레사는…… 에이즈 환자들을 위한 집을 구하신 그분은 싱싱 교도소를 찾아가서…… 에이즈로 고통받는 남자들에게 기적의 메달을 주며 말씀하셨습니다. "제가 와서 여러분을 데려가겠습니다." 그런 다음 그분은 시장을 찾아가시고, 오코너 추기경님에게도 찾아가셨습니다. 마더 테레사는 굉장히 들떠 계셨습니다. 백내장으로 한쪽 눈을 수술하신 뒤라 짙은 색안경을 쓰고 지내셔야 했지만 크리스마스이브에 개원식을 열고 싶어하셨지요. "그 집을 예수님 생일 때 예수님께 바치고 싶습니다. 예수님 생일을 위해 이 사람들을 집으로 데려옵시다."

뉴욕에서 크리스마스이브는 그 어떤 일도 불가능한 날입니다. 모두가 말렸지요. "마더 테레사님, 포기하세요." 하지만 그분은 고집하셨습니다. "이 남자들을 감옥에서 석방시켜야 해요." 그분은 주지사에게 전화를 걸어 말씀하셨습니다. "지사님이 저에게 크리스마스 선물을 주셨으면 합니다. 아기 예수를 위한 크리스마스 선물을 받고 싶습니다. 우리가 예수님 생일에 그들을 데려올 수 있도록 감옥에 있는 그 남자들을 석방해주세요." 주지사는 대답했습니다. "마더 테레사 수녀님, 수녀님이 그렇게 원하신다면 저를 위해 해주셔야 할 것이 있습니다. 저와 제 가족을 위해 기도해주십시오." 마더 테레사가 대답하셨지요. "좋습니다." 그분은 브롱크스에서 전화를 끊으신 뒤 당장 성당으로 달려가 주지사를 위해 기도를 시작하셨습니다. 그런데 주지사가 다시 전화를 걸어왔습니다. "여보세요! 여보세요!" 제가 전화를 받았더니 그가 묻더군요. "수녀님은 어디 계십니까?" "기도하러 성당에 가셨습니다." 주지사는 깜짝 놀라는 것 같았습니다. "오, 이런." 주지사는 당장 그 남자들의 의료 사면을 위해 서명했습니다…… 그리고 그들이 구급차에 실려왔지요. 보호복으로 꽁꽁 싸매고 있어서 마치 우주비행사들 같았습니다. 그들은 사이렌을 울리며 구급차에 실려왔지만, 마더 테레사께서는 논란 따위에는 아랑곳하지 않으셨습니다……

마더 테레사는 이 집에도 나머지 집에서와 똑같은 규칙을 세우셨고, 이것은 다시 한 번 큰 논란을 불러일으켰습니다. 사람들은 이러쿵저러쿵 말이 많았습니다. "텔레비전이 있어야 한다, 라디오가 있어야 한다, 그런 것들이 필요하다, 달리 할 일이 하나도 없다." 마더 테레사는 말씀하셨습니다. "네, 아무것도 하지 않아요. 우리는 똑같은 규칙을 지킬 겁니다." 이내 남자들은 서로 말을 걸기 시작했고 결국 친구가 되었습니다. 그들은 한가족처럼 지냈고 얼마 지나지 않아 로사리오 기도를 하고 있었지요. 제각각 다른 배경을 지닌 사람들이었습니다. 사람을 죽인 살인범도 있었고 열 살 때부터 길거리에서 살아온 사람도 있었습니다. 마약중독자도 있었지요. 그런 그들이 교리서를 배우고 있었습니다. 형제처럼 지내면서 말입니다.[15]

그분께 극도로 감동받아

공공 범죄를 저질렀다는 한 남자가 십일 년이나 연방교도소에 수감되어 있었습니다. 그 기간 동안 그는 참회하고 성사를 받았고 우리는 수녀님들이 만드는 묵주를 보내곤 했습니다. 개인적으로 알게 되었지만 그는 몹시 감동을 받은 듯했습니다. 그리고 조직 범죄단의 일원이라는 두 남자가 있었는데 마더 테레사와 만나도록 제가 주선을 했지요. 그들은 마더 테레사에게 극도로 감명을 받았고 그분은 그들을 안아주셨습니다.[16]

용기와 사랑과 희망을 주신 분

저는 1991년에 체포되어 감옥에 갔습니다. 재판을 기다리는 동안 저에게 일어났던 일을 편지로 써서 마더 테레사께 보냈습니다. 그분은 저에게 용기와 사랑과 희망을 주는 답장을 곧바로 보내주셨습니다. 저는 그분이 이런 상황에서도 편지를 쓸 시간을 내신다는 데 깜짝 놀랐습니다. 1992년부터 1997년 돌아가시기 불과 몇 주 전까지도, 마더 테레사께서는 주기적으로 저에게 편지를 보내셨습니다. 그리고 제가 편지를 드릴 때마다 꼬박꼬박 답장을 주셨습니다. 처음으로 그분에게 편지를 쓸 때 절망에 빠졌던 저는 신세한탄을 했습니다. 몇 가지 고민을 털어놓기도 했는데, 그분은 저를 격려하시면서 과거의 문제는 잊고 현재와 미래에만 집중하라고 하셨지요. 그분은 항상 하느님의 한없는 사랑을 일깨워주셨고 하느님의 사랑으로 가는 길을 보여주셨습니다. 제가 다른 죄수들에게 당신의 이야기를 전하는 것을 좋아하셨는데, 당신의 편지를 다른 죄수들에게도 보여주라고 하시기도 하셨습니다. 저는 시키시는 대로 했습니다. 그분은 언제나 죄수들의 이야기를 듣기를 좋아하셨습니다. 다음은 그분이 저에게 보내신 편지 가운데 일부입니다.

보내주신 편지에 감사드립니다. 또한 하느님이 당신 안에서 또 당신을 통해 모든 선한 이들을 위해 하시는 일에 대해 하느님께 감사드립니다…… 당신 안에서 이루어지는 하느님의 은총에 감사드립시다. 철창에 갇힌 이들을 위해 하느님이 당신 마음속에 밝혀놓으신 그 모든 연민에 감사드립시다.

✣

예수님은 당신의 수난을 통해 우리에게 사랑으로 용서하고 겸허함으로 잊으라고 가르치셨습니다. 당신의 삶 속에 들어왔던 그 고통이 예수님께 더 가까이 가기 위한 수단이 되기를 당신을 위해 기도합니다. 당신 안에 하느님이 거하게 하시어 비슷한 처지에 있는 모든 이들에게 그분의 자비로운 마음을 전해주십시오.

✣

당신이 과거에서 벗어났고 지금은 당신 주변의 고통받는 사람들을 사랑함으로써 하느님의 사랑 안에서 성장하고 있다는 소식을 듣고 기뻤습니다. 복음은 예수님이 괴로움 속에서 더 오래 기도하셨다고 전하고 있습니다. 우리 또한 어둠과 고통의 시기에는 그분의 고통과 같은 외로움 속에서, 기도의 내밀함 속에서 하느님을 계속 가까이 해야 할 것입니다.

✣

그리스도인은 살아 계신 하느님의 감실입니다. 하느님이 당신을 창조하셨습니다. 하느님이 당신을 선택하십니다. 하느님은 당신을 원하시기 때문에 당신 안에 살기 위해 오셨습니다. 이제 당신은 하느님이 얼마나 당신을 사랑하는지 아셨을 것입니다. 그 사랑을 전파하는 데 당신 삶을 보낸다는 것은 그만큼 당연한 일입니다.[17]

다시는 그런 짓을 하지 마세요

한 가난한 여인이 수녀님께 울면서 말하고 있었습니다. 수녀님은 그 여인을 연민 가득한 눈으로 보고 계셨지요. 수녀님이 지나가는 저를 부르시더니 말씀하셨습니다. "이 여인과 함께 가보세요. 남편이 랄바자르의 감옥에 있답니다. 이틀 전 자동차 한 대를 훔쳐서 지금 체포되었다는군요. 경찰관에게 가서 전해주세요. '마더 테레사가 그를 석방해달라고 했습니다' 하고요." 저는 곧장 그리했습니다. 랄바자르가 어디인지, 감옥에 있다는 게 무슨 뜻인지, 경찰관이 누구인지도 몰랐습니다. 그저 수녀님이 그렇게 하라고 말씀하셨다는 것밖에는 아는 게 없었습니다. 저는 여전히 울음을 그치지 않고 있는 그 여인과 함께 갔습니다. 수녀님은 대문에서 우리가 떠나는 걸 보고 계셨지요……

우리가 랄바자르 경찰서에 도착한 것은 오전 열한시였습니다. 계급이 높은 경찰관이 오후 세시에 올 거라고 하더군요. 참을성 있게 기다린 끝에 그가 도착했고 저는 말했습니다. "[이런 이름의] 남자가 있습니다. 그는 자동차를 훔쳤는데 마더 테레사께서 그를 풀어주라고 말씀하셨습니다." 그가 물었습니다. "무슨 마더요?" 저는 대답했습니다. "마더 테레사요." 그가 다시 물었습니다. "그 사람이 누구입니까?" 저는 말했습니다. "어머니이십니다." 저는 테레사 수녀님을 어머니로만 알고 있었습니다. 달리 생각해본 적도 없었지요. 그 높은 경찰관이 미소를 짓더니 한 경찰관에게 전화를 걸어 뭐라고 지시하더군요. 우리는 밖으로 불려나가 경찰 지프를 타고 경찰관의 안내를 받으며 어딘가로 갔습니다. 그렇게 우리는 다른 경찰서에 도착했고 저는 그곳 경찰관에게 똑같이 전했습니다. 그가 말했습니다. "하지만 그는 절도범입니다. 함부로 석방해줄 수 없습니다." 제가 말했습니다. "하지만 마더 테레사께서 그를 풀어주라고 하셨습니다." 그가 물었습니다. "만약에 그가 다시 또 훔치면요?" "저는 그 일에 대해서는 모릅니다. 제가 아는 것은 마더 테레사께서 그를 풀어주라고 하셨다는 것뿐입니다." 그는 무어라 명령을 내렸습니다. 커튼 사이로 그 남자가 보였습니다. 손에 수갑을 차고 두 발을 모은 채, 수갑 때문에 견딜 수 없다는 듯 앉아 있었지요. 경찰은 수갑을 풀어주었고 그는 풀려났습니다.

저녁때쯤 우리는 마더 하우스에 도착했습니다. 울고 있는 그 남자에게 테레사 수녀님이 말씀하셨습니다. "진심으로 고해성사를 하고 다시는 그런 짓을 하지 마세요. 하느님께서 당신에게 아름다운 가족을 주셨습니다. 아이들을 사랑하고 함께 기도하고 매일 밤 로사리오 기도를 올리세요. 성모님께서 당신을 도와주실 것입니다." 수녀님의 축복을 받은 뒤 그들은 떠났습니다. 수녀님은 그들에게 [먹고 가져갈] 음식을 주셨습니다. 그날 이후, 어린 시절부터 도둑질을 일삼던 그 남자는 술과 나쁜 친구, 사악한 습관을 모두 끊었습니다. 친구들이 그를 유혹하면 이렇게 거절했습니다. "어머니께서 다시는 그런 짓을 하지 말라고 하셨고 나는 어머니와 약속했다." 지금까지도 그는…… 전혀 딴사람이 되었습니다. 비록 가난해서 먹고살기 위해 안간힘을 쓰고 있지만 그래도 테레사 수녀님과의 약속을 지키고 있습니다. 분명 수녀님이 그를 위해 기도하셨을 것입니다.[18]

마더 테레사는 돌아가신 뒤에도 계속해서 감옥을 "방문"하고 계십니다

한 수녀님이 제 부모님에게 [놀라운 일을] 이야기하셨습니다. 어제 그 수녀님은 양초를 사기 위해 시장에 가셨다고 합니다. 거기서 한 남자의 시선을 느낀 수녀님은 그를 돌아보며 안녕하세요, 하고 인사했습니다. 그 남자도 인사하더니 이렇게 묻더랍니다. "지금도 감옥에 찾아가서 죄수들에게 음식을 주시나요?" 수녀님이 대답했습니다. "저희는 그런 사목직은 하지 않습니다. 산페드로 술라의 수녀님들은 에이즈 환자, 노인, 국경지역 어린이 들에게만 봉사하거든요." 그랬더니 남자가 말했습니다. "전 계속 수녀님을 지켜보고 있었습니다. 제가 2004년에 억울하게 감옥에 갇힌 적이 있는데 그때 오셨던 수녀님과 똑같은 옷을 입고 계셔서요. 이틀 동안 아무것도 못 먹고 있던 저에게 그 수녀님이 먹을 것을 주셨습니다." 수녀님이 물었습니다. "그 수녀님이 당신한테만 주셨나요?" "아닙니다. 모든 죄수들한테 주셨습니다. 밤 열한시에서 새벽 한시 사이에요. 물론 면회 시간이 아니었습니다." 수녀님이 다시 물었습니다. "젊은 수녀님이었나요?" 남자가 대답했습니다. "아니요. 나이가 많으신 분이었습니다." 수녀님은 마더 테레사의 작은 사진을 꺼내 보여주며 물었습니다. "혹시 이분이셨나요?" 남자는 울기 시작하며 말했습니다. "네, 이분이 틀림없습니다."

· "너희는 내가 감옥에 갇혔을 때에 찾아주었다." _마태오 복음서 25:36

· "병들어 감옥에 갇힌 채, 그분은 여러분의 우정을 갈망하고 있습니다…… 여러분이 그분에게 그 '한 사람'이 되어주지 않겠습니까?"[19]

죄수들에 대한 나의 태도는 어떻습니까? 그들이 감옥에 갈 만한 일을 했다고 생각합니까, 아니면 그런 일이 나에게도 일어날 수 있다고 생각합니까? 죄수를 보거나 그에 관한 말을 들었을 때 이렇게 생각하지는 않습니까? "무슨 짓을 저질렀기에 감옥에 간 거야?" 아니면 그를 하느님의 자녀로, 내 형제자매로 보십니까?

내가 이런 자비의 실천에 참여할 수 있는 방법이 있습니까? 예를 들어, 갱생 프로그램에 자원봉사자로 참여하거나 도울 수 있습니까? 만약 내가 편견의 감옥에 "갇혀" 있다면, 진실을 알고 난 후 잘못된 생각을 바로잡기 위해 할 수 있는 구체적인 것들은 무엇이 있습니까?

나는 이기주의나 자만에 갇혀 있지는 않습니까? 나 자신을 벗어나 나보다 어려운 상황에 놓인 누군가에게 도움의 손길을 내밀 수 있습니까? 중독에 "갇힌" 누군가에게 친절하고 긍정적인 태도를 보일 수 있습니까? 그들에게 다가가서 이해하는 사랑으로 평화와 기쁨을 줄 수 있습니까?

오, 영광스러운 성 요셉이시여, 가장 겸허한 마음으로 기도드리오니 예수님과 마리아님을 향한 그 사랑과 보살핌으로 우리의 영적이고 현세적인 일을 살펴주십시오.
그 일들이 하느님의 더 크신 영광으로 향하게 하시어, 우리에게 하느님의 뜻을 이룰 은총을 주시옵소서.
아멘.

_성 요셉에게 드리는 기도,
마더 테레사가 매주 수요일에 드렸던 기도

일곱,

죽은 이를 묻어주다

Bury the Dead

마더 테레사께서 죽어가는 자들에게 보여주신 세심한 배려는 죽은 이에게 보인 관심에서도 다르지 않았습니다. 그분은 사회적 지위와 인종, 종교와는 무관하게, 모든 인간의 내적 품위를 크게 우러르면서 모든 사람을 지극히 존중하셨습니다. 이는 '칼리가트임종자의 집'에서 특히 잘 볼 수 있었습니다. 그곳에서 마더 테레사는, 죽음의 문턱에 있는 이들을 살리기 위해 애쓰는 한편, 죽은 사람들에게는 각자가 믿는 종교의 관례에 따라 장례식을 치를 수 있도록 여러모로 신경쓰셨습니다. 병자들을 위해 해야 할 일이 많은 때에 그런 장례식이 허례허식으로 비치거나 사치스럽게 여겨질 수 있습니다. 굳이 그렇게 애쓸 필요 없이 핑계를 댈 수도 있었지만 마더 테레사는 그 사람이 임종 후에도 세심한 사랑을 보여주려 하셨습니다. 인간 존엄성에 관해서라면, 그게 무엇이든 중요하고 성스러웠고, 마지막까지 모든 존중을 받아 마땅한 것이었습니다.

물론 오늘날 죽은 사람을 매장하는 것은, 중세의 매장과는 의미가 다릅니다. 중세 흑사병이 휩쓴 도시에서 사람을 매장하는 것은 그 자체로 목숨이 위태로운 일이었습니다. 그러나 이 자비로운 행동은 인간의 유한한 삶이 끝난 후에도 마땅히 인간의 시신을 존중해주어야 한다는 걸 보여줍니다. 많은 성인들이 이런저런 전염병들이 기승을 부릴 때 사람들을 돕다가 병에 걸려 죽어갔습니다. 또 위험에 처한 이웃을 돕기 위해 용감하게 개인적인 위험에 맞섰던 성인들도 많았습니다. 무엇보다 우리에게는 다미안 신부의 예가 있습니다. 다미안 신부님은 하와이 몰로카이 섬에서 목숨을 바쳐 나병 환자들을 도우셨고, 마더 테레사는 그분을 향한 신심이 있었습니다. 우리가 그런 영웅적 행위를 하게 될 상황에 맞닥뜨리게 되는 일은 없을지도 모릅니다. 그럼에도 죽음의 현실을 마주하고 이 특별한 자비의 활동을 요구하는 자선 행위를 실천해야 할 때는 반드시 올 것입니다.

정말 그가 죽은 것이 틀림없습니까

언젠가 사람들이 길에서 죽어가는 한 남자를 데려왔습니다. 힌두교에는 시신을 둘러싸고 기도를 올린 뒤 입에 불을 집어넣어 시신을 태우는 관습이 있습니다. 사람들이 남자의 입에 불을 집어넣었을 때 그가 일어났습니다. 그리고 말했습니다. "물 좀 주세요!" 사람들은 그를 칼리가트로 데려왔습니다. 제가 거기 있었지만 어찌된 일인지는 모르고 있었습니다. 그를 보러 갔을 때는 움직임이 거의 없었습니다. 저는 말했습니다. "이분은 이미 한 걸음 건너셨군요." 저는 그의 얼굴을 씻겨주었지요…… 돌연 그가 번쩍 눈을 뜨더니 저에게 아름다운 미소를 지어 보이고는 숨을 거두었습니다. 제가 전화를 했더니 사람들이 자초지종을 들려주고는 묻더군요. "정말 그 사람이 죽은 게 틀림없습니까?"[1]

모든 이를 감동시킨 그리스도의 그 사랑

마지막으로 탄자니아에 갔을 때, 비록 그리스도교는 아니지만 모든 부족의 지도자들이 수녀님들에 대한 감사 인사를 하기 위해 찾아왔습니다. 그들은 수녀님들이 부룬디 난민들에게 쏟은 것과 같은, 활동하는 하느님의 사랑은 처음 보았노라 말했습니다. 만이천 명이 넘는 난민이 한꺼번에 들어왔는데, 수녀님들이 한달음에 달려가서 죽은 이들을 묻어주고 병든 이들을 옮기는 등 모든 일을 하고 있었지요. 그 지역 전체에서, 그 [탄자니아] 사람들 전체에서 그런 일은 처음이었습니다. 그렇게 생기 있고 현실적이면서도 기쁨으로 가득한 모습은 본 적이 없었습니다. 수녀님들 얘기에 따르면 그 무렵에는 가게 사람들까지 이렇게 말하곤 했다고 합니다. "들어오세요, 수녀님들. 필요한 것이 있으면 가져가세요. 얼마든지 가져가세요." 수녀님들은 돈 한 푼 내지 않고 난민에게 필요한 것들을 가져갈 수 있었습니다. 너무도 아름다웠습니다. 수녀님들 안의 그리스도의 사랑이 세상 사람들을 감화시킨 것입니다. 틀림없이 끔찍이도 힘든 일이었겠지만 수녀님들이 그 일을 했던 모습은 너무나 아름다웠습니다. 수녀님들이 그 사람들을 감화시킨 모습, 죽은 자를 옮기고 죽은 자를 묻어준 모습 말입니다.

그들이 한 어머니의 이야기를 들려주었습니다. 그 어머니에겐 아홉 명의 자녀가 있었는데 난민 캠프에 도착했을 때에는 한 명뿐이었습니다. 다른 아이들은 모두 죽은 것이었지요. 수녀님들은 그 여인과 아이를 위해 할 수 있는 모든 것을 했습니다…… 이와 같이 우리의 집에서, 우리 지역에서, 우리가 어디에 있든 우리는 그렇게 할 수 있어야 합니다. 사람들이 굶주려 있는 것은 바로 이런 것들입니다. 그리고 오늘날 젊은 사람들이 원하는 바로 그것입니다.[2]

손만 잡아주세요

지난 일요일…… 한 남자가 죽어가고 있었습니다. 그는 아무것도 원하지 않았습니다. 다만 이렇게 말했지요. "그냥 제 손만 잡아주세요. 수녀님이 손을 잡아주신다면 떠날 준비가 될 것 같습니다." 그는 차디찬 바닥에 누워 있었지만, 표정만은 여전히 밝았고, 그것이 그가 원하는 전부였습니다. 그는 저에게 무슨 말을 해달라거나 무엇을 해달라고 하지 않았습니다. 그저 자기 침대 옆에 앉아 손을 잡아주기만을 바랐고 떠날 준비가 되었다고 생각했습니다. 아마 여러분도 언젠가, 어디선가 그런 경험을 하게 되겠지요. 참으로 많은 사람들이 우리를 믿는다는 것, 그런 믿음을 가질 수 있을 만큼 우리를 많이 사랑한다는 것은

참으로 아름다운 일입니다. 우리는 곳곳에서 끊임없이 이런 일을 경험하고 있습니다.[3]

✣

물질적으로 가난한 사람들도 아주 훌륭한 사람일 수 있습니다. 어느 날 우리는 외출을 했다가 거리에서 네 사람을 데려왔습니다. 그 가운데 한 여인은 상태가 몹시 좋지 않았습니다. 저는 수녀님들에게 제가 이 사람을 돌볼 테니 나머지 세 사람을 돌보라고 했습니다. 그리고 그 여인을 위해 제 사랑으로 할 수 있는 모든 것을 했습니다. 그 여인을 침대에 뉘었는데 그 얼굴에 너무도 아름다운 미소가 떠올랐습니다. 여인은 제 손을 잡더니 "고맙습니다", 한마디를 하고는 숨을 거두었습니다. 그 여인 앞에서 저는 양심을 돌아볼 수밖에 없었습니다. 제가 만약 그 여인이었다면 무슨 말을 할지 스스로에게 물어보았습니다. 제 대답은 매우 간단했습니다. 저는 조금이라도 더 관심을 끌어보려 애썼을 것입니다. 이렇게 말했겠지요. "배가 고파요. 저는 죽어가고 있어요. 추워요. 아파요, 등등." 그 여인은 저에게 아주 많은 것을 주었습니다. 감사하는 사랑을 주었고 미소를 띤 채 숨을 거두었으니까요.[4]

천사처럼 죽을 겁니다

노천 하수구에서 데려온 그 남자는 절대 잊지 못할 것입니다. 그는 얼굴을 빼고는…… 온몸에 벌레가 기어다니고 있었습니다. 몸 여기저기에 구덩이가 패어 산 채로 벌레에게 먹히고 있었지요. 정신을 잃었다가 노천 하수구 안으로 떨어졌던 것 같았습니다. 오가는 사람들이 그냥 지나치는 사이 온갖 오물들이 그를 덮고 있었습니다. 무언가 움직이는 것이 눈에 띄었고 저는 그것이 사람이라는 것을 알았습니다. 그를 끌어내어 집으로 데려왔지만 움직임이 거의 없었습니다. 막 씻기려는데 그가 말하더군요. "저는 거리에서 짐승처럼 살았습니다. 그런데 지금 사랑과 보살핌 속에서 천사처럼 죽게 되었습니다." 두 시간이 지나 다 씻기고 나자 그는 숨을 거두었습니다. 그의 얼굴에는 눈부신 기쁨이 빛나고 있었습니다. 그전까지 저는 그런 기쁨을 본 적이 없었습니다. 그것은 예수님이 우리에게 주러 오셨던 참된 기쁨이었습니다.[5]

품위 있는 죽음

테레사 수녀님이 처음에 임종자의 집을 열겠다고 생각하셨던 건, 거리에서 발견한 여인을 병원에 데려갔지만 입원을 거절당한 뒤였습니다. 수녀님은 물러서지 않으셨고, 여인에게 바닥의 병상이 주어질 때까지 한 발짝도 움직이지 않으셨지요. 얼마 못 가 여인은 죽었습니다. 하느님의 형상을 한 인간이 어떻게 그런 상태로 죽을 수 있는지, 수녀님은 이해할 수 없으셨습니다. 바로 그때 병원에서 거절당하는 사람들, 특히 가난한 사람들이 품위 있게 죽을 수 있도록 도와야겠다고 생각하시게 된 것입니다.[6]

가망 없는 사례

테레사 수녀님과 저는 길에서 죽어가는 가난한 사람들을 받아줄 병원을 찾지 못하고 있었습니다. 그들을 돌보고 치료해줄 곳을 찾아 수많은 병원을 돌아다녔지만 그들은 하나같이 거절했습니다. 그리고 말했습니다. "이런 사례는 가망이 없습니다." 사람들은 그렇게 아무 보살핌도 받지 못한 채 비인간적으로 거리 위에서 죽어갔습니다. 그래서 수녀님은 그들에게 줄 수 있는 최고의 것이 무엇인지 고민하시고, 집을 주어야겠다 생각하시게 되었지요. 그들을 씻겨주고, 먹여주고, 그들이 편안하게 느낄 수 있는 집 말입니다…… 수녀님이 죽어가는 사람들을 위해 집을 세운 것은 병원을 만들려는 게 아니었습니다. 제가 의료 연수를 마쳤을 때 수녀님은 제가 의료시설을 여는 걸 원치 않으셨습니다. 저는 그러고 싶었지만 수녀님은 말씀하셨습니다. "아닙니다. 그 사람들이 의료적인 도움을 필요로 할 때에는 병원에 데려가면 됩니다. 우리는 아무도 하지 않으려는 우리의 몫을 할 거예요. 그들을 씻겨주고 닦아주고 먹여주고, 그런 다음 의사한테, 가장 가까운 병원에 데려가는 거지요."[7]

하느님의 형상으로 창조된 당신

이 얘기를 하려면 마더 테레사가 칼리가트에 처음 임종자의 집을 열었던 때로 돌아가야 합니다. 기본적으로 그 사업은 캘커타의 거리에서 죽어가는 사람들에게 존엄성을 부여하는 일이었습니다. 여기 사회로부터, 삶으로부터 버려진 사람이 있습니다. 그는 존중받으며 죽음을 맞을 기본적인 존엄성도 누리지 못하고 있었지요. 그래서 마더 테레사가 발벗고 나선 것입니다. 그분은 병원을 세워서 사람들의 모든 병을 치료해주려는 게 아니었습니다. 그분은 사람들이 함부로 타넘고 지나쳐버리는 거리의 사람들을 데려왔습니다. 그러고는 이런 말씀을 전하셨지요. "당신은 하느님의 피조물입니다. 하느님은 그분 자신의 형상을 본떠서 당신을 창조하셨고, 그래서 저는 당신 안에서 예수님을 봅니다. 당신에게 존중받으며 죽어갈 품위를 드리고 싶습니다." 마더 테레사는 모든 질병을 치료하려 하지 않으셨고, 사람들이 죽어가는 온갖 방식에 답을 찾으려 하지 않으셨습니다. 그저 죽어가는 사람을 돌보고 삶의 마지막 순간에 품위를 주기 위해 그 자리에 계시려 하셨습니다. 이 때문에 비판을 받을지라도, 그것이 그분 삶의 소명이었기에, 그리고 당신 자신을 위해, 그분은 캘커타를 비롯해 여러 도시에서 죽어가는 수많은 이들에게 품위와 존중과 사랑을 주셨습니다.[8]

인간다운 죽음

칼리가트니르말 흐리다이, 임종자의 집에서 이루어지는 치료는 정부 병원에서 하는 치료보다 훨씬 좋습니다. 니르말 흐리다이에 오는 사람들은 생존의 희망이 거의 남아 있지 않은 최악의 경우들입니다. 제때 치료를 받지 못해 호전될 가망이 전혀 없는 상태에 이른 사람들이지요. 그렇지만 사랑의 보살핌과 치료 덕분에 그들 가운데서도 회복되는 이들이 많습니다. 물론 일부는 거기서 죽음을 맞게 되지만 [거리의] 동물처럼 죽는 게 아니라 인간으로서 죽음을 맞이하는 것입니다.[9]

얼마나 아름다운 죽음의 방식인가

한 수녀님과 저는 가톨릭 구호 서비스에서 마련한 워크숍에 참석하기 위해 테레사 수녀님과 텡그라로 가고 있었습니다. 그곳에서 수녀님은 강연을 하실 예정이었습니다. 우리는 작은 구급차를 타고 이동 중이었는데, 구급차가 물랄리 교차로 근처에 다다랐을 때, 길가에 누워 있는 한 사람이 눈에 띄었습니다. 테레사 수녀님이 말씀하셨지요. "저기 환자 한 사람이 누워 있는 것 같네요." ……운전기사가 말했습니다. "저 사람 미친 사람이에요." 그러고는 계속 차를 달려 교차로를 건넜습니다. 하지만 수녀님은 운전기사를 설득했습니다. "잠시만 차를 돌려주세요. 가서 살펴봅시다." 운전기사는 차를 돌려 그 사람 옆에 차를 세웠습니다. 수녀님과 함께 밖으로 나가보니 거기 누워 있는 사람은 놀랍게도 젊은 여자였습니다. 열이 펄펄 끓고 있는 여자는 자신의 배설물 위에 누워 있었습니다. 우리는 당장 그녀를 들것에 싣고 텡그라로 데려갔습니다. 수녀님은 그 여자를 목욕시키고 옷을 갈아입힌 뒤 당장 칼리가트에 데려가라고 수녀님들에게 지시했습니다. 여자는 다음 날 죽었습니다. 수녀님은 우리에게 말씀하셨습니다. "거기 그 여자가 누워 있는 걸 보았을 때 제 안에서 무언가 딸깍하고 켜졌어요. 그래서 차를 돌려 돌아가서 살펴본 것입니다."[10]

인간의 능력을 넘어서

우리 둘은 [칼리가트로] 갔습니다. 한 수녀님이 마더 테레사를 찾으시더군요. "수녀님, 여기 수녀님을 찾는 사람이 있습니다." 병상에 누워 있는 그 사람은 겨우 말만 할 수 있는 정도였습니다. 마더 테레사가 다가가 물으셨습니다. "무슨 일이지요?" 그분은 몸을 숙여 남자의 머리를 꼭 안아주셨지요. 그것은 정말 아름다운 광경이었습니다. 온몸이 상처투성이에 고름으로 덮여 있는 그런 사람을 그렇게 안아주는 것은 인간의 능력을 넘어선 일입니다. 우리 같으면 그런 모습을 보기만 해도 속이 메스꺼울지도 모릅니다. 그에게선 심한 악취가 나고 있었습니다. 하지만 마더 테레사는 그 남자를 어루만지며 물으셨습니다. "원하는 게 있으세요? 뭐가 문제인가요?" 그러자 그 남자가 부러진 앞니를 드러내며 너무도 아름다운 미소를 지어 보였습니다. 마더 테레사는 다시 벵골어로 물었지요. "원하는 게 있으세요?" 그가 대답했습니다. "네. 잘레비인도 과자의 한 종류를 먹고 싶어요." 마더 테레사가 지시하셨지요. "가서 잘레비를 구해오세요." 저희 엄마가 밖으로 나갔는데 마침 거기 잘레비를 만들어 파는 사람이 있어서 엄마는 얼른 그 과자를 하나 사오셨습니다. 마더 테레사는 그 과자를 받아들고는 그 남자의 입에 넣어주셨습니다. 그는 과자를 삼키지 못했습니다. 마지막 숨을 거두기 직전이었지요. 하지만 잘레비를 받고서는 입이 귀에 걸리도록 좋아했습니다. 그는 그것을 삼키려 애쓰다가 숨을 거두었습니다. 마더 테레사가 말씀하셨습니다. "보세요. 얼마나 아름다운 죽음의 방식인가요." 상상해보십시오. 죽음이 그렇게 아름다울 수 있다면, 마더 테레사가 우리와 함께 계신 이곳은 분명 아름다운 곳일 겁니다. 그분의 품에서 숨을 거둔 그 남자는 틀림없이 천국으로 갔을 것입니다. 이런 기적이 날마다 일어나고 있습니다.[11]

똑같은 예수님

테레사 수녀님은 칼리가트를 자주 찾으셨습니다. 일요일에는 와서 미사를 드리셨지요. 수련자 중 한 명이 수녀님이 앉으실 등받이 없는 의자 하나를 가져왔습니다. 그러나 수녀님은 이를 사양하시고는 어느 죽어가는 환자의 침대 끝에 걸터앉으셨습니다. 미사를 드리는 내내 수녀님의 왼손은 죽어가는 그 사람에게 얹혀 있었습니다. 수녀님은 그 남자에게 신경을 쓰면서도 끝까지 미사에 참여하셨습니다. 그 사람을 내내 어루만지시면서 말이지요. 그 환자는 죽어가고 있었고 봉헌의 시간까지도 수녀님의 한 손은 그 남자에게 가 있었습니다. 수녀님이 성체를 받고 돌아오신 후 다시 그 남자에게 손을 얹자, 환자는 마지막 숨을 거두었습니다. 저는 그때 수녀님의 말씀을 진정으로 이해할 수 있을 것 같았습니다. "빵 나눔 속에 현존하시는 예수님은 가난한 사람의 망가진 몸 안에 현존하시는 똑같은 예수님입니다."[12]

그분은 예수님을 보고 계셨습니다

테레사 수녀님은 1980년에 포르토프랭스에 있는 우리를 방문하셨습니다. 우리는 수녀님을 모시고 임종자의 집으로 갔습니다. 수녀님은 그들 모두에게, 그들 한 사람 한 사람이 당신에게 중요하다고 말씀하셨지요. 이윽고 수녀님은 끔찍한 고통 속에 죽어가는 한 젊은 남자의 병상 앞에 도착하셨습니다. 결핵을 앓고 있는 환자였는데 끔찍한 합병증이 생겨서 피부 전체가 괴사하고 있었지요. 그 앞에서 걸음을 멈추셨습니다. 저는 그저 가만히 지켜보면서 묵상에 잠겼습니다. 그때 수녀님이 하신 말씀은 기억이 안 나지만, 전 그분이 예수님을 보고 계시다는 것을 알았습니다. 수녀님의 태도에 담겨 있던 크나큰 다정함, 크나큰 사랑, 크나큰 온유함, 크나큰 거룩함, 제가 보았던 것을 뭐라고 말로 표현할 수가 없습니다. 수녀님처럼, 고통받는 이를 만져주는 그런 손길은 결코 본 적이

없었습니다. 그건 너무도 거룩한 것이었습니다.[13]

천국으로 가는 길

저는 뉴욕 그리니치빌리지에 있는, 사랑의 선교회의 에이즈 환자를 위한 집인 '사랑의 선물the Gift of Love'에서 자원봉사를 하고 있었습니다. 어느 날 밤 열 시쯤, 저는 마약중독자였던 그곳 재원생 중 한 명과 여러 이야기를 나누고 있었습니다. 그는 자기 인생에서 일어났던 일 가운데 최고의 일이 에이즈에 걸린 거라고 하더군요. 정말이지, 제가 의자 깊숙이 앉아 있지 않았다면 바닥으로 굴러 떨어졌을 것입니다. 저는 속으로 그렇게 생각하고 있었거든요. 만약 이것이 이 남자 인생에서 일어난 최고의 일이라면, 도대체 최악의 일은 무엇일까? 제가 물었습니다. "그런데 왜 그렇게 생각하세요? 어째서 이게 최고의 일이라는 거지요?" 그가 대답했습니다. "만약 에이즈에 걸리지 않았다면 날 사랑해주는 사람이 단 한 명도 없는 마약중독자로 거리에서 죽었을 테니까요." 그런 것이 바로 기적일 것입니다.[14]

최악의 병, 외로움

인도에서 얼마나 많은 사람들이, 그리고 세계의 나머지에서는 또 얼마나 많은 사람들이 곁에 아무도 없이 홀로 죽어갔을까요? 얼마나 많은 사람들이…… 마더 테레사께서 항상 말씀하셨다시피, "세계에서 최악의 질병은 암도 에이즈도 아닙니다. 최악의 질병은 바로 외로움"일 것입니다. 곁에 돌봐줄 사람이 아무도 없다면 말입니다. 임종자의 집에서…… 어느 크리스마스 날이었습니다. 저는 그때 그곳의 자원봉사자로 있었는데 죽은 사람을 세면실로 옮기는 일을 하고 있었습니다. 그렇게 시신을 씻기고 나면 영구차가 와서 실어갔지요. 그런데 그 세면실로 가는 길에 아름다운 글이 쓰인 푯말을 보았습니다. 내용은 아주 간단했습니다. '나는 천국으로 갑니다.' 정말 간단하지요! 마더 테레사는 삶에서 가장 복잡한 상황을 아주 단순한 상황으로 축소시키는 보기 드문 능력, 거룩함, 기적의 재능을 가지고 계셨습니다.[15]

꽁꽁 언 추운 날씨에도 가셨습니다

1988년, 테레사 수녀님은 아르메니아에 가셨습니다. 그곳에는 수천수만 명의 사람들이 [하루에 두 차례 지진이 일어난 후] 잔해 속에 묻혀 있었습니다. 그 다른 분이 가셨던 그날은 얼어붙을 듯 추운 날씨였습니다…… [테레사 수녀님은] 다른 수녀님들과 함께, 아직 숨이 붙어 있는 사람들을 잔해 속에서 꺼내 옮기셨습니다…… 스피타크에서 그분의 이름은 아르메니아 사람들의 가슴속에 영원히 새겨졌습니다.[16]

캘커타가 증오로 불탔을 때

1963년, 캘커타에서 힌두교도와 무슬림의 폭동이 일어나고 있었습니다. 도시 전역 곳곳에 사람들이 고립되어 있었지요. 수녀님이 저를 방으로 부르셔서는, 칼리가트에 무슬림 환자들의 시신이 있는데 무슬림들의 매장지로 옮길 수가 없다고 말씀하시더군요. 수녀님은 제 아버지의 도움이 필요하다고 하셨습니다. 당시 저의 아버지는 군 대령이셨거든요. 전화를 걸어 그 문제를 말씀드렸더니 아버지는 곧장 달려오셨습니다…… 수녀님과 저는 포트윌리엄에 있는 부모님의 집으로 갔고, 아버지는 군복으로 갈아입으신 뒤 한 분대의 군용 차량을 이끌고 우리를 칼리가트로 데려가셨습니다. 그날 우리는 무슬림 환자들의 시신은 무슬림 매장지로 옮기고 힌두교 환자들의 시신은 강변 화장터로 옮기면서 하루를 보냈습니다. 그러고 나서 우리는 파티마 성지로 향했습니다. 당시 그곳은 커다란 대나무 구조물로 되어 있었습니다. 주변의 빈민가들이 불타고 있는 가운데 헨리 신부님께서 미사를 집전하고 계셨습니다. 집이 없는 그리스도인들이 잔뜩 웅크리고 앉아 있었습니다. 수녀님은 황급히 제단으로 달려가 헨리 신부님에게 귓속말로 미사를 끝내라고 하셨고, 아버지와 저는 다른 군인들과 함께 그리스도인들이 트럭에 탈 수 있게 한 다음 로어 순환로에 있는 피신처로 데려갔습니다. 그곳은 지금은 시슈바반으로 새롭게 증축되었지요. 그렇게 겁이 나면서도 또 그렇게 신나는 경험은 처음이었습니다. 사방이 불타고 있었지요. 불덩어리들—화염병이었습니다—이 거리로 쏟아져내리고 있었고, 수백 명의 남자들과 여자들, 아이들을 태운 우리는 어떻게든 살아남으려 발버둥치고 있었습니다. 어린 수련자였던 저는 캘커타가 증오로 불타는 와중에 거기서 무슬림과 힌두교도, 그리스도인들을 돕고 계신 마더 테레사를 보았습니다. 그분의 이웃사랑은 끝이 없었습니다. 수녀님은 결코 그날을 잊지 못하셨고, 제 아버지 얘기를 하실 때마다 그날의 공포와 우리가 살린 생명들을 떠올리곤 하셨습니다.[17]

오늘 나는 사람이 되었다

어느 하루, 테레사 수녀님과 가브리치 신부님이 칼리가트에서 죽어가는 환자들 중 한 명을 돌보고 있는데, 팰런 신부님과 젊은 힌두교 학생 한 명이 들어왔습니다. 그 두 사람이 거기 서서 지켜보고 있는 가운데 그 환자가 갑자기 숨을 거두었습니다. 그는 우연히도 무슬림이었습니다. 시신을 내어갈 들것이 들어왔고, 그 젊은 힌두교 학생이 지켜보는 가운데 테레사 수녀님과 가브리치 신부님, 팰런 신부님은 시신을 들것으로 옮기셨습니다. 가브리치 신부님은 머뭇거리고 있는 힌두교 학생을 눈여겨보시고 계셨습니다. 그 학생의 마음속에서 갈등이 일어나고 있었습니다. 자신이 찬양해 마지않는 팰런 신부님과 명성이

자자한 테레사 수녀님이 시신을 들어 옮기는 것을 보았고 그 장면에 깊은 인상을 받은 게 틀림없었습니다. 세 분이 들것 위로 시신을 옮기려 할 때였습니다. ……무언가, 누군가가 그에게 너도 같이 거들어야 한다고, 네가 들것을 옮기는 네 번째 사람으로 나서야 한다고 명령했습니다. 하지만 그에게는 카스트 신분을 잃는 것에 대한 두려움이 존재했습니다.…… 브라만인 그가 어떻게 죽은 무슬림의 시신을 옮길 수 있겠습니까? ……가브리치 신부님은 모든 걸 이해할 수 있었습니다. 그런데 갑자기, 그 힌두교 학생이 결심한 듯 물어오는 것이었습니다. "도와드릴까요?" 가브리치 신부님은 얼른 옆으로 움직여 [그 젊은 학생이] 들것의 네 번째 손잡이를 잡을 수 있도록 했습니다. 그렇게 네 사람은 죽은 남자를 시신 보관소로 옮겼습니다. 들것을 내려놓을 때 가브리치 신부님은 그 젊은이가 깊은 한숨을 내쉬며 벵골어로 이렇게 말하는 것을 들었습니다. "Aj ami manush hoechi!" 그것은 이런 뜻이었습니다. "오늘 나는 사람이 되었구나!" 그 말은 곧 자유로운 인간, 인간을 인간과 갈라놓는 장벽을 극복한 인간이라는 뜻이었습니다![18]

한 사람 한 사람을 다정히 어루만지시는 수녀님

테레사 수녀님은 일요일에 [정기적으로 임종자의 집인 니르말 흐리다이에] 가셨습니다. 입구에서 우리와 함께 기도를 드린 후 앞치마를 두르고 빗자루를 드시고는 청소며 자질구레한 일을 시작하셨지요. 죽어가는 사람이 실려올 때마다 수녀님은 그곳으로 달려가셨습니다. 그리고 한 사람 한 사람을 다정히 어루만지시며 말을 건네시곤 하셨습니다.

수녀님은 날마다 영안실 물청소를 하셨고, 시신을 매우 깨끗하게 관리하셨습니다. 하루는 수녀님이 한 남자와 함께 하얀 시트로 감싼 시신 한 구를 영안실로 옮기는 모습을 보았습니다. 겁이 났지만, 저는 얼른 달려가 들것의 손잡이 하나를 잡았습니다. 수녀님이 미소를 지어 보이시더군요. 영안실에 들것을 내려놓은 뒤, 수녀님은 상냥하고 세심한 공경으로 그 시신을 선반 위로 올려놓으셨습니다.[19]

자신의 피를 아이에게 먹인 어머니

마더 테레사는 우리에 대한 하느님의 사랑을 설명하실 때면, 자주 아이를 살리기 위해 목숨을 아끼지 않았던 한 아르메니아 어머니의 예를 자주 들곤 하셨습니다. 1988년 아르메니아 지진이 일어난 후, 이 어머니와 아이는 잔해 더미 아래 갇히게 되었습니다. 몸이 완전히 으스러진 것은 아니었지만 빠져나올 수가 없었습니다. 물도 식량도 없었지요. 어머니는 아이를 죽음에서 구하기 위해 자신이 할 수 있는 일을 했습니다. 자신의 손가락 하나를 베어 그 피를 아이에게 먹이는 것이었지요. 그것이 그녀가 할 수 있는 유일한 방법이었습니다. 구조원들이 도착해서 참혹한 상태의 어머니와 아이를 발견했을 때는 아이보다 어머니가 더 심각한 상황이었습니다. 이미 위중한 상태였지요. 구조대는 둘 다 살려보려 애썼지만 어머니는 결국 숨을 거두었습니다. 그러나 아이는 목숨을 건질 수 있었습니다. 진정한 모성애를 보여주는 이야기입니다. 그 어머니는 자신의 목숨을 잃게 되더라도 아이를 살리는 쪽을 택했던 것입니다.[20]

- "나는 내 형제들과 동족을 위해 많은 자선사업을 해왔다. 배고픈 사람들에게는 먹을 것을 주고 헐벗은 사람들에게는 입을 것을 주었으며, 내 동족 가운데 어떤 사람이 죽어서 니느웨 성 밖에 버려져 있는 것을 보게 되면 그것을 묻어 주었다." _토비트서 1:16, 17

- "하느님께서는 그분의 형상으로 당신을 창조하셨으니 나는 당신 안의 예수님을 봅니다. 당신께 존중받으며 죽을 품위를 드리고 싶습니다."[21]

가족 가운데 죽은 이가 있는 사람들은 어떻게 도울 수 있습니까? 애도의 마음을 표현하는 것 외에 무언가 구체적인 봉사를 하거나 도움을 줄 수 있습니까?

존경은 다른 사람에게 보여주어야 하는 것입니다. 사람들이 죽은 후에도 그것은 마찬가지입니다. 때로 우리는 부정적인 말을 삼가는 것 외에는 죽은 사람을 위해 어떤 것도 할 수 없습니다. 우리가 관대함을 보여준다고 해서 그들의 죽음이 바뀌지는 않겠지만, 그것은 우리의 생각과 말을 절제하도록 도와주어, 죽은 사람뿐 아니라 산 사람이 좋은 평판을 지키도록 이끌어줍니다.

아버지,
이 몸을 당신께 바치오니
좋으실 대로 하십시오.
저를 어떻게 하시든지 감사드릴 뿐,
저는 무엇에나 준비되어 있고,
무엇이나 받아들이겠습니다.

아버지의 뜻이 저와 모든 피조물 위에 이루어진다면
그 밖에 다른 것은 아무것도 바라지 않습니다.

내 영혼을 당신 손에 드립니다.
당신을 사랑하옵기에 이 마음의 사랑을 다하여
제 영혼을 바치옵니다.
하느님은 내 아버지이기에 끝없이 믿으며
남김없이 이 몸을 드리고 당신 손에 맡기는 것이
어쩔 수 없는 저의 사랑입니다.
아멘.

_복자 샤를 드 푸코의 기도,
마더 테레사가 화요일에 드리던 기도

여덟,

모르는 이를 가르치다

Instruct the Ignorant

마더 테레사는 신앙생활의 처음 이십 년간을 교사 수녀로 지냈습니다. 재능있는 교사였던 마더 테레사는 교장으로서 지리와 교리문답을 가르쳤고, 영어, 힌두어와 벵골어에 능했으며 학생들에게 큰 영향을 주셨습니다. 가난한 이들 중에서도 가장 가난한 이들을 위해 봉사하는 데 헌신하는 선교회를 설립한 후에는 선교회 수녀님들의 중심 교사가 되셨습니다. 그분의 가르침은 오늘날까지도 영적인 풍족함이 가득한 보물창고로 여겨집니다. 교육은 기회라는 것, 그리고 교육이 한 사람의 삶과 다른 사람들의 삶에 안겨줄 수 있는 혜택이 무엇인지 알고 있었던 마더 테레사는 당신이 처음으로 가르치신 수녀님들을 학교와 대학에 보내셨습니다. 나아가, 혜택받지 못한 이들에게 교육받을 기회를 주기 위해 여러모로 애쓰셨습니다. 마더 테레사가 세운 첫 번째 학교는 나무 밑의 "빈민가 학교"였습니다. 그분은 땅바닥을 칠판 삼고 막대기를 분필 삼아 벵골어 자모를 하나하나 가르치셨습니다. 그 교육은 아주 기초적인 것이었지만 가난한 어린이들에게 정규학교에 입학할 가능성을 열어주신 것입니다. 또한 그들이 학교를 마침으로써 삶의 조건을 향상시킬 기회를 가질 수 있도록 살펴주셨습니다. 마더 테레사가 하신 말씀으로 그분의 생각을 옮기면, "그들을 들어올리기 위해서는 우리가 내려가야 한다"는 것이었습니다.

마더 테레사의 가르침은 기초 교육을 제공하는 데에서 그치지 않았습니다. 그분은 필요하다고 생각되면 언제든 종교적, 도덕적 가르침을 주셨는데, 특히 물질적인 궁핍함 때문에 그 기회를 빼앗긴 사람들을 가르치셨습니다. 그 교육 방식에서 특히 흥미로운 것은, 사람들을 진리로 이끄는 그분의 능력이었습니다. 그분은 "진리가 너희를 자유롭게 하리라"는 걸 알고 계셨습니다. 진리에 대해 가르치거나 알려주는 일은 상대론적이고 유물론적인 이 세계에서는 쉽지 않은 일입니다. 그러나 그분은 그 임무에서 결코 물러섬이 없으셨습니다. 가능하면 어디에서든 가난하고 억압받는 이들의 고난에 사람들이 관심을 가지게 하셨고, 따라야 할 도덕적 진리를 보여주셨으며, 생명을 존중하고 태아를 보호하라고 말씀하셨습니다. 그분이 누구보다 유능한 교사였던 것은, 바로 당신이 가르치시는 그대로 실천해 보이셨기 때문입니다.

땅바닥을 칠판 삼아

처음 저를 보았을 때 아이들은 서로 수군거리며 내가 여신인지 악령인지 궁금해했습니다. 아이들에게 중간은 없습니다. 아이들은 자기에게 잘해주는 사람에겐 신들 중의 하나라도 되는 듯 떠받듭니다. 반대로 언짢은 기색이라도 보이면 그 사람을 두려워하여 끊임없이 머리를 조아릴 뿐입니다. 저는 곧장 소매를 걷어붙이고는 방 안의 가구를 옮기고, 물을 가져와 솔을 들어 바닥을 닦기 시작했습니다. 그들은 놀라서 입을 다물지 못했습니다. 그저 가만히 저를 지켜보기만 했습니다. 교사가 그런 일을 하는 건 한 번도 본 적이 없었을뿐더러, 인도에서 그런 일은 가장 낮은 카스트가 하는 일이었기 때문입니다. 그러나 기쁘고 즐겁게 청소하는 제 모습을 지켜보던 소녀들이 한 명씩 저를 돕기 시작했고 소년들은 물을 길어오기 시작했습니다. 두 시간쯤 지나자 더러웠던 방은 교실이 되었습니다. 모든 것이 깨끗했습니다. 전에 성당으로 쓰였던 건물은 하나의 기다란 공간으로 되어 있었는데, 지금은 그 안에 다섯 개의 교실이 생겼습니다…… 어느 정도 친해지고 나자 아이들은 좋아서 어쩔 줄을 몰랐습니다. 제가 일일이 아이들의 더러운 머리에 손을 얹고 축복해줄 때까지, 아이들은 제 주변에서 깡충깡충 뛰고 노래를 불렀습니다. 그날부터 아이들은 단 하나의 이름으로 저를 불렀습니다. 어머니를 뜻하는 "마Ma"였습니다. 아, 이 영혼들은 작은 것 하나에도 얼마나 기쁨에 겨워하는지요! 어느 날 한 아이가 학교에 왔는데…… 옷 여기저기가 찢어지고 더러웠습니다. 저는 아이를 교실 밖으로 불러 비누로 깨끗이 씻겨주었습니다. 말끔히 씻기고 머리를 빗긴 다음, 선교회 후원자들에게서 받았던 헌옷을 입혀서 아이를 교실로 돌려보냈습니다. 교실에선 깜짝들 놀랐지요! 교실의 어느 누구도 아이를 알아보지 못하고 소리치는 것이었습니다. "마, 마, 새 학생이 왔어요, 새 학생이 왔어요!"[1]

✣

모티힐의 아이들은 벌써 다리 밑에서 저를 기다리고 있었습니다. 마흔한 명의 아이들은 훨씬 말끔해진 모습으로 나와 있었습니다. 그 가운데 더러운 아이들을 데려다 물탱크 옆에서 깨끗이 씻겨주었습니다. 위생에 관한 첫 수업을 마친 후 교리문답을 가르쳤고, 그다음은 읽기 수업이었는데 저는 참으로 여러 번 웃었습니다. 어린아이들은 가르쳐본 적이 없었습니다. 그래서인지 코코ko kho, 벵골어 자모의 첫 두 글자를 가르치기가 쉽지 않았습니다. 칠판 대신 바닥에 글자를 써야 했습니다. 모두들 기뻐했고, 우리는 바느질 수업을 끝낸 후 아픈 병자들을 방문하러 갔습니다.[2]

학교를 빛나는 그리스도의 중심으로

여러분의 학교를 빛나는 그리스도의 중심으로 만드십시오. 어린이들, 병든 환자들, 나병 환자들, 죽어가는 사람에게 그들의 가난과 병마에도 하느님을 사랑하도록 가르치십시오. 모든 것을 하느님께 바치라고 가르치십시오.[3]

✣

저는 참으로 이렇게 말할 수밖에 없습니다. "그리스도가 제 안에 살고 계십니다." 저는 그렇게 말할 수 있어야 합니다. 우리는 계속해서 열망해야 합니다. 그 열망은 우리가 하느님과 대면할 때 비로소 충족될 것입니다. 이 지상에서 우리는 가난한 이들 안의 그리스도와 살고 싶다는 열망을 가져야 합니다. 예수님께서 말씀하셨습니다. "내가 알지 못할 때 너희가 가르쳐주었고, 너희가 나를 성당에 데려가 미사를 보게 해주었다." 이는 결코 우리의 상상이나 느낌을 말하는 게 아닙니다. 예수께서는 정말로 "나"라고 하셨습니다. 그분은 우리가 모든 곳에서 만나는 가난한 사람입니다.[4]

✣

저는 의사인 한 수녀님에게 우리 수녀님들을 위한 준의료 과정을 개설해달라고 부탁했습니다. 우리 수녀님들이 '수도회'의 의료활동에 대해 더 잘 알고, 더 잘 이해하고, 더 잘할 수 있도록 하기 위해서였습니다. 그렇게 된다면 수녀님들은 병든 이들에게 더욱 큰 헌신과 기술, 효율성을 갖추고 진심으로 아낌없이 봉사하게 될 것입니다.[5]

여러분의 믿음을 잘 알아야 합니다

수녀님들, 여러분의 믿음을 잘 알아야 합니다. 그 믿음을 알고 그 믿음을 사랑하고 그 믿음을 실천해야 합니다. 알고 사랑하고 실천하십시오. 교리문답을 가르치는 것은 우리에게는 매우 중요한 일입니다. 수업 준비를 잘하십시오. 아무거나 들고 가지 마십시오. 진정으로 주는 수고를 아끼지 마십시오…… 로레토 수녀회에 있을 때 저는 학교 전체를 책임지고 있었습니다. 저는 하루 종일 종교, 지리 등등을 가르쳤습니다. 많은 책임을 맡고 있었고 회계업무를 비롯한 여러 가지 일을 했습니다. 지금 가르치고 있는 모든 수녀님도 그런 일을 준비해야 할 것입니다.[6]

✣

그 사람들에게 믿음을 가르치십시오. 무료 급식소에서 적어도 십 분은 믿음을 가르치는 시간을 두어야 합니다. 아이들에게, 그 가족에게 교리문답을 가르치십시오. 우선 이것부터 시작하면 사람들은 집에서 아이들을 가르치게 되고, 그렇게 가족들이 같은 시간에 한자리에 모이게 되면서 그들 모두 함께 배울 수 있게 되는 것입니다.[7]

✣

짧은 기도문과 가르침과 수업을 준비하십시오. 그들에게 무슨 말을 할 것인지 종이에 쓰십시오. B 신부님은 아주 여러 해 동안, 바쁜 가운데에도 날마다 한 시간씩 따로 시간을 내어 미사를 준비해오셨습니다. 그분에게 미사는 가장 중요하고 성스러운 일이며, 수녀님들 역시 성스럽기 때문입니다. 여러분은 그들에게 사랑하는 마음으로, 예수님과 함께하는 마음으로 양심성찰을 하도록 가르치는 데 충실하고 있습니까?[8]

경험에서 우러나온 가르침을 주십시오

우리 사랑의 선교회 수녀들은, 단지 종교적인 수녀만은 아닙니다. 우리는 네 번째 서약—가난한 이들 중에서도 가장 가난한 이들에게 온 마음으로 봉사한다는—에 의해 묶여 있습니다. 교리문답 수업을 어떻게 준비할까요? 마더 하우스에서 교리문답 수업 준비는 매우 아름답고도 아름다운 일입니다. 교황 성하께서 교리문답을 준비하는 과정에 대해 엄격한 명령을 내리셨고, 때문에 가톨릭 교리문답을 가르칠 때 양심에 따라 엄격하게 해야 합니다. 열성과 준비를 다해야 합니다. 금요일 오후, 그냥 가지 말고 모두 함께 모여 조금이라도 지도하십시오. 선교사란 하느님의 사랑을 전하는 전달자입니다. 여러분이 사랑을 주지 않으면 그 사랑을 전할 방법이 없습니다.[9]

✣

우리는 영혼들을 사랑해야 합니다. 사랑에 목말라하도록. 저는 목이 마릅니다. 우리는 영혼들을 위한 사랑에 목이 마릅니다. 해야 할 일이 무엇이건, 받아야 할 수업이 무엇이건, 준비해야 할 수업이 무엇이건, 거기에 온 마음과 영혼을 쏟으십시오. 중요한 것은 얼마나 많이 준비하느냐가 아니라 얼마나 많은 사랑을 쏟느냐 하는 것입니다.[10]

✣

수련자들이 기도하도록 가르치십시오. 책으로만 가르칠 수는 없습니다. 경험에서 우러나온 가르침을 줘야 합니다. 수녀님들이 여러분을 만나러 왔을 때는 묵상을 어떻게 했는지, 양심성찰을 어떻게 했는지 물어보십시오. 여러분은 가르침을 준비하십니까? 그들에게 말하기 전에, 그들에게 무슨 말을 할지 알고 있습니까? 여러분의 모든 수업과 가르침을 "내가 목마르다"는 말씀과 연결지으십시오. 그들에게 서원에 관해 이야기할 때 "내가 목마르다"는 말씀과 그것을 연결지으십시오. 교황 성하께서 "내가 목마르다"는 말씀에 관해 글을 쓰셨을 때 저는 몹시 기뻤습니다. 교황 성하께서는 모든 성당에 글을 보내셨습니다. 저는 모든 성당에서 십자가 근처에 이 "내가 목마르다"는 글을 써붙이기를 희망해봅니다. 사람들이 예수님 가까이 머물게 도와줄 짧은 기도문을 가르치십시오. 그들이 기도를 위해 내는 시간을 감사하게 여기도록 가르치십시오. 정말 많은 사람들이 기도 속에서 약간의 시간을 보내기 위해 이곳을 찾아옵니다. 그들은 초과근무를 해가며 여기 와서 약간의 [자원봉사] 실천을 합니다. 우리에게도 똑같은 일이 주어져 있습니다. 우리는 그 일을 어떻게 하고 있나요? 수련자들을 돌보는 여러분의 일, 그 일이 얼마나 중요한지 여러분은 알고 있습니까?[11]

지적이 아니라 가르침을 주십시오

교황 성하께서 말씀하셨습니다. "지적하지 말고 가르치십시오. 우리가 우리 자매님이나 우리 신자들을 위해 어떤 일을 할 때 우리가 주는 가르침, 우리가 만드는 음식은 [우리가] 하느님께 드리는 것입니다.[12]

✣

젊은이들이 우리를 방문하면 저는 그들에게 서로 사랑하라고 가르칩니다. 예수님은 말씀하셨습니다. "내가 너희를 사랑한 것처럼, 너희도 서로 사랑하여라."(요한 복음서 13:34) 때때로 젊은이들이 나병 환자들을 돌보기 위해 찾아옵니다. 저는 그들에게 어떻게 하면 서로 사랑할 수 있는지, 어떻게 하면 이런 종류의 사랑을 통해 하느님을 볼 수 있는지 가르칩니다. 인도에 오시면 당신에게도 가르쳐드리지요. 저에게는 실천하는 사랑이 가장 소중합니다. 이런 사랑을 하기 위해, 우리는 기도에서 힘을 끌어냅니다. 이것이 참된 사랑이며, 우리는 이런 실천을 위해 우리의 삶을 바칩니다. 다른 사람에게 사랑의 봉사를 하지 않으면서 하느님이 사람들을 사랑하심을 보여줄 수는 없습니다.[13]

사랑의 교수님

런던에 우리 선교회가 있는 지역에는 첫 영성체를 받지 않은 채 성장한 소년소녀들이 많습니다. 수녀님들은 그 가족들이 함께 모일 기회를 만들고, 청소년들이 함께 첫 영성체를 준비할 수 있도록 계속해서 애쓰고 계십니다. 그러던 어느 날 한 가족의 어머니가 말했습니다. "수녀님, 저에게 가르쳐주시면 어떨까요? 저녁때 식구들이 집에 와서 다들 모여 있을 때가 더 나은 기회일 테니까요. 그때라면 아이들도 있고, 남편도 있으니까 제가 가르쳐볼게요." 수녀님은 그 어머니를 가르쳤고 그 어머니가 자녀들을 가르치는 수업시간에, 지금은 제 예상

대로 남편까지 참석하고 있습니다. 그 소박한 여인부터 시작해 이제 그런 어머니들이 스무 명이 넘습니다. 수녀님이 가르치는 스무 명의 어머니는 매주 토요일이면 수녀님을 찾아옵니다. 수녀님이 그들에게 그 주의 수업을 가르치면 그들은 집에서 가르칩니다.[14]

✣

마지막으로 베네수엘라에 갔던 일은 영영 잊지 못할 것입니다—베네수엘라에는 수녀님들이 일하고 있는 우리의 집이 다섯 군데 있습니다. 아주 부자인 한 가족이 우리에게 어린이들을 위한 집을 지을 땅을 내주었습니다. 저는 감사 인사를 하러 그들을 찾아갔습니다. 그런데 그 가족의 첫째 아이가 아주 심한 장애아였습니다. 저는 그 어머니에게 물었습니다. "아이 이름이 뭐지요?" 어머니가 대답했습니다. "사랑의 교수님이랍니다. 이 아이는 늘 실천하는 사랑을 가르쳐주거든요." 어머니의 얼굴에 아름다운 미소가 번졌습니다. "사랑의 교수님"이라니! 그 심한 장애아—기형아—로 인해 그들은 사랑하는 방법을 배우고 있었습니다.[15]

서로 사랑하라는 가르침

어린 소년소녀에게 품위와 존경, 생명 사랑을 가르치는 것은 우리의 일입니다. 특히 학교에서 아이들을 가르치는 것이 여러분의 일입니다. 그들에게 순수함을 가르치고, 거룩함을 가르치십시오. 가르치되 두려워하지 마십시오. 서로 사랑하라고 가르치십시오. 어린 소녀가 소년을 사랑하고 어린 소년이 소녀를 사랑하도록 가르치십시오. 그것은 매우 아름다운 일입니다! 그들이 서로를 범하지 않도록 가르쳐, 결혼하는 날에 순결한 마음과 순결한 몸을 서로에게 줄 수 있도록 하십시오.[16]

✣

저는 캘커타를 찾아오는 수많은 젊은 청년들을 보아왔습니다. 캘커타에 도착한 이들은 다른 곳에서 일하기를 원하지 않고 오직 우리 임종자의 집에서 일하기를 원합니다. 왜일까요? 그곳에서 고통받는 그리스도를 만나기 때문입니다! 젊은 청년들 대부분이 똑같은 말을 하곤 합니다. "우리나라에도 이와 똑같은 고통이 있습니다. 하지만 지금까지 한 번도 제대로 본 적이 없습니다. 눈길도 주지 않았습니다! 수녀님이 우리에게 보도록 가르치셨고, 우리가 보는 것 안에서 예수님을 찾고 도움이 될 무언가를 하도록 가르치셨습니다."

바로 이것이 우리가 이 젊은이들에게서 찾아볼 수 있는 어떤 굶주림입니다. 그들은 종종 성체 경배를 나누기 위해 우리를 찾아옵니다. 전 세계에서 온 청년들은 이곳에서 힌두교를 경험하고 종종 힌두교에 휩쓸리기도 하지요. 그들이 다시 돌아오면 저는 묻곤 합니다. "예수님으로는 충분하지 않던가요?" 그들은 대답합니다. "우리에게 이런 방식으로 예수님을 알려주신 분이 여태껏 없었습니다."

이것이 여러분이 할 일입니다! 바로 사제들이 우리 젊은이들에게 예수님을 알려주어야 합니다. 하느님에 대한 그들의 엄청난 갈망에 대해서라면, 틀림없이 저보다 여러분이 더 잘 알 것입니다. 이 젊은이들은 극빈자들을 돕기 위해 빨래를 하고 청소를 하고 그 밖의 보잘것없는 일을 하면서도, 죽어가는 이들에게 크나큰 온유함과 사랑을 보여줍니다. 그러고는 얼마 지나지 않아 그중 많은 젊은이들이 고해성사를 하고, 우리 주님에게로 돌아옵니다. 가난한 이들 안에 계신 그리스도와의 이런 접촉이야말로 그들을 축복하는 한 방식일 것입니다.

이 젊은이들은 모두 배우기를 갈망하고 있습니다. 그리고 여러분은 그들을 가르치라고 예수님에게 선택된 사람들입니다. "내가 너를 지명하여 불렀으니 너는 내 사람이다. 네가 물결을 헤치고 건너갈 때 내가 너를 보살피리니 그 강물이 너를 휩쓸어가지 못하리라. 네가 불 속을 걸어가더라도 그 불길에 너는 그을리지도 타버리지도 아니하리라. 나, 야훼가 너의 하느님이다. 이스라엘의 거룩한 자, 내가 너를 구원하는 자다…… 내가 너를 보배롭고 존귀하게 여기고 너를 사랑하였은즉…… 두려워 마라. 내가 너와 함께하리니."(이사야 43:1~5)

성서에서는 우리를 사랑하시는 하느님의 온유함을 이렇게 명쾌하게 표현하고 있습니다. 하느님께서는 이와 같은 온유함과 사랑을 하느님의 모든 사람에게 전해주기를 우리에게 바라십니다.[17]

복음을 전파하는 기쁨

우리 모두는 사랑하고 또 사랑받는 더 위대한 일을 위해 창조되었고, 하느님께서는 이 복음을 전파하는 기쁨을 여러분에게 맡기셨습니다. 그러니 무엇을 하든, 무엇을 쓰든, 여러분이 사람을 만들 수도, 또 망칠 수도 있다는 사실을 기억하고 명심하십시오. 여러분은 많은 이들의 삶에 복음을 전하고 기쁨을 안겨줄 수 있습니다. 그리고 많은 이들에게 큰 슬픔을 안겨줄 수도 있습니다. 그러니 글을 쓸 때는 항상, 지금 누군가는 하느님에게 더 가까이 이끌려가고 있음을, 또한 반대로 하느님에게서 멀어지고 있음을 염두에 두어야 합니다.

항상 진실만을 쓰십시오. 예수 그리스도께서 말씀하셨습니다. "나는 진리요, 빛이다. 나는 기쁨이고 사랑이다. 나는 말해져야 할 진리이고 사랑받아야 할 사랑이다. 나는 걸어가야 할 길이다. 밝혀져야 할 빛이다. 나는 주어져야 할 평화다. 그리고 나는 나누어야 할 기쁨이다." 그러니 우리는 오늘, 함께 모인 이 자리에서 굳게 다짐합시다. 여러분의 글을 통해 항상 사랑과 평화와 기쁨을 전파하겠다고 말입니다.[18]

도전

캘커타에서 끔찍한 홍수가 났을 때 벌어졌던 일은 결코 잊지 못할 것입니다. 당시 [한 무리의 청년들이] 사람들을 죽이고, 총을 쏘고, 불을 지르는 등 온갖 만행을 저지르며 다녔습니다. 사태가 시작되었을 때 우리는 목까지 차오른 물길을 헤치며 걸어가고 있었는데, 서른 명의 청년들이 다가와서 말하더군요. "저희가 해드릴 테니 저희를 이용하세요." 우리는 밤 열시까지 자지 않고 일했지만, 그 청년들은 밤새도록 우리를 도와 사람들을 머리 위로 옮겼습니다. 온갖 나쁜 짓을 벌이던 그 대학생들이 순식간에 어린 양이 되어 가장 궂은일을 했다는 것을 정부는 이해하지 못했습니다. 결국 그 청년들은 그리스도에게 굶주리고 있었던 것입니다. 그들은…… 도전할 무언가를 찾고 있었던 것입니다.[19]

괜찮습니다…… 가난한 이의 버릇를 망치는 것은

언젠가 단체 전체의 이름으로 개최한 어느 세미나에서 한 수녀님이 일어나 저에게 말하더군요. "테레사 수녀님, 수녀님은 가난한 사람들에게 무료로 주시어 그 사람들의 버릇을 망치고 있습니다. 그들은 인간적인 품위를 잃고 있습니다. 수녀님이 그들에게 주시는 것에 대해 적어도 10파이사는 받으셔야 합니다. 그러면 그들은 더 큰 인간적 품위를 느낄 것입니다." 모두가 조용해지자, 저는 차분하게 설명했습니다. "누구보다 사람들 버릇을 망쳐놓는 분은 하느님 자신일 것입니다. 그분이 우리에게 공짜로 주시는 그 멋진 선물들을 보십시오. 여기 계신 분들 모두 안경을 안 쓰고 계시지만, 그래도 다 보실 수 있습니다. 만약 여러분에게 시력을 주었다고 하느님이 돈을 받으신다면 어떻게 될까요? 생명을 구하기 위해 때로 큰돈을 들여 산소를 사는 일도 없지는 않지만, 끊임없이 산소를 들이마시며 살아가는 우리는 그 대가를 전혀 지불하지 않고 있습니다. 만약 하느님께서 이렇게 말씀하시면 어떻게 될까요? '너희가 네 시간 일하면 두 시간 동안 햇빛을 내려주겠다.' 우리 가운데 몇 사람이 살아남을 수 있을까요?" 저는 이런 말도 덧붙였습니다. "부자들의 버릇을 망치는 많은 수도회들이 있습니다. 그렇다면 가난한 자의 이름으로 가난한 자의 버릇을 망치는 수도회가 하나쯤 있는 것도 괜찮은 일 아닐까요." 깊은 침묵이 내려앉았습니다. 그후로 아무도 입을 열지 않더군요.[20]

가난한 이를 위한 시간이 없다?

비용을 따지지 않고 내어주는 불타는 열정은 어디 갔습니까? 빈민가 어린이들을 위해 학교 수업 준비의 수고를 마다 않는 사랑은 어디 갔습니까? 첫 영성체를 받을 청소년을 찾기 위해 수고를 마다 않는 사랑은요? 일요일 미사에 어린이를 모으기 위한 그 열의는 어디 갔습니까?[21]

우리 수녀님들은 어디에 있습니까? 우리 역시 가난한 이들 중에서도 가장 가난한 이라면 우리는 과연 굶주리고 외롭다는 것의 의미를 알고 있을까요? …… 우리는 날마다 이런 사람들, 우리의 가난한 이들을 만납니다. 우리는 그들을 알고 있습니까? [우리가] 정말로 그들 가운데 한 사람입니까? 가난한 이들을 위해 시간을 낼 수 없을 만큼 우리들이 부유해진다면 그것은 제 마음을 아프게 하듯이 예수님의 마음을 아프게 할 것입니다.[22]

모든 것에 접근해서 모든 것을 이용하셨습니다

비록 가톨릭 학교이긴 했으나, 그곳—세인트메리 학교—은 벵골의 유일한 여자 고등학교였습니다. 그래서 상류사회의 힌두교도도 무슬림들도 모두 딸들을 입학시키고자 했습니다. 물론 그들은 각자 자신의 문화와 언어에 관심이 있었지요…… 하지만 테레사 수녀님은 아무 구분도 두지 않고 학생들을 대하셨고, 학생들은 기도 시간에 모두 출석했을 뿐 아니라 교리문답 수업까지 들었습니다. 수녀님은 영적인 필요와 물질적인 필요를 비롯해 모든 일들에 아주 쉽게 접근하시고 쉽게 구하셨습니다. 부자든 가난뱅이든 너나 할 것 없이 교내 청소와 일을 도왔습니다. 숙식과 관련해서도 기숙사 학생들 사이에는 어떤 차별도 없었습니다. 모두가 소박한 교복을 입었습니다.[23]

저는 조금 불안했습니다. 도시에 가본 적이 없었고, 이 새 학교—로레토 수녀회의 세인트메리 학교—에서 무슨 일이 벌어질지 몰랐으니까요. 하지만 수녀님을 만난 후 저의 두려움은 모두 녹아버렸습니다. 제가 이 학교에 들어오던 날 응접실에 들어오신 테레사 수녀님은, 완벽한 벵골어로 제 이름을 부르시고는 벵골어로 벵골식 인사를 하셨습니다. 얼마나 따뜻하게 맞아주셨는지요! 다음 한 달 동안 수녀님을 알아가면서, 저에게는 그분이 교사나 교장 이상으로 여겨졌습니다.[24]

기쁨을 안겨줄 사람

1947년, 테레사 수녀님은 다리 위에서 벨라가타 빈민가를 가리켜 보이셨습니다. 그곳의 풍경은 참담했습니다. 가난하고 벌거벗은 아이들은 철도에 떨어진 석탄 조각을 줍느라 석탄 먼지로 몸이 새까맸습니다. 수녀님은 그쪽을 가리키며 말씀하셨습니다. "보세요, 저 아이들이 얼마나 불쌍한지! 기쁨이 무엇인지도 모르는 저 아이들은 가난 때문에 먹고살기 위해 이런 일을 하고 있어요. 얼마나 비참한 삶인가요. 누가 저들에게 기쁨을 안겨줄까요? 저들은 예수님을 모릅니다. 영원한 행복에 대해서도 아는 것이 없어요. 그래서 이승에서 고통과 가난과 불행에 시달리다가 저승에 가서도 영원히 그렇게 살게 될 거예요. 누가 저들에게 가서 복음을 전해줄까요? 하느님이 너희들을 사랑하신다고, 하느님이 너희를 창조하셨다고, 너희는 하느님의 자녀라고 복음을 전해주고, 그들이 불행한 삶을 기쁨의 삶으로 바꿀 수 있도록 누가 가서 해줄 수 있을까요? 여러분이 저와 함께 가시겠어요? 하지만 지금 간다면, 그들은 우리에게 달려와 손을 내밀며 돈을 구걸할 것입니다. 지금 제 옷차림은 멤 샤헤브—존경 받는 부유한 부인—같으니까요. 지금 우리는 저들에게 하느님이나 예수님에 대해 말할 수 없을 거예요. 소박하고 가난한 옷차림을 하고 그들 가운데서 지내면서, 그들에게 말을 걸고 예수님에 대해 말해야 하지 않을까요? 예수님도 가난하셨습니다. 예수님은 그들을 위해 오셨습니다. 가시겠어요? 저와 같이 가시겠습니까? 괜찮지 않을까요? 우리는 예수님을 알리면서 저들을 행복하게 해줄 수 있을 것입니다."[25]

✣

테레사 수녀님의 목표는 오직 한 가지, 어디를 가든 끊임없이 모든 이에게 하느님의 사랑을 선포하면서 삶을 보내는 것이었습니다. 그 목표를 위해 수녀님은 파트나에서 몇 달 동안 기초적인 의료 과정을 받았을 뿐, 그 외에는 무슨 자격증을 따거나 특별한 공부를 하려고 기다리지 않으셨습니다. 수녀님은 캘커타에 돌아오자마자 곧바로 빈민가로 가셨습니다. 빈민가 어린이들을 위해 모티힐 학교를 여시고는, 어린이들을 씻겨주고 읽기와 쓰기를 가르치셨지요. 땅바닥이 곧 석판이고 칠판이었습니다. 물론 어린이들은 금세 마더 테레사 수녀님 안에서 참된 위로와 위안의 천사를 발견했습니다. 아침 일찍부터 여럿이 몰려와 수녀님을 기다리기 시작했지요. 수녀님은 학교에 다닐 학생들을 찾아 집집마다 방문하곤 하셨습니다. 우리는 수녀님과 함께 가서 아이들을 불러냈지요. 아이들에게 공부를 시키기 위해 수녀님은 그렇게 모두를 불러내시곤 하셨습니다.[26]

그들에게 기쁨을

1948년에 테레사 수녀님이 모티힐에 다시 오셨습니다…… 수녀님은 우리 여섯 자매와 두 형제에게 이름을 물으셨습니다. 제 이름은 아그네스라고 말씀드리자, 수녀님은 저를 안아올리시더니 무릎 위에 앉히셨어요. 그러고는 우리 엄마에게 이곳으로 오실 거라 말씀하셨지요. 여기엔 수녀님이 돕고 싶은 가난한 사람들이 많다고 하시면서요. 그날 이후 수녀님은 날마다 이곳에 오셨습니다…… 가난한 아이를 찾아내 학교로 데려가시곤 하셨지요. 수녀님은 크리크레인에서 우리 학교까지 날마다 걸어오셨습니다. 오전 여덟시에 오셔서 정오까지 계시다가, 오후 세시에 다시 오셔서 여섯시에 돌아가셨지요…… 우리에겐 아무것도 없었습니다. 나무 그늘에 앉아 땅바닥에 글을 썼지요. 한 달 후, 테레사 수녀님이 어딘가에서 책과 복사본, 석판과 분필 등을 구해오셨고, 수녀님들이 우리를 가르치기 시작하셨어요. 우리 동네에는 아픈 여자아이가 하나 있었는데 큰 종기로 참을 수 없는 통증에 시달리고 있었지요. 테레사 수녀님은 그 아이를 무릎에 뉘었다가 옆방으로 데려가셨어요. 수녀님은 그렇게 다섯 명의 환자를 데려다가 그 방에서 돌보셨어요. 테레사 수녀님은 아픈 사람들을 돌보셨고, 나머지 수녀님들은 우리를 가르치셨지요…… 일요일에도 수녀님은 떠나지 않으실 때가 많았는데, 그럴 때면 아침 여덟시에 우리 모두를 바이타카나 성당에 데려가셨지요…… 저희들에게 일요일은 참으로 행복한 날이었습니다…… 저는 열한 살 때 첫 영성체를 받았는데 그전까지는 아무것도 몰랐지요. 읽는 법도, 기도하는 법도 배우지 못했었지요. 이 모든 건 테레사 수녀님한테 배운 것입니다…… 저는 모티힐에서 공부를 마쳤습니다. 물랄리에서는 8학년까지 다녔습니다.[27]

✣

어느 일요일 저녁, 테레사 수녀님, 아그네스 수녀님, 트리니타 수녀님, 저, 이렇게 네 명이 외출을 했습니다. 테레사 수녀님은 우리가 각각 들고 갈 물건을 주셨습니다. 몹시 가난한 지역 중 한 곳인 벨레가타를 찾아가는 길이었습니다. 우리는 거기서 네시까지 게임을 했습니다. 성인 남자들은 모두 저의 팀이었지요. 트리니타 수녀님은 소년들 팀이었고 아그네스 수녀님은 성인 여자와 소녀들을 맡았습니다. 우리들은 벽에 붙어서 있고 사람들은 달리기 경주를 했지요. 남자들 가운데 제일 먼저 도착한 사람은 일등상으로 비누를 탔고, 여자들은 담요를, 아이들은 과자를, 소년들은 분필과 석판을 탔습니다. 그다음 주에도 우리는 똑같은 일을 했는데 그들의 얼굴에서는 기쁨이 넘쳤습니다. 집에 오는 길에 수녀님이 말씀하셨습니다. "여러분이 그 어린이들에게 무얼 가져다주었는지 아세요? 기쁨입니다. 이 사람들은 예수님을 모릅니다. 하지만 우리에겐 예수님이 있고 미사를 올리지요. 그러니 그들에게 예수님을 알릴 유일한 방법은 기쁨을 주는 것입니다."[28]

수녀님 얼굴에 핀 기쁨

일요학교의 기상 시간은 오전 네시 삼십분이었습니다. 수녀님들은 아이들과 어른들이 영성체와 고해성사, 견진성사 등 성사를 받도록 준비를 시켰습니다. 테레사 수녀님은 모든 수녀님이 일요학교에 가서 교리문답을 최대한 많이 가르치기를 원하셨습니다. 가난한 아이들 대부분은 첫 성체성사에 입을 괜찮은 옷을 살 수 없었으므로, 옷은 제공되었습니다. 이 어린 "천사들"이 매년 10월 2일 수호천사 기념일에 수녀님들과 함께 바이타카나 성당까지 달려오는 모습은 정말 아름다웠습니다. 오전 여섯시 삼십분에 미사를 올리기 위해 그렇게 달려오는 것이었지요…… 그리고 천 여명이 넘는 이 아이들—그 중에는 나이가 많은 아이들도 많았습니다—을 바라보는 수녀님의 얼굴은 기쁨으로 차 있었습니다. 수녀님이 쏟으신 열성의 결실이었습니다.[29]

테레사 수녀님은 처음으로 슈코드라를 떠나시기 전에…… 1층에 있는 '어린이의 집'을 찾으셨습니다. 어린이들이 수녀님 주변에 모여들었습니다. 제대로 걸을 수도 있고, 정신적으로도 건강한 아이들이었습니다. 수녀님은 즉시 알바니아어로 주님의 기도를 가르치기 시작하셨는데 그 방법이 아주 괜찮았습니다. 수녀님이 주님의 기도를 리듬감 있는 노래처럼 바꾸어 부르시자, 아이들은 한 줄 한 줄 따라 불렀습니다. 수녀님은 그것을 여러 번 반복했습니다. 아이들은 하나같이 행복하게 웃으면서 배우고 있었습니다.[30]

그분 얼굴의 고통과 연민

테레사 수녀님은 다른 수도회의 수녀님들을 찾아가서 우리 아이들을 통학생으로 받아달라고 사정하곤 하셨습니다. 남학생 일부를 예수회에 보내고 또 일부는 살레시오회에 보내셨지요. 그 학생들을 입학시키기 위해 수녀님은 수고를

아끼지 않으셨습니다. 그것은 우리가 줄 수 있는 것을 넘어선 일이었습니다.[31]

✣

1960년대, 제가 로레토 수녀회의 엔탈리 여학교에서 중학교를 맡고 있을 때, 시슈바반에서 테레사 수녀님이 보내신 고아들이 몇 명 있었습니다. 한 아이는 정신적으로 불안한 상태라 사감 교사들과 담당 교사에게는 큰 골칫거리였지요. 직원들은 할 수 있는 한 그 아이를 도우며 받아주었지만, 결국 아이가 전체에 방해가 된다고 판단했고, 상급자를 설득해 아이를 사랑의 선교회에 돌려보내게 했습니다. 얼마 후 테레사 수녀님을 만났을 때, 수녀님은 그 일을 떠올리시며 그 아이가 퇴학당한 일을 몹시 아쉬워하시는 것 같았습니다. 그 아이에 대해 말씀하실 때 수녀님의 얼굴에는 큰 고통과 연민이 엿보였습니다.[32]

희생의 돈

수녀님들은 아이들을 데려와서 학교에 다니게 했습니다. 아이들 대부분이 너무 가난하고 굶주려 있었기 때문에, 마더 하우스에서는 그 아이들에게 줄 빵을 주문하고, 수녀님들이 각 학교마다 한 반씩 돌아다니며 빵을 나누어주었습니다. 영국의 아이들은 가난한 우리의 아이들이 매일 빵 한 쪽을 먹을 수 있도록 동전을 모았습니다. 덴마크 아이들 수천 명의 조그만 희생으로 한 잔의 우유가 만들어질 수 있었습니다. 또 독일의 어린이들은 각자의 "희생의 돈"으로 인도 어린이들이 매일 먹을 비타민 한 알을 사주었습니다. 어린이들이 몸을 깨끗이 하고 머리를 빗는 일 역시 여러 도움으로 이루어졌습니다. 석판과 분필이 제공되고 학년이 높은 어린이에게는 공책과 문구가 제공되었습니다. 아이들의 옷 역시 도움을 받았습니다. 전체 집합과 출석 확인이 끝나면 읽기, 쓰기, 대수, 노래, 게임 같은 기초 수업이 이어졌습니다. 그러는 동안 이 어린이들을 정규 학

교에 보내기 위한 합의가 이루어집니다.[33]

주는 기쁨을 누리게 하십시오

환영받지 못하고 버려진 어린이들을 위한 집인 시슈바반은 1955년에 문을 열었습니다. 어린이들이 성장함에 따라, 테레사 수녀님은 어느 마음씨 고운 힌두교 부인에게서…… 첫 열 명이 십 년 동안 후원받을 수 있도록 허락받음으로써 아동복지 사업을 시작하셨지요. 인도와 다른 외국의 많은 사람들이 그 부인의 사례를 따라주어 이 사업이 커졌습니다. 학교에 다니는 어린이들에게 교육비와 의류비 등등을 제공하는 후원 계획까지 포함시킬 수 있게 되었습니다. 하지만 사업이 너무 커지면서 우리가 감당하기 힘들게 되자, 수녀님은 각 교구에 사업을 넘기셨습니다.[34] 제가 마하라슈트라 주의 암라바티에 있을 때 한 대학생이 아이들 공부에 도움이 될 만한 스크랩북 몇 권을 주더군요. 수녀님이 저를 보러 오셨을 때 그 일을 말씀드렸더니, 수녀님은 말씀하셨습니다. "그걸 보니 정말 기쁩니다. 가서 학생들을 만나봤으면 합니다." 저는 대학교에 그 사실을 알렸고, 교수님은 학생들이 수녀님을 만날 수 있도록 자리를 마련해주었습니다. 약 삼백 명의 대학생들이 왔습니다. 수녀님이 강연을 하셨는데 늘 하시던 말씀이었지요. "버림받은 아이들 안의 예수님은 이렇게 말씀하실 겁니다. '나는 너희가 가르치는 바로 그 아이다.' 그러니 여러분은 계속 수녀님들을 도와주십시오. 저는 참으로 행복합니다."[35]

도와줄 사람이 없다

제가 집에 있을 때는 일을 다니면서 번 돈으로 여동생의 교육비를 대주었는데, 지금은 제 가족을 도와줄 사람이 없어서 그 사실을 수녀님께 말씀드렸습니다…… 저의 딱한 처지를 들으신 수녀님은 두 여동생을 받아들여 공부하게 해 주셨습니다. 나중에 동생들은 종교인이 되고 싶다고 수녀님께 말씀드렸고 그렇게 둘 다 수녀가 되었습니다. 제 동생들에게 쏟으신 친절과 배려에 우리는 큰 감화를 받고 우리의 삶을 완전히 하느님께 바치게 되었습니다.[36]

그들의 공부를 주선하셨습니다

제 여동생에겐 딸이 넷 있습니다. 그 아이들은 기숙학교에서 공부하고 있었지만, 돈이 넉넉지 않았기 때문에 교육비를 내는 데 문제가 있었습니다. 결국 조카들이 학교에서 쫓겨날 처지가 되었을 때 사정을 말씀드렸더니 수녀님이 도와주셨고, 덕분에 조카들은 공부를 계속할 수 있었습니다.[37]

망고나무 아래서

타보라에 오셨을 때, 수녀님은 우리가 망고나무 아래서 교리문답 수업을 하고 있는 걸 보셨습니다. 그 후로는 우리를 방문하실 때마다 이렇게 묻곤 하셨지요. "지금도 망고나무 아래서 아이들을 가르치시나요?" 수녀님은 아이들이 모여서 믿음을 배우는 광경을 무척 좋아하셨습니다. 우리에게 이런 말씀도 하셨지요. "진료소를 시작하기 전에, 사람들과 함께 기도하십시오. 약을 주는 것으로는 충분하지 않습니다. 그들에게 하느님을 주십시오."[38]

가난한 이들의 물질적 어려움만이 아니라

테레사 수녀님은 가난한 이들의 물질적 어려움만 돌보지 않으셨습니다. 가난한 가톨릭 어린이를 위한 일요학교, 공립학교에 다니는 가톨릭 신도들에게 가르칠 교리문답, 어린이의 학업을 도와주는 방과 후 프로그램, 가난한 동네의 아이들을 위한 여름학교 캠프, 그리고 결혼한 부부와 남녀 노숙자, 외출이 불가능한 사람들이 며칠 동안 명상센터에서 기도와 회상으로 보내는 프로그램, 그 밖에도 사람들을 단합시키고, 관계를 개선하고, 장벽을 허물고, 서로 사랑하게 하고, 우애에 마음을 열고, 고통과 외로움을 덜어주게 하는 많은 활동을 조직하셨습니다.

수녀님은 특히 6월이면 예수님의 성심에 가정을 봉헌하셨습니다. 가족들은 로사리오 기도를 올리고, 교구 사제들은 신도들과 함께 매주 성체조배 시간과 아울러 고해성사를 받을 기회를 가져야 한다고 강조하셨습니다…… 사랑의 선교회가 하는 실천은 사회적인 일이 아니라 하느님의 일이며, 우리가 하는 일은 모두 예수님께 하는 것이라고 늘 입버릇처럼 말씀하셨습니다.[39]

각각의 어린이를 자랑으로 여기셨습니다

저는 시슈바반의 어린이들을 돌보는 동안 수녀님과 가까이 지냈습니다. 크리스마스와 부활절 때에는 더욱 그랬지요. 수녀님의 경이로운 방식들을 똑똑히 볼 수 있었던 것도 바로 이 시기였습니다. 수녀님은 양치기가 양떼를 모으듯 어린이들을 당신 주변으로 모으셨습니다. 아이들 한 명 한 명을 무척 자랑스럽게 여기셨고 칭찬하셨지요. 언젠가 아이들이 수녀님을 위해 색색의 깃발을 가지고 후프 공연을 했을 때였습니다. 너무나 감동하신 나머지 수녀님은 아이들이 축복 받으러 올 때까지 기다리지 못하시고, 먼저 아이들에게 다가가 축복해주셨지요. 아이들을 축복하실 때 수녀님은 손바닥에 다섯 손가락을 포개고 계셨습니다. "내가 너에게 해주었다"를 뜻하는 손짓이었지요. 수녀님의 몸짓 하나하나에 의미가 있었습니다. 아이들은 자신들이 하는 모든 것들이 한 가지 목적을 위한 것이며, 그 목적이 예수님이라는 것을 쉽게 이해할 수 있었습니다.[40]

어머니가 아이를 죽일 수 있다면, 세상 무엇이 여러분과
내가 서로를 죽이는 것을 막을 수 있겠습니까?

1994년 9월, 수녀님은 카이로에서 있었던 UN 회의에 메시지를 보내 공개적으로 말씀하셨습니다. "저는 오늘 여러분에게, 세계 각국의 모든 사람에게, 중요한 결정을 내리는 권력자들은 물론이고 크고 작은 도시와 마을의 모든 어머니, 아버지, 어린이들에게 진심으로 말씀드립니다…… 만약 어머니가 자기 아이를 죽일 수 있다면 세상 무엇이 여러분과 내가 서로를 죽이는 것을 막을 수 있겠습니까? 생명을 빼앗을 권리를 가진 단 한 분은 그 생명을 창조하신 하느님뿐이십니다. 다른 누구에게도 그러한 권리는 없습니다. 어머니도, 아버지도, 의사도, 단체도, 회의도, 정부도 그럴 권리는 없습니다." 이런 말을 하는 것은 상당한 용기가 필요한 일이었습니다. 수녀님의 이 말에 많은 비판들이 이어졌지요.[41]

· "바로 그 때에 예수께서 성령을 받아 기쁨에 넘쳐서 이렇게 말씀하셨다. '하늘과 땅의 주님이신 아버지, 지혜롭다는 사람들과 똑똑하다는 사람들에게는 이 모든 것을 감추시고 오히려 철부지 어린이들에게 나타내 보이시니 감사합니다. 그렇습니다, 아버지! 이것이 아버지께서 원하신 뜻이었습니다. 아버지께서는 모든 것을 저에게 맡겨주셨습니다. 아들이 누구인지는 아버지만이 아시고 또 아버지가 누구신지는 아들과 또 그가 아버지를 계시하려고 택한 사람만이 알 수 있습니다.'" _루가 복음서 10:21~22

· "숙제 때문에 학교에서 어려움을 겪는 어린이를 도와주십시오. 여러분이 아는 것을 다른 사람들과 나누십시오."[42]

나의 삶에서, 특히 영적인 삶에서 내가 모른다는 것을 깨닫고 또한 인정하고, 무엇보다 "작은 영혼들"의 지혜를 배우기 위해 노력해야 하는 시기가 있습니까? 나는 내가 우월하다는 고집스러운 태도를 가지고 배우고 스스로 향상시키는 일을 소홀히 하고 있지는 않습니까? 나는 내 주변의 반대 의견을 무릅쓰고라도 내가 아는 것이 옳고 참되다고 옹호할 용기가 있습니까? 혹 나의 고집스러움과 가까이하기 어려운 태도가 복음의 진리와 가치를 전파하는 데 장애가 되지는 않습니까? 나는 단지 말로만이 아니라 본보기로서 다른 사람들에게 지적인 내용만 주는 것이 아니라 잘해주는 정신으로 그들을 가르치고 있습니까?

자비로우신 아버지시여, 당신의 성령으로 우리 마음을 밝히고 불태우시고 정화해주소서. 당신의 천상의 이슬로 우리를 적시어, 우리가 주 예수 그리스도를 통해 좋은 일에 열매를 맺게 하소서. 아멘.

_성령 호칭기도의 마무리 기도,
마더 테레사가 월요일에 드리셨던 기도

아홉,

의심하는 이에게 조언하다

Counsel the Doubtful

마더 테레사는 당신의 영적인 삶과 관련해서는, 하느님이 곳곳에 준비해놓으신 다양한 조언자들로부터 결정적인 도움을 받았습니다. 마더 테레사가 오랫동안 지속된 고통스러운 내면의 어둠을 마주했을 때 특히 그랬습니다. 그분이 깊은 내면의 시련에 빠져 계셨는데, 한 조언자는 그때를 이렇게 증언하고 있습니다.

> 마더 테레사 수녀님은 저를 만나자 내적 시련을 겪고 있지만 아무에게도 말할 수 없다고 하셨습니다…… 저는 수녀님의 솔직함과 명료함, 그리고 칠흑 같은 어둠 속에서 수녀님이 겪고 있던 고뇌에 깊은 인상을 받았습니다. 바른 길을 가고 있는 것일까? 아니면 단지 복잡하게 얽힌 환상의 희생자가 된 것일까? 하느님은 왜 그녀를 완전히 버리셨을까? 예전에는 하느님과 그토록 가까웠는데 왜 이런 어둠을 겪는 것일까? 다른 수녀님들을 지도하며 하느님의 사랑과 기도의 삶 속으로 그들을 인도해야 했기에, 완전한 공허함 속에서 지내시는 마더 테레사 수녀님께 개인적인 삶은

하나도 없었습니다. 그래서 수녀님은, 다른 사람들에게는 성스러운 신비에 대해 이야기하면서 자신의 마음에서는 그런 것들이 모두 사라져버린 고약한 위선자가 된 것은 아닐까 고민하고 계셨습니다.[1]

그토록 오랜 시간 고통스러운 내면의 시련을 겪으신 까닭에, 마더 테레사는 그 고통을 나눌 수 있었던 몇몇 영적 지도자들의 조언과 지원에 대해 깊은 감사의 마음을 가지고 계셨습니다. 훌륭한 조언이 힘든 영혼에게 가져다줄 수 있는 위안을 직접 경험하신 수녀님은, 조언을 필요로 하는 사람이라면 누구에게나 도움을 주려 하셨습니다.

마더 테레사는 "불안하고 괴로워하는 정신"을 편안하게 해줄 수 있는 남다른 재능을 가지고 계셨습니다. 그분의 방식은 단순합니다. 우선 귀 기울여 듣는 것입니다. 마더 테레사는 상대방이 하는 이야기에 주의 깊게 귀를 기울이셨고, 나아가 그 이야기에 담긴 고통과 혼란에는 더욱 귀 기울이셨습니다. 때로 그분이 "마음을 읽는다"고 말하는 이들도 있었습니다. 마더 테레사는 특별한 이해력과, 타인의 고통을 열린 마음으로 기꺼이 나누려는 연민을 분명하게 드러내곤 하셨습니다. 끊임없이 당신의 나약함, 특히 내면의 어둠을 의식하시면서 모든 이에게 겸허하고 허식 없는 태도를 보이셨습니다. 그래서 많은 이들이 그분에게 완전히 마음을 열었고 그분의 연민을 고스란히 느꼈습니다. 이와 같은 마음 나눔 속에서 마더 테레사는 편견 없이, 판단하려 들지 않고 귀를 기울이면서, 종종 뜻밖의 방식으로 조언을 하셨습니다. "믿음의 시선"이 있었기에 당면한 문제를 "하느님의 관점"에서 바라볼 수 있었습니다. 그리고 사람들에게 올바른 방향을 가리켜 보일 수 있었던 것입니다.

다른 사람들의 이야기를 듣거나 조언을 하실 때 마더 테레사는 개인적인 의견을 주장하거나 이미 나와 있는 해결책을 제시하지 않으셨습니다. 늘 그 상황 속에서 배우려 하시면서, 일이 진행되는 동안 문제를 해결할 방법을 찾으셨습니다. 당면한 문제나 상황에 대한 해결책이 당장에 효과가 없더라도 사람들은 그분의 조언과 인도에서 위안을 찾았습니다. 당신 스스로는 즉각적인 해결책이 없다고 말씀하셨지만 사실 어떤 의미에서 그것은 "즉각적"이었습니다. 하느님이 그 문제를 돌봐주실 거라 믿으면서, 기도로써 그 문제를 하느님께 돌릴 수 있었기 때문입니다.

제가 가진 것을 드립니다

사람들은 모두 마음속 깊은 곳에서 하느님을 알고 있습니다. 그리고 마음속 깊은 곳에서 하느님과 소통하고 싶은 열망을 간직하고 있습니다. 그러므로 제가 드리는 말씀은…… 진실입니다. 저는 가톨릭교도이고 모름지기 수녀는 하느님께 서원을 통해 모든 것을 바치기 때문입니다. 당연히 저는 제가 가진 것밖에 드릴 수가 없습니다. 저는 생각합니다. 모든 사람들이…… 하느님이 계시다는 것을, 그리고 우리는 사랑하고 사랑받기 위해 창조되었다는 것을, 우리가 이 세계 속에서 하나의 숫자가 되기 위해 만들어지지 않았다는 것을, 마음 깊은 곳에서 알고 있다고 말입니다. 우리는 중요한 목적을 위해 만들어졌습니다. 그 목적은 사랑이 되는 것, 연민이 되는 것, 선이 되는 것, 기쁨이 되는 것, 봉사하는 것입니다.

여러분은 [심지어] 동물들 사이에도 사랑이 있음을 볼 수 있습니다. 어미가 새끼에게, 자기가 낳은 어린 동물에게 쏟는 사랑이 있습니다. 그 사랑은 우리의 내면에 새겨진 사랑입니다. 그래서 여러분에게도 어렵지 않으리라 생각합니다. 여러분은 자신만의 말로써 그 사랑을 표현할 수 있습니다. 한 사람 한 사람 모두가…… 하느님이 곧 사랑이심을 알고 있으며, 하느님이 우리를 사랑하신다는 것, 그러지 않았다면 우리는 존재하지 않았을 거라는 것을 알고 있습니다. 또한 하느님이 우리를 사랑하시듯 우리가 서로 사랑하기를 원하고 계신다는 것 역시 여러분은 잘 알고 있습니다. 우리 모두 알고 있습니다. 누구나 알고 있습니다.

하느님이 얼마나 여러분을 사랑하시는지를. 우리 한 사람 한 사람은 알고 있습니다. 그게 아니라면 우리는 존재할 수 없기 때문입니다. 우리 존재의 증거는 하느님—더욱 높으신 분, 더욱 위대하신 분—이 우리를 지키시고 우리를 보호하신다는 것입니다.

생명은 삶이요, 하느님께서 인간의 가족에게, 국가에게, 전 세계에 주시는 가장 아름다운 선물은 어린아이입니다. 그러므로 장애아로 태어나는 아이가 있더라도 우리가 그 아이를 죽일 수는 없습니다. 우리는 태아를 죽일 수 없습니다. 우리는 태어난 아기를 죽일 수 없습니다. 만약 여러분의 부모님이 여러분을 원하지 않으셨다면 여러분은 오늘 여기에 없을 것입니다. 만약 저의 어머니가 저를 원하지 않으셨다면, 마더 테레사는 없었을 것입니다. 그러므로 우리 부모님이 우리를 원하셨던 것은 좋은 일입니다. 우리가 사람들을 도와야 합니다. 만약 한 어머니에게 버려진 아이를 돌볼 능력이 없다면 그들이 그 아이를 돌볼 수 있도록 도와주는 것이 바로 여러분과 제가 할 일입니다. 그것이 하느님이 그 가족에게 주시는 선물입니다.[2]

성부께서 주실 것입니다

영국의 저널리스트이자 작가인 맬컴 머거리지는 마더 테레사와 그분의 실천에 관한 다큐멘터리 한 편을 제작했습니다. 그는 믿음에 관해 많은 의문을 가지고 있었지만, 결국 일흔아홉의 나이에 가톨릭 신자가 되었습니다. 다음은 마더 테레사가 그에게 쓰신 편지입니다.

하느님, 들판의 백합과 하늘의 새를 돌보시는 성부—그분에게 우리는 새나 들판의 백합보다 더 소중합니다—께서는 여태까지 풍부하게 주셨고, 이 순간도 주고 계시며, 앞으로도 주실 것입니다. 우리의 TV 대담을 기억하고 계시지요. 저도 당신도 돈에 대해서는 한마디도 말하거나 부탁하지 않았지만 하느님께서 무엇을 하셨는지 보십시오.[3]

어린이와 같이 되지 않으면

지금은 당신을 더 잘 이해할 수 있을 것 같습니다. 당신의 깊은 고뇌에 제가 답할 수 없을까봐 그것이 두렵습니다…… 저에게 당신은 왠지 니고데모(요한 복음서 3:1)처럼 느껴집니다. 분명 그 대답도 똑같을 것입니다. "어린아이와 같이 되지 않는다면……"(마태오 복음서 18:3). 당신이 하느님의 손 안에서 어린이와 같이 되기만 한다면 분명 모든 것을 아름답게 이해할 수 있을 것이라고 확신합니다.

당신은 하느님을 몹시 갈망하고 있지만 아직 그분은 당신과 거리를 두고 계십니다. 하지만 그분은 틀림없이 억지로 그렇게 하려고 하고 계실 것입니다. 당신과 저를 위해 예수님을 죽게 하실 만큼 너무도 당신을 사랑하시니까요—그리스도는 당신의 양식이 되기를 갈망하고 계십니다. 당신은 가득한 삶의 양식에 둘러싸여 있으면서도 스스로 굶주리고 있습니다. 당신에 대한 그리스도의 사랑은 무한합니다. 그분의 교회와 관련해 당신이 가진 작은 어려움은 유한합니다. 무한함으로 유한함을 극복하십시오. 그리스도는 당신을 사랑하시기에 당신을 창조하셨습니다. 공허한 어둠 속에서 당신이 무엇—끔찍한 갈망—을 느끼는지 잘 알지만, 그래도 그분이 바로 당신과 사랑에 빠진 분입니다.[4]

모든 것은 그분을 위해

요즘 들어 제가 부쩍 많이 생각하는 것은 당신이 하느님이 주신 그 아름다운 재능을 그분의 더 큰 영광을 위해 써야 한다는 것입니다. 당신이 가진 모든 것과 당신의 존재 전체—그리고 당신이 될 수 있고 할 수 있는 모든 것—가 오직 하느님만을 위한 것이 되게 하십시오. 오늘 교회의 표면에서 벌어지고 있는 일은 지나갈 것입니다. 그리스도에게 교회는 오늘도, 어제도, 내일도 똑같습니다. 열두 사도들 역시 두려움과 불신, 실패와 불충의 감정을 겪었지만 그리스도께서는 나무라지 않으셨습니다. 그저 "어린아이야, 믿음이 적은 자야, 왜 두려워하느냐?"고만 하셨습니다. 저는 그분처럼 우리도 사랑할 수 있기를 바랍니다. 바로 지금 말입니다.[5]

가정이 우선이어야 합니다

언젠가 당신은 협력자회 활동으로 인해 [아내와] 아이들로부터 멀어진다며 조력자회를 떠나겠다고 한 적이 있습니다. 그들이 먼저입니다. 저는 당신이 보고 싶겠지만, 그러나 가정이 우선이어야 합니다. 당신에게는 우리 수도회와 관련한 일들이 이미 많기 때문에, 회장직의 부담 없이 협력자회에 그냥 남아 있어도 될 것입니다. 이를 위해 저는 계속 기도하고 있지만, 그러나 당신의 가정이 먼저입니다. 이는 당신[과 당신의 아내]가 결정해야만 합니다. 당신들의 행복과 서로에 대한 사랑만이 제가 두 분에게 바라는 것입니다. 협력자회를 떠나든 아니든 말입니다. [당신과 당신 아내는] 저에게 언제나 한결같을 것입니다.[6]

살아 계신 그리스도에게 매달리기만 한다면

믿음을 위해 싸우는 이 힘들고 슬픈 시기에, 당신 조카 역시 다른 많은 이들처럼 정화의 시기를 거치고 있습니다. 만약 그가 살아 계신 그리스도—성체—에 매달리기만 한다면 조카님은 새로운 빛이신 그리스도와 함께 어둠에서 빛으로 나올 것입니다.[7]

하느님의 자녀로서 서로를 존중하십시오

한 사람 한 사람을 하느님의 자녀—내 형제 내 자매—로서 존중하는 것. 때로는 이것이 얼마나 힘든 일인지 알고 있습니다. 누군가의 비참한 모습 속에서 예수님을 보기가 힘들다면 예수님의 마음 안에서 그 사람을 보십시오. 예수님은 당신을 사랑하시는 것과 똑같은 크기로 그 여자를 사랑하십니다. 그렇게 생각하면 더 큰 사랑을 하는 데, 특히 가장 필요로 하는 사람을 사랑하는 데 도움이 될 것입니다. 협력자회에서 예수님을 위해 많은 일을 해오신 당신을 위해 매일 기도하고 있습니다. 예수님의 어머니이신 성모 마리아께서 당신의 어머니가 되어 주시기를 기원합니다.[8]

불장난하지 마세요 : 마더 테레사가 어려움을 겪는 한 사제에게 하신 조언

결정할 자유가 당신에게 있다는 것은 지극히 맞는 말입니다만, 다음을 기억하시기 바랍니다. 당신은 그동안 교구 안에서 매우 행복했고, 예수님을 위한 모든 일들을 아주 잘 해냈습니다. 그리고 당신도 당신의 부모님과 추기경님, 그리고 신자들을 매우 사랑했습니다. 그러나 많은 기도 후에, 사랑의 선교회 회원이 되기 위해 일부러 이를 포기했습니다. 현실을 알면서도 가난한 이들 중에서도 가장 가난한 이가 되기로 했고, 사랑의 선교회 회원이 되어 한 공동체에 소속되기를 선택했습니다. [예전에 받은] 당신의 편지들이 저에게 있습니다. 그 편지들마다 사랑의 선교회의 정신과 기쁨이 가득합니다.

지금 악마가 이 작은 공동체를 깨뜨리고 파괴하려고 애를 쓰고 있는 것임에 틀림없습니다. 악마가 당신을 그들의 무기로 쓰도록 허락하지 마십시오. 지금이야말로 완전한 내려놓음을 실천할 기회입니다. 예수님께서 원하시는 대로 하시도록 진정한 사랑의 선교회 회원이 될 수 있도록 당신을 맡기십시오. 제가 당신을 사랑한다는 것은 잘 알고 계시겠지요. 최근 몇 해 동안 당신이 갈망해오던 것이었습니다. 이것이 당신의 것인 지금, 그것을 놓치지 마십시오. 이 시련은 예수님이 당신을 더욱 가까이 끌어당겨 그분의 고난을 함께 나눌 수 있도록 당신을 위해 마련하신 선물입니다. 잊지 마십시오. 예수님은 온유함과 사랑으로 예수님을 위한 사람을 선택하시어 더욱 살아 있는 결합을 위해 당신을 그분의 사제로, 그분의 성체로 만드셨습니다. 당신은 저만큼이나 사랑의 선교회가 되기 위한 —가난한 이들 중에서도 가장 가난한 이들의 사랑의 선교회 사제가 되기 위한 —소명을 가지고 있습니다. 불장난을 하지 마십시오. 불은 모든 것을 태우고 파괴합니다.

매일 자주 이렇게 기도하십시오. "제 마음 안에 계신 예수님, 나를 향한 당신의 온유하신 사랑을 믿습니다. 나는 당신을 사랑합니다. 저는 사랑의 선교회 회원으로서 성모님을 통해 오직 당신만을 위해 존재하고자 합니다." 함께 기도합시다.[9]

미소 : 마더 테레사가 어느 여학생에게 하신 충고

미소를 지으세요. 누구를 만나든 미소를 지으며 인사하세요. 미소는 모든 이들에게 당신을 받아들일 수 있도록 해줍니다. 아울러 미소는 당신을, 당신의 얼굴을 아름다워 보이게 해줍니다. 혹시라도 화가 날 때면 억지로라도 미소를 지어보세요. 그러면 어느새 화를 잊어버리고 모든 이와 더불어 미소짓고 있는 당신을 보게 될 것입니다.[10]

예수님, 이 사람 안에

말을 할 때는 앞에 있는 그 사람을 바라보십시오. 마음속으로 이런 기도를 올리세요. 예수님, 제가 이 사람에게 말을 할 때 이 사람 안에 계시어 이 사람 안에서 당신을 볼 수 있도록 도와주시옵소서. 저를 축복하시어, 제가 당신에게 말할 때처럼 이 사람에게 진심으로 말하게 해주시옵소서. 이 사람의 눈을 통해 저를 보시고 제가 잘할 수 있도록 도와주시옵소서. 제가 이 사람 안에 계신 당신을 기쁘게 하는 데 실패한다면 온순하고 기쁘게 그 고통을 견딜 수 있는 용기를 주시옵소서.[11]

잔뜩 찌푸린 얼굴로 왔다가 빛나는 얼굴로 갑니다

회의에 참석할 때마다 많은 군중들을 만나셔야 했지만, 테레사 수녀님은 항상 한 사람 한 사람에게 시간을 허락하시고 주의와 관심을 보여주셨습니다. 그분의 지치지 않는 에너지와 차분함, 진통제보다 효과가 센 것 같은 매력적인 미소에 저는 종종 감탄하곤 했습니다. 잔뜩 찌푸린 얼굴로 개인적인 문제를 들고 찾아왔던 사람들이, 잠시 후면 환하게 빛나는 얼굴로 돌아가곤 했습니다. 수녀님은 평화롭게 마음을 감동시키는 힘, 기쁨과 즐거움의 성유를 발라주시는 힘을 가지고 계셨습니다. 우리에게는 이런 편지를 보내셨습니다. "하느님께서는 우리 모두를 위해, 특히 당신을 위해 참으로 엄청난 일을 해주셨습니다…… 우리가 하느님께 맡기기만 한다면 하느님은 모든 것을 아주 아름답게 해주실 것입니다. 약간의 도움만 받는다면 틀림없이 당신은 그곳을 진정한 나자렛으로, 예수님이 오셔서 잠시 당신과 함께 쉬실 수 있는 그런 곳으로 만들어낼 것입니다. 당신으로 인해 저는 정말 행복합니다…… 햇빛은 모든 어둠을 뚫고 정신적 어둠마저 뚫어냅니다. 저는 이미 웃음 가득한 당신의 얼굴을 보았습니다. 하느님, 감사합니다."[12]

무엇을 해드릴까요

[어느 누가] 다가가도 수녀님은, 그가 죄인인지 선한 사람인지 묻지 않으셨

습니다…… 수녀님은 미소 짓든 한마디 말이든, 메달이나 메시지이든, 무엇이든 항상 준비가 되어 있으셨습니다. "무엇을 해드릴까요?"

수녀님은 사람들의 말에 귀를 기울이셨습니다. 그들이 실제로 무슨 말을 하는지, 말 뒤에 숨겨진 속내를 들으시는 엄청난 능력이 있으셨습니다. 현명하시며 늘 모두를 따뜻이 맞아주시는 분이셨지요.[13]

예수님은 어떻게 하셨을까?

계단을 올라가고 있을 때, 수녀님이 저를 끌어당기셨습니다. "신부님, 지금 즉시 신부님한테 드릴 말씀이 있습니다. ……신부님, 오늘 아침에 지사님한테서 전화가 왔었습니다." "지사님이 뭐라고 하시던가요, 수녀님?" "어떤 남자에 대한 사형선고를 통과시켜야 하는지 고민하더군요…… 그 남자는 두 사람을 잔인하게 죽였습니다. 사람들은 그를 사형에 처해야 한다고 요구하고 있고, 지사님은 어떻게 해야 좋을지 고민하고 계셨어요. 종신형에 처해야 할지 사형을 선고해야 할지 물으시더군요. 지사님이 왜 저한테 물으시는지 모르겠습니다. 신부님, 저는 이 상황이 이해가 되지 않습니다. 그래서 저는 그 일에 대해 기도하겠다고 말씀드렸습니다. 나중에 전화하시라고 하면서요. 지사님은 여덟시 반에 다시 전화하신다고 하셨습니다." "수녀님, 저는 이해할 수 있을 것 같습니다. 지사님은 정치가입니다. 만약에 사형선고를 통과시키면 어느 한 집단을 편드는 셈입니다. 종신형을 통과시키면 다른 한 집단을 편드는 것이고요. 지사님은 수녀님이 그 곤경에서 꺼내주기를 바라고 계신 겁니다." "이제 알겠어요, 신부님." 며칠 후 저는 쪽지 하나를 받았습니다. 여기 그 쪽지를 복사해둔 게 있네요. "지사님 전화를 받았을 때 이렇게 말씀드렸습니다. '예수님의 입장이 되어서 예수님이 하셨을 만한 것을 하셔야 합니다.'"[14]

그녀가 난처해하지 않도록 하셨습니다

1997년, 한 부잣집 부인이 도와달라며 테레사 수녀님을 찾아왔습니다. 그녀에겐 심각한 음주 문제가 있었는데, 그 습관을 끊으려고 갖은 노력을 했지만 실패했다는 것이었습니다…… 그 부인은 수녀님의 휠체어 옆에 무릎을 꿇고 흐느꼈습니다. 수녀님은 그녀가 난처해하지 않도록 조심하시면서 친절하고 상냥하게 말씀하셨습니다. 감실 안의 예수님 앞에서 잠시 시간을 보내면서 친구에게 하듯이 예수님에게 고민을 털어놓으라고 하셨지요. 짧은 순간이었지만, 벌써 하느님의 은총이 함께함을 느낄 수 있었지요. 그 부인은 다음 한 시간 동안 성체 앞에서 깊은 기도를 드렸습니다. 그 기도가 끝난 후 방으로 들어가신 수녀님은 조용히 생각에 잠기셨지만, 그 부인의 고민에 대해서는 아무 말씀도 하지 않으셨습니다. 무엇보다 아름다운 일은, 다음 날 그 부인이 찾아와서 참회했다는 것입니다. 환하게 빛나던 그 부인의 얼굴은 평생 잊지 못할 것 같습니다. 그녀는 혹시라도 다시 유혹에 빠지지 않도록 자기 봉급을 수녀님들께 맡기겠다고 약속했습니다. 술과 인연을 끊기로 굳은 결심을 했던 것입니다.[15]

저의 대답은 "침묵"입니다

열네 명의 여인이 [테레사 수녀님] 앞에 모여 있었습니다. 한 젊은 여인이 앞으로 나오더니, 말다툼을 할 때 남편이 험악한 얼굴을 하고 종종 거친 말을 하는데, 어떻게 해야 할지 물었습니다. "싸우고 보복해야 할까요? 우리는 어떻게 해야 좋을까요, 수녀님?" 그 부인이 다시 물었습니다. [수녀님은] 침묵을 지키셨습니다. 침묵은 다른 사람들까지 얼어붙게 만들고 있었습니다. 불편한 상황이었습니다. 마침내 테레사 수녀님이 웃으며 말씀하셨지요. "제 대답은 '침묵'입니다. 침묵을 지키세요. 두려움이나 억눌림에서 비롯되는 침묵이 아니라, 약한 마음이나 쫓겨날지도 모른다는 생각에서 비롯되는 침묵이 아니라, 모든 가혹함과 추악함을 싫어하는 마음, 그것들을 혐오하는 마음을 보여주는 침묵 말입니다. 명심하세요. 여러분 안에는 하느님이 계십니다. 그리고 집에서 여러분이 마주하는 그 사람 안에도 하느님이 계십니다. 남편분 역시 예수님입니다! 우리가 하느님을 믿기 때문에, 하느님은 우리가 정신의 힘, 진리와 아름다움에 대한 순종, 고요하고 굽히지 않는 굳센 정신을 보여주기를 원하십니다. 하느님이 슬퍼하실 만한 일을 해서는 안 됩니다. 하느님을 믿는다는 것은 여러분 자신을 믿는 것, 여러분의 정신, 여러분의 마음속에 살아 계시는 내면의 하느님을 믿는 것입니다. 제가 '하느님이 여러분을 사랑하셨듯이 서로 사랑하십시오'라고 말할 때, 하느님이 최고의 사랑을 우리에게 주셨음을 잊지 마십시오. 하느님은 또한 우리 마음에 사랑의 정수를 심으시어 우리가 서로에게 그와 똑같은 사랑을 주도록 하셨습니다. 여러분에게 가혹하게 구는 사람들까지도 사랑하십시오. 그래서 그 사람이 여러분에게 한 것과 같은 실수는 하지 마십시오. 말없이 행동으로, 그가 삶에서 중요한 것을 잃고 있다는 ―[사랑하는] 사람을 잃고 있다는― 것을 깨닫게 하십시오. 그는 자기 안에 추악한 분노와 미움, 이기심과 나쁜 습관을 키우고 있습니다. 하느님은 그 사람 역시 아름답게 만드셨지만 그는 스스로 자신의 아름다움을 파괴하고 있습니다. 언젠가는 그도 깨달을 것입니다. 하지만 여러분은 그와 같이 하지 마십시오. 명심하십시오. 불은 불로 끄지 못하는 법입니다. 물이 필요합니다. 물이 불을 끕니다. 마찬가지로 모든 추악함에 맞서 아름다움을 주십시오. 모든 무례함에 맞서 친절을 베푸십시오. 심한 말에 맞서 좋은 말을 하십시오. 혹시 결별을 요구하게 되더라도 적의가 아닌 사랑과 우정으로 요구하십시오."

도중에 테레사 수녀님은 이혼, 결별, 여성 학대 등과 관련한 몇 가지 질문을 받았습니다. 다른 질문에 대답하면서 수녀님은 말씀하셨습니다. "가족 안에서 하나가 되고 결별하지 마십시오. 이혼을 요구하는 것은, 곧 우리가 내린 잔인한 결정으로 우리 아이들에게 고통을 주겠다고 선택하는 것임을 잊지 마십시오. 부부생활의 첫날부터 기도함으로써 함께 살 수 있도록 하십시오. 함께 기도하는 가족이 끝까지 함께합니다. 기도를 매일의 습관으로 만드십시오. 약간의 시간을 내어 몇 마디 중얼거리는 기도가 아니라, 온 마음과 간절한 바람을 담은 기도, 속에서부터 우러나오는 기도를 하십시오. [남편과 아내는] 갈라서기 위해 하나 되는 게 아니라 삶의 도전에 맞서기 위해 하나 되는 것입니다."[16]

봄베이가 타버렸을 때

1992~1993년의 폭동으로 봄베이가 타버렸을 때, 그 도시를 도우러 달려간 시민들이 많았습니다. 그 가운데 두 사람이 기발한 아이디어를 냈습니다. 이 불안한 도시에 누구보다 효과적으로 평화의 메시지를 전달할 수 있는 사람은 마더 테레사밖에 없었습니다. 하지만 불행하게도 마더 테레사의 건강은 나빠지고 있었습니다. 봄베이까지 여행하는 것은 불가능해 보였습니다. 그런데 [그들이] 해결책을 찾은 것입니다. 다큐 제작팀을 캘커타로 보내 마더 테레사의 메시지를 촬영해오자는 것이었죠. 그리고 모든 주요 채널은 물론 케이블 텔레비전에서도 이 메시지를 방송하자는 것이었습니다. [그들은] 마더 테레사와 접촉해 곧장 동의를 얻어냈습니다. 그런데 촬영팀이 캘커타의 마더 하우스에 도착하고 보니, 수녀님들이 그다지 반기지 않는 눈치였습니다. 마더 테레사가 전날 밤에 편찮으셨는데, 그럼에도 그날 아침 일찍 캘커타 폭동 피해자들을 방문하겠다고 고집을 부리며 외출을 하셨다는 것이었지요. 촬영팀은 마더 테레사를 기다렸습니다. 초저녁이 되어 그분이 돌아오셨습니다. 매우 피곤해 보였지만, P박사를 보시더니 환한 미소를 지으시더군요. 마더 테레사는 바로 촬영할 준비가 되었다고 하셨습니다. 하지만 우선 촬영팀에게 뭐라도 먹여야겠다고 생각하신 듯했습니다. "이분들 배고프시겠어요." 그분이 한 수녀님에게 말씀하셨습니다. "먼 길을 오셨잖아요." 촬영팀에게 빵과 버터, 바나나와 차로 된 간단한 식사가 나

왔습니다. 다들 이렇게 맛있는 식사는 평생에 손꼽을 정도라고 감탄했습니다. 다음 몇 시간 동안 촬영이 이어졌습니다. 힘든 일이었지만 마더 테레사는 결코 흔들림이 없으셨습니다. 약간의 기술적 실수나 결함 때문에 일부분을 한 번 더 촬영하자고 부탁드릴 때에도 아무 불평도 하지 않으셨지요. 봄베이 시민들에게 보내는 그분의 메시지는 언제나처럼 간단했지만 효과적이었습니다. 서로 형제처럼 사랑하고, 서로에게 잘해주고, 서로를 돌볼 것을 부탁하셨지요. 다음 날 촬영팀은 새벽 다섯시에 캘커타를 떠나야 했습니다. 마더 테레사는 작별 인사를 하기 위해 정문에 나와 계셨습니다. 맨발에, 손에는 묵주를 잡으시고 그들 모두를 위해 짧게 기도해주시고는, 그들이 떠날 때에는 성모님의 기적의 메달을 손에 쥐여주셨습니다. 육 년이 지난 지금까지도, 그때의 촬영팀 모두 그 메달을 가지고 있습니다. 스트레스가 많고 힘들 때, 마더 테레사가 축복해주신 그 메달이 그들에게 위안과 평화를 줍니다. 그다음 주에 마더 테레사의 메시지가 모든 주요 채널에서 방송되었습니다. 그 메시지에 감화를 받지 않은 사람이 없었습니다. 그것은 하느님이 선택하신 전령으로부터 온 사랑과 평화의 메시지였습니다.[17]

최고의 교사는 성모님

제가 수녀원 원장 위임을 받으며, 약속한 취임 선서 후 테레사 수녀님은 저에게 한 가지 짧은 조언을 해주셨습니다. 성모님의 손에 제 손을 얹고 걸음마다 성모님과 함께 걸으라는 것이었습니다. 저는 어떻게 하면 기도를 더 잘하는지도 여쭈었는데, 테레사 수녀님은 "최고의 교사는 성모님"이라고 답하셨습니다. 그리고 [성모님께] 예수님을 가르치셨던 것처럼 저에게 기도를 가르쳐달라고 간청하라 하셨지요. 무엇을 하든 기도로 시작하고, 사람들에게 보여주기 위해서가 아닌, 하느님만을 위해서 하라고 하셨습니다. 성모님을 보세요. 그분은 하느님의 말씀을 마음속에 깊이 새기셨습니다. 참된 사랑의 선교회 회원이 되기를 원한다면 하느님의 말씀을 마음에 깊이 새기고, 사랑이 더 자랄 수 있도록 침묵을 배워야 할 것입니다. 테레사 수녀님은 말씀하셨습니다. "성모님께 마음을 여십시오. 어린아이가 어머니에게 마음을 열듯이 말입니다. 마음속에 있는 것을 모두 성모님께 말씀드리십시오. 성모님은 여러분이 필요로 할 때 언제든 도우시기 위해 계십니다. 매일 정성스럽게 로사리오 기도를 하고, 모든 신비 안에 성모님과 함께하십시오." 그 소중한 순간에 저는 테레사 수녀님이 저를 위해서만 거기 계신 것만 같았습니다. 저에게 쏟으신 그 모든 관심은 수녀님이 우리에게 늘 바라시는 것처럼, 저를 참된 사랑의 선교회 회원으로 만들기 위한 것이었습니다…… 저에게 그분은 참된 어머니이십니다.[18]

얼마나 교만했는지

제가 수녀원 원장으로 선임되었을 때, 저 자신이 너무 작고 경험이 없게 느껴졌습니다. 그래서 어떻게 내가 그 큰 책임을 질 수 있을까 하는 부담 때문에 테레사 수녀님께 편지를 썼습니다. 그때 나이 서른한 살, 저는 너무 어렸습니다. 보잘것없는 사람인 저는 두려웠습니다. 수련원이 함께 있는 커다란 공동체, 시슈바반, 니르말 흐리다이, 나병 치료센터, 수송품, 마더 테레사의 협력자회 등등의 사도직이라니요. 아주 초라한 편지를 썼다고 생각했는데, 저는 아주 멋진 편지를 답장으로 받았습니다. 제가 얼마나 교만했는지를 일러주는 내용이었습니다. 예수님이 저를 통해 그 일을 하시도록 하지 않고, 모든 일을 혼자 하려 한다는 것이었지요. 그런 편지는 꿈에도 생각 못했었지만, 그 편지가 제 눈을 뜨게 하고, 복종하도록 가르쳐주었습니다. 그리고 하느님 덕분에 저의 임무는…… 성공이었습니다. 주님께 찬미를 드립니다.[19]

악마는 당신을 뒤흔들고 싶어한다

여성 노숙자들을 위한 런던의 집에서 야간근무를 하고 있을 때였습니다. 큰 화재가 났고, 제가 미처 화재 사실을 알기도 전에, 열 명의 여성이 목숨을 잃었습니다. 제3수련기 도중, 그 화재와 죽음이 모두 내 탓이라며 악마가 저를 비웃기 시작했습니다. 악마의 그 소리는 만트라가 되어, 머릿속에서도 마음속에서도 들려왔습니다. 저는 제가 경험했던 평화로웠던 몇 년을 생각하며, 어떻게든 이성으로 그 소리를 밀어내려 애썼지만, 악마의 소리는 사라지지 않았습니다. 테레사 수녀님이 우리의 종신서원식을 위해 로마에 오셨을 때, 같이 오랜 이야기를 나누기도 했지만, 저는 그것에 대해선 언급하지 않았습니다. 수녀님께 말씀드려야 한다는 생각이 내내 저를 괴롭히고 있었지만, 저 혼자 생각으로, 그분은 너무 바쁘시고, 굳이 말씀드릴 필요가 없다고 넘겨버린 것입니다.

마침내 종신서원식 날이 되었고, 성당으로 출발할 시간이 다 되어갈 때였습니다. 저는 테레사 수녀님께 그 일을 말씀드리기로 결심했습니다. 방으로 들어갔더니 그분은 혼자 계셨습니다. 저는 말을 꺼냈습니다. "수녀님, 런던에서 있었던 화재에 대해 잠시 드릴 말씀이 있습니다." 수녀님은 손을 높이 들어 제 말을 막으시고는 말씀하셨습니다. "수녀님은 그 화재와 아무 관계가 없어요. 그 일은 수녀님 탓이 아니에요. 우리가 겸허해지도록 하느님께서 하신 일입니다." 저는 그 일이 있기 전에는 책임을 덮어쓴 적이 한 번도 없다고 말씀드렸습니다. 그전까지는 늘 평화로웠다고 말입니다. 수녀님은 말씀하셨습니다. "악마가 당신을 뒤흔들려 하는 이유는 당신이 이제 최종서원을 하기 때문입니다. 악마는 당신의 서원을 원하지 않는데, 다른 방식으로는 방해할 수가 없기 때문에 이렇게 애쓰는 거예요. 이제 가서 평화를 찾으세요." 테레사 수녀님은 그 말씀과 함께 저를 축복해주셨습니다. 그 순간부터 악마는 비웃음을 멈추었고 영영 돌아오지 않았습니다.[20]

이 수녀님은 사랑의 선교회에 남아선 안 됩니다

테레사 수녀님께 우리 공동체의 한 수녀님에 대해 말씀드렸습니다. 종신서원을 하신 분이셨지만, 제가 보기엔 심각한 문제가 있어 보였고, 그 때문에 그 수녀님은 사랑의 선교회에 남아선 안 된다고 믿었기 때문입니다. 그 자매의 이름은 말씀드리지 않았습니다. 제가 말을 마쳤을 때, 테레사 수녀님은 사랑을 가득 담은 미소를 지으셨습니다. 이해했다는 말씀이 그 표정 전체에 드러나 있었습니다. 수녀님은 살짝 시선을 돌리며 말씀하셨습니다. "그 수녀님은 어머니의 사랑을 누리지 못했군요." 사실이었습니다. 그 수녀님은 아주 어릴 때 어머니를 여의었으니까요. 테레사 수녀님은 제가 그 수녀님을 도울 수 없다는 걸 알고 계셨고, 그래서 당신이 변화시키겠다고 하셨습니다. 변화는 6개월 만에 나타났습니다. 테레사 수녀님은 저만큼 그 문제를 걱정하지 않으셨고, 결코 그 수녀님을 내보내야 한다고 여기지도 않으셨습니다.[21]

아름다운 것들도 말하세요

우리 공동체 안에서 수녀님들 사이에 약간의 문제가 있었습니다. 저는 우리 원장 수녀님께서 자주 운다는 사실을 발견했습니다. 많은 선배 수녀님들이 마더 하우스에 가는 모습도 자주 목격하곤 했지요. 어느 맑은 아침, 저희 공동체에 오신 테레사 수녀님은 우리 모두를 집합시키시곤 이렇게 말씀하셨습니다. "여러분 가운데 몇 사람이 저를 찾아와 이 공동체에 일어나는 일에 대해 알려준 것은 무척 기쁘게 생각합니다. 하지만 명심하세요. 저는 쓰레기통이 아닙니다. 저에게 추한 것들만 말하지 마세요. 저 역시 수녀님들에 대한 아름다운 이야기를 듣는 걸 좋아합니다. 저에게 와서 지금 일어나는 좋은 일들을 모두 말해주세요. 여러분의 원장 수녀님은 아름다운 사람입니다. 그녀에 대한 아름다운 얘기도 들려주세요." 테레사 수녀님은 우리에게 우리 원장 수녀님의 아름다운 점을

전부 찾아 다음에 당신이 오실 때 들려달라고 하셨습니다.[22]

사랑의 손길을 뻗으세요

한 부잣집 여인이 테레사 수녀님을 찾아와 딸과 자신 사이에 평화를 찾아달라고 호소했습니다. 수녀님은 그 여인에게 딸을 위한 작은 사랑의 행동을 하되, 딸이 모르게 하라고 했습니다. 딸이 좋아하는 꽃을 식탁에 놓는다든가, 딸이 좋아하는 음식을 한다든가 하는 일들 말입니다. 성공이었습니다. 그 딸은 어머니가 사랑의 손길을 뻗기 위해 기울이는 노력에 감동했습니다.[23]

반드시 미소짓도록 하세요

한번은 마더 테레사 수녀님을 찾아뵈었더니, 제가 평소와 다르다는 것을 눈치채시더군요. 저는 제가 원장님과 의견 차이가 있는 것 같다고, 그분과 저 사이에 약간의 오해가 있는 것 같다고 말씀드렸습니다. 사실 그 문제로 저는 매우 우울한 상태였습니다. 수녀님은 제 손을 잡으시더니 현실적이면서도 어머니 같은 조언을 해주셨습니다. 되도록 빨리 그 원장님을 만날 구실을 찾아, 함께 있는 내내 미소를 지으라는 것이었습니다. 수녀님도 수녀님들 가운데 어느 분과 힘든 순간이 있을 때마다 그렇게 하신다고 하셨습니다.[24]

당신을 위해 그 일을 합니다

"하지 않겠습니다. 그는 좋은 사람이 아니에요. 저는 나쁜 사람을 위해 일하지 않겠습니다." 저는 매우 화가 나 있었습니다. 앞에서 분노에 찬 제 말을 가만히 듣고 있던 사람은 마더 테레사였습니다. 수녀님이 말씀하셨습니다. "만약 당신이 곤경에 처해 있고, 싫어하는 사람을 위해 무언가를 해야 할 수밖에 없을 때에는 이렇게 해보세요." 수녀님은 제 얼굴 앞에 그분의 오른쪽 손바닥을 펴시고는, 왼손 엄지손가락을 오른손 새끼손가락에 대고 "당신을 위해 그 일을 합니다I do it for You"라고 하시면서, 새끼손가락에서부터 "당신을"로 시작해서 엄지손가락에서 "합니다"로 끝내셨습니다. 한 단어에 한 손가락씩, 다섯 단어에 다섯 손가락을 건드리시는 것이었습니다. "당신의 일은 하느님께 맡기고 이렇게 혼잣말을 하세요. '하느님, 제가 하는 이 일은 저 가련한 사람을 위해 하는 것이 아닙니다. 하느님을 위해 이 일을 합니다.' 그리고 하느님을 위해 그 일을 하세요. 당신의 머리는 하느님 뜻을 받아들이는 도구가 되고, 당신의 손은 그분의 일을 하는 겁니다. 제 말씀대로 하시면 우리가 하기 싫은 일의 대부분은 별다른 괴로움이 없이 순조롭게 이루어질 겁니다." 실제로 저는 아주 중요하지만 정말 하기 싫은 일들을 할 때에는 이 간단한 방법이 정말 효과적이라는 걸 알게 되었습니다.[25]

계속 하세요, 수녀님!

바실리카에서 열리는 종신서원식을 위해 오티스 가街에 간 적이 있습니다. 그날, M 수녀님은…… 쓰레기를 밖으로 내어가고 있었는데, 방문객들과 마주치지 않아도 되는 뒤쪽 지름길로 나갔습니다. 그 수녀님이 검은 비닐로 된 커다란 쓰레기봉지를 옮기고 있었을 때 테레사 수녀님이 어느 뒷방에서 거의 달리다시피 급하게 나오셨습니다. 수녀님은 용케 저를 피하셨지만, M 수녀님이 들고 있던 쓰레기봉지에 부딪히고 말았습니다. 깜짝 놀란 M 수녀님은 어쩔 줄을 모르고 그대로 얼어붙어버렸지요. 테레사 수녀님은 쓰레기가 빠져나오기 시작하는 쓰레기봉지에 짜증을 내시기는커녕, 그저 웃으시더니 M 수녀님의 손에서 그 봉지를 받아들고 M 수녀님이 진정되기를 기다리셨습니다. 그런 다음 다시 쓰레기봉지를 쥐어주며 말씀하셨지요. "계속 하세요, 수녀님!"[26]

· "고생하며 무거운 짐을 지고 허덕이는 사람은 다 나에게로 오너라. 내가 편히 쉬게 하리라. 나는 마음이 온유하고 겸손하니 내 멍에를 메고 나에게 배워라. 그러면 너희의 영혼이 안식을 얻을 것이다. 내 멍에는 편하고 내 짐은 가볍다." _마태오 복음서 11:28~30

· "그리스도, 부자이시나 가난하게 되셨고 우리를 구원하기 위해 자신을 비우셨던 그분이 우리를 부르십니다. 죄인들의 친구이자 나약한 자와 경멸받는 자들의 친구이신 예수님, 가난하고 보잘것없는 예수님의 참된 얼굴을 증언하라고 우리를 부르십니다."[27]

내가 의심이 들 때, 혼란스러울 때, 어둠 속에 있을 때, 나는 다른 사람들의 조언을 구하고 받아들일 만큼 열린 사람입니까? 명확하지 않은 상황 속에서 나는 충동적으로 행동합니까, 아니면 다른 사람들의 조언을 구합니까? 다른 사람들의 충고에 귀 기울이고 고려할 만큼 나는 충분히 겸손합니까?

나는 다른 사람들에게 기꺼이 귀를 기울이고 있습니까? 시간을 내어 듣습니까? 나는 의심하고 어둠에 빠져 있는 사람들에게 인내심을 가지고 있습니까? 내가 하는 충고는 어려움에 처한 그 사람에게 최선을 다하려는 나의 기도, 나의 성찰, 나의 의도의 결실입니까? 나의 충고가 나 자신의 계획과 뒤섞여 있거나 참된 관심의 부족을 반영하고 있지는 않습니까?

오 성령이여, 제 안에서 숨쉬시어
저의 생각이 거룩하게 하소서.
오 성령이여, 제 안에서 행동하시어
저의 일 또한 거룩하게 하소서.
오 성령이여, 제 마음을 끌어당기시어
오직 거룩한 것만 사랑하게 하소서
오 성령이여, 저에게 힘을 주시어
거룩한 모든 것을 지키게 하소서.
그리고 오 성령이여, 저를 지켜주시어
제가 항상 거룩하게 하소서.

_성 아우구스티노의 성령께 드리는 기도,
마더 테레사가 매일 드린 기도

열,

죄지은 이를 타이르다

Admonish Sinners

죄지은 이를 타이르는 것은 마더 테레사가 최고의 기지로 실천했던 자비의 행위 가운데 하나입니다. 마더 테레사는 자신이 죄인이라는 것을, 그래서 다른 사람들보다 나을 게 없다는 것을, 잘 알고 계셨습니다. 때문에 사람들의 잘못을 바로잡을 때에도 이해하고 공감할 수 있으셨습니다. 화해성사(고해성사, 고백성사)는 하느님과 사람들의 관계를 바로잡으려 할 때 그분이 즐겨 쓰신 방법 중의 하나로, 그분은 이를 높이 평가하셨습니다. 수녀님은 매주 고해성사를 빠뜨리지 않으셨고 용서와 치유, 내면의 평화, 화해 등의 근원으로서 하느님의 자비를 만나는 이 방법을 사람들에게 추천하곤 하셨습니다.

"죄는 미워하되 죄인은 사랑하라"는, 마더 테레사가 사람들을 대하는 태도 속 깊이 새겨진 원칙이었습니다. 그분은 죄지은 자와 죄 자체를, 잘못을 저지른 자와 잘못 자체를 구분하는 방법을 잘 알고 계셨고, 잘못을 저지른 자의 존엄성 역시 늘 존중하셨습니다. 이런 남다른 능력은 때로 오해를 불러일으키기도 해서, 지나치게 관대하다거나 용기가 없다고 여겨지기도 했습니다. 하지만 마더 테레사는 잘못을 지적하지 않고 그냥 지나가는 법은 없으셨습니다. 그러면서도 잘못한 사람을 함부로 나무라지 않으셨습니다. 오히려 격려하며, 그 사람이 참회하고 삶을 바꾸도록 이끄셨지요. 잘못을 지적하실 때에도, 그들의 나쁜 행동이 거슬리거나 당신에게 영향을 미치기 때문이 아니었습니다. 그것은 오히려 하느님에 대한 사랑과 그 죄인에 대한 사랑에서 나온 행동이었습니다. 죄로 인해 그 사람은 하느님과, 주변 사람들과, 그리고 자기 자신과의 관계를 손상시키고 있는 것이었으니까요. 그가 하느님과 화해하고 내면의 평화를 찾을 수 있도록 돕기 위해, 마더 테레사는 가능한 한 무엇이든 하려고 하셨습니다. 사람들의 잘못을 바로잡으려 하신 것은, 그들을 깎아내리고 짓밟기 위해서가 아니라 그들을 일으켜세우기 위해서였으며, 궁극적으로는 그분이 늘 말씀하셨듯이, "당신이 거룩해지기를 바라"셨기 때문이었습니다.

수녀님들에게 마더 테레사는 강인하면서도 엄격하신 분이셨습니다. 그러나 수녀님들은 결코 테레사 수녀님을 멀리하지 않았으며, 잘못한 일이 있을 때면 그분을 찾아갔습니다. "저는 우리 수녀님들에 대해서는 단지 훌륭한 종교인이라는 것에 만족하지 않겠습니다. 저는 하느님께 완벽한 제물을 바치고 싶습니다. 거룩함만이 그 선물을 완벽하게 해줍니다." 바로 그것이 그분의 기준이었지만, 수녀님들은 알고 있었습니다. 그분에게는 잘못을 감출 필요가 없었습니다. 어떠한 실수와 의심도 그분 앞에 찾아가 내보일 수 있었습니다. 마더 테레사의 말씀이 안도와 위안을 주고 치유해주었으니까요. 그분은 진정한 어머니이자 위로자셨습니다.

저는 죄인입니다

'십자가의 길'을 기도묵상하면서 그리스도의 수난을 마주할 때는 십자가를 보십시오. 저는 십자가에서 저의 죄를 발견하곤 합니다. 우리는 죄가 있는 죄인일 수도 있고 죄가 없는 죄인일 수도 있습니다. 여러분은 진실로 그리스도와 사랑에 빠져 있습니까? 당신은 이 세상과 대면할 수 있습니까? "높음도 깊음도 그 밖의 어떤 피조물도 우리 주 그리스도 예수를 통하여 나타날 하느님의 사랑에서 우리를 떼어놓을 수 없습니다"(로마인들에게 보낸 편지 8:39)라는 말을 굳게 믿으십니까? 저를 산산조각낸다 해도 모든 조각은 당신(예수님)의 것입니다.[1]

✣

방탕한 아들은 이렇게 말하고 나서야 비로소 아버지에게 돌아갈 수 있었습니다. "어서 아버지께 돌아가, 아버지, 제가 하늘과 아버지께 죄를 지었습니다. 이제 저는 감히 아버지의 아들이라고 할 자격이 없으니 저를 품꾼으로라도 써 주십시오 하고 사정해 보리라."(루가 복음서 15:18~19 참조) 이렇게 말한 후에야 그는 그의 아버지에게 돌아갈 수 있었습니다. 집으로 돌아가면 그곳에는 사랑이 있고, 온기가 있다는 걸 그는 알고 있었습니다. 아버지가 자신을 사랑한다는 것을 그는 알고 있었습니다. 성모님이 그렇게 하도록 우리를 도와주실 것입니다. 오늘 당장 그렇게 합시다. 일어나서, 아버지에게 가서, 우리는 여기 있을 자격이 없다고, 당신의 자녀가 될 자격이 없다고 말씀드립시다.[2]

✣

우리는 [예수님과] 얼마나 다른가요. 우리의 사랑, 우리의 연민, 우리의 용서, 우리의 친절은 얼마나 보잘것없는지요. 우리에겐 그분 가까이 있을 자격이, 그분 마음속에 들어갈 자격이 없습니다. 그분의 마음은 우리를 품기 위해 여전히 열려 있습니다. 그분의 머리에는 여전히 가시관이 씌워져 있고, 그분의 손은 지금까지도 십자가에 못 박혀 있습니다. 생각해봅시다. "그 못이 내가 박은 건 아닐까? 그 얼굴의 침은 내가 뱉은 건 아닐까? 그분의 몸과 정신에서 나로 인해 고통받는 부분은 없을까?" 불안하고 두려운 마음에서가 아니라, 온화하고 겸허한 마음으로, 그분 몸의 어느 부분이, 그분 상처 가운데 어느 것이 나의 죄로 인해 고통받고 있는지 생각해봅시다. 혼자 가지 말고 그분의 손을 잡고 갑시다. 아버지가 나를 사랑하심을 내가 아는 한, 그분은 일흔 번씩 일곱 번이라도 용서하기 위해 거기 계십니다. 그분은 특별히 나를 부르셨고, 나에게 이름을 주셨으니, 나의 모든 비참함과 죄, 나약함과 선함 모두와 함께 나는 그분의 것입니다…… 나는 그분의 사람입니다.[3]

자비의 성사

우리가 죄 있는 죄인으로 갔다가 죄 없는 죄인이 되어 돌아오게 하는 자비의 성사를 주신 하느님 아버지의 사랑은 얼마나 위대하고 자상하신지요. 오, 하느님 사랑의 그 온유함이라니! 그분이 우리를 사랑하시도록 우리가 허락만 한다면. "두려워하지 마라. 내가 너를 건져주지 않았느냐? 내가 너를 지명하여 불렀으니, 너는 내 사람이다. 네가 물결을 헤치고 건너갈 때 내가 너를 보살피리니 그 강물이 너를 휩쓸어가지 못하리라. 네가 불 속을 걸어가더라도 그 불길에 너는 그을리지도 타버리지도 아니하리라. 너는 나의 보물이요, 나의 사랑이다. 너는 나의 두 손바닥에 새겨져 있고 너 시온의 성벽은 항상 나의 눈앞에 있다."(이사야 43:2, 49:16 참조)[4]

✣

거룩함은 충실한 고해성사에서 시작됩니다. 우리는 모두가 죄인입니다. 죄 없는 거룩함이 있습니다. 왜냐면 우리는 죄 없는 죄인들이 되어야만 하기 때문입니다. 성모 마리아께서는 "우리 죄인들을 위해 기도해주소서"라고 말할 필요가 없었습니다. 그러나 저는 죄가 있는 죄인입니다. 고해성사를 잘할 때 저는 죄 없는 죄인이 됩니다. 그렇다면 어떻게 죄가 있는 죄인이 될까요? 제가 고의로 "말하지 말자"라고 할 때입니다. 그 때문에 우리에게는 고해성사가 있는 것입니다. 매주 있는 고해성사를 잘 활용하시기 바랍니다.[5]

✣

고백은 우리에게만큼이나 예수님에게도 중요합니다. 그것은 공동 행위입니다. 예수님과 나. 영성체를 할 때도 마찬가지입니다. 예수님과 나. 예수님 없이 내가 용서받을 수는 없습니다. [나의 죄를] 말씀드리지 않으면 예수님은 나를 용서하실 수 없습니다. 저의 가르침이나 수녀님들의 훈화보다 더 중요한 것은 한 번의 충실한 고백입니다. "이제 일어나 아버지에게 가겠습니다."[6]

잘 준비된 고백을 하고 있습니까?

고백을 잘하고 있습니까? 여러분의 고백을 성찰해보십시오. 진정한 갈망과 솔직함으로 사실을 있는 그대로 말하고 있습니까? 어떤 것은 감추고 어떤 것은 지워버리면서 "반반"의 고백을 하고 있지는 않습니까? 악마는 매우 영리합니다. 예수님은 "두려워 말라"고 하셨습니다. 걱정되는 것이 있다면, 고백할 때 말씀드리십시오. 일단 말하고 나면, 더는 그것에 마음을 쓰지 마십시오. 때로 악마는 여러 달이 지난 후에도, 고백에 대한 우리의 사랑을 깨뜨릴 때까지 쫓아다니기도 하니까요. 고백은 괴로우라고 있는 것이 아닙니다.[7]

✣

고백은 예수님과 나의 일입니다. 그것은 다른 누구의 일도 아닙니다. 고백은 큰 사랑을 보여주는 아름다운 행동입니다…… 죄의 크고 작음에 따라 우리의 사랑이 달라지지는 않습니다. 하지만 우리가 죄를 지었을 때, 고백은 우리를 깨끗이 해줄 수 있습니다. 설사 거리감이 느껴진다 해도 부끄러워 마십시오. 어린아이처럼 고해성사를 하러 가십시오.[8]

✣

고백은 곧 죄를 인정하는 것입니다. 고의로 어떤 행동을 했다면 결코 고백을 미루지 마십시오…… 이것은 얼마나 경이로운 선물인가요. 때문에 고백은 남의 험담을 위해서가 아니라 나의 죄를 인정하기 위해 해야 합니다. 의도적으로 말대꾸를 했다거나, 허락도 없이 의도적으로 무언가를 주었음을 인정하기 위한 것입니다. 어린아이와 같이, 방탕한 아들과 같이, 가서 고백을 통해 말하십시오. 절대 감추지 마십시오. 만약 감춘다면 그것은 평생 여러분을 갉아먹을 것입니다.[9]

✣

죄를 지을 때면 언제라도 고백하러 가서 말씀드리십시오. "제가 잘못했습니다." 하느님은 자비로우신 아버지이십니다. 그분은 여러분을 용서하실 것입니다. 내가 "좋다"며 허락하지 않는 한 악마는 눈곱만큼도 나를 움직이거나 건드리지 못합니다. 악마를 두려워하지 마십시오.[10]

✣

“신부님께서 어떻게 생각하실까?” 이런 생각을 하며 부끄러워하지 마십시오. 신부님께서는 여러분의 죄를 사해주시기 위해 계십니다. 우리는 하느님께 우리의 죄를 말씀드리고, 그분에게서 용서를 받습니다. 하느님이 우리의 죄를 거두어가시는 것입니다. 우리는 어린아이처럼 단순해져야 합니다. “일어나 아버지한테 가야겠습니다.” 그러면 하느님은 어떻게 하실까요? “어서 제일 좋은 옷을 꺼내어 입히고, 가락지를 끼우고 신을 신겨주어라.” 그 큰 기쁨을 보십시오. 왜일까요? “내 아들은 죽었다가 다시 살아났”(루가 복음서 15:22~24)기 때문입니다. 우리에게도 똑같습니다. 하지만 우선 어린아이 같은 단순성을 가지고 고백하러 가야 합니다.[11]

✣

머릿속에서 지나치게 양심의 가책을 만들지 마십시오…… 실수로 그런 쾌락을 받아들였다면 가서 고백하십시오. 그리고 하느님의 자비로움은 아주 크시다는 것을 기억하십시오…… 하느님의 사랑이 얼마나 위대한지 보십시오. 막달라 마리아, 코르토나의 성녀 마르가리타, 성 베드로, 성 아우구스티누스의 예를 보십시오. 예수님은 성 베드로에게 물으셨습니다. “네가 나를 사랑하느냐?”(요한 복음서 21:15) 그것이 조건입니다. 절대 “내일”이라고 말하지 마십시오. 절대 순결을 가지고 장난치지 마십시오. 악마는 말할 것입니다. “그 일은 걱정하지 마라. 그 모든 건 마더 테레사가 하는 말일 뿐이다. 그녀는 모른다. 내가 더 잘 안다. 너는 인간이니 그 쾌락을 누려라.” 그런 유혹에 맞서 단호하게 말하십시오. “나는 그것을 원하지 않는다.” 마리아 고레티를 보십시오. “죽음은 괜찮지만 죄는 안 됩니다.” 성녀 아그네스를 보십시오. “죽음은 괜찮지만 죄는 안 됩니다.”[12]

✣

설사 어쩌다 순결에 반하는 죄를 저질렀더라도, 용기를 내어 가서 고백하십시오. 코르토나의 성녀 마르가리타는 매춘부처럼 큰 죄인이었습니다. 그러나 하느님이 진정으로 용서하셨음을 증명해 보이기 위해 매년 그녀의 축일이 되면 그녀의 육신은 충만하고 완전해집니다. 잘 준비한 한 번의 고백으로 끝내십시오. 절대, 절대, 두 번 다시 그 일을 생각하지 마십시오! 다만 겸허의 행동으로서 이렇게 말하십시오. "이 죄와 그동안 지은 모든 죄에 대해, 특히 순결에 반하는 죄에 대해, 제가 잘못했습니다."[13]

성모님이 도와주실 것입니다

여러분이 순결을 지키도록 성모님이 도와주실 것입니다. 좋지 않은 책을 읽게 되면, 그런 것에 사로잡힐 수도 있습니다. 자신을 보호하기 위해서는 용기를 내야 합니다. 우리가 왜 개를 키울까요? 누군가 다가올 때 경고하기 위해서입니다. 개가 짖으면 우리는 거기 누가 있다는 것을 알게 됩니다. 악마는 곧 짖어대는 개입니다. 여러분은 그리스도에 대한 여러분의 사랑을 분열시킬 수 있는 어떤 사람에게 마음이 끌리거나 허락 없이 그 사람에게 주고 싶어질 수 있습니다. 가서 고백하지 않는다면 여러분은 오로지 예수님만을 위한 사람이 될 수 없습니다.[14]

✣

성모님은 마음이 깨끗하셨기에 하느님을 보실 수 있었습니다. 성모님은 마음이 겸허하신 분이었습니다. 마음이 정말 깨끗하다면 우리 역시 하느님을 볼 수 있습니다. 때문에 우리에게 고백이 필요한 것입니다. 가서 수다를 떨기 위해서가 아니라, 죄가 있는 죄인으로 들어가서 죄가 없는 죄인으로 나오기 위해 고해성사가 필요한 것입니다. 우리에게 그런 사랑이 있다면 우리는 사랑을 줄 수 있습니다. 우리 내면이 어지럽다면, 우리는 사랑을 줄 수 없습니다. 계속해서 사랑하는 척할 수는 있겠지만, 그곳엔 아무도 없을 것입니다.[15]

✣

티 없이 깨끗한 성모 성심처럼 맑은 햇살처럼 깨끗한 사람이 되십시오. 예수님과 나 사이에는 아무것도 올 수 없을 것입니다. 고해성사를 이용하세요. "그렇게 하지 말았어야 했다는 걸 알고 있습니다." 이런 말은 모두 의도적인 거절입니다. 내 마음 안의 무언가가 나에게 말합니다. "하지 마라." 그러나 나는 합니다. 가서 고백하십시오…… 여러분이 무료 진료소에 온 사람들에게 인내심을 발휘하지 못했으니, 이에 대해 만회해야 합니다.[16]

예수님이 우리 죄를 씻어주십니다

여러분은 왜 총고해를 하십니까? 그것은 죄가 다 사해졌는지 의심하고 있어서가 아니라, 하느님과 연결되기 위해서, 주님께서 나에게 얼마나 잘해주셨는지 깨닫기 위해서, 하느님의 선함을 깨닫기 위해서입니다…… 우리가 하는 진실되고 겸허한 고백은 사제님께 하는 것이 아니라 예수님께 하는 것입니다.[17]

✣

사제는 얼마나 깨끗해야 나에게 성혈을 붓고 나의 죄를 씻어줄 수 있을까요. 사제가 "이것이 나의 몸이다"라고 말할 수 있다는 것은 얼마나 엄청난 것입니까? "당신의 죄를 용서합니다. 당신은 이제 자유롭습니다." 여러분은 그 말씀을 절대 의심해서는 안 됩니다. 설사 그 사제가 나쁜 사람이라고 해도, 그에게는

여러분을 용서할 권한, 여러분을 자유롭게 할 권한이 있습니다.[18]

✣

신부님이 "당신의 죄를 용서합니다" 하고 말한 순간, 예수님이 오셔서 우리의 죄를 씻어주십니다. 예수님의 성혈이 우리 영혼에 부어져 우리를 정화하고 우리 영혼을 깨끗이 씻어주십니다.[19]

죄를 범한 저 여인처럼 예수님 앞에서

여러분은 잠자리에 들기 전에…… 정말로 십자가를 바라보나요? 머릿속으로 그리기만 하는 것이 아니라 말입니다. 두 손으로 십자가를 받들고 묵상하십시오…… 우리 수녀님들이 물동이를 나르느라 힘들어하시는 모습을 종종 봅니다. 나는 작은 가시를 빼내주려 애쓰는 저 작은 새를 닮았나요? 그렇게 연민을 가지고 있나요? 예수님은 죄인들에게도 연민을 품으셨습니다. 죄를 범한 여인이 예수님 앞에 섰을 때, 예수님은 여인을 나무라지 않으셨습니다.(요한 복음서 8:11) 고백은 그런 것입니다. 저 역시 용서받아야 합니다. 고백은 죄를 범한 저 여인처럼 예수님 앞에 서는 바로 그런 것입니다. 죄를 지은 나 자신을 발견했으니까요.[20]

고백은 참된 기쁨이어야 합니다

성 이냐시오는 고백을 하나의 규칙으로 생각합니다. 그에게 고백은 낙담이 아니라 용서가 필요하다는 우리의 표현입니다. 고해성사는 성 금요일이 아닌 부활 주일에 이루어집니다. 이는 기쁨이라는 뜻입니다. 고해성사는 우리를 괴롭히려고 만들어진 것이 아니라 우리를 기쁘게 하려고 만들어진 것입니다.[21]

✢

책을 여러 권 내신 한 신부님은 날마다 고백을 합니다. 제가 그분에게 물었습니다. "뭐라고 말씀하시나요?" 그분은 글을 쓴 다음에 그것을 다시 읽어보고 [자신이 썼던 글을] 수정하기도 하지만, 때로는 쾌락이나 자만을 위해 그 글을 다시 읽기도 하기에 그것을 고백하러 가신다는 것이었습니다. 마닐라의 신 Jaime Lachica Sin 추기경님도—그렇게 거룩하신 분조차도— 저에게 말씀하셨습니다. "저는 거의 날마다 고백을 합니다. 주교관에는 사제들이 많기 때문에 그 가운데 아무나 한 명을 붙잡고 고백하지요." 수녀님들, 보십시오. 이렇게 고백은 참된 기쁨이 되어야 합니다. 고백을 소홀히 해서는 안 됩니다. 그런 소홀함 역시 우리가 고백해야 하는 한 가지입니다. 나의 영혼을 깨끗이 하고 순수해질 기회이므로, 사랑으로 고백하러 가야 합니다. 고백은 하느님과 일대일로 대면하는 것입니다. 물론 죽은 후에는 하느님과 일대일로 대면해야 하겠지만, 지금은 죄를 가지고 그분에게 갔다가 죄 없이 돌아올 기회가 있습니다.[22]

우리는 우리의 죄 많음을 인정해야 합니다

자캐오라는 사람(루가 복음서 19:1~10)은 예수님을 직접 뵙고 싶어 갖은 애를 썼습니다. 그는 자신이 키가 작다는 것을 받아들이기 전까지는 예수님을 볼 수 없었었습니다. 그것을 인정하고 받아들인 후에야 다음 단계로 나아갈 수 있었습니다. 나무에 올라감으로써 자신의 키가 아주 작다는 사실을 모두에게 알리는 창피함을 받아들인 것입니다. 그렇게 중요한 사람이 예수님을 보기 위해 나무에 올라가야 한다는 사실에, 사람들은 깜짝 놀랐습니다. 자캐오는 단지 키가 작은 것이었지만, 우리에게 그것은 곧 우리의 죄입니다. 우리는 —죄지은 죄인으로서—고백하러 감으로써 그 사실을 받아들여야 하며, 죄 없는 죄인으로서

돌아와야 합니다.[23]

유혹이 찾아올 때

여러분의 순결함은 진정으로 깨끗해야 합니다. 무슨 일이 일어나든, 저는 여러분이 고백하러 가기를 바랍니다. 여러분의 순결함이 깨끗한 것이기를, 여러분의 정결함이 정결하기를, 여러분의 동정성이 동정이기를 바랍니다. 자기 자신에게 정신을 쏟지 마십시오. 유혹은 우리 모두에게 찾아옵니다. 유혹은 경이로운 성장의 방식입니다. 우리의 소명을 방해하는 유혹은 찾아오겠지만, '소화 the Little Flower'—아기 예수의 성녀 테레사—처럼 하십시오. "저는 예수님의 것입니다. 그러므로 어느 누구도 그리고 그 무엇도 우리를 갈라놓지 못할 것입니다." 유혹은 성 베드로에게도 찾아왔습니다. 성 베드로가 하신 말씀을 우리 역시 그대로 말할 수 있어야 합니다. "나는 그리스도의 사람입니다." 그러면 사람들은 와서 오직 예수님만을 보게 될 것입니다. 우리는 진정 하느님 사랑의 전달자이기 때문입니다.[24]

✣

유혹이 올 때면 다음의 세 가지를 기억하십시오.

1. 나는 그것을 원하지 않는다. 그러면 악마는 여러분을 건드리지 못할 것입니다. 여러분은 안전합니다.
2. 바쁘게 지내십시오. 만약 당신이 알고 있다면 말하십시오. "나는 그것을 원하지 않아." 그러면 괜찮아집니다.
3. 성모님께 의지하십시오. 성모님에게 이것은 예수님께 드릴 아주 소중한 것입니다.[25]

예수님은 오시어 온유하신 그 사랑, 그 연민을 몸소 보여주셨습니다…… 바리새인들의 냉정함과 불신을 보셨을 때는 제외하고 말입니다. 그때를 제외하면 예수님은 상냥하고 온화하셨고, 그분을 인정하는 모든 사람들을 마음속에 품으셨습니다. 그분이 군중을 불쌍히 여기시고, 병든 자들을 치유하시고, 죄인들을 찾아보시게 된 것은 바로 그 온유한 사랑과 연민 때문이었습니다.[26]

✣

우리는 모두 죄인이고, 너무도 작고, 불행하고…… 보잘것없기가 이루 말할 수 없지만, 하느님은 우리 한 사람 한 사람에게 몸을 굽히시고 물으십니다. "오겠느냐?" 그분은 우리에게 강요하지 않으십니다. 이것이 하느님이 우리에게 주시는 멋지고 온유한 자유입니다. 여러분은 여러분이 서약한 서원에 대한 사랑이 충만히 자라나 살아 있는 성인이 될 수 있습니다.[27]

✣

제가 성모님을 가장 많이 생각할 때는 죄인으로서 우리 자신을 마주할 때입니다. '성모송'을 할 때 "저희 죄인을 위하여 빌어주소서" 하는 부분은 온 마음과 영혼을 다해 말하십시오. 성모님은 우리를 위해 순수한 마음을 구해주실 바로 그분입니다. 성모님은 포도주가 다 떨어졌음을 보신 바로 그분입니다.(요한 복음서 2:3) 우리 안에 있는 그 죄 많음—거룩함이라곤 없는—을 보시고 예수님께 말씀드려주시기를 성모님께 부탁하십시오. 그러면 성모님이 말씀하실 것입니다. "무엇이든지 그가 시키는 대로 하여라."(요한 복음서 2:5) 우리가 그 말씀에 따르도록.[28]

어린아이를 죽이지 마십시오

그렇습니다. 여러분들 중 몇몇은 낙태를 통해 자궁 안의 태아를 죽이는 잘못을 저질렀습니다. 하지만 하느님을 찾아가 말씀드리십시오. "하느님, 저는 태어나지 않은 제 아이를 죽이는 큰 잘못을 저질렀습니다. 부디 용서해주십시오. 다시는 그러지 않겠습니다." 그러면 우리의 다정하신 아버지 하느님께서는 여러분을 용서해주실 것입니다. 다시는 그러지 마십시오. 그리고 제 말을 믿으십시오. 하느님은 이미 여러분을 용서하셨습니다. 또한 여러분의 행동이 그 아이에게 해가 되지 않음을 기억하십시오. 그 어린아이는 영원히 하느님 곁에 있습니다. 그 아이가 여러분이나 여러분 가족을 벌하는 일은 없습니다. 아이는 하느님과 함께 있습니다. 여러분의 아이는 여러분을 사랑하고, 여러분을 용서했으며, 여러분을 위해 기도하고 있습니다. 그 아이는 하느님과 함께 있으니 오직 여러분을 사랑할 뿐 어떤 해도 끼칠 수 없습니다.[29]

이 세계에서 핵무기의 존재는 국가들 사이에 두려움과 불신을 조장해왔습니다. [핵무기란] 세계 속 인간의 생명, 하느님의 아름다운 존재를 파괴하기 위한 또 하나의 무기이기 때문입니다. 낙태가 태어나지 않은 아이를 죽이기 위해 사용되는 것처럼, 이 핵무기는 세계의 가난한 자들—예수 그리스도께서 우리 한 사람 한 사람을 사랑하셨듯이 우리에게 사랑하라고 가르치셨던 우리의 형제자매들—을 제거하기 위한 도구가 될 것입니다.[30]

전 세계에서 많은 잘못이 저질러지고 있습니다. 우리가 하느님에게 드릴 수 있고, 우리가 서로에게 줄 수 있는 깨끗한 몸과 마음을 지키지 못하는 잘못입니다. 젊은 남녀가 서로 사랑하는 것은 잘못이 아닙니다. 그러나 오늘날, 그 아름

다운 순결함이 소홀히 여겨져 많은 잘못이 저질러지고 있습니다. 여러분께 간청합니다. 부모들을 도우십시오. 여러분의 자녀가 그 어린 생명을 받아들이도록, 그 어린아이를 죽이지 않도록 도와주십시오. 받아들여야 합니다. 우리는 누구나 실수를 합니다. 실수는 용서받을 수 있습니다. 그러나 죄 없는 어린아이를 살해하는 것은 아주 큰 죄입니다.[31]

아이들이 사랑받을 시간이 없습니다

예전에는 가족이 항상 함께 지냈기 때문에 이런 어려움이 없었습니다. 아이들은 부모를 알았고, 부모는 자녀들을 알았습니다. 하지만 부모들은 점점 더 아이들에 대해 알지 못합니다. 그들은 시간이 없다고 합니다. 텔레비전 앞에는 몇 시간이고 앉아 있으면서도 아이들과 그리고 서로가 대화를 나누지 않습니다. 적절하게만 본다면 텔레비전도 나쁘지 않습니다. 그러나 텔레비전이 아이들에게서 부모를 떼어놓는 수단이 되었다면 이야기는 다릅니다. 그들은 아이들에게 입맞춤을 하고 사랑을 나누어줄 시간이 없다고들 합니다. 하지만 아이들에겐 그런 것들이 필요합니다. 모든 아이들의 마음에는 사랑에 대한 굶주림이 있습니다. 아이들은 사랑을 찾아 밖으로 나갑니다. 그렇게 삶 속에 큰 외로움이 자리를 잡게 되면 아이들은 외로움을 없애기 위해 온갖 것들을 하는 것입니다.[32]

자신부터 고치십시오

한 어머니가 아들을 데리고 성자를 찾아갔습니다. 그 아들에게는 [식간에] 무절제하게 간식을 먹는 나쁜 습관이 있었습니다. 성자가 어머니에게 말했습니다. "일주일 후에 아드님을 데려오십시오." 그 성자에게도 똑같은 나쁜 습관이 있었습니다. 그는 스스로를 고치지 않고서는 깨끗하고 진실된 마음으로 소년에

게 이야기할 수 없다는 걸 깨달았던 것입니다.[33]

✣

우리는 우리 자신의 잘못을 깨닫고 스스로를 바로잡아야 합니다. 내가 왜 이렇게 되었을까요? 오만하기 때문입니다.[34]

✣

여러분 자신을 알아야 합니다. 스스로에게 진실되지 않으면 여러분은 실수를 바로잡을 수 없습니다. 지금이 여러분의 실수를 바로잡을 시간입니다. 여러분이 진정으로 예수님을 사랑한다면, 스스로를 알고 바로잡는 일이 행복해질 것입니다. 그렇지 않으면 실수는 앞으로도 계속 여러분과 함께 갈 것입니다.[35]

✣

누군가 여러분의 잘못을 지적할 때 화를 내는 것은 아무 의미가 없습니다. 거룩한 사람이 되기를 원하지도 않으면서 수도자가 되는 것은 말이 안 되는 일입니다. 우리는 자신의 마음을 면밀하게 들여다보고, 처음부터 잘 점검해봐야 합니다. 우울해지고 신경질적으로 될 것 같다는 생각이 들면, 들여다보고 들여다보고 또 들여다보십시오. 여성은 자신의 감정에 좌우되기 쉽습니다. 그러나 종교인으로서 우리는 그럴 수 없습니다. 오늘 내가 매우 열성적이라고 해서 [내일도 열성적일 것이라고] 생각하지 마십시오. 내 감정이 만들어내는 모습이 아니라 하느님 앞의 내 모습이 바로 나입니다. 수녀님들께 간청합니다. 처음부터 자신을 잘 살펴보도록 하십시오. 나중에 일이 훨씬 더 힘들어지기 전에, 바로 지금 여러분 자신에게 엄격해지십시오. 우울해지려는 마음이 드는 것은 괜찮지만 그 마음에 굴복해서는 안 됩니다.[36]

절대 공개적으로 잘못을 지적하지 마십시오

잘못을 지적해야 할 때는 가혹한 목소리로 지적하지 마십시오. 절대 공개적으로도 잘못을 지적하지 마십시오. 어떤 수녀님의 잘못을 바로잡아주고 싶다면 먼저 예수님께 말씀드리고, 스스로에게 물어보십시오. "만약 내가 똑같은 잘못을 저질렀다면 마더 테레사 수녀님은 어떻게 잘못을 바로잡아주실까?"[37]

✣

잘못을 바로잡는 것은 크게 소리를 지르고, 입에서 나오는 대로 아무 말이나 하는 것을 뜻하는 것이 아닙니다. 그것은 사랑의 표시입니다. 그 수녀님을 사랑하기 때문에 해주는 것입니다.[38]

✣

수녀님들의 잘못을 지적할 때, 여러분의 입에서 몰인정하고 거친 어떤 말도 나오지 않게 하십시오. 거친 말로 인해 수없이 많은 마음들이 너무도 많은 상처를 입습니다…… 제가 여러분에게 한 번도 그런 적이 없었는데, 여러분이 왜 그래야 하는지 모르겠습니다. 수도회를 처음 시작할 때부터 지금까지, 제가 말로써 여러분 가운데 누구를 아프게 한 적이 있습니까? 아마 단 한 사람도 없을 것입니다. 때로 순명順命이 힘들게 느껴질 때면, 여러분은 제가 모질게 굴었다고 생각할지도 모르겠습니다. 그러나 그것은 제가 아닙니다. 순명하지 않음으로써 스스로에게 모질게 대한 사람은 다름아닌 여러분 자신입니다.[39]

침묵에 대해 잘못을 지적할 수 없습니다

침묵을 지킨다면 침묵에 대해서는 잘못을 지적할 수 없습니다. 하지만 입을 열고 말대꾸를 하게 되면, 우리는 실수를 저지르게 됩니다.[40]

✣

할 말이 있으면서도 그렇게 하지 않을 때가 종종 있습니다. 저는 다만 기다립니다. 그리고 저에게 이런 기회를 주시는 하느님께 감사하는 마음을 가집니다. 침묵에 대해서는 잘못을 지적할 수 없기 때문입니다. 성모 마리아님은 요셉에게 자신이 임신한 아이가 하느님의 아들이라고 말할 수도 있었습니다. 태어나지 않은 아기(세례자 요한)는 예수님께서 오셨음을 알고 있었으나, 거기 서 있던 요셉은 알지 못했습니다.(루가 복음서 1:39~40) 마리아는 요셉이 달아나려 할 것임을 알고 있었습니다. 우리 역시 바로 그런 결심을 해봅시다. 우리의 혀가 더러워지지 않도록 통제합시다. 저는 예수님이 하셨던 것처럼 수녀님들과 가난한 이들을 사랑함으로써 온전한 사랑으로 예수님을 사랑할 것입니다. 나의 혀는 깨끗해야 합니다. 내일 예수님이 나의 혀에 오시기 때문입니다.[41]

✣

제 어머니가 떠오릅니다. 사람들은 제 어머니가 매우 거룩한 분이라고들 했습니다. 어느 날 우리 세 자매는 선생님에 대해 좋지 않은 말을 하고 있었습니다. 때는 밤이었습니다. [어머니는] 자리에서 일어나 중앙 스위치를 끄고는 말씀하셨습니다. "엄마는 과부란다…… 너희들이 나쁜 말을 하는 데 쓸 전기료는 없어." 우리는 계단을 오르내리고, 씻고, 잠자리에 들 때까지 모든 것을 어둠 속에서 해야 했습니다.

언니는 양재사였습니다. 우리 집 벽에는 이렇게 쓰인 팻말이 걸려 있었습니다. "이 집에서는 아무도 남의 흉을 보지 않습니다." 하루는 아주 부유한 부인이 와서 언니에게 옷을 주문했습니다. 그 부인이 누군가의 흉을 보기 시작하자, 어머니는 벽을 가리켜 보였습니다. "저기 쓰인 글을 보세요." 부인은 일어나서 밖으로 나갔습니다. 어머니는 말씀하셨습니다. "내 집에서 몰인정함을 참느니, 차라리 길거리에서 구걸을 할 거야." 수녀님들, 여러분에게는 그런 용기가 있습니까?[42]

충실하십시오

수녀님들의 수도생활에 많은 장애물들이 있었을 것입니다. 그것은 모두 잘못된 충고와 열성에 기인한 것들입니다. 예수님과의 하나 됨, 예수님의 교회와의 하나 됨을 잃어버렸기 때문입니다. 행동과 생활방식에 있어서 자유를 더 많이 사랑하게 된 것입니다. 많은 일반사회 여성들이 그렇듯, 우리 수도자들도 모든 일에서, 심지어 사제직에서조차 남자와 동등해야 한다는 야심은 예수님과 예수님의 교회와 하나 됨이 주는 기쁨과 평화를 앗아가버렸습니다. 우리가 교회와 그리스도의 대리자를 사랑하고, 복종하고 충절을 지킬 수 있게 여러분이 도와주신다면 무척 감사하겠습니다. 그러면 우리는 십자가에 못 박히신 예수님의 배우자로서 참된 삶을 살면서, 우리를 온전히 봉헌하는 생활로 돌아올 수 있을 것입니다.[43]

예수님은 여러분이 성인이 되기를 원하십니다

수녀님은 큰 죄를 지은 사람에게 말씀하실 때에도 결코 "당신은 죄인입니다"라고 하지 않으셨습니다. 그보다는 "예수님은 당신이 성인이 되기를 원하십니다"라고 하시면서 이런저런 일은 잘못이라고 말씀하곤 하셨습니다. 수녀님은 하느님이 그 사람에게 무엇이 되기를 요구하고 계신지 이해시키려 애쓰셨습니다. 수녀님은 판단하지 않으셨습니다. 그들 한 사람 한 사람이 하느님에게 얼마나 특별한지 상기시키려 하셨습니다. 사람들을 감화시켰던 것도 바로 그 점이었습니다. "자신을 바꾸면 하느님이 당신을 받아들이고 사랑하실 것입니다"라고 말하는 것이 아니었습니다. 그보다는 "당신이 죄 안에 빠져 있더라도 하느님은 당신을 받아들이고 사랑하시지만, 당신을 너무도 사랑하시므로 지금과 같은 모습으로 내버려두지는 않으실 것입니다"라고 말하는 것과 같았습니다. 수녀님은 사람들에게 사랑받는다는 느낌을 주는 것이 사랑으로 응답하게 만든다는 사실을 예수님을 통해서 알고 계셨습니다.[44]

우리가 그분이 실망하셨다는 것을 깨달을 수 있도록 하셨습니다

언제인가, 우리가 세나클Cenacle 수녀님께 예의를 갖추지 못했던 적이 있었습니다. 그런 우리를 두고 그분이 테레사 수녀님께 불평을 하셨습니다. 테레사 수녀님은 우리의 행동에 실망하셨음을, 그리고 그 때문에 마음이 아프셨음을 우리가 알아차리게 하셨습니다. 우리를 직접 나무라시지는 않았지만, 식사시간에 우리와 함께 방에 들어가지 않고 밖을 거닐며 로사리오 기도를 하셨습니다. 우린 모두 참담한 느낌이었습니다. 우리는 세나클 수녀님께 가서 용서를 구했습니다. 그 일은 우리에게 테레사 수녀님이 교회의 권위를 존중하고 사랑하고 계심을 깨닫게 해주었습니다. 테레사 수녀님은 크나큰 배려와 연민 어린 사랑, 쉽게 기대고 다가갈 수 있게 하는 능력을 가지고 계셨습니다. '마더'라는 단어는 입에서만 나오는 말이 아니라 우리 마음에서 나오는 말이기도 했습니다. 테레사 수녀님은 사실상 "반항아들"과 같았던 우리를 충분히 감당하실 수 있었습니다.[45]

당신에게서 이런 것은 기대하지 못했습니다

수녀님은 저희 한 사람 한 사람의 기질과 필요를 알아내시고 이에 맞추어 우리를 대하셨습니다. 우리가 좋지 않은 무언가를 말씀드리려고 할 때는 한 손을 우리 입에 얹으시며 말을 막곤 하셨지요. 우리가 못되게 행동하고 수녀님께 좋지 않은 말을 할 때도 종종 있었습니다. 수녀님은 이런 말씀으로 그 일을 받아들이곤 하셨습니다. "나의 자녀인, 당신으로부터 이것은 기대하지 못한 일입니다. 저로선 다행이에요. 고맙습니다." 그러고는 기도를 하셨습니다. 우리가 냉정을 되찾고 다시 찾아가서 사과하기를 기다리셨습니다. 만약 저녁때까지 찾아가지 않으면 우리를 부르셔서 당신과 화해할 수 있도록 하셨습니다. 그러고는 두 번 다시 그 일을 언급하지 않으셨지요. 수녀님은 한때 저에게 매우 엄격하게 대하셨습니다. 제가 고집을 부릴 때면 봐주시지 않으셨습니다. 제가 잘되길 바라시며 사랑으로 하신 일이었지요. 제 잘못을 바로잡아주신 후에는 꼭 저를 부르시거나 [저에게] 무언가를 주셔서 제가 마음 상하지 않게 배려해주시곤 하셨습니다.[46]

그때가 우기여서 우리는 우산을 가지고 다녀야 했습니다. 저는 커다란 우산을 들고 사람들이 붐비는 전차를 타기가 몹시 꺼려졌어요. 제 우산은 가장 큰 남자 우산이었거든요…… 정문을 나오기 전에 보니까, 테레사 수녀님이 거기에서 계시더군요. 수녀님은 저에게 왜 우산을 가지고 가지 않느냐고 물었고, 저는 우산이 부러졌다고 대답했지요…… 수녀님은, 위층 수녀님의 방에 가면 수녀님의 우산이 있으니 그것을 가져가라고 하셨습니다. 올라가서 보니 그건 새 우산이었어요…… 그리고 제 우산과 크기가 똑같았지요. 저는 싫다고 할 수가 없었습니다. 그 우산을 가지고 주일학교에 갔지요…… 어쩌려고 이층버스를 타고 돌아올 생각을 했는지 모르겠습니다…… 저에게 그 버스는 정말 경이로운 이동수단이었습니다…… 저는 버스 2층으로 올라가서 창가에 앉아 바깥 풍경을 즐겼습니다. 그런데 버스가 하우라 다리를 막 건너고 있을 때, 갑자기 그런 생각이 떠올랐습니다. 만약 마더 하우스 앞까지 가서 버스에서 내리면, 테레사 수녀님이나 다른 수녀님이 우리를 볼지도 모른다고 말이에요. 두려운 마음이 들었습니다. 그래서 세알다 근처에서 내리기로 했습니다. 거기서 마더 하우스까지 걸어가기로 했지요…… 아담과 이브가 금단의 열매를 먹은 후 하느님에 대한 두려움을 경험했던 것처럼, 우리 둘도 그랬습니다…… 내릴 때쯤엔 비가 그쳐 있었고, 저는 깜빡 잊고 우산을 버스에 두고 내렸습니다. 온몸이 싸늘해지는 것 같았어요. 공동체 점심시간에 늦게 도착한 건 차라리 다행이었습니다…… 내 양심은 가서 수녀님께 사실대로 말씀드리라고 스스로를 다그치고 있었습니다…… 하지만 용기가 나질 않았습니다. 그런데 테레사 수녀님이 저를 부르시더군요…… 수녀님은 저의 두려움을 알고 계셨습니다. 제가 수녀님을 뵈러 갈 때쯤에는 우산이 이미 수녀님에게 도착해 있었던 것이지요. 누가 언제 그 우산을 가져왔는지는 모르겠습니다…… 어쨌든 수녀님은 저에게 무릎을 꿇으라 하시고는 어떻게 된 일인지 물으셨습니다. 처음에 저는 계속해서 거짓말을 이어나갔습니다…… 전차 안에서 우산을 잃어버렸다고 말씀드렸지요. 우리가 전차를 타지 않았다는 걸 알고 계셨던 수녀님은 전차 번호를 물으셨습니다. 제가 진실을 말하도록 하셨던 것이지요…… 저는 수녀님으로부터 엄청난 압박을 받은 뒤 사실대로 털어놓았습니다. 모든 사실을 알고 난 수녀님은 제 잘못을 하나씩 차례대로 말하게 하셨습니다…… 수녀님은 많은 말씀을 하시지는 않으셨습니다. 그저 이 말씀만 기억이 납니다. "다시는 그러지 마세요." 저에 대한 수녀님의 연민과 사랑이었습니다. 그것은 인내와 친절이었습니다.[47]

✣

테레사 수녀님은 잘못한 일을 가지고 저를 나무라지는 않으셨습니다. 오히려 저를 불러서 다정하게 말씀하곤 하셨습니다. "수녀님은 그동안 아주 잘해왔는데, 요즘엔 무슨 일이 있나요?" 그러고 난 뒤엔 두 손으로 축복해주셨지요. 그것이 말년에 수녀님이 잘못을 바로잡아주시던 방식이었습니다.[48]

사랑만이 그들을 변화시킬 수 있습니다

우리 고아들 가운데 버릇이 없는 아이들이 있었습니다. 언젠가 저는 그 아이들에게 벌로 점심을 주지 않았습니다. 점심식사 시간에 제가 벌로 아이들에게 점심을 주지 않았다고 하자 테레사 수녀님은 오히려 저에게 점심을 먹지 못하게 하시고 아이들에게 점심을 주고 오라고 하셨습니다. 수녀님은 말씀하셨습니다. "우리는 처벌이 아닌 사랑으로만 그들을 변화시킬 수 있습니다."[49]

엄청난 인내심으로 잘못을 바로잡으셨습니다

알바니아 슈코드라에서 테레사 수녀님은 아이들을 직접 먹이곤 하셨습니다.

그 아이들은 뇌성마비에 심한 장애가 있었기 때문에 한 숟갈 떠먹일 때마다 얼굴이 온통 더러워지곤 했지요. 수녀님은 더러워진 아이들의 얼굴을 내버려두지 않으시고, 한 입 떠먹일 때마다 입을 닦아주셨습니다. 크나큰 인내심을 가지고 지원자 수녀aspirant들의 잘못을 바로잡아주시면서, 어떻게 아이들의 입을 닦아주어야 하는지 보여주셨습니다. 그분이 직접 그렇게 하실 때의 그 사랑은 잘못을 지적하는 것보다 많은 것을 말해주었습니다. 특히 몸이 심하게 뒤틀려 있던 한 아이가 기억이 납니다. 그 아이는 몹시 두려워하면서 마구 비명을 지르기도 했는데, 누가 다가가면 비명은 더욱 심해졌습니다. 수녀님은 그 아이에게 특별히 정성을 쏟으셨습니다. 조금씩 나아져서 서서히 아이의 손을 잡을 수 있게 되더니, 며칠이 지나자 그 아이는 수녀님을 볼 때마다 미소를 지었습니다. 그러고 나자 수녀님은 우리를 그 아이 침대로 부르셨습니다. 우리를 수녀님의 친구로 "소개"하시면서 그 아이가 우리를 받아들이도록 하신 것입니다.[50]

이것은 우리가 그리스도를 대하는 방식이 아닙니다

젊은 수도자였던 저는 나병 환자 병원에 배치되었습니다. 어느 날인가 늙은 환자 부부가 그 병원에서 곤란한 일을 겪었다며 마더 하우스를 찾아왔습니다. 그들은 테레사 수녀님을 만나고 싶어했지요. 이런저런 사정으로 그들은 수녀님을 만나지 못했고, 그들은 매일 마더 하우스를 찾아와 수녀님들을 방해했습니다. 하루는 수녀님들이 저에게 전화를 걸었더군요. "그 병원의 한 환자 부부가 여기 앉아서 우리 식구 전체를 괴롭히고 있습니다. 어떻게 좀 해주세요." 그 말에 화가 난 저는, 씩씩거리며 달려갔습니다. 마더 하우스 앞에 도착하니 그 부부가 보이더군요. 의족을 한 남자는 온몸이 뒤틀려 있었습니다. 매우 허약한 사람이었지요. 화가 머리끝까지 나 있던 저는 그를 들어올려 구급차에 태웠습니다. 얼마 후 테레사 수녀님이 내려오시는 것이 보였습니다. "수사님, 네 번째 서

약을 하셨지요. 우리의 네 번째 서약이 무엇인가요? 가난한 이들 중에서도 가장 가난한 이들에게 온 마음을 다해 무료 봉사를 하는 것입니다. 그렇게 서약하셨나요?" "네, 수녀님. 그렇게 서약했습니다." "지금 여기서 무엇을 하셨습니까?" 수녀님은 아주 정중하게 그렇게 물으셨습니다. 다른 말씀은 없으셨지만 저는 그분이 잘못을 지적하고 있다는 걸 알 수 있었지요. 수녀님이 말씀하셨습니다. "이것은 우리가 그리스도를 대하는 방식이 아닙니다. 저 가난한 사람은 그리스도이십니다. 그는 괴로워하시는 그리스도입니다. 저 가난한 사람이 우리에게 보여주는 모든 것은 우리가 마주친 십자가의 그리스도입니다. 우리는 달아나서는 안 됩니다." 수녀님의 그 지적은 제 삶에 심오한 영향을 주었습니다. 지금까지도 저는 그분의 말씀을 기억하고…… 소중히 여기고 있습니다.[51]

충격 요법

제가 처음에 청원자로서 나병 환자 돌보는 일을 하러 갔을 때, 혹여 병이 옮을까봐 두려웠습니다. 일주일 후 테레사 수녀님을 찾아가서 팔에 반점이 생겼다고 말씀드렸지요. 수녀님은 제 말을 믿으시고 S박사님에게 검진을 부탁하셨지만, 박사님은 아무것도 없다고 하셨습니다. 점 하나도 없다고 말이에요. 수녀님이 저를 불러 말씀하셨어요. "근무 장소를 바꿔드리겠습니다. 나병 환자들에게 봉사할 자격이 없는 것 같군요." 그 말씀이 저에겐 큰 충격이었습니다. 그날부터 저는 질병에 대한 두려움을 극복하게 해달라고 기도를 드렸고, 기회가 있을 때마다 나병 환자들을 찾아갔습니다.[52]

사랑으로 진실을

인도 총리가 출산율을 줄이기 위해 피임 정책을 도입했을 때, [마더 테레사 수녀님은] 편지를 써서 분명하게 말씀하셨습니다. "죽은 후에 이 끔찍한 죄에 대답해야 할 순간이 두렵지 않으십니까?" 문제가 심각하다고 생각하신 수녀님은 편지를 언론에 보내 공개하도록 허락하셨습니다. 수녀님은 물러서지 않으셨습니다. 사랑으로 진실을 말씀하셨습니다.[53]

진리를 말하라

1979년, 마더 테레사는 노벨 평화상을 수상하셨습니다…… 로마를 경유해 인도로 돌아가는 길에 저희 신학교에 오셔서 강연을 하셨지요. 시상식 다음 날이었을 겁니다. 노르웨이에 아직 사랑의 선교회가 없어서 수녀님은 다른 수녀원에 머무셨는데, 그곳의 미사를 위해 한 신부님이 오셨습니다. 미사가 끝난 후 신부님은 수녀님에게 전날 방송에서 수녀님 연설을 들으면서 매우 당황스러웠다고 하셨습니다. 수녀님은 그 연설에서 처음으로 낙태에 대한 반대 의견을 말씀하셨습니다. 낙태는 살인이나 다름없으며, 젊은 여성이 어떻게 그런 살인을 저지를 수 있냐고 아주 강하게 말씀하셨지요. 신부님은, 수녀님이 그런 식으로 말씀하시면 젊은 여성들이 등을 돌릴 거라고 하셨습니다. 수녀님은 그 이야기를 우리에게 들려주셨습니다. "저는 신부님을 쳐다보며 이렇게 말씀드렸습니다. 예수님은 '나는 진리다'(요한 복음서 14:6)라고 말씀하셨습니다. 그 진리를 말하는 것이 신부님과 제가 할 일입니다. 그것을 받아들이거나 거부하는 것은 듣는 사람의 몫입니다." 수녀님은 복음 메시지의 근본주의를 믿으셨고, 영혼들을 너무 사랑하셨기에 인권 존중의 목소리에 흔들리지 않으셨습니다.[54]

처음의 사랑으로 돌아가야 합니다

어느 추기경님이…… 한 무리의 신학자들을 데려오셨습니다. 추기경님이 수녀님에게 말씀하셨습니다. "수녀님이 이 사람들을 어떻게 보시는지 마음속에 가지고 계신 생각을 솔직히 말씀해주셨으면 합니다." 수녀님은 신학자들을 보며 말씀하셨지요. "복음서에 보면 예수님이 당시의 종교 지도자들을 꾸짖는 대목이 있습니다. 오늘날 여러분이 꾸지람을 받을 위치에 있지 않다고 진심으로 말할 수 있습니까?" 그러고 나서는 이렇게 덧붙이셨습니다. "여러분은 처음의 사랑으로 돌아가야 합니다."[55]

선한 쪽을 보는 것을 선호합니다

어느 날 [X라는 여성이] 공직 사회의 부패에 대해 불평을 늘어놓기 시작했습니다. 모든 것이 뇌물을 요구한다고 말입니다. 그녀는 큰 액수의 돈을 내지 않고는 시 당국의 허가를 받을 수 없다며 어떤 사람을 위해 수녀님이 개입해주기를 바라고 있었지요. 그녀가 말했습니다. "수녀님, 이 도시가 너무 부패했으니 수녀님께서 좀 도와주세요. 사람들에게 돈을 먹이지 않으면 아무것도 할 수가 없습니다." 수녀님은 곧바로 대답하셨습니다. "아시겠지만 우리 사람들은 매우 아름답습니다." 수녀님은 그들이 크리스마스에 얼마나 많은 선물을 가져오는지 말씀하기 시작하셨지요. 그러자 여자가 말했습니다. "네, 수녀님. 그건 아주 좋은 일이지요. 하지만 현실을 직시해야 합니다. 그들 대다수는 그저 돈만 좇고 있어요." 수녀님이 두 번째 희망의 빛을 비추며 끼어드셨습니다. "아시다시피 그들에게는 아름다운 관습이 있습니다. 그들은 가난한 이들을 위해 쌀 한 줌을 따로 덜어둡니다." 그러시고는 쌀을 나눈 가족의 이야기를 들려주셨습니다. 여자는 답답하다는 듯 소리를 질렀습니다. "수녀님, 정신 좀 차리세요! 이 도시는 부패의 지옥이라고요!" 숨 막히는 침묵이 이어졌습니다. 여자가 그런 식으로 말하는 것을 들으니 당혹스러웠습니다. 수녀님 역시 아무 말씀이 없으셨습니다. 한참 후 수녀님은 여자의 눈을 똑바로 쳐다보시며 말씀하셨습니다. "부패가 있다는 건 저도 잘 알고 있습니다…… 하지만 분명 선善도 있습니다! 저는 선한 쪽을 보는 것을 선호합니다."[56]

너무나 많은 선함이 있습니다

한번은 제가 테레사 수녀님께 말씀드렸습니다. "수녀님, 이 세상에는 악이 너무 많습니다." 수녀님은 잠시 후 강렬한 눈빛으로 저를 보시며 말씀하셨습니다. "수녀님, 이 세상에는 선이 너무 많습니다."[57]

두 손 모아 그들에게 간청하셨습니다

1992년 캘커타에서 힌두교와 무슬림의 폭동이 있어났을 때였습니다. 테레사 수녀님과 몇몇 수녀님들이 입양 예정인 어린이들을 구급차에 태우고 공항으로 가던 도중, 무슬림과 힌두교도 들이 거리에서 서로 싸우고 폭력을 휘두르는 현장을 목격하게 되었지요. 테레사 수녀님은 구급차에서 내리시더니, 그 위험의 한 가운데에서 두 손을 올리고 중단하라는 신호를 보내셨습니다. 그러고는 두 손을 모으시고 그들에게 싸움을 그만두라고 간청하시며 그들 모두가 형제임을 상기시키셨지요.[58]

다정하게 타이르시다

제가 수련자였던 어느 날, 열네 살쯤 된 [가난한] 소년이 마더 하우스 담장을 넘어 [창고의] 자물쇠를 부순 뒤 비누며 접시 등이 들어 있는 상자 몇 개를 꺼내갔습니다. 아침에 우리가 기도하는 사이에 벌어진 일이었습니다. 소년은 그 전리품을 옮기기 위해 문지기 수녀님이 문을 열 때까지 기다리고 있었지요. [문지기] 수녀님이 소리쳤습니다. "도둑이야, 도둑이야." 우리 모두 그곳으로 달려갔습니다. 소년은 겁을 먹고 화장실로 숨었습니다. 우리는 테레사 수녀님에게 말씀드렸고, 그 범인이 처벌받기를 기대하며 설레는 마음으로 기다렸습니다. 그러나 너무나 놀랍게도, 수녀님은 소년의 손을 잡고 정문 근처로 데려오셨습니다. 연민이 가득한 표정이었습니다. 그러고는 직접 문을 열어주시며 다정하게 타이르셨습니다. "다시는 그러지 말거라." 그리고 아무 일도 없었다는 듯이 소년을 보내주셨습니다.[59]

저와 당신에게도 일어날 수 있습니다

쉼터의 두 남자가 창가에서 자위행위를 하는 모습이 이웃 사람들에게 목격되었습니다. 이웃 사람들은 당연히 크게 화를 냈지요…… 그런데 때마침 테레사 수녀님이 그 도시에 오셨고, [한 협력회원이] 수녀님께 말씀을 드렸습니다. "어떻게 해야 할까요?" 수녀님은 대답하셨습니다. "아시다시피 그건 아주, 아주, 아주 나쁜 일입니다. 그 사람들은 당연히 고백하러 가야 합니다." 솔직히 그때 제가 수녀님을 기다린 건, 그 일을 말씀드리고 그들을 내쫓아버리기 위해서였습니다. 그렇지 않겠습니까? 그런데 그렇게 말씀하신 것입니다. "그건 아주, 아주 나쁜 일입니다. 그 사람들은 당연히 고백하러 가야 합니다. 하지만 그런 일은 내일 저와 당신에게도 일어날 수 있습니다." 저에게 그런 일이 일어날지는 모르겠지만, 그 말씀은 마치 건물을 부술 때 쓰는 철구처럼 제 뒤통수를 때렸습니다. 아마 저는 그 일을 죽는 날까지 절대 잊지 못할 것입니다…… 그 말씀이 내내 머릿속을 맴돌았습니다. 수녀님이 세상을 떠나신 후에 돌이켜보니, 그분의 거룩하심을 생각하면 그 말씀이 얼마나 엄청난 의미였는지, 그리고 그 속뜻은 또 얼마나 놀라운 것인지, 얼마 전에야 비로소 깨달을 수 있었습니다.[60]

절대 하느님의 자비를 의심하지 마십시오

언젠가 피정避靜을 위해 캘커타에 왔을 때였습니다. 저는 제가 저질렀던 죄에 관해 고민이 많았습니다. 그래서 테레사 수녀님을 찾아뵈었지요. 저의 모든 잘못, 특히 저를 괴롭히는 죄에 대해 써내려간 다음, 그 글을 테레사 수녀님께 드렸습니다. 수녀님은 그 글을 다 읽으시더니 잘게 찢어버리시고는 이렇게 말씀하셨습니다. "저는 이 모든 것을 예수님의 성심 안에 놓겠습니다. 절대, 절대 하느님의 자비를 의심하지 마십시오. 일단 죄를 고백하면, 하느님은 당신을 용서하시고 모든 것을 잊어버리신다는 사실을 잊지 마십시오." 수녀님은 이어서 하느님의 크신 사랑과 용서, 자비에 대해 말씀하셨습니다. 그런 다음 티 없이 깨끗하신 성모 성심을 그린 상본 한 장을 꺼내 "나의 어머니가 되어주십시오. 신의 축복이 있기를. 마더 테레사"라고 쓰셨습니다. 그리고 뒷면에도 "과거 일에 마음 쓰는 것을 금합니다. 성모님을 신뢰하십시오."라고 쓰신 후 저에게 주셨습니다. 그렇게 저는 죄로 인해 하느님으로부터 멀어지지 않고 오히려 더욱 겸허하게 되었고, 그에 따라 저의 죄는 하느님께 더욱 가까이 가게 하는 도구가 되었으며 예수님의 자비로우신 사랑에 대한 신심을 더욱 깊게 해주었습니다. 테레사 수녀님께 감사드립니다.[61]

· "그리스도의 말씀이 풍부한 생명력으로 여러분 안에 살아 있기를 빕니다. 여러분은 모든 지혜를 다하여 서로 가르치고 충고하십시오. 그리고 성시와 찬송가와 영가를 부르며 감사에 넘치는 진정한 마음으로 하느님을 찬양하십시오." _골로사이인들에게 보낸 편지 3:16

· "우리 누구나 가난합니다. 우리 모두 죄인이기 때문입니다."[62]

· "우리는 죄가 없지는 않지만, 죄 없는 죄인이 되어야 합니다."[63]

내가 많은 죄를 지은 죄인이라는 사실을 깨닫고 있습니까? 내가 저지른 실수와 죄를 기꺼이 인정하고 다른 사람의 지적을 기꺼이 받아들입니까? 누군가 나의 실수를 지적할 때 공격적으로 변하지 않습니까? 나의 잘못을 지적해주는 사람들에게 어떻게 하면 더욱 부드럽게 응대할 수 있을까요?

쉬운 길을 선택하도록 스스로 허락하지는 않습니까? 진리이며 선한 것에 대해 입장을 밝히기를 꺼리지는 않습니까? 다른 사람들의 의견이 두려워서 옳은 것을 행하거나 말할 용기가 부족하지는 않습니까?

나는 자비의 성사, 화해의 성사를 잘 이용하고 있습니까?

누군가에게 그가 옳지 않은 일을 하고 있다고 일깨워줄 수 있는 방법은 어떤 것이 있을까요? 그들이 더 잘하도록 격려할 수 있는 방법은 무엇일까요? 진리와 선의 길을 내가 본보기로 보여줄 수 있는 방법이 있을까요?

통회의 기도

하느님, 온 마음으로 모든 것을 뛰어넘어 당신을 사랑합니다. 그렇게 좋으신 당신의 마음을 아프게 해드려 진심으로 뉘우칩니다. 당신의 은총으로 다시는 당신을 아프게 하지 않겠다고 굳게 다짐합니다. 그리고 당신께서 제게 원하시는 모든 것을 하겠습니다.
아멘.

열하나,

부당함을 인내하며 견디다

Bear Wrongs Patiently

인내, 평온, 한결같음. 마더 테레사의 주변 사람들이 그분에게서 보았던 자질들입니다. 마더 테레사가 보여준 특유의 차분함은, 올바른 관점으로 사리를 분별하고 시련을 삶의 일부로 받아들일 수 있는 균형 잡히고 금욕적인 사람이라는 징표였습니다. 마더 테레사는 특히 다른 사람에게서 부당한 대우를 받으실 때 오히려 이런 존경할 만한 평정심을 보여주셨습니다. 심지어 억울한 일이나 모욕을 당할 때나 오해를 살 때에도 인내하셨습니다. 그분은 이런 행위들이 당신과 같이 가난하고 나약하고 죄 많은 인간들에 의해 저질러졌다는 사실을 알고 계셨고, 때문에 관대하고 심지어 자애로우실 수 있었습니다.

사랑의 선교회가 시작되던 바로 그때 마더 테레사는 당신 자신과 모든 사람을 사랑하는 마음으로 온갖 부당한 일을 묵묵히 견디고 계신, 십자가에 못 박히신 그리스도를 보셨습니다. 때문에 예수님을 닮기 위해 똑같이 인내하며 예수님에 대한 사랑을 보여주기 위해 애쓰셨습니다. "만약 내가 십자가에 못 박히신 예수님의 배우자라면, 어느 정도는 그분과 닮은 점이 있어야 합니다. 내가 그분의 사람임을 보여주는 어떤 정체성을 그분과 공유하고 있어야 합니다." 그러므로, 마더 테레사에게 관용의 실천은 사랑에 대한 예수님의 목마름을 달래드릴 기회였습니다. 또한 수녀님은 매일같이 숱한 모욕과 부당함에 시달리는, 가난한 이들 중에서도 가장 가난한 이들과 하나가 되셨습니다. 우리에게 가해진 부당함을 받아들여 인내하며 참는다는 것은 당연히 힘겨운 일입니다. 그럴 때 우리의 첫 반응은 특정 상황을 회피하는 것일 수 있고, 어쩌면 그것이 옳을 수도 있습니다. 그러나 언제나 피할 수 없는 상황이 있기 마련이고, 의도한 것이든 아니든 우리에게 가해진 부당함을 마주해야 할 때가 있습니다. 마더 테레사는 결코 특별 대우를 기대하시거나 어떤 특권을 요구하지 않으셨으며, 다른 사람들보다 못한 대우를 받으실 때에도 관대하게 받아들이셨습니다. 종종 그것은 사람들의 한계나 이기심, 무심함에 기꺼이 희생자가 되어주는 문제였지만, 수녀님은 당신이 부당한 일을 당했다는 사실을 눈치채지 않게 하시면서 그들의 행동을 받아주셨습니다.

궁극적으로 마더 테레사는 이런 시련이나 부당한 일들을, 그럴 만한 이유가 있어서 하느님이 허락하신 일로 여기셨습니다. 그 이유를 항상 이해할 수는 없다 하더라도, 성 바오로께서 로마서에서 확언하신 대로—"하느님을 사랑하는 사람들에게는 모든 일이 서로 작용해서 좋은 결과를 이룬다는 것"—하느님은 그런 시련에서 결국 선한 일을 끌어내신다는 것을 수녀님은 알고 계셨습니다. 때문에 수녀님은 이런 시련과 고난을 기꺼이 받아들이셨고, 그것을 그리스도의 십자가와 연결해 당신의 정화를 위해, 또 영혼들의 구원과 성화를 위해 바치셨습니다.

반대로 수녀님이 누군가에게 잘못하게 되었을 때면 반드시 먼저 사과하는 사람이 되려고 하셨습니다. 거기서 한발 더 나아가 잘못한 사람이 당신 자신이 아닐 때에도 먼저 화해에 나서곤 하셨습니다.

고향집

제 어머니와 아버지가 떠오릅니다. 두 분은 의견차를 보이실 때도 있었습니다. 하지만 아버지가 퇴근하실 때쯤이면 어머니는 언제나 시간을 확인하신 후 위층으로 올라가서 화장을 하셨습니다. 우리는 어머니의 이런 모습에 장난을 치곤 했습니다. 정말 아름다운 추억이었습니다. 부모님은 말다툼을 하실 때도 있었지만, 날이면 날마다 아무 일도 없었다는 듯 화해하셨습니다. 우리들의 부모님에게서 우리가 배워야 할 것은 바로 이것, 서로에 대한 배려입니다.[1]

수난을 공유하십시오

우리는 인간이므로 그렇게 느끼는 것은 당연합니다. 주님께서도 어느때는 그렇게 느꼈을 것입니다. 심지어 울기까지 하셨고, 그분은 매우 외로워하기도 하셨지요…… 숨을 거두실 때에는 "나의 하느님, 나의 하느님, 어찌하여 나를 버리셨나이까?"(마르코 복음서 15:34) 물으셨습니다. 예수님에게 가장 큰 괴로움은 그분의 외로움, 겟세마니에서 거절당하신 일이었습니다. 그분으로선 십자가의 수난보다 겟세마니 동산에서의 수난이 훨씬, 훨씬 더 받아들이기 힘드셨을 것입니다. 거절당했기에, 혼자 남겨졌기에, 누구에게도 환영받지 못하고 사랑받지 못하고 보살핌받지 못했기에—그렇게 홀로 남겨졌기에—그리스도의 마음 자체가 십자가에 못 박히셨기에 말입니다. 저는 이렇게 생각합니다. 우리가 진정 그리스도의 사람이라면 그 외로움을 겪어봐야 합니다. 우리는 그런 경험을 해봐야 하며, 때로는 그분에게마저 환영받지 못한다는 느낌을 겪어봐야 합니다. 예수님은 우리에게 자유로이 무엇이든 하실 수 있어야 합니다. 만약 그분이 그렇게 선택하시기를 원하신다면…… 우리는 예수님에게 "좋습니다" 하고 말해야 합니다. 설사 예수님이 우리에게 겟세마니의 수난을 공유하시기를 원하신다 해도, 그것은 다시 재생하는 것입니다. 우리가 진정 예수님의 사람이라면, 그리스도의 수난을 경험해야 합니다. 우리가 그것을 경험해야 합니다. 그 경험은 때로 긴 시간일 수도 있고, 짧은 시간일 수도 있습니다. 그것은 그분에게 달려 있습니다. 그분이 주인이시니 그분이 선택하실 수 있습니다. 그분은 수난으로 우리에게 오실 수 있고, 그분은 부활로 우리에게 오실 수 있으며, 그분은 어린아이로, 전도사로, 원하시는 그 무엇으로도 우리에게 오실 수 있습니다.[2]

✣

사람들을 상대하는 일은 매우 어렵지만, 예수님은 사람들이 오른뺨을 때리면 왼뺨마저 내주라고 말씀하셨습니다.(마태오 복음서 5:39~40) 사람들은 때로 우리에게 상처를 줍니다. 기뻐하십시오, 그리스도의 수난을 나누십시오. 그분을 쳐다보는 것에 유념하십시오. 우리가 성모님처럼 겸허하고 예수님처럼 거룩하다면, 사람들은 우리 안에서 예수님을 볼 것이며, 우리는 그들 안에서 예수님을 볼 것입니다.[3]

✣

예수님은 왜 모욕을 당하시고 십자가에 매달리셨을까요? 우리를 위해서입니다. 그것은 참담한 굴욕이고, 받아들이기 힘든 십자가형이었습니다. 그분은 피를 흘리셨습니다. 우리 또한 살면서 아주 고통스러운 상황을 마주해야 할 때가 많을 것입니다. 예수님에게 "오, 하지만……"과 같은 조건은 결코 없었습니다다. 예수님에게 그것은 참담한 굴욕이었으며, 우리는 십자가에 달리신 예수님의 배우자라고 주장합니다. 여러분 자신을 돌아보십시오. 여러분은 [굴욕을] 어떻게 받아들였습니까? 그 온유한 사랑 속에서 성장하셨습니까?[4]

✣

그런 다음 우리는 십자가 위의 그분을 봅니다. 그분은 사람들이 내려오라고 간청할 때 내려오실 수 있었을 것입니다. 아주 쉽게 내려오실 수 있었을 것입니다. 그랬다면 사람들은 모두 겁을 먹고 달아났을 것입니다. 그분은 겟세마니 동산에서 그러실 수 있었지만, 여러분과 나에 대한 사랑 때문에 십자가 위에 그대로 계셨습니다. 십자가나 굴욕을 피하려 애쓰지 말고 그분을 닮을 기회, 그분의 수난을 우리 안에서 겪을 기회를 붙잡도록 합시다. 사랑을 전달하는 사람은 십자가를 지고 가는 사람을 뜻합니다. 만약 진정한 사랑의 선교회원이 되고 싶다면, 우리는 진정 십자가를 지고 가는 사람이 되어야 합니다. 어쩌면 우리는 십자가를 지고 가다가 도중에 쓰러질지도 모릅니다. 십자가길에서 성모님께서 예수님을 만나시는 장면을 본다거나, 당신이 쓰러졌을 때 시몬에게 도와달라고 하면서 십자가의 길을 기도묵상하는 것은 매우 아름다운 일입니다. 갈보리 언덕으로 가는 길에는 우리 성모님, 시몬, 베로니카, 여인들을 비롯해 아주 많은 사람들이 있었습니다. 공동체 안에서 수녀님들에게 우리는 베로니카입니까? 원장 수녀님들께 우리는 시몬입니까? [십자가의 길] 제4처에서 성모님이 예수님께 하셨듯 우리는 우리의 가난한 이들에게 어머니와 같습니까? 여러분의 사랑을 더욱 깊게 해달라고 예수님에게 간청하십시오.[5]

우리가 주님을 아프게 했던 일을 기억하십시오

사람들이 예수님을 얼마나 아프게 했는지, 우리는 놀랍니다. 그분의 뺨을 때리고 그분에게 침을 뱉었습니다. 시궁창에나 던지는 것들을 예수님을 향해 던집니다. 그러나 예수님은 아무 말씀도 하시지 않습니다. 추악한 것을 말하고, 몰인정한 말을 할 때, 그것은 곧 우리가 예수님에게 그렇게 하고 있는 것입니다. "너희가 나에게 한 것이다." 끔찍한 일입니다…… 던지고 침을 뱉는 일들. 그런데 바로 거기서 베로니카가 나서서 그분의 얼굴을 닦아주었습니다. 우리 주님에게 침을 뱉는 일. "너희가 나에게 한 것이다." 언제 그랬냐고요? 지금입니다. 우리는 그들이 한 일만 생각하고, 우리는 책임이 없다고 생각합니다. 그러나 그들이 예수님에게 했던 바로 그 일을, 지금 우리가 하고 있습니다. 오늘 저는 여러분이 성체 앞으로 나아가기를 바랍니다. 집에서, 지원자로서, 청원자로서 [다시 가서 되짚어보십시오] 예수님을 똑바로 쳐다보십시오. 여러분이 그 수녀님에게 했던 일, 여러분이 그 가난한 사람에게 했던 일이 무엇이든 "나는 그분에게 침을 뱉고 있습니다", 이 말을 늘 새기고 있다면 여러분은 자신의 태도가 통째로 바뀌는 걸 보게 될 것입니다. 오늘 아침에도 저는 예수님과 함께 있으면서, 사랑의 말 대신 더러움을 드렸습니다. 죄는 더러움입니다. 그것은 악惡입니다. 예수님은 우리에게 사랑의 말씀을 주십니다. 여러분의 마음이 괜찮은지 알고 싶다면, 여러분이 하는 말을 [되짚어]보십시오. 나의 손, 나의 발, 나의 혀는 말을 통해 움직이고 있기 때문입니다.[6]

✣

오늘 십자가를 쳐다보며 이렇게 말할 수 있습니까. "저의 죄 때문입니다." "일어나 아버지에게 가겠습니다." ……우리가 주님께 상처를 드렸던 일들을 기억합시다. 왜 우리가—그들[다른 자매님들]이 아니라—오늘 여기 있는 걸까요? 아마 다른 자매님들은 딱 한 번 [어떤 잘못을] 저질러서 여기 있지 못하는 것인지도 모릅니다. 이것은 하느님의 신비입니다. 그래서 우리가 지금 여기 우리 수도회 안에서, 우리 한 사람 한 사람이 지은 죄를 보속하는 마음으로 로사리오 기도를 올리고 있는 것입니다. 우리의 삶 안에서 우리가 지은 죄를 볼 수 있도록 눈을 뜨게 해주셔서 우리의 기쁨의 원천이 되어주시기를, 성모님께 간청합시다.[7]

✣

과거에 [누군가] 말로써 나를 아프게 한 적이 있다면, 어쩌면 그 아픔이 내가 깨끗한 마음을 가지지 못하도록, 또한 내가 예수님을 보지 못하도록 방해하고 있을 수도 있습니다. 어쩌면 기도조차 할 수 없을지도 모릅니다. 하느님은 오로지 마음의 침묵 속에서만 말씀하시기 때문입니다. 만약 하느님께 말씀드리기가 불편하다면, 내 마음이 깨끗한지 먼저 살펴봐야 합니다. 불순함이 있는지 살펴보라는 말이 아니라, [보지 못하고 듣지 못하도록] 나를 방해하는 것이 있지는 않은지 살펴보라는 뜻입니다. 내 마음의 충만함 속에서 나는 하느님께 말씀드리고, 하느님은 들으십니다. 진정으로 기도하고 싶고, 진심으로 가난한 이들을 섬기고 싶다면, 깨끗한 마음이 필요합니다.[8]

어떤 부당함에도 맞설 수 있을 것입니다

예수님과 단둘이서 시간을 보내시기를 바랍니다. 예수님과 단둘이 있다는 것은 무슨 뜻일까요? 그것은 혼자 앉아서 혼자 생각한다는 뜻이 아닙니다. 심지어 일하는 중에도, 사람들 가운데서도 그분의 존재하심을 안다는 뜻입니다. 그것은 그분이 여러분 가까이 계시다는 것, 그분이 여러분을 사랑한다는 것, 여러분이 그분에게 소중하다는 것을 안다는 뜻입니다. 그분은 여러분과 사랑에 빠져 있습니다. 그분은 여러분을 부르셨습니다. 여러분은 그분의 사람입니다. 그 사실을 안다면 여러분은 어디에서도, 어떤 윗사람 아래서도 괜찮을 것입니다. 어떤 실패, 어떤 굴욕, 어떤 고통에도 맞설 수 있을 것입니다. 여러분에 대한 예수님의 개인적인 사랑과 그분에 대한 여러분의 사랑을 깨닫는 한은 말입니다. 어떤 피조물도, 어느 누구도 그 사랑을 떼어놓지 못합니다.(로마인들에게 보낸 편지 8:39) 그렇지 않으면 중요하지 않은 일에 지나치게 집착한 나머지 여러분은 서서히, 상처 받은 자매가 되어갈 것입니다.[9]

그분이 영혼들을 위해 하신 일에 대가를 지불할 준비를 하십시오

예수님은 말씀하셨습니다. "내가 진실로 진실로 너희에게 이르노니, 한 알의 밀이 땅에 떨어져 죽지 아니하면 한 알 그대로 있고, 죽으면 많은 열매를 맺느니라."(요한 복음서 12:24) 영혼들을 하느님께 데려가고 싶다면, 선교사는 매일같이 죽어야 합니다. 그분이 영혼들을 위해 하신 일에 대가를 지불할 준비, 그분이 영혼들을 찾으며 걸으셨던 길을 걸어갈 준비가 되어 있어야 합니다.[10]

✣

아주 사소한 오해—반복된 오해—가 너무 큰 고통의 원인이 되는 경우가 얼마나 많은지요. 예수님의 이름으로, 그리고 예수님의 사랑을 위해, 그분이 주시는 이런 작은 선물을 받아들이십시오. 그 작은 아픔을 바라보며 오직 예수님의 선물만을 보십시오. 그분은…… 여러분을 사랑하셨기 때문에 그 많은 괴로움과 굴욕을 받아들이셨습니다. 여러분은 그분을 사랑하면서 작은 지적이나 아픔을 받아들이는 것은 싫습니까?[11]

✣

당신은 "나의 성소"라고 쓰지요. 그렇습니다. 당신의 것 그리고 당신 배우자의 것입니다. 그것은 하느님께서 그분이 원하시는 대로 하시게 해드리는 것이지요. 하느님께 눈을 드리십시오. 그분이 보실 수 있도록. 하느님께 혀를 드리십

시오. 그분이 말씀하실 수 있도록. 하느님께 마음을 드리십시오. 그분이 사랑할 수 있도록. 하느님께 전부를 드리십시오. 사람들이 우러르며 오직 예수님만을 볼 수 있도록. 지금 당신은 오직 예수님을 위한 존재이므로, 모든 말들을 합친 것보다 훨씬 더 많이 저를 돕고 있습니다. 주교님이 당신의 협력자회를 중단시키셨을 때 당신이 바친 모든 희생, 그리고 그 모든 것이 가져온 결과물로, 교황청의 크나큰 선물인 "교황청 직립 교령Decree of Praise"(사랑의 선교 수도회는 승인을 받아 1965년 교황청 직속이 되었다)이 사랑의 선교회에 주어졌습니다. 이를 위해 여러분이 대가를 치렀던 것입니다.[12]

✣

여러분은 십자가에 못 박히신 예수님의 배우자입니다. 어디를 가든 그 기쁨, 그 평화가 되십시오. 어떤 일이 주어지든 기쁘게 그 일을 하십시오. 오직 예수님을 위한 마음이자 영혼이자 정신이 되십시오. 여러분이 오직 그분을 위한 사람이라면 아무것도 두려울 것이 없습니다. 가장 고된 고난, 가장 심한 굴욕이 여러분에게는 가장 큰 선물이 될 것입니다.[13]

✣

깨끗한 마음을 가진 사람이 하느님을 볼 수 있습니다. "내가 굶주릴 때에 너희가 먹을 것을 주었고, 내가 헐벗었을 때에 너희가 입을 것을 주었다." "너희가 나에게 한 것이다"는 무슨 뜻일까요? 여러분의 마음은 여러분의 자매들 안에서 예수님을 볼 수 있을 만큼, 나아가 여러분에게 상처를 주는 자매들 안에서도 예수님을 볼 수 있을 만큼 순수합니까? 매정한 말은 절대, 절대 한마디도 하지 마십시오.[14]

기회를 잡으십시오

여러분에게 잘못이 없는데 원장 수녀가 여러분의 잘못을 지적한다면, 여러분을 나무란다면, 잠시 자기 안으로 들어가 되짚어보십시오. 죄책감이 든다면 사과하십시오. 죄책감이 들지 않는다면 그 일을 기회로 삼아 여러분의 공동체를 위해, 저(마더 테레사)를 위해, 여러분의 지향을 위해 봉헌하십시오…… 그 기회를 잡으십시오. 이런 굴욕감이 여러분을 아름다운 수녀로 만들어줄 것이기 때문입니다. 여러분에게 겸손에 관해 하루 종일 말할 수도 있지만, 그런다고 여러분이 나아지지는 않을 것입니다. 하지만 굴욕감을 받아들임으로써 여러분은 겸손한 수녀가 될 것입니다. 우리 누구나 그런 감정을 가지고 있습니다. 굴욕감은 우리가 평생 가지고 있는 감정입니다.[15]

✣

꾸짖음을 당하거나 잘못을 지적당할 때 여러분은 어떻게 반응하십니까? 그 반응을 짚어보십시오. 만약 여러분의 반응이 투덜거림이라면 믿음의 눈을 사용하지 않고 있다는 뜻입니다. 잘못을 지적당할 때의 여러분의 생각, 여러분의 말, 여러분의 행동을 지켜보십시오.[16]

✣

만약 제가 진정으로 겸손하다면, 저는 대답할 것입니다. "네, 감사합니다." 오만은 무례하게 말하며, 그것은 사랑스럽고 아름다운 것들을 모두 파괴해버립니다. 잘못을 지적당했다고 해서 화를 내며 내뱉은 말—이를테면…… "그녀는 편파적이야"—은 돌고 돌다가, 그 말이 여러분에게 돌아올 때쯤에는 다른 것이 됩니다. 그것은 마치 아담과 이브의 죄악과 같습니다. 그들은 그 사과를 딱 한 입 베어물었을 뿐이지만, 그 행동은 세상이 끝날 때까지 줄곧 인류에게 영향을 미쳐왔습니다. 우리가 진정으로 겸손하다면, 우리는 참으로 그리스도와 같을 것이며, 그분이 기뻐하실 일을 할 것입니다. 그러면 우리는 참된 거룩함으로 가는 길 위에 있을 것입니다. 우리가 그 길에서 출발한 것이 아니라면 그 어떤 것도 우리를 거룩하게 하지 못할 것입니다. 우리가 굴욕감을 받아들이는 법을 배우지 않는 한, 다른 어떤 것도, 심지어 가난한 이들을 위한 그 많은 실천조차 아무 가치가 없을 것입니다.[17]

✣

여러분이 한 어떤 일 때문에 비난받는 게 나을까요, 여러분이 하지 않은 어떤 일 때문에 비난받는 게 나을까요? 여러분이 이에 대해 깨닫는다면, 그분이 주시는 무엇이든 환한 미소로 받아들이고, 그분이 거두시는 무엇이든 환한 미소로 드리는 법을 배운다면, 여러분은 겸손해지는 법을 배우게 될 것입니다. 제가 여러분에게 가르친 기도가 도움이 될 것입니다. "전 세계에서 드리고 있는 모든 미사와 하나 되어 주 당신께 제 마음을 바칩니다. 저를 당신의 마음처럼 온유하고 겸손하게 하소서."[18]

✣

설사 여러분의 원장 수녀가 때로 여러분을 이해하지 못하거나 상처를 주는 말을 할지라도, 그 작은 상처가 여러분과 예수님 사이까지 들어와서는 안 됩니다. 그 굴욕이 여러분을 예수님 가까이 데려갈 것입니다. 그 굴욕에 대해 절대 말대꾸하지 마십시오. 고난은 반드시 오기 마련이며, 굴욕과 외로움 역시 반드시 옵니다. 여러분은 십자가에 못 박히신 예수님의 배우자가 될 것이기 때문입니다. 화환도 왕관도 여러분에게 주어지지 않는 대신 십자가가 주어지는 것입니다. "너는 나의 배필이니 나와 함께 나누어라."[19]

✣

여러분이 거룩해지기로 결심했다면 [각각의 굴욕을] 기회로 잡으십시오. 그것이 마음속에 들어앉지 않도록 하십시오. 한쪽 귀로 듣고 한쪽 귀로 흘려보내 곧바로 나가게 하십시오. 이런 소소한 굴욕들은 하느님의 선물입니다.[20]

사람들의 생활에는 누구에게나 하루 종일, 계속해서 이런 아름다운 선물들이 많이 쏟아집니다. 이는 곧 그러한 사소한 일들, 사소한 굴욕들 속에서 예수님에 대한 우리 사랑을 보여줄 기회입니다. 우리가 겸손하다면, 우리 마음이 순수하다면, 우리는 기도 속에서 하느님의 얼굴을 보게 될 것이며, 따라서 서로에게서 하느님을 볼 수 있을 것입니다. 자매님들, 그것은 완전한 하나의 원입니다. 모든 것이 연결되어 있습니다. 우리 기도의 열매는 예수님을 향한 그 사랑입니다. 그 사랑은 이 작은 굴욕들을 기쁘게 받아들임으로써 증명됩니다.[21]

투덜거리기는 아주 쉽습니다. 절대 투덜대지 마십시오. 여러분이 여기 온 것은 예수님을 사랑하기 때문입니다. 오늘 여러분은 받아들임으로써 여러분의 사랑을 보여주어야 할 것입니다. 오늘 여러분은 잘못에 대해 안 좋은 지적을 받고 그로 인해 상처를 입게 되면 절대 말대꾸하지 마십시오. 질문을 받지 않는 이상 말대꾸하지 마십시오. 만약 [그 원장 수녀가] "자매님이 이것을 했습니까?" 하고 물으면 예, 아니오로 대답하면 될 것입니다. 설사 여러분에게 묻지도 않고 나무란다고 해도, 심지어 여러분에게 소리를 지른다고 해도, [스스로에게 물어보십시오]. "이것이 사실인가?" 오직 그 한 가지 질문만 하십시오. 여러분 마음이 깨끗하다면 이렇게 말씀하십시오. "죄송합니다. 앞으로 [그러지] 않겠습니다." 그게 아니라면 받아들이십시오. 그것이 여러분이 겸손한 수녀가 되도록 가르쳐줄 것입니다. 받아들이십시오. 절대, 절대, 잘못을 지적받은 후에는 절대로

울적해하지 마십시오. 울적함은 교만의 열매입니다. 복수의 마음입니다. “당신이 나에게 상처를 주었어. 나에겐 그 상처를 되갚아줄 아무런 수단이 없어. 그래서 울적해.” 그것을 붙잡으십시오. 바로 그 굴욕감이 여러분이 겸손한 자매가 되도록 가르쳐줄 것입니다. 깨끗한 마음은 여러분에게 기쁨을 줄 것입니다.[22]

✣

행복해지고 싶다면 절대 억울함이 여러분을 건드리도록 허락하지 마십시오. 진정으로 여러분 자신을 하느님께 드린다면 굴욕, 실패, 성공, 슬픔, 고통 모두 “네”라는 말 속에 있습니다. “네”라는 말을 잊을 때…… 억울함이 우리의 마음속으로 들어옵니다.[23]

✣

시간을 낭비하지 마십시오. 다른 자매님이 한 말에 대해 걱정하지 마십시오. 그 자매님이 마음을 상하게 했다면 영혼들을 위해 바쁘게 지내십시오. 여러분에게는 할 일과 할 기도가 너무도 많습니다.[24]

✣

사람들이 여러분을 칭찬할 때, 그 칭찬이 하느님의 영광을 위한 것이 되게 하십시오. 사람들이 여러분을 업신여길 때, 그것이 여러분에게 상처를 주지 않게 하십시오. [사람들이 여러분을 칭찬할 때] 그것이 여러분을 오만하게 만들지 않게 하십시오. 한쪽 귀로 듣고 다른 쪽 귀로 흘려보내십시오. 절대 그것이 여러분 마음에 들어가지 못하게 하십시오…… 사람들은 항상 서로 다른 말을 많이 합니다.[25]

✣

항상 먼저 미안하다고 말하는 사람이 되십시오. 다른 사람에게서 들었던 말은 절대 여러분의 입에서 나가지 않게 하십시오. 절대 반복하지 마십시오. 마음의 상처를 입었다고 해도 되갚지 마십시오. [보복하려 하지 마십시오.] 우리 삶의 기쁨은 바로 이것, [용서하는 것]입니다. 여러분의 마음을 아프게 한 수녀님, 여러분에게 썩 친절하지 않았던 수녀님은 가난한 자들 중에서도 가장 가난한 자입니다. 신경써서 미소짓지 않거나 용서하지 않는다면 여러분은 예수님을 거부하고 있는 것입니다.[26]

✣

힘든 때—자기 비움의 때—에는 절대 거짓되지 말고, 절대 과장하지 마십시오. 이렇게 생각하면서 저렇게 쓰지 마십시오. 절대 필요 이상으로 쓰지 마십시오. 여러분이 마음이 상했거나 어떤 자매님이 여러분을 화나게 했을 때에는 절대 쓰지 마십시오. 자유롭다고 느낄 때, 그때 쓰십시오. 여러분이 저지른 실수를 자신이 한 일이 아니라고 부인하거나 감추지 마십시오. 다른 사람들이 당신의 실수를 말하기 전에 여러분이 먼저 그것을 쓰십시오. 여러분이 받고 있는 그것은, 바로 여러분이 받기를 예수님이 원하시는 것입니다. 진실하고 거룩하고 겸손하다면, 여러분은 받아야 할 바로 그것을, 더도 말도 덜도 말고 정확히 그만큼 받게 될 것입니다.[27]

✣

예수님의 고향 나자렛을 기억하십시오. 예수님이 성서를 설명하셨을 때, 나자렛 사람들은 그분에게 돌을 던지려 했습니다.(루가 복음서 4:28~29) 여러분은 진리를 위해 고통을 감수해야 합니다. 말을 해야 할 때가 있겠지만, "당신 아드님의 영광을 위해 말하겠습니다" 하고 기도하지 않고는 말하지 마십시오. 성모님을 통해 오직 예수님을 위한 사람이 되십시오. 그렇게 사십시오. 사람들은 예수님을 거짓말쟁이, 베엘제불마귀의 두목이라 불렀지만, 예수님은 대꾸하지 않으셨습니다. 사람들이 예수님의 뺨을 때릴 때에야 "어찌하여 나를 때리느냐?"(요한 복음서 18:23) 물으셨습니다. 사람들 앞에서 뺨을 맞는 것은 큰 굴욕입니다. 굴욕을 받아들이십시오. 겸손함 없이는 예수님과 성모님처럼 될 수 없습니다. 받아들이십시오.[28]

예수님, 당신에 대한 사랑으로

성녀 소화 테레사가 있던 카르멜 수도회에는 나이 많은 수녀님이 한 분 있었는데, 누구도 그분을 기쁘게 하거나 만족시킬 수 없었습니다. 항상 투덜거렸기 때문에 아무도 그분을 돌보려 하지 않았습니다. 그러나 예수님을 사랑했던 소화 테레사 님이 그분을 돌보겠다고 자청했습니다. 매일같이 장황한 불평으로 하루가 시작되었습니다. "오, 넌 너무 느리거나 너무 빠르구나. 네가 나를 죽이겠구나. 지금 무엇을 하는 거냐. 걷지 못하겠느냐." 온갖 투덜거림뿐이었습니다. 하지만 소화 테레사 님은 그럴 때조차 그분에게 순종했고, 원하는 것은 무엇이든 들어주었습니다. 소화 테레사 님은 십자가에 달리신 배우자인 예수님을 위한 모든 것이 되고자 했기 때문입니다. 무언가 어리석게 보일지라도, 우리가 "예수님, 당신에 대한 사랑으로"라고 말하는 그 순간, 하느님께는 그 무엇도 어리석지 않습니다.[29]

✣

요즘 같은 때에 당신과 함께 있었다면 얼마나 좋을까요. 제가 그곳에 같이 있기를 얼마나 바라는지 모릅니다. 주교님의 행동으로 인해 당신이 받은 상처가 어떠할지 이해하고, 상상이 갑니다. 하지만 그를 먼저 사랑하신 예수님 성심의 그 끔찍한 상처를 생각해보십시오. 우리 모두 상당히 불쾌함을 느끼고 있지만, 이 불쾌함은 우리의 감정에만 있을 뿐입니다. 하지만 우리 주님의 상처는 더욱 깊고 고통스럽습니다. 예수님은 당신이 무척 사랑하시는 사람에게서 상처를 받았으니까요. 우리는 주교님이 예수님에게 돌아가도록 기도해야 합니다. 주님은 틀림없이 부러진 갈대를 경멸하지 않으실 것입니다. 고통과 슬픔—얼마나 깊은지는 중요하지 않습니다—이 당신을 사로잡게 허락하지 마십시오. 그리스도는 지금 당신의 사랑을 원하고 계십니다. 당신은 그분을 사랑하지 않는 모든 사람을 대신해 그분을 사랑할 수 있습니다. 그분은 당신들 모두로부터 갈망하시는 사랑을 모두 받으셔야 합니다. 예수님은 당신의 가정을 아주 많이 사랑하고 계십니다.[30]

가여우신 예수님. 그분이 받으신 고통은 너무 많지만, 그럼에도 십자가, 나자렛, 베들레헴은 그분의 첫사랑이었습니다. 그분은 부유하셨지만 우리를 사랑하셨기에 가난하게 되셨습니다. 그 어떤 것도 예수님의 사랑에서 당신을 떼어놓도록 내버려둬서는 안 됩니다. 그것이 주교님 같은 친구들이라 해도 말입니다. 마음을 추스르고 다르게 생각하십시오. 그리스도에게 매달리십시오. 그분은 당신을 먼저 사랑하셨던 바로 그 사랑이십니다. 판단하지 말도록 합시다. 어느 누구도…… 온갖 억측과 소문에 속상해하는 일은 없게 하십시오. 오직 그리스도만 바라보십시오. 그분은 어제도, 오늘도, 내일도 똑같으십니다. 항상 불타오르는 사랑이시며, 결코 비틀거리지 않을 힘이시며, 항상 가득한 기쁨이십니다…… 미소 띤 얼굴로 늘 그리스도를 가까이하십시오.[31]

✣

오랫동안 당신에게서 아무 소식을 받지 못하다가 대학에 대한 슬픈 소식을 들었습니다. 이것은 교회에 대한 우리 사랑을 보여줄 기회입니다. 지금 교회는 그 어느 때보다 우리의 사랑을 필요로 합니다. 마음을 넓게 가지고 수난받으시는 그리스도 곁을 지켜드립시다. 이런 혼란 속에서 예수님이 이렇게 말씀하시는 소리가 들리는 것 같습니다. "너도 떠나려느냐?" 그분은 사랑할 가치가 있는 사랑이시며, 살 가치가 있는 삶이시며, 타오를 가치가 있는 빛이시며, 따라갈 가치가 있는 길입니다. 빌라도와 가야바를 기억하십시오. 그들이 "위로부터의 힘"을 가지고 있었기 때문에 예수님은 그들에게 복종하셨습니다. 주교님은 "위로부터의 힘"을 가지고 있습니다. 그러므로 우리 모두 복종해야 합니다—그리스도는 오직 그 주교님을 통해서만 우리에게 말씀하실 겁니다—대제사장 가야바가 그리도 잔인하고 끔찍한 일을 저질렀음에도 예수님은 우리를 사랑하심을 멈추시지 않으셨습니다. 완전한 복종과 사랑의 신뢰, 쾌활함 속에서 우리 주교님을 통해 어머니 교회에 더욱더 가까이 머물러 있도록 합시다.[32]

✣

내 자매가 [거리의 노숙자처럼] 몸에 벌레가 끓지는 않지만, 그 거친 행동을 보세요. 그녀는 정말 저에게 상처를 주고 있습니다. 그래서 저는 되갚아주려는 것입니다…… 만약 그 자매님이 여러분에게 그런 말을 했다면, 그것은 나쁜 행동입니다. 그런데 [그 자매님은] 왜 그랬을까요? 여러분은 알지 못합니다. 판단하지 마십시오. 판단하지 않으면 공동체 내에서 평화를 누릴 수 있습니다.[33]

우리 가난한 이들의 고통을 공유하는 것

보십시오. 우리 가난한 사람들은 너무 많은 고통을 받아야 합니다. 우리는 그들을 도울 수 있는 유일한 사람들입니다. 그들을 위해 여러분의 고통을 예수님께 바치십시오. 그분의 고통과 굴욕, 수난을 공유하십시오. 오직 여러분만을 위해 그 큰 고통과 굴욕을 견뎌낸 사람은 예수님 말고는 아무도 없습니다. 이제

그분에 대한 사랑으로 우리가 이 모든 것을 받아들일 기회가 왔습니다.[34]

✣

성모님이 예수님을 얼마나 사랑했는지 생각해보십시오. 성모님은 항상 예수님 가까이 계셨습니다. 사람들이 예수님에게 돌을 던지려 할 때나 갈보리 언덕으로 가는 길에 사람들이 예수님을 베엘제불이라고 부를 때, 예수님이 십자가에 달리셨을 때, 사람들이 예수님을 때리고, 못을 박고 침을 뱉고, 범죄자로서 죽게 만들었을 때, 온갖 굴욕을 당하실 때에도, 성모님은 항상 예수님이 당신의 유일한 아들이요, 당신이 가지신 모든 것이라고 말하기를 부끄러워하지 않으셨습니다. 성모님은 그분 곁에 계셨습니다. 우리는 고통받고 굴욕당하는 우리 가난한 사람들 곁에 있습니까?[35]

왜 당신이나 내가 아니라 그들입니까?

언젠가 아베 피에르[36]가 니르말 흐리다이에 왔었습니다. 몹시 마음이 아프셨던 듯, 그분은 계속해서 말씀하셨습니다. "왜 내가 아니라 그들입니까?" 끊임없이 그렇게 말씀하셨습니다. 그러고는 프랑스에 돌아가서 이런 제목의 아름다운 기사를 쓰셨습니다. "왜 당신이나 내가 아니라 그들인가?" 가난한 이들을 방문하면 저는 마음이 아픕니다. 여러분이 진실로 십자가에 달리신 예수님의 배우자라면, 틀림없이 여러분도 마음이 아플 것입니다. 그들은 갈보리의 재현이며, 못 박히신 예수님이십니다. 그리고 우리는 예수님의 수난을 나누고 싶기 때문입니다.[37]

마더 테레사는 누군가 당신을 힘들게 하거나 문제를 일으키면 오히려 그 사람을 더 사랑하기 위해 각별히 애쓰셨습니다.

모든 것은 예수님을 위해

니르말 흐리다이에는 죽어가는 많은 환자들이 캘커타 시영 구급차로 실려오고, 사랑의 선교회 수녀님들도 캘커타의 거리에서 그런 환자들을 데려옵니다. 거의 날마다 환자들이 죽어가지요. 그런데 어떤 사람들이 신문에 글을 썼습니다. 마더 테레사 수녀님이 이 환자들에게서 피를 뽑고 있고, 그 때문에…… 많은 환자가 죽고 있다는 것이었습니다. 저는 수녀님에게 항의해야 한다고 말씀드렸지만, 수녀님은 조용하고 차분하셨습니다. 수녀님은 말씀하셨습니다. "모두 하느님이 원하시는 일입니다. 이 사람들은 언젠가 자신들의 실수를 깨닫고 매우 미안하게 생각할 것입니다." 그 말씀이 맞았습니다. 그들 가운데 한 사람이 고통받고 있었습니다. 아무도 그를 돌보려 하지 않을 때, 모든 곳에 사랑이 미치시는 마더 테레사 수녀님이 늘 그 사람을 위해 거기 계셨습니다. 수녀님은 그에게 사랑을 주셨고, 그 사람들은 수녀님을 이해했습니다.[38]

✣

"마더 테레사가 많은 돈을 가지고 있으면서도 병원이나 요양원 같은 시설을 짓지 않았다는 말로 우리를 비판하는 사람들이 있더라도 내버려두십시오." 테레사 수녀님은 그 모든 것 위에 계셨습니다. 어떤 비판에도 신경을 쓰지 않으셨고, 우리가 그런 일로 걱정하는 일이 없도록 당부하셨습니다. 항상 입술 위에 십자가를 그리며 이렇게 말씀하곤 하셨지요. "모든 것은 예수님을 위해." 입버릇처럼 그 말을 하셨습니다. 모든 것은 예수님을 위해.[39]

그 환자를 용서하시고 재활시키셨으며 그 가족을 도우셨습니다

캘커타의 우리 나병 환자 중 한 명이 마더 하우스 정문에서 테레사 수녀님께 폭력을 휘둘렀습니다…… 이웃에 사는 젊은 청년 하나가 자기 집 창문에서 그 광경을 목격했지요. 청년이 얼른 아래로 내려와 [그 남자를] 붙잡고 겁을 주자 [그 남자는] 곧장 달아났습니다. 수녀님은 그 환자를 용서하시고, 재활치료를 시키셨으며, 그 가족을 도우셨습니다.[40]

친절하게 대하는 방법에 대한 좋은 가르침

마더 하우스에서 끊임없이 문제를 일으키곤 하던 한 고아 소년이 있었습니다. 소년은 또한 오로지 돈만 원했는데, 테레사 수녀님이 거절하시자 응접실로 내려가서는 의자들을 죄다 부숴버렸습니다. 아래로 내려가신 수녀님은 소년을 가만히 바라보기만 하셨습니다. 결국 소년은 난동을 멈추고 용서를 빌었지요. 언제인가, 마더 하우스에서 모두가 오후 휴식을 취하고 있는데 소년이 찾아왔습니다. 소란을 피우던 소년은 달아나더니, 수련자 구역에 있는 화장실로 가서 숨었습니다. 한 수녀님이 경찰을 부르기로 결심했고, 경찰은 금세 도착했지만 일은 바로 해결되지 않았습니다. 마침 종이 울렸고, 테레사 수녀님도 우리들처럼 성당으로 가고 계셨습니다. 밖을 내다보시고 경찰을 발견하신 수녀님이 무

슨 일인지 물으셨습니다. [그 고아 소년] 때문에 벌어진 소동이라는 얘기를 들으신 수녀님은 매우 화를 내셨습니다. "왜 나를 깨우지 않고 경찰에 전화했습니까?" 수녀님은 아래로 내려가셔서는, 경찰관들을 한쪽으로 데려가며 말씀하셨습니다. "그 소년은 우리 식구입니다, 제 아이입니다. 다시는 그러지 않을 것이니 풀어주세요." 그런 다음 소년을 향해 물으셨습니다. "내 말이 맞지?" 소년은 고개를 끄덕이며 대답했습니다. "네." 경찰은 소년을 정문 밖으로 데리고 나가 풀어주었습니다. 차 마시는 시간이 끝난 뒤, 우리 서원 수녀들은 함께 있는 아이들과 어른들이 우리를 힘들게 할지라도 친절하게 대하고 용서하는 방법에 대해 좋은 교훈을 얻었습니다.

테레사 수녀님을 비방하는 추악한 편지가 신문에 실리다

인도의 러크나우에서 우리 수녀님들이 도움이 필요한 가난한 사람들을 돕기 위해 무료 진료소를 열었을 때, 한 의사는 수녀님들에게 몹시 화가 났습니다. 그의 환자들 일부가 빠져나가기 시작한 것이었습니다. 화를 참지 못한 그는 결국 테레사 수녀님을 비방하는 아주 추악한 편지를 써서 신문에 실었습니다. 러크나우로 가셔서 무엇 때문에 그런 기사가 나게 됐는지 수녀님들에게서 들으신 테레사 수녀님은, 그 의사의 집을 찾아서 문을 두드렸습니다. 문 앞에서 마더 테레사를 본 그 의사는 깜짝 놀랐지요! 수녀님은 상냥하게 말씀하셨습니다. "선생님, 저는 마더 테레사입니다. 선생님이 저에 대해 모르시는 많은 것들을 알려드리려고 이렇게 찾아왔습니다." 어안이 벙벙한 의사는, 수녀님을 안으로 모셨습니다. 그 의사에게 무슨 이야기를 하셨는지 수녀님은 우리에게 말씀하지 않으셨지만, 그는 협력자회 회원이 되었고, 우리 무료 진료소의 수녀님들을 돕기 시작했답니다.[41]

제 걱정은 하지 마십시오

크리스토퍼 히친스Christopher Hitchens가 수녀님에 대한 소름끼치는 다큐멘터리 〈지옥의 천사Hell's Angel〉를 발표했을 때, 저는 몹시 화가 났습니다…… 테레사 수녀님께 전화를 걸어 말씀을 드렸지요. "수녀님, 이런 일이 벌어지다니 저희가 너무 죄송합니다." 저는 미움과 억울함, 복수심으로 불타고 있었지요. 이기적인 동기 때문에 주님의 이름으로 그렇게 많은 일을 하고 있는 사람을 함부로 그렇게 비방하다니요. 그러면서 자신은 인간적이어서 그렇게 한다니, 어떻게 그럴 수가 있을까요. 저는 테레사 수녀님이 걱정이 되었습니다. "어쩌나! 수녀님은 대체 어떤 기분이실까?" 그러나 그분은 오히려 저를 걱정하셨습니다. "그런데 수녀님은 무슨 문제라도 있나요? 수녀님은 그를 위해 기도해야 합니다. 제 걱정은 하지 마세요. 우리는 그를 사랑해야 합니다. 그를 위해 기도해야 합니다." 모르겠습니다. 그것은 매우 공개적인 사건이었으나, 수녀님은 오로지 우리가 그를 사랑해야 한다고만 하셨습니다. 우리가 그를 위해 기도해야 한다고 말입니다. 그렇게 수녀님은 가까운 사람들뿐만이 아니라 적들까지도 사랑하는 삶을 실천하시고 계셨던 것입니다…… [나중에] 캘커타에서 수녀님을 만났을 때, 수녀님은 아직도 사람들이 수녀님에 대해 나쁜 이야기를 하는지 저에게 물으셨습니다. 저는 대답했습니다. "아닙니다, 수녀님. 다 끝났습니다." 그러자 수녀님이 말씀하시더군요. "그들이 예수님에게 온갖 짓을 다 하고 예수님을 베엘제불이라 불렀다면, 그렇다면 우리는 누구겠습니까? 그게 무엇이든 모두 성모님을 통해 예수님께 드리십시오." 그렇게 말씀하시며 수녀님은 제 두 손을 꼭 잡으셨습니다. 저는 그 일을 결코 잊을 수 없을 것입니다.[42]

✢

"수녀님, 사람들이 수녀님에 대해 이렇게 얘기하고 있습니다." 제가 수녀님께 말씀드릴 때마다 수녀님은 대답하곤 하셨습니다. "모든 것은 예수님의 손 안에 있습니다. 걱정할 게 하나도 없어요."[43]

판단하지 마십시오

수녀님은 누구도 경멸하지 않으셨고, 누구도 비난하지 않으셨으며, 누구도 탓하지 않으셨습니다. 오히려 항상 용서하셨지요. 수녀님은 이렇게 말씀하곤 하셨습니다. "우리는 그 사람들이 넘어지게 된 의도나 상황을 알지 못합니다. 우리가 판단해서는 안 됩니다." 그리고 이렇게 쓰셨지요. "제가 저지르지 않았기에 절대 고백할 필요가 없었던 죄가 한 가지 있습니다. 여러분을 포함해 사람들의 행동을 의심하는 것입니다. 저 역시 종종 부당한 일들이 벌어지는 것을 알고 있고, 그것이 옳다고는 못합니다. 하지만 그 사람이 왜 그렇게 행동하고 말하는지 역시 저는 알 수 없습니다. 이 때문에 예수님 말씀처럼, 저는 판단하지 않을 수 있습니다."(마태오 복음서 7:1)

그들을 위해 기도합시다

테레사 수녀님은 몰인정한 말들을 몹시 싫어하셨습니다. 만약 한 수녀님이 누군가에 대해 불평하기 시작하면, 수녀님은 당장 그 수녀님에게 침묵하도록 일깨우는 [십자가를] 당신의 입술 위에 그려 보이셨습니다. 테레사 수녀님이 비난당하고, 비방을 당하고 있다는 사실을 누군가 알려드리면, 수녀님은 이렇게 말씀하곤 하셨습니다. "그들을 위해 기도합시다." 때로는 오히려 소소한 유머로 그 일을 가만히 지켜보시면서 자조하시며, 종종 이런 말씀도 하셨습니다. "이 일을 통해 배우고 우리가 잘못한 부분을 스스로 고치도록 합시다."[44]

하루는 두 수녀님이 심하게 다투었습니다. 테레사 수녀님은 두 사람이 더 호의를 가지고 서로를 보게 하려 애쓰셨지만, 잘못이 조금 더 컸던 수녀님이 추악한 말을 쓰며 테레사 수녀님에게 화를 퍼부었습니다. 그러고는 밖으로 뛰쳐나가려고 몸을 돌렸습니다. 그러나 테레사 수녀님이 얼른 다가가 그 수녀님을 다정하게 붙잡으시고는 천천히 이해시키려 애쓰셨습니다. 그 수녀님이 여태 우리와 함께 지내면서 훌륭하고 근면하고 충실하게 남아 있는 건, 테레사 수녀님 덕분이라고 확신합니다.[45]

저는 무척 속상했습니다

한번은 제가 무척 속상해하고 있는데, 테레사 수녀님이 눈치를 채셨습니다. 수녀님이 저를 방으로 부르셔서 물으시더군요. "무슨 일이 있었나요? 시간이 되지도 않았는데 벌써 해가 졌나요? 이제 겨우 세시입니다." 자초지종을 말씀드리자, 테레사 수녀님은 실천을 위한 귀중한 교훈을 주셨습니다. "아시겠지만, 예수님은 수녀님의 마음속에서 사랑으로 불타고 계십니다. 수녀님은 그분을 사랑하고, 그분은 수녀님을 사랑하십니다. 불타는 사랑은 있는데, 뭔가 빠진 것이 있네요. 그분께서는 하느님의 영광을 더없이 완전하게 해줄 약간의 향을 필요로 하십니다. 오늘 아침 수녀님은 이렇게 기도하셨지요. '당신의 향기를 퍼뜨리게 도와주십시오.' 그래서 그분께서 향을 주셨습니다. 이제 향을 들어 감사의 마음으로 그분께 향을 바치는 건 수녀님의 몫입니다. 모든 사랑을 담아 그분께 그 향을 드리세요. 그러면 마음속의 그분에게서 뿜어지는 향기를 맡게 될 것입니다. 예수님은 수녀님을 사랑하시기 위해 대가를 치르십니다. 사랑의 예수님 안에서 영혼들을 구하고 싶다면, 수녀님 역시 어느 정도는 대가의 일부를 같이 치러야 합니다."[46]

저는 손목시계를 보고 테레사 수녀님께 말씀드렸습니다. "수녀님, 비행기를 타시려면 지금 가야 합니다." 수녀님이 대답하셨지요. "네, 그렇군요. 지금 갑니다." 자리에서 일어나시며 곧 출발할 것처럼 하시더니, 수녀님은 다시 모든 자매님들을 축복해주시려 하시더군요. 속에서 짜증이 치밀어올랐습니다. 제발, 제발 어서 출발하자고 소리치고 싶은 마음이었지요. 저는 차가 있는 쪽으로 계속해서 슬금슬금 수녀님을 밀쳐대려 애쓰고 있었지만, 어느 사이엔가 또 누군가 말을 걸어 수녀님의 주의를 끌었습니다. 그렇게 우리는 겨우 차 앞에 도착했고, 저는 수녀님이 바로 올라타시도록 차 문을 열어두고 있었습니다. 정말이지 수녀님을 안으로 밀쳐넣고 싶은 마음이 굴뚝같을 때, 갑자기 원장 수녀님이 이렇게 말하는 겁니다. "테레사 수녀님, 한 아기가 죽어가고 있습니다." 수녀님은 걸음을 멈추고 말씀하셨습니다. "그 아이를 데려오세요."

이때쯤 저는 짜증이 폭발하다시피 했고, 거의 이런 식의 태도가 되었습니다. "죽어가는 아기들에게 신경쓸 시간이 없습니다. 이제 비행기를 타셔야 한다고요." 제 마음은 정말 그랬습니다…… 아무 말도 하지 않고 있었지만, 저의 몸짓, 혀를 차는 소리, 한숨 등이 모든 걸 말해주고 있었지요. 수녀님은 저에게 이렇게 말씀하시지는 않으셨습니다. "당신은 아주 무례하고 참을성이 없군요. 그만하세요. 당신이 무슨 짓을 하는지 보세요. 저는 죽어가는 아기 얘기를 하고 있습니다. 당신은 어떻게 된 사람입니까?" 물론 이런 말로 저를 묵살하지도 않으셨지요. "그렇게 짜증난다면 옆에 비켜 서 계세요. 제가 알아서 늦지 않게 비행기를 타겠습니다." 수녀님은 저한테 뭐라고 하시지도, 저의 막돼먹은 행동을 지적하시지도 않았습니다. 그냥 다정하게 제 팔을 잡으시더니 이렇게만 말씀하셨지요. "갈게요. 하지만 이 아이를 먼저 봐야겠습니다." 그 순간 수녀님은 저의 잘못된 마음에도 불구하고, 저까지 배려하고 계셨습니다.

수녀님은 예의 없는 사람의 비참한 모습을 하신 예수님을 보셨던 게 틀림없습니다. 예의 없는 태도 역시 가난의 한 형태이니까요. 수녀님은 제가 얼마나 무례하게 굴고 있는지 지적하지 않으셨습니다. 오히려 저를 포용하시고 무례하게 구는 저를 잡아주셨지요. 그리고 저는 녹아버렸습니다. 그대로 녹아버렸습니다. 죽어가는 조그만 아이가 수녀님 앞으로 옮겨져왔습니다. 그런 아이들이라면 수녀님은 수천 명은 보아오셨을 것입니다. 그런데도 수녀님은 시간을 내어 기도해주시고, 작은 기적의 메달을 그 갓난아기의 포대기 안에 넣으신 후에야 차에 오르셨습니다. 그것은 아주 아름다운 사건이었습니다. 저는 그 사건을 목격하고, 그 현장의 일부가 되는 특권을 누렸습니다. 물론 저를 위해 연출된 장면은 아니었습니다. 수녀님이 원래 그런 분이셨던 것이지요. 그러니 그분이 평생토록 보여주신 아름답고 소박한 사랑의 행동은 얼마나 많겠습니까? 생각하면 정말 놀랍기만 합니다.[47]

까다로운 수녀님

우리 중에 좀 까다로운 수녀님이 한 분 계셨습니다…… 어느 점심시간이었는데, 식탁에 앉은 그 수녀님이 점심을 먹고 싶지 않다고 하더군요. 음식을 보기만 해도 입맛이 달아난다고 말이지요. 우리 모두 당황했지만 테레사 수녀님은 아니었습니다. 수녀님은 진짜 어머니처럼 행동하셨습니다. 테레사 수녀님은 눈을 크게 뜨시고는 한 수녀님에게 다른 음식을 가져오라고 하셨습니다. 그러고는 그 수녀님과 이야기를 나누셨습니다. 다른 수녀님이 음식을 가져가자, 테레사 수녀님은 미소를 지어 보이셨습니다. 그사이 점심시간이 끝나 그만 일어나야 할 시간이 되었지만, 수녀님은 계속해서 그 수녀님과 식탁에 앉아 계셨습니다. 테레사 수녀님은 그 수녀님에게 참고 먹으라든가, 다른 수녀님들이 하는 대로 따라 하라든가 하는 말씀은 하지 않으셨습니다. 저는 여러 번 보았습니다, 테레사 수녀님이 수녀님들을 무조건적으로 사랑하시고…… 수녀님들을 신뢰하시고, 그리고 심지어 "가난한 이들 중에서도 가장 가난한 이들"인 우리 한 사람 한 사람에게 큰 희망을 품고 계셨던 모습을 말입니다.[48]

오직 그녀를 돕는 것만 신경쓰셨습니다

한 수녀님이 곤경에 빠진 적이 있었습니다. 테레사 수녀님은 그 수녀님에게 신부님을 만나도록 주선해주셨지요. 그 수녀님이 신부님과 같이 있는 동안, 테레사 수녀님은 내내 묵주를 손에 쥐고 베란다를 왔다 갔다 하고 계셨습니다. 수녀님은 그 수녀님을 위해 기도하고 계셨습니다. 그 수녀님이 저지른 잘못이나 그로 인한 테레사 수녀님의 괴로움을 생각하시는 게 아니라, 오직 그 수녀님을 돕는 것만 신경쓰고 계셨습니다.[49]

예수님께 당신의 좋은 평판을 드릴 수 없나요?

한 수녀님이 저에 대해 좋지 않은 말을 하고 다녀서, 몹시 마음이 상하고 화가 나 있을 때였습니다. 저는 테레사 수녀님께 더 이상 못 참겠다고 말씀드렸습니다. 수녀님이 제 편을 들어주는 말씀을 하시거나, 왜 그러느냐, 누구 때문이냐, 무엇 때문이냐 등을 물어보실 줄 알았지만, 수녀님의 대답은 놀라웠습니다. 수녀님은 한동안 저를 뚫어져라 보시더니 이렇게 말씀하셨습니다. "예수님께 수녀님의 좋은 평판을 드리면 안 될까요?" 그때 저는 수녀님이 어떤 수준에서 생각하시는지 조금이나마 이해할 수 있었습니다. 그분은 어려운 문제나 사건, 사람들에게는 크게 집중하지 않으셨습니다. 모든 것이 예수님이었습니다. 예수님이 나에게 뭐라고 말씀하고 계실까, 예수님이 무엇을 요구하고 계실까, 예수님이 무엇을 주고 계실까…… 다시 말해, 테레사 수녀님은 상황 속에서 더 깊은 진리—사랑의 진리—를 추구하셨고, 그 진리 안에서 반응하셨습니다. 때문에 테레사 수녀님께 어떻게 하면 진정으로 거룩할 수 있는지 여쭐 때면, 언제나 한결같이 대답하셨던 것입니다. "환한 미소를 띠고서, 그분이 주시는 것을 받고 그분이 거두시는 걸 드리세요." 수녀님이 스물네 시간 예수님과 —사랑 속에서— 함께하시고, 당신의 삶을 하느님께 드릴 아름다운 어떤 것으로 만드실 수 있었던 비결은 바로 그것이 아니었나 싶습니다. 계속해서 그렇게 살기 위해서는 영웅적인 믿음이 필요할 것입니다.[50]

당신의 친절만이 도울 수 있습니다

전도 활동 중에 한 신부님이 우리를 몹시 힘들게 하셨습니다. 테레사 수녀님이 방문하러 오셨을 때, 우리는 그 신부님에 관해 말씀드렸지요. 수녀님은 말씀하셨습니다. "하느님께서 그 신부님을 여기에 데려오신 것은 여러분이 그분을 사랑하고 그분에게 친절을 베풀 수 있도록 하기 위해서입니다. 그분에 대해 매정하게 말하지 않도록 조심하십시오. 그분을 도와드리고 친절하게 대하세요. 그분은 지금 가난한 자들 중에서도 가장 가난한 자입니다." 테레사 수녀님이 다른 사람에 대해 무슨 말씀을 하시거나 좋지 않은 말을 하시는 건 들어본 적이 없습니다. 심지어 그것이 사실일 때도 마찬가지였습니다. 제가 수녀님께 어떤 사람에 대해 말씀드리면 곧장 저의 말을 막으시곤 말씀하셨지요. "그 사람에게 친절하게 대하세요. 자매님의 친절만이 그 사람을 도울 수 있습니다."[51]

내 가방에서 돈을 빼간 소년

크리스마스를 앞두고 시장에 갔다가 저는 오랫동안 제대로 먹지 못한 듯 아주 딱해 보이는 한 소년을 발견했습니다. 저는 그 소년이 우리의 크리스마스 선물이 될 거라고 생각하며, 기쁜 마음으로 소년을 집으로 데려오려고 했지요. 제가 앞장서고 소년이 뒤따라왔습니다. 그런데 제가 생선을 고르는 동안, 그 소년이 제 가방에서 960루피가 든 봉투를 꺼냈습니다. 도망치는 소년의 모습이 보이더군요. 그 소년이 그런 짓을 했다는 걸 믿을 수가 없었습니다. 제가 발을 동동 구르는 것을 본 사람들이 시장 전체를 뒤지며 찾았지만 소년은 흔적조차 찾을 수 없었습니다. 크게 낙심한 저는 장보기를 그만두고 집으로 돌아왔고, 공동체에 용서를 구했습니다…… 잃어버린 돈을 배상하기 위해 큰 물탱크에서부터 화장실 물탱크까지 양동이로 수없이 물을 옮겨야 할 거라고 생각하고 있었지요…… 그런 가운데 저는 테레사 수녀님에게 자초지종을 설명하는 글을 썼습니다. 2월에 마더 하우스에서 피정이 있었습니다. 저는 떨리고 두려운 마음으로 수녀님을 찾아갔습니다. 저는 또 한 번 그 사건의 전모를 말씀드렸습니다. 테레사 수녀님은 너무도 아름다운 모습으로 제 말에 귀를 기울이시더니 뜻밖의 말씀을 하셨습니다. "마음 쓰지 마세요, 수녀님. 그 소년이 그 돈이 꼭 필요했나봅니다." 그 소년을 판단하거나 비난하는 말 한마디, 저의 부주의를 탓하는 말 한마디 없으셨습니다.[52]

테레사 수녀님의 사랑의 힘

힌두교도와 무슬림 사이의 소요 때문에 캘커타에서는 많은 문제가 있었습니다. 정오에 테레사 수녀님과 저는 파크 가街로 가고 있었습니다. 파크 광장에 도착하기 전, 우리는 돌멩이와 장대, 크고 작은 칼 등을 들고 있는 수많은 사람들을 보았습니다…… 닥치는 대로 집들을 부수려는 것이었습니다. 수녀님은 멀리서부터, 두 손을 높이 드시고는 운전기사에게 경적을 울리라고 하셨습니다. 우리 차에 마더 테레사 수녀님이 타고 계시다는 걸 알게 된 사람들이, 모두들 돌이며 무기들을 버리고 우리를 향해 달려왔습니다. 그들이 가까이 다가오자, 수녀님은 두 손을 모으셨습니다. 수녀님은 그들에게 한마디도 하지 않으셨습니다. 그저 두 손으로 그들에게 돌아가라는 신호를 해 보이셨지요. 수녀님의 발을 만지고, 수녀님이 주시는 축복을 받은 사람들은 모두 순한 양처럼 돌아갔습니다. 수녀님은 사람들이 모두 돌아갈 때까지 가만히 기다리셨습니다. 그날 저는 테레사 수녀님의 사랑의 힘, 불안한 마음에 평화를 가져오시는 그 힘이 어떤 것인지 깨달았습니다. 수녀님이 왜 그들에게 한마디도 하지 않으셨는지 궁금해하던 저는, 문득 수녀님의 말씀이 떠올랐습니다. "만약 모두가 아니라 어느 한쪽을 지지하는 말을 해야 한다면, 저는 정치를 강요당하고 사랑하기를 멈추게 될 것입니다." 수녀님은 매우 현명하셨습니다. 말해야 할 때와 말하지 않아야 할 때를 아셨는데, 그런 순간들에 그분이 보여주신 행동은 수녀님의 사랑의 표지이자 평화의 근원으로 받아들여졌습니다.[53]

집에서 우리의 사람들을 만나십시오

아삼 주 정부는 테레사 수녀님에게 에이즈 환자들을 위해 넓은 땅을 내어주기로 했습니다. 주지사는 수녀님이 그 땅을 받으러 직접 오셔야 한다고 고집했지요. 수녀님이 도착하시던 날 오후, 수녀님을 만나고 축복을 받으려는 많은 군중이 와 있었습니다. 그런데 근사한 옷차림의 한 부인이 들어오더니, 우리가 하는 사업과 가난한 사람들에 대해 좋지 않은 온갖 소리를 늘어놓기 시작했습니다. 우리가 하는 모든 일이 소용없는 짓인 것처럼 얘기하더군요. 수녀님은 그 부인을 다정하게 토닥이시며 말씀하셨습니다. "당신에게 무어라 드릴 말씀이 없습니다. 하지만 꼭 우리 집에 가셔서 거기 살고 계신 사람들을 만나보셨으면 합니다. 그러고 나서 다시 저를 뵈었으면 합니다." 잠시 후 그 부인이 돌아왔습니다. 그녀는 펑펑 울면서 수녀님께 말했습니다. "저는 공허한 마음으로 왔다가 만족해서 돌아갑니다. 수녀님, 저는 빈손입니다. 수녀님의 사업에 해드릴 것이 아무것도 없습니다." 그녀는 목에서 두꺼운 금목걸이를 빼더니, 사진이 들어 있는 ―결혼의 상징인― 로켓locket을 빼서 따로 챙기고는 목걸이의 체인을 수녀님의 손에 쥐여주면서 말했습니다. "수녀님, 제발 거절하지 말아주세요. 이걸 꼭 받아주십시오." 수녀님은 감사히 그 금목걸이를 받으셨습니다. 수녀님은 그녀를 응접실로 데려가 한참 동안 말씀을 나누셨습니다. 그녀는 완전히 다른 사람이 되었습니다. 말씀을 나누기 전에 집을 방문해달라는 수녀님의 초대로 그녀의 삶이 바뀐 것입니다.[54]

나의 아들

수녀님들에게 숱한 말썽을 부리던 한 나병 환자가 있었습니다. 그는 사흘 동안 정문 근처에 누워 우리 차량이나 수녀님들이 드나들지 못하게 하곤 했습니다. 돌을 던져 차량의 창문을 부수기도 했지요…… 불만에 가득 차서는 말도 안 되는 것들을 요구했기 때문에, 들어줄 수가 없었습니다. 상황이 점점 더 곤란해지고 있던 차에, 테레사 수녀님이 캘커타에서 몇 분의 손님을 모시고 도착했습니다. 수녀님이 도착하시자 다른 환자들이 얼른 테레사 수녀님께 모든 일을 말씀드렸지요. 구급차에서 내리신 수녀님은 [그 나병 환자에게] 다정하게 말을 거셨습니다. "아들아, 내가 너를 캘커타에 데려가서 티타가르에서 수사님들과 함께 정착하게 해주마." 남자는 곧바로 자리에서 일어났습니다. 그러고는 수녀님의 발을 만지고 축복을 받더니, 말 한마디 없이 수녀님과 출발할 준비를 했습니다. 수녀님은 손님들을 모시고 그곳을 둘러본 다음, 다른 수녀님들과 약간의 시간을 보내신 뒤 캘커타로 돌아가셨습니다. 그 환자 역시 테레사 수녀님과 같은 차를 타고 어린 양처럼 같이 떠났지요. 수녀님이 그 상황을 정리하는 방식은 정말이지 경이로웠습니다.[55]

VIP 구역에서 나가주십시오

교황 성하께서 인도에 오셨을 때입니다. 교황 성하의 미사를 기다리며 테레사 수녀님은 앞줄의 VIP 구역에 계셨습니다. 그런데 주교님의 비서가 오더니 수녀님에게 VIP 구역에서 나가달라고 했습니다. 테레사 수녀님과 함께 앉아 있던 수녀님들은 모두 굉장히 기분이 상했지요. 하지만 테레사 수녀님은 곧장 자리에서 일어나 뒤쪽으로 가셨습니다. 주교님은 테레사 수녀님에게 VIP 출입증을 주시지 않았지만, 교황대사와 추기경님들이 수녀님을 VIP 구역으로 안내한 것이었지요. 단상에 오르신 교황 성하께서 테레사 수녀님이 앞줄에 계시지 않다는 걸 아시고는, 수녀님께 맨 첫 번째 줄 바로 앞쪽으로 나오라 하셨습니다. 그렇게 해서 수녀님은 다시 처음에 계셨던 자리로 돌아가셨습니다. 주교님이 테레사 수녀님에게 굴욕을 주려던 거라 생각한 수녀님들은 모두 너무 화가 났지만, 테레사 수녀님은 전혀 개의치 않으셨습니다. 주교님 생신이 되자, 테레사 수녀님은 수녀님들을 모두 데려가셔서 주교님 생신을 축하해드렸습니다. 우리에게 주교님과 화해할 기회를 주셨던 것입니다.[56]

테레사 수녀님이 사과하셨습니다

언제인가 테레사 수녀님을 모셔오기 위해 A 수녀님과 함께 [공항에] 나갔을 때입니다. 그 수녀님이 책을 한 권 가지고 오셨고, 차 안에서 저는 그 책을 읽었습니다. 그런데 테레사 수녀님이 다정하게 말씀하시더군요. "허락을 받지 않았다면 그 책을 읽지 마세요." A 수녀님이 옆에서 테레사 수녀님께 일러드렸지요. "테레사 수녀님, 이 수녀님은 저번에 허락을 구했습니다." 집에 와서 저 혼자 있는데 테레사 수녀님이 틈을 보시더니 저에게 사과를 하시더군요. 먼저 묻지 않고 잘못을 지적하려 했던 일에 대해서 말이에요. 저는 몹시 감동하고 말았습니다.[57]

· "여러분은 하느님께서 뽑아주신 사람들이고 하느님의 성도들이며 하느님의 사랑을 받는 백성들입니다. 그러니 따뜻한 동정심과 친절한 마음과 겸손과 온유와 인내로 마음을 새롭게 하여 서로 도와주고 피차에 불평할 일이 있더라도 서로 용서해주십시오. 주님께서 여러분을 용서하신 것처럼 여러분도 서로 용서해야 합니다." _골로사이인들에게 보낸 편지 3:12~13

· "그분께서 주시는 것을 받아들이세요—그분이 거두시는 것을 드리세요—환한 미소를 띠고서."[58]

내가 당하는 부당함과 십자가 위에서 예수님이 나를 위해 견디신 부당함을 연결짓고 있습니까?

나는 가난한 사람들에게 가해진 엄청난 부당함과 업신여김과 박탈을 생각합니까? 그들이 당하는 부당함에 비교해 나에게 가해진 부당함은 어떤 것입니까?

내가 다른 사람들을 귀찮게 하거나 짜증나게 할 수 있는 무언가를 하고 있을지 모른다는 것을 의식하고 있습니까? 내가 다른 사람들을 고려하지 못할 수도 있고, 그들을 힘들게 하고 있을 수도 있다는 걸—누군가 일이나 공부를 하려고 할 때 큰 소리로 대화를 한다든지, 누군가 쉬려고 할 때 큰 소음을 낸다든지—인지하고 있습니까? 다른 사람들의 요구를 생각하지 못할 만큼 너무 나에게 몰두해 있지는 않습니까?

다른 사람들이 나에 대해 사려 깊지 못한 행동을 보일 때 나는 어떻게 반응합니까?

리시외의 성녀 테레사Saint Thérèse of Lisieux가 "바늘로 찌르는 따끔함"이라고 했던 것, 즉 나에게 개인적인 불쾌감이나 불편함을 주는 것에 지나지 않는 작은 모욕을 포함해 내가 인내심을 가지고 견딜 수 있는 부당함에는 어떤 것들이 있을까요?

나는 내가 무시당하고 있다는 사실을 받아들일 수 있습니까? 내가 마땅한 배려를 받지 못한다는 사실을 받아들일 수 있습니까?

주님, 저를 평화의 도구로 써주소서.

미움이 있는 곳에 사랑을

다툼이 있는 곳에 용서를

분열이 있는 곳에 일치를

그릇됨이 있는 곳에 진리를

의혹이 있는 곳에 신앙을

절망이 있는 곳에 희망을

어두움이 있는 곳에 빛을

슬픔이 있는 곳에 기쁨을 가져오는 자 되게 하소서.

위로받기보다는 위로하고

이해받기보다는 이해하며

사랑받기보다는 사랑하게 하여주소서.

자기를 잊음으로써 찾고, 용서함으로써 용서받으며

죽음으로써 영생을 얻기 때문입니다.

아멘.

_성 프란치스코의 기도,

마더 테레사가 영성체를 모신 후 매일 드렸던 기도

열둘,

모욕을 기꺼이 용서하다

Forgive Offenses Willingly

마더 테레사의 용서하는 능력은 종교적 신념이 다른 사람들까지도 감동시킨 큰 자질 가운데 하나입니다. "피의 복수"가 전통적으로 여겨졌던 알바니아 문화 속에서 자란 수녀님은, 용서가 얼마나 지독하게 어려울 수 있는지, 그리고 용서하지 못하는 것이 얼마나 파괴적인 결과를 부를 수 있는지, 잘 알고 계셨습니다. 사람들은 마더 테레사가 "성서적 믿음"을 가지고 계시다고들 말합니다. 어떤 식으로든 수녀님께 크고 작은 모욕을 주었던 사람들을 용서하실 동기와 힘을 준 것은 바로 이 믿음이었습니다.

마더 테레사가 그렇게 너그럽게 용서하셨던 주된 이유 가운데 하나는 당신 자신이 죄 많은 한 인간이며, 하느님의 자비와 용서가 필요한 사람임을 잘 알고 계셨기 때문입니다. 그분은 당신 역시 의도치 않게 다른 사람들에게 상처를 줄 수도 있으며, 기쁜 마음으로 용서받으리라는 것 또한 알고 계셨습니다.

그 모욕이 크든 작든, 마더 테레사는 복수하거나 거리를 두기보다는 그것을 아예 모르는 척 무시하셨습니다. 억울한 감정이나 원한을 품으려 하지도 않으셨지요. 오히려 한발 더 나아가 당신을 아프게 한 이들을 걱정하셨고, 잘못을 저지름으로써 어긋나버린 그들의 감정과 영적인 행복까지 걱정하셨습니다.

"먼저 미안하다고 말하는 사람이 되십시오." 테레사 수녀님은 다른 수녀님들에게 그렇게 조언하곤 하셨습니다. 당신이 억울한 일을 당하신 경우에도, 수녀님은 상대보다 먼저 화해를 위해 다가가는 분이셨습니다. 상대가 계속해서 나쁜 감정을 가지고 있다고 해도—예를 들면 수녀님을 부당하게 비판하는 이들 중에서도 특히나 단호한 사람들—그 사람을 용서하시고 그 사람을 위해 기도하곤 하셨습니다.

"용서하는 사랑과 잊어버리는 겸손함을 가지십시오." 누군가 모욕을 당할 때, 수녀님은 그렇게 조언하셨습니다. 말처럼 깨끗이 잊어버릴 수 없는 마음의 상처들이 있기 마련이지만, 수녀님에게 "잊겠다"는 마음은 곧 머릿속에서 그것을 "지워버리겠다"고, 나머지는 하느님에게 맡기겠다는 욕구의 표현이었습니다. 그러고 나서 수녀님은 마치 그 사람과 아무 일도 없었던 것처럼 행동하셨습니다. 오히려 더욱 친절하게 대하셨지요.

물론 정의와 보상이 필요한 모욕들도 있겠지만, 우리가 대하는 모욕들은 종종 "바늘로 찌르는 듯한 따끔함" 즉 우리의 이기심, 교만, 사려 깊지 못함 때문에 서로에게 가하는 작은 상처에 지나지 않습니다. 마더 테레사께서는 일상생활의 일부인 이런 작은 아픔을 과장하는 것을 삼가셨습니다. 이런 것들이 더 큰 문제로 부풀려져서, 원망이나 원한으로 우리를 이끌기 십상이기 때문입니다. 아주 작은 것 하나가 관계를 망칠 수 있습니다.

하느님의 자비는 훨씬 더 큽니다

그분은 십자가에 달리셨을 때에도 용서의 말씀 외에 다른 말씀은 하지 않으십니다. "아버지, 저들을 사하여주옵소서. 저들은 자기가 하는 것을 알지 못함이니이다"[1] 그리스도의 수난은 하느님의 겸손함을 보여주는 가장 확실한 증거입니다.[2]

✣

만약 어떤 일이 일어난다면, 만약 우리가 죄를 짓게 된다면, 하느님 아버지가 자비로우신 아버지임을 기억합시다. 그분은 항상 용서하실 것입니다.[3]

✣

우리는 실수를 저지르지 않도록 기도해야 합니다. 그러나 실수를 저질렀다 해도, 하느님의 자비는 그 실수보다 훨씬 더 큽니다. 하느님은 용서하십니다.[4]

✣

저는 하느님이 [죄인들을] 멸망시키지 않으리라 하신 말씀이 무슨 뜻일까 생각해봅니다. 죄인들은 모두 부러진 갈대입니다. 하느님은 갈대를 꺾지 않겠다고 하셨습니다.(이사야 42:3) 하느님의 자비는 부러진 갈대들이 될 수 있는 그 어떤 것보다 훨씬 크기 때문입니다. 하느님 앞에서 우리는 죄인입니다. 하지만 하느님께서 절대 우리를 멸망시키지 않으리라 하신 말씀을 저는 항상 생각하고 간직합니다. 그분은 우리 한 사람 한 사람 모두에게 그 어마어마하고 온유하신 자비의 마음을 가지고 계실 것입니다.[5]

✣

우리는 하느님께 우리 자신의 죄와 다른 이들의 죄를 용서해달라고 간청해야 합니다. 우리는 죄인들의 개종을 위해 모든 것을 바쳐야 합니다. 성혈의 가치는 무한합니다. 우리의 실천 속에서 그분과 하나가 되도록 합시다. 한 방울 한 방울의 성혈은 우리 일상 속의 모든 것을 덮어줍니다. 그래서 우리는 우리 주 그리스도께 [모든 것을] 바치는 것입니다.[6]

기도할 수 있으려면 용서해야 합니다

기도할 수 있으려면 용서해야 합니다. 그렇게 되면 우리는 자유로운 마음으로 기도할 수 있게 됩니다. 우리 집이 먼저 평화로우려면 진정으로 기도하고 많은 희생을 해야 합니다. 우리 마음에 그 평화가 없다면 우리는 평화를 위해 일할 수 없으며, 평화를 줄 수도 없습니다. 삶을 파괴하는 많은 것들이 만들어지는 이유도 바로 그 때문입니다. 평화가 우리 마음속에서 파괴되었기 때문입니다. 우리에게 행동하는 사랑이 있는 것과 마찬가지로, 우리에겐 행동하는 파괴 또한 있습니다.[7]

✣

고난은 무엇보다 기도를 중요한 것으로 만들어줍니다. 우리에겐 용서할 용기가 필요하기 때문입니다. 용서할 수 있으려면 우리 마음속에 많은 사랑이 있어야 하며, 우리가 용서받을 필요가 있다는 것 역시 알아야 합니다. 이를 위해서는 겸손한 마음이 있어야 합니다. 겸손과 사랑은 우리가 서로 용서하도록 도와줄 것입니다. 우리는 서로에게 상처를 주는 대신 서로를 사랑하기 시작할 것이며, 서로에게서 아름다운 면을 보게 될 것입니다. 우리 모두는 각자 아름다운 무언가를 가지고 있습니다. 그것을 보려고 노력하기만 한다면, 우리는 그 사람을 사랑할 수 있게 됩니다. 설사 그 사람이 우리에게 가장 큰 상처를 주었다 해도 그렇습니다. 우리 마음이 자유롭다면, 우리는 그 사람을 용서할 수 있을 것입니다.[8]

✣

누군가 여러분에게 싸움을 걸어도 여러분은 늘 용서해야 합니다. 혹 싸움을 거는 사람이 여러분 자신이라면, 미안하다고 말할 시간이 있습니다. 여러분이 누군가와 싸우게 된다고 해도, 여러분은 그 사람을 용서해야 하며 그 사람에게 어떠한 원한도 가져서는 안 됩니다. 예수님이 우리에게 서로 사랑하라고 하신 말씀은 바로 그런 것입니다.[9]

✣

사랑, 평화, 화합, 기쁨 속에서 여러분의 가정을 하느님께 바칠 아름다운 것으로 만드십시오. 여러분이 십 분 동안만 함께 기도하더라도, 그것은 가치가 있습니다. 가치 있는 일입니다. 더불어 함께하십시오. 항상 함께, 언제나 함께, 여러분끼리 오해가 있더라도 더불어 함께하십시오. 용서하고 잊어버리면 진정 하느님의 사랑으로 충만해질 것이며, 마음으로 진정 하느님의 평화를 누리게 될 것입니다. 이것은 아주 중요합니다. 이 세계에, 전 세계에, 세계의 모든 곳에, 세계 어디에나 혼란이 가득하고, 고통과 고난이 너무 많은 오늘날에는 특히 중요합니다.[10]

서로에게 미안하다고 말하십시오

무엇보다 먼저 서로에게 미안하다 말하고, 용서한다고 말하고, 용서를 구하고, 용서해야 할 것입니다. 우리를 저지하는 어떤 것들로부터 자유로워지지 않으면 우리는 자유로이 사랑할 수 없습니다. 사랑은 자유이며, 우리는 아플 때까지 사랑해야 합니다. 그리고 오직 기도해야만 그렇게 사랑할 수 있습니다. 기도는 우리에게 깨끗한 마음을 줍니다. 깨끗한 마음을 가진 사람만이 하느님의 얼굴을 볼 수 있습니다. 우리가 서로에게서 하느님의 얼굴을 볼 때, 우리는 평화와 행복 속에서 우리가 창조된 목적인 사랑하고 사랑받는 삶을 살 수 있습니다.[11]

복음서에서 우리는 종종 이런 말씀을 봅니다. "다 나에게로 오라."(마태오 복음서 11:28) "나에게 오는 사람은 내가 결코 외면하지 않을 것이다."(요한 복음서 6:37) "어린이들이 나에게 오는 것을 막지 말고 그대로 두어라. 하느님 나라는 이 어린이들과 같은 사람들의 것이다."(루가 복음서 18:16) 언제나 받아들일 준비, 용서할 준비, 사랑할 준비를 하십시오. 그리고 하느님 말씀의 뜻을 확실하게 이해할 수 있도록 하십시오. [예수님께서] 말씀하셨습니다. "너희가 나의 형제 중에 가장 보잘것없는 사람에게 해준 것이 바로 나에게 해준 것이다." ……언제나 천국을 보장해주는 것 가운데 하나는, 우리가 우리의 삶에서 쌓아온 자선과 친절의 행동입니다. 소박한 미소 하나가 얼마나 좋은 일을 할 수 있는지 우리는 결코 알지 못할 것입니다. 우리는 친절하신 하느님, 늘 용서하시고 이해해주시는 하느님에 대해 사람들에게 말합니다. 그런데 과연 우리가 진정으로 산 증거일까요? 사람들이 진정 우리 안에서 이런 친절과 이런 용서, 이런 이해가 살아 있음을 볼 수 있을까요? ……사람들에게 친절하고 자비롭게 대하십시오. 여러분에게 누가 다가가든, 돌아갈 때는 더 좋은 마음으로, 더 행복하게 돌아갈 수 있도록 하십시오. 하느님의 친절을 몸소 보여주십시오. 모든 사람들이 여러

분의 얼굴, 여러분의 눈, 여러분의 미소, 여러분의 따뜻한 인사에서 친절을 느낄 수 있어야 합니다. 빈민가에서 우리는 [그 사람들을 비추는] 하느님의 친절의 빛입니다.[12]

용서와 사랑

우리의 교황 성하께서 특별 희년을 화해의 해로 선포하셨습니다. 그 말이 멀게 여겨질 수도 있지만 사실 그것이 뜻하는 바는 용서와 사랑입니다. 화해는 다른 사람들에게서 시작되는 것이 아니라 우리 자신에게서 시작됩니다. 우리가 예수님에게 우리를 깨끗이 정화하시도록—우리를 용서하시고 우리를 사랑하시도록—허락함으로써 시작됩니다. 그것은 내 안에 깨끗한 마음을 가짐으로써 시작됩니다. 깨끗한 마음을 가진 사람은 항상 용서하며, 다른 사람들 속에서 하느님을 보고 그들을 사랑할 수 있습니다…… 용서하고, 용서해달라 하십시오. 비난하기보다 용납하십시오. 예수님의 말씀처럼 "당신의 자매가 당신에게 무엇인가 감정이 상해" 있다면, 그냥 잠자리에 들지 마십시오. 설사 우리의 잘못이 아니라 해도 우리가 먼저 화해의 손길을 내밀어야 합니다.[13]

✣

오늘은 용서에 관해 이야기하고 싶습니다. 수녀님들께 간청합니다. 서로를 용서하고 서로에게서 용서를 구하십시오. 용서하지 못함으로 인한 고통과 불행이 너무도 많습니다…… 기억하십시오. '주님의 기도'에서 우리는 "저희에게 잘못한 이를 저희가 용서하오니 저희 죄를 용서"해달라고 말합니다. 먼저 용서하지 않으면 용서받지 못합니다. 마음속 깊은 곳을 들여다보십시오. 어떤 사람에 대한 억울한 마음이 조금이라도 있습니까? 그렇다면 그 사람을 찾아가거나 그 사람에게 편지를 써보십시오. 그 사람은 어느 자매님일 수도 있고, 가난한 어떤 사람일 수도 있고, 집에 있는 누군가일 수도 있습니다. 용서하십시오. 그러지 않으면 온전한 사랑으로 자유로이 예수님을 사랑할 수 없습니다. 마음속에 어떠한 억울함도 담아두지 마십시오. 용서하지 못하는 사람들이 너무도 많습니다. "용서는 하지만 잊지는 못하겠다"고 말하는 이들도 있습니다. 고백은 곧 용서입니다. 그것은 하느님이 주시는 용서입니다. 그런 종류의 용서를 배워야 합니다. 아주 오래전에 누군가 이런 말을 하고, 이런 짓을 한 것을 두고 우리는 지금까지 말하곤 하지요. "그 사람이 이런 말을 했습니다. 그 사람이 이런 말을 했고, 그리고……"[14]

✣

어느 곳에 어떤 이유로 인해 주교님과 신부님들에게 반감을 가진 한 신부님이 있었습니다. 그 신부님을 방문할 때마다 그분은 매우 신랄하게 말씀하시곤 했는데, 저에게 이렇게까지 말씀하셨지요. "저는 용서하지 않을 겁니다. 절대로." 이번에 갔을 때 저는 그 신부님께 말씀드렸습니다. "이것은 기회입니다. 주교님께 죄송하다고 하십시오. 주교님이 신부님께 원하는 건 그 한마디입니다." 그런 다음 저는 기도를 드렸습니다. 다른 수녀님들도 모두 안에서 기도하고 있었지요. 제가 기도를 끝냈을 때 신부님이 말씀하셨습니다. "테레사 수녀님, 종이 좀 주십시오." 종이를 드리면서 저는 마음이 무척 기뻤습니다. 저는 신부님을 주교님께 모시고 가서 그 종이를 드렸습니다. 혹시라도 마음을 바꾸실지 몰라, 저는 신부님께 말씀드렸습니다. "이것으로는 충분하지 않습니다. '용서합니다'라고 말씀하십시오." 신부님은 그렇게 하셨습니다.[15]

✣

용서하기 위해서는 많은 사랑이 필요하지만, 용서를 구하기 위해서는 훨씬 더 많은 겸손이 필요합니다. 용서하고, 용서를 구하는 이 행위는 예수님께서 우리에게 '주님의 기도'를 가르쳐주셨을 때 가르쳐주신 것입니다. "저희에게 잘못한 이를 저희가 용서하듯이 저희의 잘못을 용서해주십시오." 우리에게 이것은 생명입니다. 이것은 사랑의 기쁨입니다.[16]

✣

'주님의 기도'에서 그 부분에 이르면 잠깐 멈추고 스스로에게 물어보십시오. "내가 말하고 있는 것이 진실일까?" 저는 예수님이 십자가로 인한 고통보다 훨씬 큰 고통을 받으셨다고 생각합니다. 예수님은 말씀하셨습니다. "나는 마음이 온유하고 겸손하니 내게 배우라."(마태오 복음서 11:29) 용서하지 않으면 온유할 수 없습니다. 겸손할 수 없습니다. 우리를 파괴하는 그 큰 짐을 가지고 있을 필요가 없습니다. [여러분 자신을] 살펴보십시오. 만약 내가 하느님을 볼 수 없다면 무엇 때문일까요?[17]

✣

"용서하겠다. 그러나 잊지는 못하겠다"는 말은 하지 마십시오. 예수님은 고해성사 속에서 용서하시고, 잊어버리십니다. 용서를 구할 때와 용서하지 않을 때 거짓말을 하지 마십시오. 용서하지 않음은 교만의 가장 큰 죄입니다. 용서를 구하고 용서하십시오.[18]

✣

용서한다면, 나는 거룩해질 수 있고 기도할 수 있습니다. 이 모든 것은 겸손한 마음에서 나옵니다. 마음이 겸손하면 하느님을 사랑하고, 자신을 사랑하고, 우리 이웃을 사랑하는 방법을 알게 됩니다. 결국 겸손한 마음 안에 예수님에 대한 단순한 사랑이 있습니다. 여기엔 복잡한 것이 아무것도 없습니다. 그런데 우리는 너무 많은 것을 더함으로써 우리 삶을 매우 복잡하게 만들고 있습니다. 단

한 가지만이 중요합니다. 겸손해지는 것, 기도하는 것입니다. 기도는 많이 할수록 더 잘하게 됩니다. 여러분은 어떻게 기도하십니까? 어린아이 같은 마음으로 하느님께 나아가야 합니다. 어린아이는 그 작은 마음을 단순한 말로 표현하는 데 전혀 어려움이 없으며, 그 안에서 아주 많은 것을 표현합니다. 예수님은 니고데모에게 "어린아이처럼 되어라"라고 말씀하셨습니다. 우리가 복음을 기도한다면, 우리 안에서 그리스도가 자라나실 것입니다. 그러므로 우리에게는 한 가지가 필요하니, 그것은 바로 고해성사입니다. 고백은 다름아닌 겸손함의 실천입니다. 우리는 그것을 보속이라고 부르지만, 사실 그것은 사랑의 성사이며 용서의 성사입니다. 때문에 고해성사는 우리의 어려움에 대해 긴 시간 이야기하는 장소가 되어서는 안 됩니다. 그곳은 나를 분열시키고 파괴하는 모든 것을 예수님께서 가져가시도록 허락하는 장소입니다. 나와 그리스도 사이에 틈이 있을 때 나의 사랑은 쪼개어지고, 그렇게 되면 그 틈으로 무엇이든 들어올 수 있습니다. 우리에 대한 그리스도의 사랑을 진정으로 이해하고 싶다면, 가서 고백하십시오. 고백할 때는 아주 단순하게, 어린아이처럼 하십시오. "어린아이처럼 제가 왔습니다. 아버지에게 갑니다." 아직 때묻지 않고 거짓말을 할 줄 모르는 아이라면 그 아이는 모든 것을 [고백]할 것입니다. 바로 그것이 "어린아이 같다"는 제 말의 뜻이며, 고백할 때 우리가 모방해야 할 바입니다.[19]

✢

하루를 보내는 동안, 그리스도의 수난을 자주 나누십시오. 그 완전한 자아포기를 충실히 실천하기만 한다면 여러분은 틀림없이 거룩해질 수 있는 모든 은총을 받게 될 것입니다. 설사 실수를 해서 몰인정하게 행동했다고 해도, 미안하다고 말하십시오. 미안하다고 말하는 순간, 여러분은 용서받을 수 있습니다.[20]

✢

예수님은 당신을 지명하여 부르셨습니다. "너는 내 사람이다." "너는 나에게 소중하다." "너를 사랑한다." 예수님이 나에게 그러시다면, 틀림없이 나의 자매님에게도 그러실 것입니다. 나의 자매 역시 부르심을 받은 역시 예수 그리스도의 배우자입니다. 저는 혼자 그 말을 되뇌고 또 되뇌곤 합니다. 제가 이해하기로 "나는 그분의 사람입니다"라는 말은 설사 내게 죄가 있더라도 그분은 나를 있는 그대로 받아들이신다는 것입니다. 그렇다면 나는 왜 마음속으로 내 자매에게 원한을 품고 있을까요? 내가 내 자매를 용서하지 않는다면, 나에 대한 그분의 사랑을 이해하지 못하는 것입니다. 십자가를 올려다보고, 여러분이 어디에 있는지 보십시오. 예수님은 그렇게 돌아가시지 않아도 되는 분이셨습니다. 겟세마니에서 그 고통을 겪으려고 태어나지 않으셔도 되는 분이셨습니다.[21]

나에게 용서하지 않는 마음이 있지는 않습니까?

예수님을 모시면서 어떻게 다른 자매님에 대한 추악한 마음을 가질 수 있습니까? 그 자매님에게 마음을 여십시오. 여러분을 용서해달라 하십시오. 이것이 여러분이 할 수 있는 최선의 고백입니다. 여러분이 받은 상처의 짐을 그 자매님에게 사랑으로 돌려주었을 때에만 여러분은 용서할 수 있고 잊을 수 있습니다. 용서하지 않은 마음은 사랑을 주지 못하게 방해할 것입니다. 용서할 수 있어야만 "내가 너희를 사랑한 것처럼 너희도 서로 사랑하라"는 복음서의 말씀을 실천할 수 있습니다. 그럴 때에만 온 마음으로 하느님을 사랑할 수 있습니다.[22]

✣

무슨 일을 하든 저는 예수님을 위해 합니다. 우리가 기도할 때, 기도를 시작할 때, 그것은 예수님을 위해 그리하는 것입니다. 가난한 이들에 대한 여러분의 사랑과 존경은 어떻습니까? 모진 태도는 예수님에게는 따귀가 됩니다. 때로 우리는 용서하지 못합니다. "그 자매님이 내 욕을 했다"며 단 한 번도 용서하지 않기도 합니다. 예수님은 말 한마디로 모든 것을 파괴하실 수도 있었습니다. 그러나 용서하셨습니다. 용서하지 않는 마음은 평생 여러분을 파괴할 수도 있습니다. 우리는 계속해서 그 자매님이 한 말을 되새기지만, 우리는 우리의 죄를 인정해야 하며, 또한 용서할 수 있어야 합니다. 우리는 용서해야 합니다. 기다리지 마십시오. 용서하지 않는 마음이 있지는 않습니까? 그것은 삶의 장애물입니다. 너무 늦으면 아무것도 할 수 없습니다.[23]

✣

제 오빠에게는 작은 뾰루지가 하나 있었는데, 얼마 지나지 않아 그것은 종양의 커다란 뿌리가 되었습니다. 불과 석 달 만의 일이었습니다. 용서하지 않는 마음은 우리에게도 똑같은 일이 생기게 할 수 있습니다. 악마를 믿지 마십시오. 악마를 내보내십시오. 여러분은 원장 수녀에게, 여러분의 자매에게, 여러분의 부모에게 원망하는 마음을 가지고 있을지도 모릅니다. 수련자들에게, 유기서원자들에게, 악마는 아주 달콤한 유혹으로 다가올 것입니다. 악마에게 속지 마십시오. 우리의 신랑 되시는 그분과 결혼하는 날, 여러분은 예수님께 무엇보다 멋진 선물, 깨끗한 마음을 드리게 될 것입니다.[24]

✣

아직도 여러분의 마음에 [자매님에 대한 나쁜 감정이] 남아 있고, 그 자매님과 거리를 두고 있다면, 감실로 가서 하느님께 그 자매님의 마음을 만져달라 청하십시오. 여러분이 용서했음을 그 자매님이 느낄 수 있도록 하십시오. 우리는 하느님의 사랑이 되기 위해 보내진 사람들입니다. 하느님은 오늘 이 세계를 사랑하십니다. 우리는 그분의 사랑이 되기 위해 보내진 사람들입니다.[25]

✣

여러분에게는 저마다 원장 수녀가 있습니다. 때로 그들은 여러분에게 좋지 않은 이야기를 하기도 하고, 그 이야기를 하는 방식이 좋지 않을 수도 있습니다. 여러분은 그 말을 받아들였습니까? 아마도 장소를 바꾸거나, 업무를 바꾸거나, 파트너를 바꾸거나, 음식을 바꾸는 것과 같은 일들이겠지요. 여러분이 받아들일 수만 있다면, 별 어려움이 없을 것입니다. 그러나 받아들이지 않는다면 아주 큰 문제들이 생기고, 마음에는 큰 억울함이 생깁니다. 완전한 용서란 없어지게 됩니다. 저에게 억울한 자매님을 보여주세요. 그러면 저는 교만한 자매님을 보여드리겠습니다. 억울함과 교만은 쌍둥이 자매입니다. 거기엔 우울함이 함께 갑니다. 겸손한 자매는 억울해하지도 우울하지도 않을 것입니다.[26]

용서에 관한 놀라운 경험

이곳에 와서 성가를 가르치던 그 부인을 아시지요. 그녀의 장성한 자녀들이 휴가를 좀 가지라며 그녀를 인도로 보냈습니다. 그녀에게 닥친 시련을 잊으라는 것이었지요. 무슨 일이 있었던 걸까요? 삼십 년 동안 일편단심으로 남편을 바라보고 사랑과 충절을 지켰지만, 그것들은 모두 어디로 갔을까요? 그녀가 제게 말하기를, 그녀의 남편은 아주 중요한 지위에 있는 사람이라고 하더군요. 그 사람은 최고의 외과의입니다…… 그런데 그 남편이 더 이상 그녀를 원하지 않는다 했다는군요. 다른 여자가 그를 따르기 때문이라는 것이었습니다. 그녀가 저에게 와서 조언을 구하기에, 저는 말했습니다. "오직 당신만이 그 사람을 구할 수 있습니다. 당신의 기도와 희생이 그 사람을 당신에게로 돌아오게 할 수 있습니다. 그는 아직 당신을 사랑합니다. 그를 용서하고 그를 위해 기도하십시오."[27]

✣

저는 놀라운 경험을 한 적이 있습니다. 그것은 용서에 대한 것입니다. 한 가족—남편과 아내—이 오랫동안 불행하게 지내고 있었습니다. 그들은 서로에게 싫증이 났고, 그래서 서로 각자의 길을 가기로 계획했습니다. 자매님들이 그 집을 방문해 기도를 드렸지요. 제가 거기 갔을 때, 자매님들이 그들의 이야기를 들려주었습니다. 저는 두 사람을 불렀고, 그들이 왔습니다. 아내는 울고 또 울었지만, 그 울음은 [용서를 구하는] 행동은 아니었습니다. 마침내 그녀가 "당신이 날 용서해주세요" 하고 말하자, 남편도 똑같이 말했습니다. "날 용서하세요." 그녀는 미소를 지으며 남편을 바라보았고, 남편도 미소를 띠고 아내를 바라보았습니다. 그들은 몇 년 동안 서로에게 상처만 주고 있었지만, 그날 그들은 아주 행복했고, 그렇게 [집으로] 돌아갔습니다. 다음 날 저녁 그들이 다시 저를 찾아왔을 때 저는 매우 기뻤습니다. 두 사람 모두 서로를 바라보며 다시 미소짓고 있었습니다.[28]

✣

아주 많은 죄를 지으면서도 오랜 세월 고백하지 않았던 한 남자의 이야기도 있습니다. 어느 날 그는 고해성사를 하기로 결심했습니다. 과거에 저질렀던 모든 죄를 종이 네 장에 가득 써서 고백하러 갔지요. 그는 한 장 한 장 읽어내려갔습니다. 마지막 페이지까지 다 읽고 나자, 이런 생각이 들었습니다. "뭔가 빠뜨린 것 같아." 그는 다시 첫 번째 페이지를 보았습니다. 거기에는 글자 하나 없이 깨끗했습니다. 아무것도 없었습니다. 그는 종이들을 다시 살펴보았습니다. 무슨 일이 일어난 것일까요. 그는 너무 기뻐서 이 고백 이야기를 다른 사람들에게 들려주었습니다. 우리는 하느님으로부터 이와 같은 용서를 받고 있습니다. 이와 같은 용서로 다른 사람들을 용서해야 할 것입니다.[29]

저를 용서해주세요, 용서해주세요

우리는 뉴욕에 에이즈 환자들을 위한 집을 세웠습니다. 이들은 오늘날 환영받지 못하는 사람들입니다. 그러나 몇몇 수녀님들이 그들을 보살핀 덕에, 그들을 위한 집, 사랑의 집, 사랑의 선물을 만들어주신 덕에, 그들의 삶에 엄청난 변화가 일어났습니다. 그들은 환영받는 사람이 되었고, 누군가에게 소중한 사람이 되었고, 가장 아름다운 죽음을 맞는 사람이 되었습니다. 누구도 괴로움에 신음하며 죽어가는 일은 없었습니다. 어느 날, 한 수녀님이 저에게 그 젊은이들 중 한 명—모두 젊은 사람들이었지요—의 이야기를 들려주었습니다. 그 젊은이는 죽어가고 있었지만, 죽음을 받아들이지 못했습니다. 그래서 수녀님이 물었지요. "무슨 일입니까? 당신은 죽음과 싸우고 있군요. 무슨 일이 있는 건가요?" 그가 대답했습니다. "수녀님, 저는 아버지에게 용서를 구하기 전에는 죽을 수 없습니다." 수녀님은 그 아버지가 사는 곳을 알아내어 아버지를 모셔왔습니다. 그리고 정말 놀라운 일이 벌어졌습니다. 살아있는 복음이었습니다. 아버지는 아들을 끌어안았습니다. "아들아, 사랑하는 아들아." 아들은 아버지에게 빌었습니다. "저를 용서해주세요, 용서해주세요." 두 사람은 다정한 사랑으로 서로를 꼭 껴안고 있었습니다. 두 시간 후 그 젊은이는 숨을 거두었습니다. 사랑이 어떤 일을 할 수 있는지 보십시오. 아버지의 사랑과 자녀의 사랑. 우리가 하느님에게 마음을 여는 이유는 바로 이 때문입니다. 우리 모두—우리 한 사람 한 사람, 거리의 저 남자도, 저기 있는 사람도, 이 사람도, 저 사람도—는 더욱 위대한 것을 위해, 사랑하고 사랑받기 위해 창조되었기 때문입니다. 오늘날 세상에서 이렇게 많은 고난과, 이렇게 많은 살인과, 이렇게 많은 고통이 벌어지고 있는 것은 [사람들이] 마음속에서 하느님을 사랑하는 기쁨을 잃어버렸기 때문입니다. 그것이 사라졌기 때문에 다른 사람들과 그 사랑을 나눌 수 없는 것입니다.[30]

내 아들이 나에게 이런 짓을 했습니다

한번은 열이 펄펄 끓는 채 쓰레기통 속에 누워 있는 할머니를 발견한 적이 있습니다. 저보다 몸집이 훨씬 컸기 때문에, 쓰레기통 밖으로 그 할머니를 꺼내기가 여간 힘들지 않았습니다. 다행히 예수님의 도움으로 겨우 할머니를 끌어냈습니다. 그 할머니를 집으로 데려오는 동안, 그분은 자신의 끔찍한 열이나 엄청난 통증에 대해, 또한 자신이 죽어간다는 사실에 대해 한마디도 하지 않았습니다. 그 할머니가 유일하게 반복한 말은 이것이었습니다. "내 아들이 나에게 이런 짓을 했습니다! 나에게 이런 짓을 한 사람이 바로 내 아들이라고요!" 그 할머니는 아들이 자신을 내다버렸다는 사실에 쓰디쓴 상처를 받았기에, 저는 몹시 애를 써야 했습니다. 마침내 아들을 용서한다는 말을 하도록 돕기까지는 긴 시간이 걸렸습니다. 할머니는 죽기 직전에야 용서한다 했습니다…… 여러분이 이렇게 고통받는 사람을 한 명이라도 사랑하고 위로할 수 있다면, 그것은 참으로 멋진 일일 것입니다. 왜냐하면 그 사람 역시 고통스러운 모습의 예수님이기 때문입니다.[31]

하느님의 사랑 때문에 그를 용서합니다

푸나에 사는 한 남자가 추악한 말이 가득한 글을 신문에 썼습니다. 그는 저를 위선자, 종교적 정치가라고 부르면서, 사람들을 가톨릭 신자로 만들고 있다고 비난했으며, 노벨 평화상과 저를 수식하는 대단한 형용사들 역시 문제 삼았지요. 저는 그에게 안타깝게 생각한다는 답장을 보냈습니다. 그가 정말로 안타깝다는 마음이 들었습니다. 그는 저에게 준 상처보다 훨씬 더 많은 상처를 그 자신에게 주었으니까요. 제가 알기로 그가 한 말 때문에 수많은 사람들이 그에게 추악한 편지를 보냈다고 합니다. 그 글은 신문에 실렸는데, 그 글에서 R선생은 마더 테레사를 "위선자"라고 부르고 있습니다. 저는 하느님의 사랑 때문에 그를 용서한다는 내용의 편지를 써 보내면서, 시슈바반에 와보라고 그를 초대했습니다. 편지를 받은 그는 더욱 화를 내며 점점 더 많이 쓰기 시작했습니다. 그 사람은 저를 "미스터"라고 불렀는데, 그래서 저는 그 사람을…… "미스"라고 부를까 생각하고 있었습니다. 그의 글이 다시 신문에 실렸습니다. "내 말은 그녀가 진실되지 않다는 뜻이 아니다. 그녀는 매우 진실하다. 그러나 그녀는 사람들을 잘못된 방향으로 이끌고 있다. 그녀는 여전히 위선자다." 자매님들, 우리는 받아들여야 합니다. 그 남자는 "하느님이 당신을 축복하십니다. 당신을 용서합니다"라는 저의 말 때문에 몹시 화가 났습니다. 자매님들, 여러분이 질책을 받을 때는 용서하십시오. 그러면 어디에서든 괜찮을 것입니다. 만약 다른 말을 했다면, 저는 하느님의 사랑, 하느님의 기쁨을 줄 기회를 잃어버렸을 것입니다…… 우리는 어떤 대가를 치르게 되더라도 거룩해져야 합니다. 저는 많은 수모를 당합니다. 여러분보다 더 많은 수모를 받습니다. 그러나 저는 그런 것들을 모두 아름다운 기회로 여깁니다.[32]

그에게 용서를 빌었습니다

며칠 전 한 힌두교도가 마더 하우스를 찾아왔습니다. 그는 매달 여러 작은 희생들을 하는 사람이었습니다. 2달러 혹은 3달러를 그는 마더 하우스에 가져오곤 합니다. 큰돈은 아니었습니다. 가난한 사람이었으니까요. 얼마 전 그의 아버지가 세상을 떠나 큰 슬픔에 빠져 있던 그는 남은 약들을 모두 모아 우리에게 가져왔습니다. 그날 저는 몸이 좋지 않아 제 방에 있었습니다. 한 수녀님이 그에게 약들을 바닥에 내려놓고 가라고 했는데, 그 말에 그는 큰 충격을 받았습니다. 다른 수녀님이 저에게 와서 그가 매우 낙심했으니 그를 만나달라고 부탁하더군요. 제가 나가자 그가 말했습니다. "테레사 수녀님, 제 평생 이렇게 무례한 대접은 처음 받아봅니다. 그 수녀님은 너무 매정했습니다. 저는 상처를 받았습니다." 저는 두 손을 맞잡고 그에게 용서를 빌었습니다. 우리 집에서 그런 일이 생겨서 안타깝게 여긴다 말하고, 제 손으로 그의 약을 받았습니다. 그는 그 수녀님이 어디를 가든 눈으로 계속 그 수녀님을 쫓으면서 같은 말을 반복했습니다. "죄송합니다, 수녀님. 하지만 수녀님께 말씀드리지 않을 수 없었습니다." 그런 일이 우리 집에서 일어나다니 매우 부끄러웠습니다. 남자는 슬픈 표정을 한 채 떠났습니다. 저는 그 수녀님을 불러서 이렇게 말했습니다. "조금만 더 상냥하고 친절했더라면 수녀님은 예수님이 그 남자에게 가는 길을 막지 않았을 것입니다." 수녀님이 대답했습니다. "테레사 수녀님, 잘못했습니다. 다시는 그러지 않겠습니다." 그러나 남자는 이미 떠난 뒤였고, 그는 사과의 말을 들을 수 없었습니다. 그 수녀님이 그에게 했던 말은 주워담을 수가 없었습니다. 그 매정한 말은 평생 그의 마음속에 남아 있을 것입니다. 여러 수녀님들께 애원합니다. 만약 성격이 급하다면, 잘 통제해야 합니다.[33]

늘 용서할 준비가 되어 있습니다

좋은 사람이든 나쁜 사람이든, 테레사 수녀님은 누구나 받아들일 수 있는 분이셨습니다. 그분의 태도는 열려 있고, 이해하시며, 받아들이고, 용서하고, 그리고 더 잘할 수 있도록 격려하는 그런 것이었습니다. 수녀님 앞에서는 예수님의 성심처럼, 더 잘할 수 있는 기회가 항상 한 번 더 있습니다. 우리는 항상 선을 그으려고 합니다. 성 베드로처럼 일곱 번은 봐주려고 합니다. 그러나 수녀님은 항상 일곱 번씩 일흔 번 봐주십니다. 그 때문에 그 많은 비판을 받으신 것입니다.[34]

예수님을 아프게 하지 마십시오

테레사 수녀님은 매우 인내심이 많은 분이었습니다. 그런 일이 가끔 있었지만, 심지어 다른 수녀님들로부터 냉대를 받으실 때에도 테레사 수녀님은 늘 말씀하곤 하셨지요. "용서합니다. 예수님을 아프게 하지 마십시오." 수녀님은 당신이 상처받는 것은 생각지 않으시고 예수님께 상처를 드리는 것만 걱정하셨습니다.

✣

오해로 인해 [저에 대한] 불평이 아주 많았지만, 수녀님은 예수님이 그러셨던 것처럼, 항상 미소를 띠고 용서하실 준비가 되어 있었습니다. 단 한 번도 저를 낙담시키지 않으셨습니다. 테레사 수녀님은 늘 그 자리에 계셨고, 아무도 이해해주지 않아도 그분만은 이해해주셨습니다. 마음이 슬픔으로 가득 찰 때는 테레사 수녀님을 찾아가십시오. 그분이 여러분의 눈을 들여다보시기만 해도 모든 것이 저절로 사라져버릴 것입니다. 여러분이 어떤 죄를 지었어도 상관없습니다. 그분에게 마음을 열기만 하면 그분이 도와주실 것입니다. 용서하는 사랑과 연민으로 문제를 해결해주실 것입니다.[35]

✣

뭔가 잘못을 저질렀다 해도, 우리는 테레사 수녀님을 찾아가 죄송하다고 말할 수 있었습니다. 수녀님은 용서하신 뒤 그 자리에서 잊어버리시고는, 다시는 그 일을 꺼내지 않으셨습니다. 우리가 두 번 세 번 같은 잘못을 저질렀을 때도 마찬가지였습니다. 수녀님은 항상 용서하시고, 잊어버리셨습니다. 물론 따끔하게 잘못을 지적하실 때도 있었습니다. 우리가 영적으로 성장하기를 바라셨기 때문이지요. 시간이 지나면서, 우리는 수녀님이 잘못을 지적하실 때는 더욱 상냥하시다는 것을 알았습니다. 용서하고 잊으시는 것도 더욱 빨라졌습니다. 그분은 언제나 말씀하셨습니다. "예수님을 아프게 하지 마십시오. 그분은 여러분을 사랑하십니다." 그 말씀이 우리에게는 큰 도움이 되었습니다. 힘든 순간에는 수녀님이 더 많이 기도하시는 모습을 볼 수 있었습니다. 그렇다고 해서 절대 문제를 그냥 내버려두시거나 회피한 채 성당에서 기도만 하시는 것은 아니었습니다. 천만에요. 오히려 곧장 하느님 가까이 다가가 그런 어려움들을 극복하곤 하셨지요. 우리는 수녀님이 하느님으로부터 답을 얻는다는 걸 알고 있었습니다. 우리는 수녀님이 언제나 하느님과 하나되어 항상 기쁜 마음으로 하느님의 뜻에 맞추신다는 걸 느낄 수 있었습니다. 테레사 수녀님과 함께 지냈던 우리는 그분이 그런 깊은 개인적인 사랑으로, 예수님에 대한 사랑을 결코 포기하지 않는 모습을 보았습니다.[36]

우리가 실수할 때마다

X자매님이 크게 앓고 있을 때였습니다. Z자매님과 저는 나무로 된 침대에 앉아 X자매님과 이야기를 나누고 있었지요. 그런데 다른 자매님이 들어와서 옆에 같이 앉자 침대가 부서져버렸습니다. 우리는 테레사 수녀님께 침대를 망가뜨렸다고 말씀드리기가 매우 겁이 났습니다. 그 시절 수녀님에게는 돈이 없었거든요. 우리에겐 근근이 먹고살 돈밖에 없었습니다. 우리는 한 명씩 수녀님에게 가서 우리의 잘못을 말씀드렸습니다. 수녀님은 저희를 꾸짖지 않으셨습니다. 오히려 아주 다정하게 대해주셨지요. 수녀님은 이렇게만 말씀하셨습니다. "다음번에는 침대에 올라앉아 침대를 부수지 않도록 하세요." 수녀님은 우리가 뭔가 잘못을 할 때면 늘 이를 바로잡아주시곤 하셨습니다. 그러나 우리가 그렇게 실수할 때마다 사실대로 털어놓고 사과하면 언제든지 용서하고 이해해주셨습니다.[37]

무슨 일이 있었나요?

수련기 때 저는 테레사 수녀님이 좀 어려웠습니다. 그런데 하루는 수련장 수녀님이 저에게 벌을 내렸습니다. 저를 테레사 수녀님께 보낸 것입니다. 수녀님께 다가가자, 물으시더군요. "무슨 일이 있었나요?" 저는 사실대로 말씀드렸습니다. "제가 숙제를 하지 않아서 수련장 수녀님이 테레사 수녀님을 뵙고 오라고 하셨습니다." 그러나 수녀님은 저를 꾸짖지 않으셨습니다. 오히려 저를 축복해주시고는 이렇게 말씀하셨지요. "다음에는 꼭 숙제를 하세요." 그러고는 저를 돌려보내셨습니다. 그날부터 제 두려움은 완전히 사라졌지요. 수녀님이 정말로 사랑의 마음을 가진 분이라는 걸 알았으니까요.[38]

마다 테레사 수녀님을 믿을 수 있었습니다

저는 제가 저지른 죄 때문에 죄책감과 수치심에 시달리며 힘든 시간을 보내고 있었습니다. 물론 저는 테레사 수녀님이 제 비밀을 지켜주시리라고, 앞으로도 사랑하고 받아들여주시고 저를 존중해주실 거라고 한 점 의심 없이 믿고 있었습니다. 설사 제가 수녀님을 실망시켜드렸더라도, 저를 꾸짖거나 거부하시거나 창피를 주지 않으실 거라고 믿을 수 있었습니다. 제가 수녀님께 자초지종을 다 말씀드리자, 수녀님은 먼저 그 일에 대해 아는 사람이 있는지 물어보셨고, 저는 저의 고백을 들은 신부님만 아신다고 대답했지요. 수녀님은 사랑과 온유함이 가득한 눈으로 저를 보시며 말씀하셨습니다. "예수님이 자매님을 용서하시고 저도 용서합니다. 예수님이 자매님을 사랑하고 저도 사랑합니다. 예수님은 그저 자매님의 부족함을 자매님에게 보여주고자 하셨던 겁니다. 앞으로는 어떤 자매님이 자매님한테 똑같은 행동을 해도, 그 자매님에 대해 연민을 가지게 될 것입니다." 수녀님께 아무한테도 얘기하지 말아달라고 부탁드리자, 너무도 다정하게 말하지 않겠다고 약속하셨지요. 수녀님은 절대 "왜 그런 일을 했습니까? 어떻게 그럴 수 있습니까?" 하고 묻지 않으셨습니다. "부끄럽지 않습니까? 정말 큰 문제를 일으켰군요." 그렇게 나무라신 적도 없었습니다. 심지어는 "다시는 그러지 마십시오"라고도 하지 않으셨습니다. 수녀님과 면담한 일을 생각하고 기도를 드리는 동안, 저는 더 많이 울었고, 곧 마음에는 평화와 감사가 가득 차올랐습니다. 다음 날 수녀님을 다시 찾아가서 큰 교훈을 주신 것에 감사를 드렸습니다. 그러고는 저한테 묻지 않으셨던 일까지 모두 말씀드렸습니다. 수녀님은 환하게 웃으시며 말씀하셨습니다. "저는 생각지도 못했습니다. 그저 떠오르는 대로 말한 것뿐이에요." 수녀님은 크나큰 애정으로 다시 저를 축복해주셨고, 저는 행복한 마음으로 자리를 떴습니다.[39]

돌아온 탕자의 어머니

우리—수련장 수녀들—가 테레사 수녀님의 가르침을 받고 있는데, 한 수녀님이 문을 노크하더니 어떤 수녀님이 찾아왔다고 하더군요. 우리는 모두 그 수녀님이 많은 문제를 일으켰다는 걸 알고 있었고, 저는 테레사 수녀님이 어떻게 나오실지 궁금했습니다. 그 수녀님은 들어오자마자 울면서 무릎을 꿇었고, 테레사 수녀님은 그 수녀님을 축복해주시고는 따뜻한 사랑으로 맞아주셨습니다. 그 수녀님은 한마디도 하지 못했지요. 테레사 수녀님은 우리에게 그 수녀님에게 차 한 잔을 가져다드리라 하셨습니다. 돌아온 탕자의 어머니가 따로 없으셨습니다.[40]

그를 용서합니다

크리스토퍼 히친스의 첫 번째 TV 프로그램은 저도 보았습니다. 그런데 그 내용을 다룬 프로그램이 인도 TV에서 방송되었습니다. 저는 [수녀님께] 그 일을 말씀드렸습니다. 수녀님의 첫 반응은 비통함이었다고밖에 할 수가 없습니다. 수녀님은 말씀하셨습니다. "저는 이 나라에서 참으로 많은 일을 해왔어요. 저를 위해 말해줄 사람은 아무도 없는 건가요?" 무언가 해야겠다는 생각의 씨앗이 제 머릿속에서 싹튼 것은 그때였습니다. 수녀님은 그 일을 극복하기 위해 늘 기도하며 지내셨습니다. 다음에 수녀님을 만났을 때 그 일을 언급했더니 수녀님은 이렇게 대답하셨습니다. "그를 용서합니다." 그 일은 수녀님의 의욕을 꺾어놓은 사건이었습니다. 그런데 그를 완전히 용서하신 것이었습니다. 마치 어린아이처럼, 수녀님은 마치 그가 무슨 말을 했는지 모르시는 것처럼 하셨습니다. 결국 수녀님은 그 일을 극복해내신 것입니다.[41]

우리는 실수를 합니다

우리가 에티오피아에 있을 때, 한 부인이 우리 어린이들의 집을 찾아와서 비디오를 촬영했습니다. 우리가 자리를 비운 사이에 벌어진 일이었습니다. 그렇게 그 부인은 우리가 해온 모든 일들을 마치 자신이 한 일인 것처럼 텔레비전에 내보냈습니다. 사람들이 우리에게 전화해 묻기 시작했지요. "어떻게 된 것입니까? 이제 떠나시나요?" 우리는 대답했습니다. "아니요. 우리는 떠나지 않습니다." 우리는 그제야 이 부인이 마치 자신이 한 일인 것처럼 해서 그 TV 프로그램을 만들었다는 걸 알게 되었습니다. 우리는 대통령과 만났습니다. 그런데 테레사 수녀님이 오셔서 말씀하시더군요. "자매님들, 그녀를 용서하십시오. 그녀는 자신이 무슨 일을 하는지 몰랐습니다. 우리는 용서하는 법을 배워야 합니다. 우리는 실수를 합니다. 사람들은 누구나 실수를 합니다." 테레사 수녀님은 모든 것에 대해 용서하는 마음을 가지고 계셨습니다.[42]

하느님이 저를 용서하셨습니다

언젠가 우리는 슬럼가에서 죽어가는 한 남자를 발견했습니다. 그는 원망에 가득 차 있었지요. 그는 가톨릭 신자였는데, 어느 누구도, 심지어 가족조차 만나지 않으려 했습니다. 우리는 그에게 조금씩 말을 걸어보려고 애썼습니다. 그가 미소를 짓더니 누가 우리를 보냈냐고 묻더군요. 그렇게 우리는 그와 대화를 나누면서 천국에 가기 위해서는 깨끗한 마음을 가져야 한다고 말해주었습니다. 이를 위해서는 모두를 용서해야 한다고, 하느님은 우리의 잘못을 담아두지 않으시고 우리를 용서하시기 때문에, 그의 아내와 아이들까지 다 용서해야 한다고 했습니다. 그는 우리가 한 말에 동의한다는 뜻으로 고개를 끄덕였지만, 신부님에게 고백하러 가는 건 내키지 않는 눈치였습니다. 우리는 안타까워하며 집으로 돌아오는 길에 로사리오 기도를 올렸습니다. 우리는 테레사 수녀님께 말씀드렸습니다. "그 남자는 죽어가고 있는데, 고백을 거부합니다." 수녀님이 물으셨습니다. "그 사람 나이가 몇 살쯤인가요?" 우리가 대답했습니다. "마흔다섯 정도입니다." 수녀님이 말씀하셨지요. "그 남자를 위해서 성모님께 마흔다섯 번의 로사리오 기도를 바칩시다…… 그러면 혹시 그 사람이 하느님과의 화해를 받아들일 수도 있으니까요." 우리 세 자매와 테레사 수녀님은 마흔다섯을 나누어 각자 기도를 올렸습니다.

다음 날 성모님께 약속드린 로사리오 기도가 끝난 후, 수녀님이 다시 그 남자를 만나보라고 하셨습니다. 그는 우리에게 하느님과 화해하고 싶다고 하면서, 아주 오랫동안 고백을 하지 않았다고 하더군요. 수녀원으로 돌아오는 길에 우리는 세인트 테레사 성당에 들러 신부님께 그 남자의 이름, 병원 이름과 함께 이런저런 사실을 알려드렸습니다. 이틀 후 다시 찾아갔더니 그는 매우 행복한 표정이었습니다. 가족을 만나고 싶다며 데려와달라는 부탁까지 하더군요. 그가 말했습니다. "하느님이 저를 용서하셨으니 저는 저의 가족들을 완전히 용서하고 싶습니다." 우리는 기쁜 발걸음으로 집으로 돌아가 테레사 수녀님께 알려드렸습니다. 죽어가는 그 남자에게 평화의 커다란 선물을 주신 성모님께 우리는 함께 감사드렸습니다.[43]

우리가 그들의 처지였다면

사랑의 선교회를 세우기 위해, 테레사 수녀님은 알바니아 전역을 보고 싶어 하셨기 때문에 우리는 자동차를 타고 많은 곳을 둘러보았습니다. 수녀님께 인사하러 온 군중이 길가에 늘어서 있는 광경도 여러 번 보았는데, 모두 수녀님을 "그들의 어머니"로 여기고 있었습니다. 마을 사람들 전체가 수녀님을 만나러 나와 있기도 했습니다. 수녀님은 차를 멈추시고 그들과 함께 기도를 올리시고는 메달을 나눠주셨지요. 사람들이 울부짖으며 "수녀님 만세"를 외칠 때에도 수녀님은 늘 겸손하고 조용하셨습니다. 절대 차분함을 잃지 않으셨지요. 누군가 수녀님을 알아보고—수녀님은 차 앞좌석에 앉아 계셨습니다—손을 흔들 때면, 수녀님은 차를 멈추시고는 언제나 한결같은 그 사랑과 차분함으로 그에게 인사하셨습니다. 어느 누구도 거절하는 법이 없으셨습니다. 알바니아에서 일어나고 있는 도둑질과 사기에 관해 말씀을 드리면 이렇게 말씀하셨습니다. "만약 우리가 그들의 처지였다면, 우리는 더 나쁜 일을 했을 것입니다."[44]

· "그러므로 제단에 예물을 드리려 할 때에 너에게 원한을 품고 있는 형제가 생각나거든 그 예물을 제단 앞에 두고 먼저 그를 찾아가 화해하고 나서 돌아와 예물을 드려라." _마태오 복음서 5:23~24

· "자매님들, 용서하기 위해 용서를 받아들이십시오."[45]

· "누군가와 싸웠을 때, 여러분은 그 사람을 용서해야 하며, 그 사람에 대한 어떤 원한도 품어서는 안 됩니다. 서로 사랑하라는 예수님의 말씀은 바로 그러한 것입니다."[46]

하느님 앞에서 내가 용서와 자비가 필요한 죄인이라는 사실을 알고 있습니까? 하느님이 나를 용서하시고 나에게 다른 사람들을 용서하라고 하신다는 것을 깨닫고 있습니까?

내 삶에서 내가 원망을 품고 용서하고 싶지 않은 사람이 있습니까?

작은 모욕이 지나치게 크게 자라나도록 허락한 적이 있습니까? 사소한 문제 하나로 인해 가족 중 한 사람이나 친구들과 소통하기를 거부한 적이 있습니까? 때로는 그 당시에는 진짜 중요했던 문제를 아예 잊어버리고는 하지만—지금은 그때 생각했던 것만큼 그 문제가 심각하지 않다는 것을 깨닫기도 하지만—그러고 나서 그 사람과의 관계는 이미 깨어졌거나 상처를 입었고, 우리 사이에 극복할 수 없는 골이 파이기도 합니다. 화해를 불러올 수 있는 방법은 없습니까? 그 골을 건널 다리를 놓고 관계를 새로이 다지기 위해 내가 할 수 있는 일은 무엇이 있습니까? 메시지 보내기, 식사에 초대해서 오래전에 일어난 일에 대해 이야기하기 같은 것들 말입니다. 내 기분을 상하게 했던 그 사람에게 친절하게 대할 수 있습니까?

어떤 사람에게 심한 모욕을 당하고, 나에게는 아직도 원망스러운 마음이 있습니까? 여전히 그를 용서할 수 없을 것 같은 기분이 듭니까? 용서를 향해 나아가기 위해 구체적인 무언가를 할 수 있습니까? 적어도 나에게 상처를 주었던 그 사람을 용서하거나 그를 위해 기도할 은총을 내려달라고 기도할 수 있습니까?

오, 예수님! 당신이 내 생각과 애정의 목표이시기를,
내 대화의 주제이시며 내 행동의 목적이시기를,
내 삶의 본보기이시며, 죽을 때 나의 버팀목이시기를,
그리고 당신의 왕국에서
나의 영원한 상급이 되어주시기를 비나이다.
아멘.

_사랑의 선교회 기도서,
마더 테레사가 매일 드린 기도

열셋,

고통받는 이를 위로하다

Comfort the Afflicted

"위로해 줄 이를 찾았으나 아무도 없었습니다."(시편 69:20) 마더 테레사가 종종 예수님의 수난을 언급하시며 인용하셨던 대목입니다. 수녀님은 자매님들에게 이렇게 권고하곤 하셨습니다. "'제가 그 사람이 되겠습니다' 하고 예수님께 말씀드리십시오. 저는 그분을 위로해드리고 격려해드리고 사랑해드릴 것입니다…… 예수님과 함께하십시오. 그분은 기도하고 또 기도하셨습니다. 그러고 나서 위로해줄 사람을 찾아보았지만 아무도 없었습니다…… 그분과 함께 나누고, 그분을 위로해드리고 달래드리는 한 사람이 되기 위해 노력하십시오." 테레사 수녀님은 예수님을 위로해드리려 하신 것만큼, 위로가 필요한 사람들을 위로하기 위해 열심히 애쓰셨습니다. 괴로워하는 사람들 한 사람 한 사람에게서 위로를 간청하는 비참한 모습의 예수님을 보셨던 것입니다.

마더 테레사는 강인한 성격과 대단한 결단력을 가지신 분이었지만, 동시에 마음이 따뜻하셨고, 타인의 고통과 괴로움에 공감하셨습니다. 우리 자신이나 주변 사람들의 큰 괴로움을 마주할 때 우리는, "우리 자신을 보호"하거나 개인적으로 너무 깊이 관여하지 않기 위해 마음을 닫아버리곤 —"무감각해져버리곤"—합니다. 그것이 유용하고 적절한 행동일 수도 있습니다. 하지만 우리가 마음을 닫을 때 하느님의 성심이 어떠실지, 고통받는 사람들에게 그 성심이 어떻게 다가갈지에 대해서는 깊이 생각하지 않는 것입니다. 마더 테레사는 당신의 마음이 하느님의 성심을 반영하기를 바라셨습니다.

마더 테레사는 고통받는 모든 사람에게 깊이 공감하셨고, 때문에 마음속 아주 깊은 곳에서부터 위로하며 "그 사람의 마음에 다가갈" 수 있으셨습니다. 온갖 다양한 일들로 고통받는 사람들이 위안을 찾아 수녀님을 찾아올 때마다, 수녀님은 위로의 말씀과 미소를 주실 준비가 되어 있었습니다. 때때로 사정이 여의치 않을 때에는 기도하겠다는 약속이라도 반드시 해주시곤 하셨습니다. 그렇게 사람들은 위로를 받았고, 새로운 희망을 품고 더 밝은 미래를 볼 수 있는 힘을 가지고 물러나곤 했습니다. 그것은 수녀님의 말씀 때문이 아니었습니다. 사실 수녀님의 말씀은 매우 간단하고 소박했습니다. 그런 차이를 만들어낸 것은 괴로워하는 사람에 대한 마음속의 연민, 마음과 마음의 소통이었습니다. 수녀님은 그들이 겪는 괴로움 속으로 들어가심으로써, 늘 말씀하신 대로 "아플 때까지 사랑"하실 수 있었습니다.

"고통받는 사람을 위로하시는 이"는 로레토의 호칭기도에서 성모님을 부를 때 쓰는 명칭 가운데 하나입니다. 마더 테레사가 성모님께 매일 드리던 기도는, "아름답고 순수하며 티 없는 당신의 성심을 우리에게 주소서"라는 것이었습니다. 수녀님이 연민의 마음을 가지는 법을 배우고, 육체적으로나 영적으로 괴로워하는 사람들에게 사랑과 위로의 손길을 뻗는 법을 배우신 건 성모님으로부터였습니다.

여러분 자신과 마주해보십시오. 여러분은 정말로 예수님을 사랑하십니까? 여러분이 예수님을 위로해드리는 그 한 사람입니까? 여러분 모두 수난받는 그리스도의 그림을 보아오셨지요. 거기엔 이렇게 쓰여 있습니다. "나를 위로해줄 이를 찾았으나 거기엔 아무도 없었다." 테레사 수녀는 그 위에 이렇게 썼습니다. "바로 그 한 사람이 되십시오." 여러분은 진정 그 한 사람입니까? 예수님이 진정 여러분에게 위로받으러 오실 수 있을까요? 특히나 오늘날처럼 죄악이 들끓는 시기에 여러분은 그분이 의지할 수 있는 그 사람인가요? 실로 우리가 그 위로, 그 위안인가요?[1]

고통받는 사람들에게 예수님을

우리의 굶주림을 채워주기 위해 빵이 되신 예수님은, 한편으로는 저 헐벗은 사람이 되고, 저 외롭고 환영받지 못하는 노숙자가 되고, 저 나병 환자나 술고래, 또는 마약중독자나 매춘부가 되기도 합니다. 이는 우리가 그들에게 보여주는 사랑을 통해, 그분을 사랑함으로써 그분의 굶주림을 채워줄 수 있게 하기 위해서입니다. 이렇게 고통받는 사람들에게 예수님의 현존을 모셔오는 것은 우리가 세상의 한가운데에서 관상하며 살게 합니다.

✣

사람들은 영적인 도움과 위안을 구하고 있습니다. 그들은 몹시 두려워하고, 의욕을 잃고, 절망에 빠져 있습니다. 너무 많은 이들이 자살을 합니다. 바로 그 때문에 우리는 말로써가 아니라 실천과 구체적인 사랑으로써, 그들의 말에 귀를 기울임으로써 하느님의 사랑이 하느님의 현존이 되어야만 하는 것입니다.[2]

처음이자 마지막인 사랑의 접촉

니르말 흐리다이—고통받는 그리스도의 살아있는 감실—에서 부서진 몸들을 만지기 위해서 여러분의 손은 얼마나 깨끗해야 할까요. 위로와 신뢰, 사랑의 말을 하기 위해서 여러분의 혀는 또 얼마나 깨끗해야 할까요. 그래야만 하는 것은, 그들 가운데 많은 이들에게는 이것이 사랑의 첫 만남이며, 어쩌면 이것이 마지막 만남일 수도 있기 때문입니다. 진실로 여러분이 "너희가 나에게 해주었다"는 예수님의 말씀을 믿는다면, 여러분은 예수님의 현존하심을 얼마나 생생하게 알아볼까요?[3]

나의 형제, 나의 자매

그리고 그리스도께서는 이런 말씀을 자주 하셨습니다. "내가 너희를 사랑한 것처럼 너희도 서로 사랑하여라." 그분이 얼마나 우리를 사랑하셨는지, 우리는 알고 있습니다. 그분은 우리를 사랑하셨기에 우리가 그분처럼 서로 사랑할 수 있도록, 특히 가진 게 없는 자와 아무도 사랑해주지 않는 자를 사랑할 수 있도록 모든 것을 주셨습니다…… 또 다른 가난, 영적인 가난으로 고통받는 사람들이 많습니다. 혼자 남겨지고, 환영받지 못하고, 사랑받지 못하고, 보살핌받지 못하는 자들이 있습니다. 여러분과 저는, 사랑하고 사랑받기 위해 창조되었습니다…… 보다 위대한 것을 위해서 말입니다. 우리는 그저 세상 속의 한 숫자가 아닙니다. 하느님의 자녀입니다. 그리고 저 사람은 나의 형제이며, 나의 자매입니다. 그렇기 때문에 예수님이 서로 사랑하라고 그렇게 많이 말씀하신 것입니다.[4]

친절하십시오

자매 여러분, 여러분과 저는 파견되었습니다. 선교사는 파견된 사람입니다. 우리는 무엇을 하기 위해 파견된 것일까요? 사랑을 위해서입니다. 사랑의 선교회 회원은 어떤 사람입니까? 하느님의 사랑을 전달하는 사람입니다. 무슬림 남자들이 자매님들에게 얼마나 아름다운 이름을 지어주었는지요. 인도 남자들은 자매님들을 사랑의 선교회라고 부르지 않습니다. 그들은 "하느님 사랑의 전달자"라고 부릅니다. 얼마나 아름다운 이름인가요.[5]

우리의 가난한 이들은 날이 갈수록 더 가난해지고 있습니다. 자매 여러분께 간청합니다. 부디 그들에게 친절하게 대해주십시오. 가난한 이들의 위안이 되어주시고, 그들을 돕는 데 있어 수고를 아끼지 마십시오. 가난한 이들의 요구에 눈을 뜨십시오. 가난한 이들에게 온 마음으로 봉사하겠다는 여러분의 서약을 살아 있는 현실로 만드십시오. 비참한 모습으로 가장하신 그리스도께 말입니다.[6]

그리스도의 참된 협력자가 되십시오. 그분의 삶을 살고, 빛내십시오. 병든 자에게 위로의 천사가 되어주고, 작은 아이들의 친구가 되어주십시오. 하느님이 특별하고 가장 강렬한 사랑으로 여러분 한 사람 한 사람을 사랑하시듯이, 서로를 사랑하십시오. 서로에게 친절히 대하십시오. 저는 여러분이 불친절로 기적을 만드는 것보다 친절로 실수를 저지르는 편이 더 좋습니다.[7]

서로에게 미소를

오늘날, 사람들이 굶주려서 죽고, 추워서 죽고, 거리에서 죽게 만드는 물질적인 가난 외에 환영받지 못하고, 사랑받지 못하고, 보살핌받지 못하는 커다란 가난이 있습니다. 이름을 불러주는 이 하나 없고 미소를 지어주는 이 하나 없기 때문에 생겨난 가난입니다. 그리고 바깥출입을 하지 않는 독거노인들에게도 때로는 그런 일이 생깁니다…… 그들은 아무도 아니며, 그들은 그냥 거기 있으며, 이름도 없이 그 방의 숫자로만 알려져 있을 뿐, 그들은 사랑하고 사랑받도록 알려져 있지 않습니다. 언제나 아는 것은 사랑으로, 사랑은 봉사로 이어집니다. 여러분은 정말로 그 현실을 알고 계십니까?[8]

고통받는 자들을 치유하십시오

의료활동을 하고 계시는 여러분, 여러분은 고통받는 사람들을 대하고 있습니다. 그들은 엄청난 통증과 크나큰 고통을 안고 여러분을 찾아옵니다. 그들은 여러분이 어떻게든 해줄 거라는, 고통에서 벗어나는 기쁨을 안겨줄 거라는 큰 희망을 품고 찾아옵니다. 만약 그들이, 여러분이 그들 안의 무언가를 파괴할 거라는 두려움을 품고 여러분을 찾아온다면 얼마나 끔찍한 일인가요. 의사와 간호사로 이루어진 한 단체가 있었는데, 그들이 저를 찾아와 말하더군요. "우리의 삶, 우리의 활동을…… 거룩한 어떤 것, 하느님을 위한 아름다운 어떤 것으로 바칠 수 있게 도와주십시오." [그 의사들은] 아름다운 의료활동을 하면서, 자신의 일을 통해, 상처 입은 사람들을 치료해주고 고통받는 사람들을 치유해주며 기쁨을 주겠다는 결의를 다지곤 합니다.[9]

✣

고난과 고통은 그 한 사람, 어떤 한 개인에게 주어진 신호일 뿐입니다. 그녀—그 사람—가 하느님에게 가까이 왔다는 신호, 하느님이 당신의 수난을 그 사람과 공유할 수 있다는 표시입니다. 언제나 받아들이기 쉬운 이야기는 아니지요. 하지만 이것이 바로 우리가 사람들의 삶에서 도와야 할 곳입니다. 그들이 [지금 일어나고 있는 일을] 받아들일 수 있도록 말입니다. 저는 종종 말합니다. 고난을 공유할 사람들이 없고, 고난을 하느님께 바칠 사람들이 없다면 세상은 과연 어떻게 될까요.[10]

✣

실로 엄청난 고통에 시달리던 한 부인을 만났던 일은 절대 잊지 못할 것입니다. 그렇게 심한 고통을 받는 사람은 본 적이 없었습니다. 그녀는 끔찍한 고통을 동반하는 암으로 죽어가고 있었습니다. 그분에게 저는 말씀드렸습니다. "부인, 그건 예수님의 키스입니다. 예수님이 부인께 키스하실 수 있을 만큼 부인이 십자가 위의 예수님께 아주 가까이 다가갔다는 신호입니다." 그러자 그녀가 두 손을 맞잡으며 말하더군요. "수녀님, 제발 예수님한테 그 키스 좀 멈추시라고 말씀드려주세요."[11]

그들에게 계속 말하도록 했습니다

영국에서 작은 경청 모임을 시작했습니다. 이들의 활동은 평범한 노인들의 집을 찾아가 노인들이 하는 말을 들어주는 것입니다. 노인들에게 마음껏 말하고 또 말하게 내버려두는 것이지요. [이들은] 이야기를 들어줘야 할 사람이 단 한 명만 있다 해도, 그 노인의 집을 찾아갑니다. 나이 많은 노인들은, 누군가 들어주기를 원합니다. 비록 삼십 년이나 지난 이야기를 해야 한다고 해도 말입니다. 귀 기울여 듣는 것은 좋은 일입니다. 저는 그것이 매우 아름다운 일이라고 생각합니다…… 이런 장소, 이런 사람들을 방문해보면, 아주 작은 것, 여러분이

[그들을 위해] 할 수 있는 아주 사소한 것으로도 그들을 기쁘게 할 수 있다는 걸 곧 깨닫게 될 것입니다…… 여러분은 그들에게 무엇이 필요한지 금세 알아낼 수 있습니다. 일단 가서 보십시오. 그러면 알 수 있습니다. 책 한 권, 카드 한 장, 그런 간단한 접촉으로도 충분합니다.[12]

엄마는 저를 원하지 않으십니다

영국에서 만났던 그 청년은 절대 잊지 못할 것입니다. 저는 런던의 거리에서 그 청년을 보았습니다. 머리가 긴 청년이었는데, 제가 먼저 다가가서 말을 걸었습니다. "당신은 여기 있어선 안 됩니다. 집에서 부모님과 함께 있어야 합니다." 나이는 겨우 스물둘, 스물셋쯤 되어 보이더군요. 그가 대답했습니다. "제 엄마는 저를 원하지 않으세요. 집에 갈 때마다 저를 가둬버립니다. 제가 머리를 길렀다는 이유로 말이에요. 엄마는 저를 원하시지 않고, 저는 머리를 자를 생각이 없습니다." 그래서 그는 거리를 택한 것입니다. 어머니가 자신을 원하지 않기 때문에 말입니다. 인도의 굶주림을 걱정하고, 자기 주변의 모든 사람들을 위해 일하는 훌륭한 어머니일지라도, 자기 자녀에게는 예외일 가능성은 얼마든지 있습니다. 나중에 다시 가보니, 그 청년은 바닥에 누워 있었습니다. 마약을 지나치게 많이 복용한 것이었습니다. 우리는 그를 병원으로 옮겨야 했습니다. 그가 얼마나 많은 약을 먹었는지 모르기 때문에, 그가 살았는지 어떤지 저는 모릅니다. 어머니와 아들이 다시 만났을 때 아들을 대하는 어머니의 반응은 어땠을까요? "나를 원하지 않은 건 너였어." 그러니 이제 서로를 원하기 시작합시다.[13]

그들에겐 전혀, 아무도 없습니다

우리 수녀님들이 일하고 있는 뉴욕에는 지금 그런 곳들이 많은데, 특별히 한 곳에는 우리가 캘커타의 거리에서 데려오는 이들과 별반 다르지 않은 사람들, 다른 사람들보다 조금 더 방치된 사람들이 있습니다…… 수녀님들은 일주일에 한 번 그곳에 갑니다…… 우리는 그곳에 가서, 보잘것없는 일들을 합니다. 손톱을 깎아주거나, 씻기고, 먹을 것을 주고, 옷을 갈아입히고, 침대를 조금 더 편안하게 정리해주지요…… 얼마 전에 그곳에 가보았는데, 끔찍하다는 생각이 들었습니다. 그리고 [그때 이후] 상황은 전보다 훨씬 더 나빠진 것으로 보입니다. 우리가 날마다 [그곳에] 갈 수 있게 허가를 내줄 사람이 누구인지 알아보고, 그 사람과 접촉해보려고 애쓰고 있습니다…… 여러분도 그런 사람들을 찾을 수 있을 것입니다. 특히 바깥출입을 하지 않는 사람들이 그렇겠지요. 그런 사람들은 모든 곳에, 어디에나 있습니다. 병원에는 방문객이 아무도 없는 환자들이 있습니다. 그들에겐 정말 아무도 없습니다. 그런 곳에 사는 그 남자처럼 말입니다. 그 사람은 수녀님들이 와서 양치질을 해주기를 기다렸습니다. 일주일 동안 그에게 양치질할 수 있게 뭐라도 해준 사람이 아무도 없었던 것입니다. 그다음 주, 수녀님들이 갔을 때 그는 이미 죽은 사람이 되어 있었습니다.[14]

많은 외로운 이들을 위로하십시오

한 부자가 저에게 물었습니다. "저에게는 네덜란드에 큰 저택이 있습니다. 수녀님은 제가 그 저택을 포기했으면 하십니까?" 제가 대답했습니다. "아닙니다. 제가 원하는 것은, 당신이 돌아가서 정말 그 집에서 살고 싶은지 살펴보는 것입니다." "알겠습니다." 그가 대답했습니다. "그리고 저에게는 큰 차도 한 대 있습니다. 집 대신 그걸 포기하시를 바라십니까?" 제가 대답했습니다. "아닙니다. 제가 원하는 것은 당신이 돌아가서 네덜란드에 사는 수많은 외로운 사람들을 만나보는 것입니다. 그리고 이따금 그들 중 몇몇을 집으로 데려가서 접대해주십시오. 당신의 그 큰 차에 그들을 태우고 당신의 아름다운 집에 가서 몇 시간 즐

기도록 해주십시오. 그러면 당신의 큰 저택은 빛이 가득하고, 기쁨이 가득하고, 생명이 가득한 사랑의 센터가 될 것입니다." 그는 웃음을 짓더니, 그런 사람들을 집으로 데려가면 무척 기쁠 것 같지만, 그래도 자기 삶에서 무언가를 포기하고 싶다고 했습니다. 그래서 저는 제안했습니다. "새 정장이나 옷을 사러 가게에 갈 때나, 누군가 당신에게 뭔가를 사준다고 가게에 갈 때, 가장 좋은 55달러짜리를 사는 대신 50달러 정도 되는 것으로 사고, 나머지 돈으로는 다른 누군가, 이왕이면 가난한 사람을 위한 무언가를 사십시오." 그 말을 들은 그는 정말로 깜짝 놀란 표정이었습니다. "오, 수녀님 그런 방법이 있었군요! 전 생각도 못 했습니다." 마침내 그가 떠날 때, 그는 우리 수녀님들을 도울 생각에 기쁨이 넘치는 매우 행복한 표정이었고, 벌써부터 탄자니아에 있는 수녀님들에게 물건을 보낼 계획을 세우고 있었습니다.

위로의 말

일본 고베에서 일어난 끔찍한 지진 소식을 듣자마자, 저는 우리 수녀님들이 봉사할 거라고 주교님께 전갈을 보냈습니다. 수녀님 여섯 명이 그곳 사람들, 특히 노인들에게 하느님의 사랑과 연민을 전달하기 위해 그 도시로 갔습니다. 수녀님들은 오천 명 이상이 죽어나간 도시의 거리를 다니면서 위로와 희망의 말, 격려의 말과 함께 필요한 물품을 전했습니다. 고베 시민들, 그리고 자연재해와 전쟁, 폭력으로 고통받는 모든 사람을 위해, 그들의 고통과 고난을 예수님의 고난과 결합함으로써 그들이 힘을 내고 치유되게 해달라고 기도합시다.[15]

그분의 고난을 나누는 기쁨

당신은 하느님의 영광과 가난한 사람들의 이익을 위해 많은 일을 해오셨고,

지금도 많은 일을 하고 계십니다. 그러니 두려워하지 마십시오. 십자가가 바로 그분의 크신 사랑의 표지입니다. 그분은 당신의 고통과 굴욕을 함께 나누는 기쁨을 당신에게 주고 계십니다…… 이런 것들이야말로 더욱 큰 사랑을 뜻하는 것입니다.[16]

예수님이 당신 안에서 제물이 되도록

당신은 예수님께 "네"라고 했고, 예수님은 당신의 대답을 그대로 받아들이셨습니다…… 하느님은, 이미 가득 차 있는 것을 채우실 수는 없습니다. 오직 비어 있는 것, 깊은 가난만을 채우실 수 있습니다. 당신의 그 "네"라는 대답은, 존재의 시작이며 비우게 됨을 뜻합니다. 그것은 우리가 진정 얼마나 많이 주어야 "하는가"의 문제가 아니라, 얼마나 비어 있는가의 문제입니다. 그래서 우리의 삶 속에서 [그분을] 가득 받아들이고, 그분이 우리 안에서 그분의 삶을 사시도록 하는 것입니다.

오늘 그분은 당신 안에서 아버지에 대한 그분의 완전한 복종을 다시 경험하고 싶어하십니다. 그분이 그리하실 수 있도록 허락하십시오. 그분이 당신 안에서 좋다고 느끼시는 한, 당신이 무엇을 느끼는지는 중요하지 않습니다. 당신 자신에게서 눈을 거두고 당신이 아무것도 가진 것이 없음에, 당신이 아무것도 아님에, 당신이 아무것도 할 수 없음에 기뻐하십시오. 당신이 아무것도 아니란 사실에 겁이 날 때마다, 예수님께 환한 미소를 지어 보이십시오.

이것이 예수님의 가난입니다. 당신과 저는 예수님이 우리 안에 사시도록, 우리를 통해 세상 안에 사시도록 해야 합니다. 성모님에게 의지하십시오. 성모님 역시 은총을 가득 입으시기 전에, 온통 예수님으로 채우시기 전에는 어둠을 지나가야 했습니다. "어떻게 그리할 수 있겠습니까?" 그러나 그 순간 성모님은 "네"라고 대답했고, 서둘러 요한과 그 가족에게 예수님을 드려야 했습니다.

당신의 사람들에게 말로써가 아니라 당신의 본보기로써, 예수님과 사랑에 빠짐으로써, 가는 곳마다 그분의 거룩함을 빛내고 그분 사랑의 향기를 퍼뜨림으로써 계속 예수님을 드리십시오.

예수님의 기쁨을 당신의 힘으로 삼아, 그 기쁨을 지키십시오. 행복과 평화를 누리십시오. 환한 미소로 그분이 주시는 것을 전부 받아들이고, 그분이 거두시는 것을 전부 드리십시오. 당신은 그분의 사람입니다. 그분에게 말씀드리십시오. "나는 당신의 것이니 당신이 나를 산산조각 베어낸다 해도 그 한 조각 한 조각이 오직 당신의 것입니다." 예수님을 당신 안의 제물이자 사제로 삼으십시오.[17]

✣

우리의 복되신 성모님이 십자가 아래서 예수님과 가까이 계셨듯이 당신과 가까이 계시기를 기도합니다. 모든 것을 성모님과 함께 나누시고, 성모님께 어머니가 되어달라고 간청하십시오.[18]

예수님을 가졌다면 전부를 가진 것입니다

당신의 반가운 편지는 기쁨과 슬픔을 가져다주었습니다. 당신들이 잘 지내고 있고, 커다란 손실을 진정 그리스도와 같은 용기로 아름답게 받아들였다니 기쁩니다. 두 분이 정말로 자랑스럽습니다. 사라져버린 것들을 생각하면 슬프지만, 어쩌면 주님께서 이 일로 당신들이 자유로워지도록 하신 것이 아닌가 하는 생각이 듭니다. '십자가의 길' 제10처에서 당하신 수난—"그들이 예수님의 옷을 벗겨버렸다"—을 두 분과 공유하기 위해서 말입니다. 이 사람들이 당신에게 한 일이 정확히 그것입니다. 용서하고 잊어버리고 웃으십시오. 그들이 왔을 때 당신들이 집에 없었던 것에 대해 하느님께 감사하십시오. 당신 중 누군가가 무슨 일을 당했을지는 하느님만이 아실 것입니다. 두 분이 어떤 기분일지 알 것 같지만, 그러나 두 분 모두 젊고 건강합니다. 집 안은 무엇으로든 채울 수 있습니다. 그곳을 바티칸 공의회의 정신으로, 아름답게, 하느님이 거하실 성전과 같이 가치 있는 곳으로 꾸미십시오. 이곳에서 우리 역시 그리스도의 수난을 공유하고 있습니다. 기근, 홍수, 질병, 불안, 너무나 많은 고통과 너무나 많은 오해가 난무합니다. 그렇게 많은 고통을 당하고 있는 나의 사람들을 지켜보는 고통은 이루 말할 수 없습니다. 전쟁 중인 나라—더욱 고통받고 있는—의 교회들을 보며 저는 종종 이렇게 혼잣말을 합니다. "감사합니다, 하느님. 우리를 주관하시는 하느님이 계셔서." 우리의 집들은 버림받은 어린이들, 병자와 죽어가는 사람들, 아무도 원하지 않는 노인들로 가득하지만, 그래도 우리는 하느님에 대한 완전한 복종으로 미소를 잃지 않고 우리 이웃—그들이 누구이건 간에—에 대한 사랑의 믿음을 간직해야 합니다. 하느님은 영원히 꺼지지 않을 빛이십니다. 그분은 잘못된 방향으로 빠지지 않을 길이십니다. 그분은 끝내 이기실 진리이십니다. 그분은 결코 죽지 않을 생명이십니다. 만약 우리가 예수님을 가졌다면, 전부를 가진 것입니다. 그러니 웃는 얼굴로 늘 예수님 가까이 계십시오.[19]

고난, 가장 큰 부

당신이 진정한 거룩함으로 가는 수단으로서 자신의 능력과, 당신의 삶에 찾아온 고난을 활용하게 해달라고 많이 기도하고 있습니다. 당신에 대한 하느님의 사랑에, 당신 안에 그분이 계심에, 당신이 시련을 하느님의 선물로 받아들이게 된 그 은총에 하느님께 감사를 드립시다. 분명 힘들 것입니다. 하지만 십자가 나무 또한 힘들었을 것입니다. 다른 사람들이 하는 일을 당신이 못한다고 해서 당신 삶이 쓸모없다고는 생각하지 마십시오. 예수님의 십자가와 복되신 성모님이 받으신 고난, 그리고 수많은 그리스도인들이 받은 고난은 전 세계에서 가장 큰 부입니다. 당신 역시 그 부의 일부입니다. 부디 예수님이 당신 안에서

보다 충만하게 사시도록 허락하시고, 그리고 그분이 당신과 함께 나누는 고난이 당신에 대한 그분의 온유한 사랑의 징표이기를 바랍니다. 모든 것을 수도회를 위해, 미소로 봉헌해주십시오.[20]

애도

당신 아버님이 예수님에게로 가셨습니다. 당신 아버님을 가장 먼저 사랑하셨고 생명으로 불러내셨던 그분에게로. 이제 아버님은 예수님과 함께 계시고 예수님은 당신 마음속에 계시니, 아버님 역시 당신 안에, 지금은 그 어느 때보다 당신과 가까이 계시면서 당신을 위해 기도하시고, 당신을 지켜보고 계십니다. 이런 생각으로 슬픔에 잠긴 자신을 위로하십시오. 저는 요즘 특별한 방식으로 당신 어머님을 위해 기도하고 있습니다.[21]

✣

보내주신 편지에 감사드립니다…… 그리고 당신 조카의 죽음에 대한 슬픈 소식을 들려주신 것에도 감사를 드립니다. 당신의 오빠와 올케에게 깊은 연민을 보내며, 저도 하느님께 그들을 위로하시고 힘을 주십사 기도드릴 것을 약속합니다. 죽기 사흘 전까지만 해도 행복한 그 아이의 모습을 보았다니, 그 일은 여러분 모두에게 큰 충격이었을 것입니다. 그러나 우리를 알고 계시고, 사랑하시고, 우리에게 가장 좋은 것을 아시는 사랑하는 아버지 하느님께서 직접 그 아이를 천국으로 데려가셨으니, 이제 그 아이는 하느님이 우리에게 주고자 하시는 삶을 충만하게 살고 있을 것입니다. 그러니 [그 아이가] 죄 속에서 죽어 있는 게 아니라, 하느님의 사랑과 자비를 통해 천국에서 완전히 살아 있다고 생각하십시오. 그것이 그 부모에게는 기쁨이 되고 위안이 될 것입니다. 그리고 사랑하는 부모를 위한 아들의 간청으로, 하느님께서는 그분의 때에 그 부모를 하느님에게로 더 가까이 이끄실 것입니다. 이런 때에 당신이 [그 부모와] 함께 지내면서 그리스도인의 방식으로 위로하고 힘을 주고 있어서 정말 다행입니다. 하느님은 그분의 방식으로 그들의 상처를 치료해주고 그들에게서 서서히 좋은 일을 끌어내주실 것입니다.[22]

✣

당신 누이가 세상을 떠났다니 애석한 마음을 금할 수가 없습니다. 누이를 위해 기도합시다. 하느님께서 그분의 영광을 누이에게도 나누어주시기를. 누이가 예수님에게로 돌아갔으니 이제 당신은 누이가 [전보다] 더 당신과 가까이 있음을 알고, 용기를 가지도록, 나아가 기쁘게 그 상실을 받아들이도록 은총을 내려달라고 하느님께 기도하고 있습니다. 누이를 돌볼 기회를 주신 일을 하느님께 감사드리십시오. 하느님은 당신의 가족과 다른 사람들, 특히 외로운 사람과 환영받지 못하는 사람들을 위해 당신을 쓰시고 싶어하십니다. 그분께 사랑하는 당신의 마음을 드리십시오.[23]

✣

당신 누이가…… 갑자기 돌아가셨다는 소식을 듣게 되어 안타깝습니다. 하지만 당신에겐 믿음이 있으니 기쁜 마음으로 이 일을 받아들이게 될 거라 확신합니다. 이제 누이는 예수님에게로 돌아가셨고, 천국에서 하느님과 함께 있을 것입니다. 누이 역시 그곳에서 당신을 위해 기도하고 있을 것입니다. 이제 당신의 누이는 예수님과 함께 있고, 예수님은 당신 마음속에 계시니, 누이도 당신 마음속에, 지금은 전보다 더 당신 가까이 있습니다.[24]

모든 사람에게 귀를 기울이셨습니다

저는 마더 하우스에서 문지기의 일을 맡고 있었습니다. 방문객이 올 때마다 테레사 수녀님의 방에 가서 방문객의 명함을 보여드리곤 했지요. 그럴 때마다 수녀님은 저를 축복해주시고는 곧바로 일어나서 성당 베란다로 가시거나, 아래층 응접실로 내려가서 방문객을 만나곤 하셨습니다. 수녀님은 당신을 찾아오는 사람들은 누구나, 부자건 가난뱅이건 간에 가리지 않고 만나셨습니다. 그리고 모든 사람에게 귀를 기울이셨지요. 그냥 수녀님의 발을 만져보려 오는 사람들도, 다르샨[성스러운 사람의 존재를 관조하는 것]을 하려고 오는 사람들도, 수녀님의 축복을 받고 가려는 사람들도 있었습니다. 수녀님을 만나고 돌아갈 때 그들은 모두 행복한 미소를 띠고 있었습니다. 수녀님은 그들과 함께 기도하시고 어려움에 처하거나 괴로워하는 사람들을 성당으로 데려가 그들을 위해 기도하곤 하셨습니다.

✣

마더 테레사 수녀님은 항상 사람들에게 기적의 메달과 "명함"을 주셨습니다. 그 간단한 일에도 사람들은 감동하곤 했습니다. 많은 이들이 치유되기도 했는데, 수녀님이 예수님으로 가득하셔서, 괴로워하는 사람들에게 예수님의 평화를 비추셨기 때문입니다.

✣

테레사 수녀님은 그 남자 옆에 앉아 그의 말에 귀를 기울이고 격려해주고 계셨습니다. 수녀님에게 그 일은 곧 "하루 스물네 시간 예수님 바라보기"였습니다. 콧물 흘리고 눈병을 앓는 벌거벗은 어린아이 안에서, 전 세계에서—때로 아주 멀리 떨어진 곳에서부터—모여든 부티 나는 차림의 부유한 사람들 안에서 수녀님은 예수님을 보셨습니다. 수녀님의 빛나는 미소는 모든 이의 마음을 밝혀주었습니다. 자기 존재 깊은 곳에 계신 예수님을 비밀스럽게 만졌다고 느끼는 사람들이 있는가 하면, 안에서부터 퍼져나오는 기쁨을 경험한 사람들도 있었습니다.[25]

✣

오빠가 죽었을 때, 저는 테레사 수녀님의 축복을 받으러 갔습니다. 저를 축복해주신 수녀님은 저를 끌어안아주시며 이렇게 말씀하셨습니다. "예수님은 당신을 너무 사랑하셔서 당신과 고난을 같이 나누시는 것입니다." 수녀님은 사랑의 눈길로 저를 보셨습니다. 그 다정한 눈길이 저에게 강렬하게 닿는 순간 저는 진정한 위안을 느꼈고, 수녀님에게서 앞으로 나아갈 힘과 용기를 받았습니다.[26]

다시 평화를

저는 종종 수녀님 사무실 바깥 벤치에 수녀님과 나란히 앉아 이런저런 어려움을 말씀드렸습니다. 일을 하면서 느끼는 어려움이나, 믿음을 실천하지 않는 제 아이들에 대한 고충, 가톨릭 신자가 아닌 제 남편에 대한 고충 같은 것들이었습니다. 수녀님은 제 남편과 아이들은 저보다 예수님이 더 많이 사랑하시니, 예수님이 그들을 돌봐주실 거라고 장담하셨지요. 수녀님은 제 두 손을 꼭 잡고 묵주를 쥐여주시고는, 날마다 기도를 올리며 성모님께 제 식구들을 위해 간청하라고 하셨습니다. 그리하면 식구들이 돌아올 거라고 말이에요. 저는 필요한 만큼 믿음이 깊은 건 아니었지만, 아이 중 한 명은 돌아와서 믿음을 실천하고 있고, 남편은 기도와 하느님의 사랑에 관해 묻기 시작했습니다. 하느님이 자기를 사랑하신다니, 남편에겐 전혀 새로운 개념이었습니다.[27]

✢

한번은 테레사 수녀님이 티타가르를 방문하고 계실 때였습니다. 한 나병 환자가 있었는데, 비록 몸은 뒤틀려 있었지만 수녀님들과 함께하고 싶은 마음에 수녀님들이 상처에 드레싱을 하거나 다른 환자들에게 음식과 약을 나눠주는 걸 돕곤 했었습니다. 그런데 그런 그가 시력을 잃게 되고, 손가락 발가락까지 완전히 잃고 말았습니다. 그는 테레사 수녀님에게 다가와 엉엉 울었습니다. "수녀님, 전 눈이 멀어버렸습니다. 수녀님을 볼 수 없어요. 전 이제 쓸모없어졌습니다. 도울 수가 없어요." 수녀님이 그에게 말씀하셨습니다. "오, 내 아들. 걱정 말아요. 얼마 후면 우리는 모두 '저쪽'에 있는 우리 '집'으로 갑니다. 거기선 모든 것이 새로울 것이고, 볼 수 있는 새 눈, 새 손, 전부 새 것을 얻게 될 것입니다. 우리를 그렇게 많이 사랑하시는 하느님을 보게 되는 것입니다!" 그가 말했습니다. "수녀님, 그게 언제일까요? 기도해주세요! 빨리 가고 싶습니다!" 그것은 사람들이 불행 속에서 허덕이지 않도록 하면서, 새 삶에 대한 욕구를 불러일으키는 수녀님의 방식이었습니다. 그때부터 [그는] 더 이상 슬퍼하지 않았습니다. 그는 '집'으로 갈 날을 기다리며 무척 행복하게 지냈습니다.[28]

✢

죽은 사람의 친척들이 수녀님에게로 안내되었을 때, 그분은 이런 말로 그들을 위로하곤 하셨습니다…… 우리는 하느님에게서 와서 하느님에게로 가는

것입니다.[29]

사랑받는다는 것을 확실히 느꼈습니다

수녀님은 그 인터뷰를 다시 하지 않겠다고 하셨습니다. 어떤 일이 잘 풀리지 않으면 그 일은 하느님의 뜻이 아니라고 하셨지요. 수녀님이 거절하시자 저는 크게 충격을 받았습니다. 그 순간, 마치 수녀님도 똑같은 고통을 느끼신다는 듯, 수녀님은 제가 쓰고 있던 짙은 색 안경을 벗기시고는 이렇게 말씀하셨습니다. "잠을 충분히 못 자고 있군요." 간단한 말이었지만, 그분이 뿜어내는 에너지는 엄청났습니다. 시간이 멈춘 것 같았습니다. 심장이 가슴 안에서 부풀어오르는 느낌이었지요. 그분에게서 나와서 저에게 왔다가 다시 그분에게 돌아가는 강력한 사랑이 느껴졌습니다. 그건 제가 부모님에게서, 친구들에게, 연인들에게 오랫동안 열망해온 사랑이었지만, 그전까지는 한 번도 경험한 적이 없었습니다. 고양된 의식 상태에서, 저는 갑자기 알게 되었습니다. 하느님이 존재하신다는 것, 하느님은 이 사랑이시라는 것, 그리고 마더 테레사는 그 사랑의 통로라는 것을 말입니다. 하느님이 저를 아신다는 것, 제가 사랑받고 있다는 것을 확실히 느꼈습니다. 저는 아무 말도 안 했지만 수녀님은 그 순간을 놓치지 않으셨습니다. 마치 제 마음을 읽으신 것처럼 이렇게 말씀하시더군요. "하느님께 감사드립시다." 수녀님은 허리띠에서 묵주를 푸시더니 기도를 시작하셨어요. 십사 년 동안 기도와는 담을 쌓았던 저는 무릎을 꿇고 수녀님과 같이 로사리오 기도를 올렸습니다. 또 한 번 눈물이 제 뺨을 타고 흘러내렸습니다.[30]

당신 아들 안의 그분을 보세요

한번은 한 소년의 젊은 아버지가 마더 하우스 문 앞에 나타나 테레사 수녀님께 다르샨을 청했습니다. 그는 두 살 난 아들을 데리고 있었습니다. 시간이 지난 뒤 이 신사는 수녀님의 협력자가 되었지요. 마더 하우스에서 있었던 그날의 대화는 저에게 매우 감동적으로 다가왔습니다. 그래서 그 대화가 끝나자마자 써내려갔습니다. 여기 소개할까 합니다.

젊은 남자: (아이를 보여주면서) 수녀님, 이 아이는 제 아들입니다. 아이 엄마는 매우 변덕이 심합니다. 때로는 이 아이를 좋아하다가도, 대부분은 아이를 돌보지 않고 방치해둡니다. 저는 직업이 있어요. 그런데도 하루 종일 이 녀석을 돌보고, 먹여주고 뒤치다꺼리를 해줘야 하는데, 때로는 이 녀석이 참을 수 없게 느껴집니다! 저는 어떡하면 좋을까요?

수녀님: 아이를 돌볼 때에는 기도하십시오. "주님, 이 어린아이의 모습을 하신 주님, 지금은 물론 앞으로도 영원히 저와 함께해주십시오. 주님, 제가 당신의 아들인 것처럼 당신이 제 아들이시니 감사합니다. 주님, 당신이 우리 모두를 섬기듯이 당신을 섬길 수 있으니 감사합니다. 주님, 당신이 우리 모두를 사랑하시듯이 제가 당신을 사랑할 수 있으니 감사합니다. 주님, 제가 항상 당신께 의지하듯이 오늘 당신이 저를 의지해주시니 감사합니다. 주님, 당신이 졸린 머리를 저에게 기대실 때, 저 또한 영원히 당신께 기댈 수 있으니 감사합니다. 주님, 당신이 제 손을 잡으실 때, 당신이 저와 함께 계심을 제가 알게 되니 감사합니다. 주님, 당신이 우리에게 먹을 것을 주시듯이 저에게 먹을 것을 달라 하시니 감사합니다. 주님, 당신이 소년으로 자랄 때, 내가 당신께 의지할 수 있음을 알게 되니 감사합니다. 주님, 몸소 제 아들로 와주셨으니 감사합니다.

수녀님이 이 기도문을 말씀하실 때 소년의 아버지는 소리없이 흐느끼고 있었고, 얼굴에는 평화가 가득했습니다.[31]

가장 사랑을 못 받는 자를 가려내다

테레사 수녀님이 가난한 사람을 대하실 때 놀라운 점이 있습니다. 수녀님의 시선과 위로의 말씀이 가장 먼저 가 닿는 곳은 언제나 군중 속에서도 가장 가난하고 더러운 사람들이라는 것입니다.[32]

✣

우리는 신부님들을 방문하느라 [멕시코의] 티후아나에 있었습니다. 그 신학교 바로 옆에 슬럼가가 있었는데, 나무들과 오두막들로 이루어진 주거지였지요. 오두막에는 일가족 열 명이나 열두 명이 한방에서 뒤엉켜 살고 있었죠. 테레사 수녀님은 길 위쪽 아주 멀리, 가파른 언덕 위의 작은 오두막 바깥에 앉아 있는 한 노파를 눈여겨보시더니, 어느 날 오후 저에게 말씀하시더군요. "저 언덕을 올라갈 생각입니다. 가서 저 노파를 만나봐야겠어요. 그녀에겐 아무도 없습니다." 우리는 언덕길을 올라갔습니다. 우리가 그곳에 도착하자, 노파는 수녀님에게서 눈을 떼지 못하더군요. 기쁨으로 얼굴이 빛나는 노파는 처음으로 누군가에게 반응하는 것 같았습니다. 수녀님은 노파의 손을 잡고 나지막이 이야기를 나누셨습니다. 돌아갈 시간이 되자, 노파가 수녀님을 부르며 물었습니다. "그런데 수녀님 이름이 뭐예요?" 그녀는 마더 테레사가 어떤 사람인지 전혀 몰랐지만, 수녀님의 영에 완전히 압도당했던 것입니다. 수녀님은 대답하셨습니다. "저는 마더 테레사입니다." "어디서 오셨어요?" 노파가 다시 물었습니다. "아, 전 캘커타에서 왔습니다." 그렇게 우리는 자리를 떠났습니다. 수녀님은 눈 하나 깜박이지 않으셨고, 한마디도 하지 않으셨지요.[33]

✣

한번은 수녀님과 제가 오솔길에서 우리를 태워다줄 차를 기다리고 있을 때였습니다. 수녀님은 지나가는 수많은 사람들 속에서 힘들게 오솔길을 걷고 있던 한 남자를 지켜보고 계셨습니다. 수녀님은 당신 자신도 쇠약하시면서, 손을 내밀어 그를 부축하셨습니다. 저를 비롯해 수녀님 주변의 어느 누구도 그 남자의 곤경을 알아차리지 못했습니다.[34]

예수님 보는 법을 배우세요

한 서원식이 기억납니다. 그때 테레사 수녀님은 군중 속에서 울고 있던 한 여자를 발견하셨지요. 수녀님은 그녀를 불러서 말을 거셨고, 그녀가 과거에 낙태 경험이 있다는 걸 알아내셨습니다. 수녀님은 곧장 신부님을 부르셨고, 그녀와 그 남편이 고백을 하도록 하셨습니다. 나중에 수녀님이 우리에게 말씀하시더군요. "수녀님들, 여러분이 보지 못하는 것을 제가 어떻게 보냐고요? 사람들 안에서 예수님을 보는 법을 배우세요!"[35]

안녕하세요, 제 이름은 마더 테레사입니다

[공항에서] 수녀님은 라운지에 앉아 수녀님들과 이야기하고 계셨습니다. 한 중년 여자가 들어오더니 수녀님 바로 뒤를 지나 라운지 뒤쪽으로 가더군요. 자리에 앉은 여자는 잡지를 펼쳐들었습니다. 가만히 지켜보던 저는 무언가 이상한 점을 발견했습니다. 공항의 모든 사람들이 수녀님을 만지고 싶어서 안달인데, 수녀님을 만질 수 있는 이 여자는 수녀님 바로 뒤를 지나면서, 심지어는 수녀님을 알아보지도 못하는 것 같았습니다. 얼핏 여자의 얼굴에서 저는 공허함,

슬픔 같은 것들을 보았습니다. 얼마 후 라운지 직원들이 와서 말했지요. "수녀님, 준비되었습니다." 수녀님들이 "아차Acha", [좋습니다] 하고 대답하고 자리에서 일어났습니다…… [수녀님은] 마지막으로 일어나셨고, 제가 그 뒤를 따랐습니다. [우리가 막 라운지를 떠나려 할 때] 수녀님이 제 손을 잡고 말씀하셨습니다. "신부님, 저랑 같이 가세요." 그러고는 곧장 라운지 뒤쪽의 그 여자에게로 향하시는 것이었습니다. 사랑의 선교회 회원들이 북적이는 가운데 어떻게 수녀님이 그 여자를 보셨는지는 지금도 모르겠습니다. 어쨌든 수녀님은 그 여자에게 다가가시더니 평소에 "명함"이라고 부르시던 것을 가방에서 꺼내셨습니다. 콜럼버스 기사단에서 수녀님을 위해 인쇄해준 것이었습니다.[36] 수녀님은 그 여자에게 몸을 기울이시고 말씀하셨습니다. "안녕하세요. 제 이름은 마더 테레사입니다. 당신께 제 명함을 드리고 싶었습니다." 여자가 잡지에서 시선을 떼고 바라보더니 뭐라고 중얼거리는 것 같았습니다. 수녀님은 그 여자에게 카드를 내밀고는, 그녀의 손을 꼭 잡고 그녀의 눈을 들여다보았습니다. 삼십 초쯤 됐을까요, 그보다 길지는 않은 시간이었고, 우리는 자리를 떠났습니다. 문간에서 돌아보니 그 여자가 미소를 띤 채 카드를 읽고 있었습니다. 얼굴이 완전히 달라져 있었습니다. 수녀님은 가장 깊은 고통, 외로움까지 알아보시고 손을 뻗으시는 큰 능력이 있으셨습니다. 그것이 수녀님의 비상한 면모입니다.[37]

수녀님이 서두르실 때 한 가난한 사람이 수녀님을 세웠습니다

얼마 전 마리아 수녀님은 방글라데시 폭동 당시에 있었던 사건을 떠올리고 있었습니다. 두 수녀님이 테레사 수녀님과 함께 난민 캠프에 급하게 필요한 물품을 구하기 위해 서둘러 가고 있을 때였습니다. 도중에 한 가난뱅이 남자가 테레사 수녀님을 멈추고 말을 걸어왔습니다. 마리아 수녀님은 그때 수녀님의 모습이 가장 교훈적이었다고 합니다. 수녀님은 비록 마음이 급하셨지만, 사오 분

정도 시간을 내어 연민과 흐트러지지 않는 집중력으로 그 남자의 고민에 귀를 기울이셨다고 합니다. 마리아 수녀님이 보기엔, 그 사건이야말로 수녀님이 성인임을 보여주는 진정한 표지였다고 하더군요.[38]

✣

1991년 12월에 힌두교도와 무슬림 사이의 폭동이 일어났을 때, 수녀님은 그 분쟁의 지역으로 가셔서 두 손을 모으시고 로사리오 기도를 하셨습니다. 우리에게 수녀님은 문제가 있을 때마다 항상 기도하라고, 하느님을 믿으면 문제는 해결될 거라고 말씀하곤 하셨습니다.[39]

애원합니다, 제발 친절하십시오

저는 두러스에 생긴 새 재단을 위해 알바니아로 가는 특혜를 받았습니다. 테레사 수녀님이 거기 계셨지요. 몹시도 비참한 불행 속에서 살아가는 동포들을 보시고, 수녀님이 얼마나 괴로워하시는지 알 수 있었습니다. 그곳엔 모든 것이 부족했습니다. 물질적인 것, 영적인 것 할 것 없이 말입니다. 수녀님은 우리 집에 종종 오시곤 했는데, 해외에서 들어오는 보급품의 대부분을 보관하는 창고가 우리 집에 있었기 때문이었습니다. 수녀님은 우리에게 당부하셨습니다. "모든 사람에게 아주 친절히 대하십시오. 이미 너무 많은 고통을 받고 있는 사람들입니다. 제가 두 손 모아 애원합니다. 친절하십시오." 수녀님은 이 말씀을 몇 번이고 거듭하셨습니다. 또 이런 말씀도 하셨지요. "우리에게 오는 사람은 모두 환영하십시오. 갈 곳이 없어 오신 사제님들, 그분들이 장소를 찾으실 때까지 돌봐드리고 먹을 것을 드리세요." 우리의 집이 문을 열던 날, 수녀님은 기쁨에 겨워 이렇게 말씀하셨습니다. "우리에 대한 예수님이 사랑이 얼마나 어마어마한가요. 이것이 이 도시 전체에서 유일한 감실입니다. 예수님은 그분을 알리기 위해 우리를 선택하셨습니다." 수녀님은 우리에게 사랑과 이해, 연민에 관한 말씀을 많이 해주셨습니다. 늘 입버릇처럼 말씀하셨지요. "서로 사랑하고 그 사랑을 다른 사람들에게 주십시오. 그들이 여러분 안의 예수님을 보도록 해야 합니다. 그들은 이미 너무 많은 상처를 입었습니다. 그들에게 상처를 주지 않도록 하십시오."[40]

경찰관에게 내 우산을 드리세요

우기가 한창이던 어느 저녁이었습니다. 폭우가 막 그쳤을 때 수녀님이 집으로 돌아오셨지요. 한 달 전쯤 심하게 앓으신 뒤였습니다. 그날은 비가 워낙 많이 쏟아지는 바람에 시슈바반의 바깥 포장도로가 더러운 빗물 속에 잠겨버려, 마치 베네치아 같은 풍경이었지요. 수녀님이 탄 자동차는 앞으로 나가보려고 기를 쓰고 있었지만, 운전기사는 고개를 흔들면서 차에 문제가 있다는 신호를 보냈습니다. 같이 차에 탔던 수녀님들은 테레사 수녀님께 차에서 기다리시라고 말씀드렸지요. 하지만 어느새 수녀님은 밖에 나와 계셨고, 사리를 무릎까지 걷어올리시고는 마더 하우스를 향해 빗물을 헤치고 걷기 시작하셨습니다. 수녀님들에게 무사히 집에 도착할 거라고 안심을 시키시던 테레사 수녀님은, 교통경찰이 양손을 흔들면서 차량들을 통제하는 모습을 보셨습니다. 그 경찰관에겐 우산이 없었고, 아직 보슬비가 내리고 있었습니다. 테레사 수녀님은 시슈바반 입구에 도착하시자, 한 수녀님을 불러 걱정스럽게 말하셨습니다. "수녀님, 저 교통경찰에게 내 우산을 가져다드리세요. 그는 내일도 여기 올 테니까 우산은 그때 돌려달라고 하세요."[41]

이 결혼을 축복해주십시오

뱅골의 한 힌두교 신사가 제 사무실에 와서 자기 딸의 결혼을 위한 자선금을 요청했습니다. 저는 제가 드릴 수 있는 최대 금액은 50루피라고 말씀드렸지요. 그런데 이 늙은 신사의 모습이 무척 짠하더군요. 그에게 기다리라고 하고는, 테레사 수녀님께 전화를 해서 어려움에 처한 한 늙은 신사를 보낼 테니 괜찮으시면 도와달라고 부탁드렸습니다. 그 딸의 결혼에 관해서는 아무 언급도 드리지 않았습니다. 그러고는 저는 그 일을 까맣게 잊어버렸는데, 두세 달이 지나서 이 늙은 신사가 저를 보더니 너무 반가워서 말을 잊지 못하는 것입니다. 테레사 수녀님이 자기 딸의 결혼을 위한 모든 것을 도와주셨다고 하더군요. 수녀님께 자기 딸 결혼식에 참석해달라고 부탁드리긴 했지만 수녀님이 정말 오실 거라고는 기대하지도 않았는데, 결혼식 날 수녀님이 그의 집에 가셨던 것입니다. 수녀님은 그 힌두교 신사에게 결혼하는 부부에게 축복을 해드려도 되겠냐고 물으셨고, 그 힌두교 신사는 기쁘게 동의했답니다. 수녀님은 무릎을 꿇고 하늘에 계신 아버지께 기도하고 두 사람을 축복하셨지요. 수녀님이 막 떠나시려고 하는데, 신랑이 와서 얼마 전에 경쟁이 치열한 취직 시험을 봤다며 자기를 위해 기도해달라고 부탁했다고 합니다. 수녀님은 그 청년에게 그를 위해 기도하겠다고 하셨지요. 그 젊은 힌두교 청년은 운 좋게도 합격해서 취직을 했다고 합니다.[42]

밤 열한시에 비친 희망의 빛줄기

한번은 한 건축업자가 테레사 수녀님을 찾아왔는데, 그는 자기가 할 수 있는 봉사가 어떤 것이 있는지 알고 싶어했습니다. 수녀님은 [그에게] 탕그라에 매춘부들을 위한 집을 지어달라고 부탁했고, 그는 부탁대로 집을 지어주었습니다. 그런데 몇 년 후 그는 파산을 하게 되었고, 결국 그와 그의 형은 자살하고 말았습니다. 죽은 남편들[이 그런 죄를 저질렀기] 때문에 그 부인들은 가족, 사제, 친구들로부터 죄인으로 취급되었습니다. 거의 버림을 받았지요. 그런데 어느 날 그들은 사랑의 선교회 수녀님들에게서 한 통의 전화를 받게 되었습니다.

마다 테레사 수녀님께서 외국 순회를 마치고 돌아오시는 길에, 그 부고를 듣고는 공항에서 집으로 가시는 중에 그 부인들을 만나고 싶어하신다는 것이었습니다. 그들은 어떤 경멸의 말을 들을지 또 한 번 겁을 먹었지요. 밤 열한시, 테레사 수녀님이 다른 수녀님 한 분과 함께 그들의 집에 도착했습니다. [수녀님은] 그들에게 미소를 지으시며 [그들의] 남편들은 훌륭한 사람이었다고 말씀하셨어요. 그 남편들의 기부금 덕분에 수많은 매춘부들이 쉼터를 찾고 있으니, 틀림없이 하느님이 그들을 보살펴주실 거라고 안심시키셨지요. 그 부인들은 [남편들의] 죽음 이후 처음으로 희망의 빛을 발견하고, 새로운 힘을 얻어 잔인한 삶에 맞설 수 있었고, 지금은 다시 일어설 수 있게 되었습니다.[43]

모든 생명의 아름다움

테레사 수녀님은 저에게 모든 생명의 아름다움을 가르쳐주셨습니다. 병이나 기형을 얻어 바라보기조차 고역인 생명 역시 아름답다는 것을 말이지요. 수녀님은 가장 극심한 어려움에 처했을 때, 가장 차분해지시는 것 같았습니다. 예수님은 가난한 이들 중에서도 가장 가난한 이의 모습을 하심으로써 우리에게 그분을 사랑하고 그분께 직접 봉사할 수 있는 기회를 주신다는 것을 자원봉사자들이 이해하도록, 수녀님은 기회가 있을 때마다 도와주셨습니다. 가난한 이들은 우리의 선물이라고 늘 말씀하셨지요.[44]

수녀님은 그 굳은살 박인 거친 손에 키스하셨습니다

1970년, 저는 전국 가톨릭 여성협의회 회의에 테레사 수녀님과 함께 가는 특혜를 받았습니다. 하느님의 가난한 자들 사이에서 수녀님이 해오신 업적을 인정받는 자리였지요. 회의 기간 중의 어느 날, 수녀님과 저는 회의장의 한 부스에 함께 앉아 있었습니다. 하루 종일 많은 여성들이 오갔습니다. 그 여성들 대부분이 굉장히 잘 차려 입은 것으로 보아 부유한 집안 출신인 것 같았는데, 그들과 떨어져서 서 있는 한 여자가 눈에 띄었습니다. 평범하고 닳아 해진 옷을 입은 그 여자가 수줍은 태도로 우리 쪽으로 다가왔습니다. 그녀는 한참 동안 한쪽에 서서 수녀님을 바라보기만 했는데, 그 눈빛이 얼마나 간절했는지, 제가 가서 도울 일이 있냐고 물었지요. 그 여인은 마더 테레사에게 잠시 말을 걸어도 되는지 묻는 것조차 두려워하는 것 같았습니다. 저는 곧바로 그 여인을 수녀님께 데려갔고, 수녀님은 그녀에게 부스 안으로 들어와 옆에 앉으라고 하셨습니다. 그 여인은 매우 수줍게 이야기를 시작했는데, 그녀의 남편이 심각한 병을 앓아서 더 이상 농장에서 일할 수 없게 되었다고 하더군요. 그러면서 수녀님께 남편과 남편의 회복을 위해 기도해달라고 간청했습니다. 그녀가 남편이 하던 농장일을 떠맡았는데, 이제 자기가 그 일을 계속하면서 집안일도 하고, 요리도 하고, 아이들을 돌보는 것까지 할 수 있도록 우리에게 기도를 부탁했지요.

그 젊은 여인은 이야기를 하는 내내 두 손을 무릎 위에 꼭 붙이고 있었는데 그 손이 얼마나 거칠고 빨갛게 부어올랐는지, 손가락이 얼마나 갈라지고 상처가 많은지 한눈에 볼 수 있었습니다. 테레사 수녀님도 그걸 눈여겨보고 계셨는데, 바로 그때 여자의 눈에서 눈물 몇 방울이 가난에 찌든 그 손 위로 떨어졌습니다. 수녀님은 굳은살이 박인 그 거친 손을 수녀님의 두 손으로 잡으시고는 입술로 가져가 키스하신 뒤 꼭 잡아주시며, 우리가 남편의 회복을 위해 기도할 거라고 그 여인을 안심시켰습니다. 여자는 자기 가족 이야기를 하고, 남편 집안이 몇 대째 살아온 그 농장에 남을 수 있는 게 그들에게 어떤 의미인지 이야기하면서 조금 더 머물렀습니다. 그런 다음 우리에게 고맙다고 인사하고 떠났습니다. 테레사 수녀님은 그녀의 뒷모습을 지켜보면서 속삭이셨습니다. "얼마나 위대한 사랑인가요."[45]

폭발로 크게 다친 소년

그주 후반에, 저는 한 여인으로부터 전화 한 통을 받았습니다. 그녀에겐 폭발 사고로 심하게 다친 아들이 있는데, 자기와 남편이 그 아이를 데려오면 테레사 수녀님을 만날 수 있을지 물어보더군요. 그날 저녁 그 가족이 아들과 함께 우리 집에 도착했습니다. 열한 살 된 아들은 횃불로 쓸 만한 조명탄인 줄 알고 다이너마이트를 주워서 불을 붙였다가 시력을 잃었고, 양손이 날아갔다고 했습니다. 소년의 얼굴엔 심한 흉터가 있었고, 잘려나간 두 팔은 뭉툭하니 동강이만 남아 있었습니다. 시력을 잃은 그 눈은 정말이지 눈물 없이는 보기가 힘들었습니다.

저는 테레사 수녀님이 기다리고 계신 우리 거실로 어린 소년과 그 부모를 안내했습니다. 수녀님은 소년을 옆에 앉히시고는 뭉툭한 소년의 팔을 두 손으로 잡으시더니 말씀하시는 내내 잡고 계셨습니다. 소년은 가톨릭 학교에서 마더 테레사를 처음 알게 되었고, 사고가 나기 전에는 수녀님에 관한 글도 읽은 적이 있다고 했습니다. 오래전부터 수녀님과 이야기를 해보고 싶었는데, 수녀님이 자기 외모에 대해 진실을 말해주실 분이라고 생각했고, 또 그 끔찍한 장애를 고려해서 직업에 관한 조언을 얻고 싶었기 때문이라고 하더군요. 수녀님의 대답이 얼마나 아름다웠는지, 그 방에 있던 우리는 눈물을 참을 수가 없었습니다. 수녀님은 우선 소년의 얼굴의 흉측한 흉터들을 일일이 손가락으로 어루만지시며, 당신 생각에는 그 흉터들이 그를 남자답고 강인하게, 용기 있는 사람으로 보이게 해준다고 말씀하셨습니다. 소년이 뭉툭한 팔이 보기 끔찍하지 않으냐고 묻자, 한 손에 하나씩 그 팔을 잡으시고는 흉터가 가장 심한 부분을 어루만지고 그 팔 끝에 키스하시더니, 조금도 흉측해 보이지 않으며 그저 손이 없을 뿐인 튼튼하고 멋진 팔로 보인다고 하셨지요. 그런 다음 두 사람은 소년의 미래 계획에 대해 이야기했습니다. 언젠가 카운슬러가 되어 그의 경험을 이용해 사람들 장애를 극복하도록 돕는다는 내용이었습니다. 우리 누구에게도 잊지 못할 장면이었습니다. 한 어린 소년이 책에서 읽고 그 영웅적인 면모에 감동했던 그분에게서 직접 그 모든 희망을 확인받는 그 장면이라니요. 예수님의 도움으로 소년이 언젠가는 목표를 이룰 거라는 것을 두 사람이 함께 절대적으로 확신하는 그 장면이라니! 소년이 목표를 이루었기를 바라고 기도합니다.[46]

수녀님은 그들 모두에게 시간을 내주셨습니다

수녀님은 말년에 주로 마더 하우스의 2층에서만 지내셨습니다. 그런 여건 속에서 수녀님은 제가 "발코니 사도직"이라고 부른 일을 시작하셨습니다. 수녀님을 뵈러 오는 방문객들에게 따뜻하고 친절하게, 유머를 섞어 인사를 하시는 것이었지요. 자기 혼자만의 고통, 혼자만의 걱정이나 희망을 가지고 오는 사람도 있었지만 수녀님은 항상 모두를 위해 시간을 내주셨고, 그들을 하느님에게로 이끄셨습니다. 한번은 제가 드릴 말씀이 있어서 발코니에 갔는데, 수녀님이 사람들에게 인사하고 계시기에 한참을 기다렸습니다. 마침내 수녀님이 저에게 오셨고, 이야기가 시작되었습니다. 겨우 수녀님의 관심을 끌게 되어 마음이 놓였지요. 그때 한 가난한 사람이 계단을 올라와 멀찍이서 우리를 보고 있는 게 눈에 띄었습니다. 수녀님이 그를 보시고는 저에게 사과를 하시더군요. "죄송합니다, 신부님. 하지만 저분이 아주 먼 길을 왔네요." 그러고는 그 남자의 이야기를 들으러 가시는 것이었습니다. 또 기다려야 했기 때문에 짜증이 났지만, 그 순간 저는 그 남자보다 제가 더 중요하다고 생각했다는 걸 깨달았습니다. 수녀님은 그가 더 중요한 사람이라는 걸 알고 계셨던 게 분명합니다. 그의 고뇌와 고통이 얼굴에 나타나 있었거든요. 그래서 수녀님은 그에게 먼저 하느님의 이목과 관심을 주셨던 겁니다. 수녀님은 발코니에서 휠체어에 앉아 사람들에게 인사할 때마다, 그들이 누구든 기도하라고 부탁하시고는 기적의 메달을 주셨고, 하느님이 좋으신 분임을 믿도록 하셨습니다. 수녀님이 말씀하실 때에는 항상 목적이 있었습니다. 수녀님의 삶에서 끌어낸 작은 일화, 예수님이 우리 삶에 가까이 계시고 개입하고 계심을 보여주는 이야기를 통해, 하느님이 좋으신 분임을 드러낸다는 목적 말입니다. 그리고 하느님은 우리에게 의지해서 가난한 이들에게 그분의 보살핌을 나누어주신다는 것을 가르쳐주셨습니다. 우리가 어려움으로 여기는 것을 수녀님은 "기회"라고 하셨습니다. 불행한 사람의 모습을 한 하느님을 돌볼 기회라고 말입니다…… 수녀님은 항상 그런 긍정적인 관점을 가지고 계셨습니다.[47]

천국에서 온 위로

저는 캘커타의 복녀 테레사님을 통해 회개하는 은총을 입었습니다. 저는 하느님께서 주신 영감을 받고 기도서 『예수님은 나의 모든 것Jesus Is My All in All』을 집어들고 캘커타의 복녀 테레사님에게 구일기도를 드렸습니다…… 전에도 구일기도를 한 적이 있었지만, 구일기도 중에서도 예수님의 사랑을 이야기하는 특정한 날의 한 페이지에 특히 마음이 끌리더군요. 그리스도처럼 사랑한다는 것의 특별한 기쁨과 함께, 저는 제 영혼 속으로 쏟아지는 성령을 느꼈습니다. 그때 저는 우울에 빠져서 마음속에 어떤 감정이나 사랑을 거의 느끼지 못했는데, 그 기도는 저를 변화시켰습니다. 사실 예수님이 저를 사랑하심을 믿기 힘든 시간을 보내던 참이었습니다. 그건 기적이었습니다. 그 일은 즉각 일어났고, 성령 속에서 저는 새로운 생명을 느꼈습니다. 저는 그리스도의 사랑을 나누라는 부름으로 느꼈고, 한 어머니와 그 아이에 대한 그리스도의 사랑을 보여주기 위해 주님께서 제 안에서 일하고 계시다는 걸 느낄 수 있었습니다. 그 아이는 무척 슬퍼 보였는데, 마더 테레사의 영이 그 아이에 대한 사랑으로 그 아이에게 미칠 거라는 걸 느꼈습니다. 그리고 저는 예수님이 실제로 저를 부르시는 걸 느꼈습니다. 그분은 다른 사람들을 도우라고, 저의 소명은 예수님을 사랑하는 것이 될 거라고 말씀하셨습니다. 마더 테레사는 또한 제가 복되신 성모님에게 돌아가도록 특별한 방법으로 저를 이끄셨습니다.

· "우리 주 예수 그리스도의 아버지 하느님을 찬양합시다. 그분은 인자하신 아버지이시며 모든 위로의 근원이 되시는 하느님으로서 우리가 어떤 환난을 당하더라도 위로해주시는 분이십니다. 따라서 그와 같이 하느님의 위로를 받는 우리는 온갖 환난을 당하는 다른 사람들을 또한 위로해 줄 수가 있습니다."
_고린토인들에게 보낸 둘째 편지 1:3~4

· "마음속에 하느님을 사랑하는 기쁨을 간직하시고 이 기쁨을 여러분이 만나는 모든 사람 특히 가족과 함께 나누십시오. 거룩하십시오—기도합시다."[48]

다른 사람의 고통에 개입하는 것을 두려워하고, 다른 사람의 고통과 거리를 두고 있지는 않습니까? "너무 깊이 개입하면 개인적으로 상처받는다"는 충고를 핑계로 괴로워하는 사람을 외면하지는 않습니까?

나는 "아플 때까지 사랑"하면서, 어려운 처지의 누군가를 돕기 위해 나 자신의 안락함과 편안함, 즐거움을 포기할 수 있습니까?

어떻게 하면 다른 사람의 고통에 대한 감수성을 키울 수 있을까요? 내 공동체나 가족, 내 친구들, 동료들, 지인들 사이에서 여러 가지로 괴로워하는 사람을 찾아보고 그들의 하루를 더욱 밝게 해줄 작은 몸짓, 위로의 한마디나 한 번의 미소를 보여줄 수 있습니까? 그렇게 행동하되 조심스럽게 존중하는 마음으로, 거슬리지 않게 행동할 수 있습니까?

그리스도의 영혼, 저를 거룩하게 하소서.

그리스도의 성체, 저를 구하소서.

그리스도의 성혈, 저를 취하게 하소서.

그리스도의 늑방의 물, 저를 씻으소서.

그리스도의 수난, 저를 격려하소서.

오, 좋으신 예수님, 저를 들어 허락하소서.

당신의 상처 속에 저를 숨겨주소서.

저를 당신에게서 떠나지 않게 하시고

저를 악한 원수로부터 보호하소서.

저의 임종 때에 저를 부르시고

당신에게 오라 명령하시어

당신의 성인들과 함께 영원히

당신을 찬양하게 하소서.

아멘.

_마더 테레사가 날마다 드린 기도

열넷,

산 자와 죽은 자를 위해 기도하다

Pray for the Living and the Dead

산 자와 죽은 자를 위한 기도는, 비록 자비의 실천 가운데 마지막으로 소개되기는 하지만, 최후의 수단—일이 잘 풀리지 않을 때 하는 어떤 것—으로서 하라는 의미는 아닙니다. 그와는 반대로, 산 자와 죽은 자를 위한 기도는 사실상 첫 번째 수단—다른 모든 일을 하기 전에 해야 할 일—입니다. 마더 테레사가 그토록 인상적으로 꾸준하게, 그리고 성과를 내면서 나머지 모든 자비의 실천을 할 수 있었던 한 가지 중요한 이유는 기도일 것입니다.

기도는 하느님과의 관계이자 우리 마음과 정신을 하느님과 친밀하게 결합시키는 것으로, 마더 테레사의 삶에서는 으뜸의 자리를 차지하고 있었습니다. "피가 우리 몸에 하듯 기도가 우리 영혼에 합니다." 수녀님은 우리 삶에서 기도가 무엇보다 중요함을 강조하시면서 그렇게 말씀하시곤 했습니다. "우리는 일상생활 속에서 하느님과 밀접한 관계를 맺는 것이 필요합니다. 어떻게 그런 관계를 맺을 수 있을까요? 바로 기도하는 것입니다."[1] 마더 테레사에게 기도는 하느님과의 의사소통이었습니다. "하느님은 저에게 말씀하시고 저는 하느님께 말씀드립니다. 그만큼 간단합니다. 이것이 기도입니다!"[2] "사람들은 기도하는 마더 테레사를 지켜보는 것만으로도 매료되었습니다. 그들은 거기 앉아 그분을 지켜보면서, 실제로 이 신비 속으로 끌려오곤 했습니다."[3] 수녀님은 특별한 것을 하지는 않으셨습니다. "수녀님은 성당에서 긴 시간을 보내지는 않으셨지만, 기도하는 시간에 충실하셨습니다." 그렇게 하셨기 때문에 주변 사람들이 보기에 "수녀님은 예수님과 계속 하나 되어 사셨습니다. 그것은 위안과 황홀감으로 가득한 결합이 아니라, 믿음이 가득한 결합이었습니다."[4]

교회는 자비의 실천의 하나로서, 산 자와 죽은 자를 위한 기도를 제안합니다. 다른 사람들을 위한 기도는 필수적이며, 마더 테레사의 본보기는 우리가 다른 사람들을 위해 드리는 기도가 하느님과 우리의 친밀한 관계에 뿌리를 두고 있어야 한다는 사실을 되새기게 해줍니다. 마더 테레사가 하느님과 가깝다는 것을 느낀 사람들은 수녀님에게 기도를 부탁하곤 했습니다. 마더 테레사는 그들을 위해 기도하겠다고 약속하셨고, 날마다 충실하고 진실되게 그 약속을 지키셨습니다. 미사에서 신도들의 즉석 기도가 있을 때마다, 수녀님은 크고 또렷한 목소리로 "우리에게 기도를 부탁했던 모든 사람을 위해서, 그리고 우리가 기도하기로 약속했던 모든 사람을 위해서" 기도하곤 하셨습니다. 이렇게, 수녀님은 기도 속에서, 어려운 처지에 있는 모든 사람들을 일으켜 하느님의 애정 어린 보살핌을 받게 하고, 하느님의 사랑에 의탁하셨습니다.

때때로 최선을 다해도 누군가를 돕기가 불가능할 것 같을 때가 있습니다. 그럴 때 그들을 위해 해줄 수 있는 것은 기도밖에 없습니다. 그럴 때에 기도는 그 사람을 향한 사랑의 궁극적인 표현이 될 수 있습니다. 기도 안에서 어떤 사람을 주님께 봉헌해드리며, 산 사람을 위해서는 축복과 도움을, 죽은 사람을 위해서는 영생으로 들어가는 행복을 간청하는 것은 마더 테레사가 그토록 훌륭하게 보여주셨던 자비의 실천입니다.

사랑의 선교회의 모든 회원들은 하느님이 우리를 사랑으로 보살펴주심을 굳게 믿고 기도할 것입니다. 우리는 어린아이처럼, 온유한 신심을 가지고 깊은 공경과, 겸손과 고요함으로 단순하게 기도할 것입니다.[5]

그분에게 의지하십시오

다시 한 번, 기도를 생활화하십시오. 기도하십시오. 길게 기도할 형편이 못 될 수도 있겠지만, 그래도 기도하십시오. 그분에게 의지하십시오. "나의 하느님, 당신을 사랑합니다" 하고 말씀드리십시오. 그분은 우리를 무척 온유하게 사랑하십니다. 성서에도 그렇게 쓰여 있습니다. 오늘날 벌어지고 있는 것—낙태—처럼, 어머니가 자식을 잊을 수 있다 해도 그분은 잊지 않으십니다. "여인이 자기의 젖먹이를 어찌 잊으랴! 자기가 낳은 아이를 어찌 가엾게 여기지 않으랴! 어미는 혹시 잊을지 몰라도 나는 결코 너를 잊지 아니하리라. 너는 나의 두 손바닥에 새겨져 있고 너 시온의 성벽은 항상 나의 눈앞에 있다. 너는 눈에 넣어도 아프지 않을 나의 귀염둥이, 나의 사랑이다."(이사야 49:15~16, 43:4) 이는 여러분과 저를 위한 성서의 말씀입니다. 우리 주님께 우리 가족이 함께 있도록 지켜달라고, 서로 사랑하는 기쁨을 유지하게 해달라고, 여러분의 마음이 성모님을 통해 예수님의 성심 안에서 사랑 가득한 마음이 되게 해달라고 간청합시다. 여러분의 가족이 함께하도록 가장 잘 도와주실 분이 누구입니까? 마리아와 요

셉입니다. 그들은 서로 사랑하는 기쁨과 하느님 사랑의 평화와 온유함을 경험했습니다.[6]

기도하고 희생하십시오

테레사 수녀님은 파티마에서 티 없이 깨끗하신 성모님이 주신 성심의 메시지(1917년 포르투갈 파티마에서 여섯 번에 걸쳐 나타난 성모 발현)를 사랑의 선교회가 껴안아야 한다고 생각하신 것 같습니다. "기도하라, 많이 기도하라. 그리고 죄인들을 위해서, [기도해주고] 희생해줄 사람이 아무도 없어 지옥에 가는 많은 사람들을 위해서 희생하라." 성모님은 1917년 8월 19일 파티마에서 그렇게 말씀하셨습니다. 수녀님은, "수도회가 탄생한 것은 성모님의 호소에 대한 응답"이라고 하셨습니다. 테레사 수녀님은 생애의 새로운 길, 새로운 발걸음인 그녀의 소명을 따라가기로 결심하셨습니다.[7]

함께 드리는 기도에서 시작됩니다

사랑받지 못하는 자들을 사랑할 수 있으려면, 환영받지 못하는 자, 사랑받지 못하는 자, 보살핌받지 못하는 자들에게 마음에서 우러나는 [사랑을] 줄 수 있으려면, 우선 집에서부터 [서로 사랑하기] 시작해야 합니다. 그것은 어떻게 시작될까요? 함께 드리는 기도에서 시작됩니다. 기도의 열매는 더욱 깊어진 믿음이기 때문입니다. 그런 다음에는 내가 무엇을 하든지, 그 일을 하느님께 해드린다고 믿는 것입니다. 믿음의 열매는 사랑이며, 하느님은 나를 사랑하시고, 나는 내 형제, 내 자매를 사랑합니다. 종교나 피부색이나 사는 곳은 중요하지 않습니다. 내 형제 내 자매는 하느님이 나를 지으신 것과 똑같은 손으로 지으셨습니다. 그 사랑의 열매는 행동이어야 합니다. 봉사여야 합니다. 나는 무언가를 해야 합니다. 그러므로 우리 가족이 기도를 생활화하도록 기도합시다. 함께 기도합시다. 부디 하느님을 위해 아름다운 일을 할 용기를 가지십시오. 여러분이 서로에게 무엇을 하든 그것은 하느님께 하는 것입니다.[8]

가정생활 속에 기도를

하느님이 나를 사랑하시고, 하느님이 나를 사랑하시는 것처럼 내가 여러분을 사랑할 수 있고 여러분이 나를 사랑할 수 있다고 생각하면 얼마나 경이로운가요. 이 얼마나 놀라운 하느님의 선물인가요. 가난한 사람들 역시 우리에게 주시는 하느님의 선물입니다. 세상의 한가운데에서 참된 관상을 할 수 있는 우리는 얼마나 큰 특혜를 받았는지요. 그러니 기도하는 법을 배웁시다. 학교에서 어린 학생들에게 기도하도록 가르치십시오. 가족 여러분, 자녀에게 기도하도록 가르치십시오. 기도가 있는 곳에 사랑이 있습니다. 사랑이 있는 곳에 평화가 있습니다. 오늘날 우리는 평화를 위한 기도를 그 어느 때보다 많이 해야 합니다. 그리고 사랑의 실천이 평화의 실천, 기쁨의 실천, 나눔의 실천임을 기억합시다.[9]

✣

그렇다면 어디서부터 시작해야 할까요? 바로 집에서입니다. 어떻게 사랑을 시작해야 할까요? 기도하면서부터입니다. 당신의 삶 안에 기도를 가져오면서부터입니다. 기도가 언제나 우리의 마음을 깨끗이 해주기 때문입니다. 그리고 깨끗한 마음을 가진 사람은 하느님을 볼 수 있습니다. 서로에게서 하느님을 보게 되면, 자연히 서로를 사랑하게 됩니다. 때문에 가정생활 속에서 기도를 하는 것이 중요합니다. 함께 기도하는 가족은 함께 있기 때문입니다. 우리가 함께 있게 되면, 하느님이 우리 한 사람 한 사람을 사랑하시듯이 우리는 서로를 사랑하게 됩니다. 그러니 기도하도록 서로를 도와주는 일이 매우 중요합니다.[10]

✣

오늘날처럼 기도의 필요성이 절실했던 때가 없었습니다. 세상의 모든 문제는 가정에서 비롯되었다고 저는 생각합니다. 가정에서 아이들을 위한 시간, 기도를 위한 시간, 함께 있는 시간을 가지지 않았기 때문입니다.[11]

시간을 내어 기도하십시오

아이들이 부모를 때리고 부모가 아이들을 때리는 일 때문에 이곳의 많은 가정이 참으로 큰 고통을 겪고 있다는 이야기를 들었습니다. 다시금 말씀드리지만 기도하십시오. 여러분의 삶에서, 가정 내에서 기도를 생활화하십시오. 여러분의 자녀에게 어머니가 되십시오. 아이를 위한 시간을 내십시오. 아이들이 학교에서 돌아왔을 때, 여러분은 어디에 있습니까? 집에 있으면서 여러분의 자녀를 안아주십니까? 집에 있으면서 여러분의 자녀를 사랑해주십니까? 집에 있으면서 도와주십니까? 너무 바쁜 나머지 아이의 얼굴을 볼 시간조차 내지 못하고, 아이에게 웃어줄 시간조차 내지 못한다면, 아이들은 상처를 받습니다…… 그것이 사실입니다.[12]

하느님, 감사합니다

다음은 부모를 위해 자녀가 부모와 함께 드리는 기도입니다.

하느님,

감사합니다. 우리 가족을 주셔서, 우리를 다정하게 사랑해주시는 부모님을 주셔서, 나중에 우리를 필요로 하는 사람들을 도울 수 있도록 학교에 다니며 배우고 자랄 수 있게 해주셔서 감사합니다. 우리 마음이 늘 사랑의 기쁨으로 가득하게 해주십시오. 부모님, 형제자매, 선생님과 우리의 모든 친구들을 사랑하게 해주십시오. 그들을 사랑함으로써 우리는 당신을 사랑하게 되고, 당신을 사랑함으로써 우리 마음이 항상 순수할 것이며, 당신이 우리 마음속에 계실 수 있을 것입니다. 하느님이 우리를 만드셨던 그대로 늘 우리가 순수하고 거룩하도록 지켜주십시오. 우리 삶이 다할 때까지 늘 우리를 아름답게 지켜주십시오. 언젠가 우리를 당신의 집으로 데려가 당신과 함께 천국에서 영원히 살도록 해주십시오.

하느님의 축복을 빕니다.[13]

여러분이 결혼하는 날에

그렇게 결의하십시오. 여러분이 결혼하는 날에 서로에게 아름다운 무엇인가를 줄 거라고 다짐하십시오. 가장 아름다운 것은 순결한 마음, 순결한 몸, 순결한 영혼을 주는 것입니다. 그것이 젊은 남자가 젊은 여자에게 줄 수 있고, 젊은 여자가 젊은 남자에게 줄 수 있는 가장 큰 선물입니다.

✣

우리 젊은이들을 위해 우리 모두가 해야 하는 기도가 있습니다. 그것은 사랑의 기쁨이 그들에게 희생의 기쁨을 주도록 해달라는 것입니다. 그들이 배워야 하는 것은 함께 나누는 희생입니다. 어떤 실수가 저질러졌다면 그것은 이미 저질러진 일입니다. 만약 아기가 생겼다면 용기를 내어 그 아이를 받아들이고 아이를 죽이지 마십시오. 그것은 죄입니다. 살인입니다. 그 죄는 하느님의 형상을 파괴하는 것이요, 하느님의 가장 아름다운 피조물인 생명을 파괴하는 것이니 더욱 큰 죄입니다. 그러니 우리가 함께 모인 오늘 기도합시다. 서로를 위해서, 하느님이 우리를 사랑하셨듯이 우리 역시 하느님을 사랑하게 해달라고 기도합시다. 하느님은 우리 한 사람 한 사람에게, 온유함과 사랑으로 평생 지속될 충실하고 개인적인 우정을 주셨기 때문입니다. 우리는 하느님께서 우리를 얼마나 사랑하시는지 우리 삶 속에서 모두 경험합니다. 이제 우리는 우선 우리 가정 안에서 기도를 통해, 서로의 안에 계신 하느님에게 평생 지속될 충실하고 개인적인 우정을 드릴 차례입니다. 아이를 되찾으십시오. 가족 기도를 되찾으십시오.[14]

하느님께서 짝지어주신 것

아일랜드 국민 여러분, 여러분의 나라가 이혼 문제에 대해 결정을 내리는 이 중요한 순간에 저는 여러분과 함께 기도하고 있습니다. 저의 기도는 여러분이 예수님의 가르침을 충실하게 따르게 해달라는 것입니다. "그러므로 사람은 그 부모를 떠나 자기 아내와 합하여 둘이 한 몸이 되는 것이다. 따라서 그들은 이제 둘이 아니라 한 몸이다. 그러므로 하느님께서 짝지어 주신 것을 사람이 갈라놓아서는 안 된다."(마르코 복음서 10:7~9) 우리의 마음은 사랑하고 사랑받기 위해 만들어졌습니다. 그 사랑은 무조건적일 뿐 아니라 영원한 사랑을 말합니다.[15]

날마다 적어도 삼십 분은 하느님과 단둘이

하느님은 길을 보여줄 지도자가 될 사람으로 여러분을 선택하셨습니다. 그러나 그 길은 큰 존중과 큰 사랑으로 보여주어야 합니다. 감히 말씀드리지만, 정치가인 여러분이 적어도, 아무리 적어도 날마다 삼십 분은 기도하면서 하느님과 단둘이 보낸다면 그 기도가 여러분에게 길을 보여줄 것입니다. 여러분에게 사람들을 대할 방법을 일러줄 것입니다.

하느님과 단둘이 시간을 보내면 우리의 마음은 정화됩니다. 그럼으로써 우리는 그 빛을 받게 되고, 사랑과 존중으로 사람들을 대할 수단을 얻게 됩니다. 기도의 열매는 항상 깊은 사랑이요, 깊은 연민임을 우리는 확신합니다. 그리고 그것은 항상 우리를 서로를 더 가깝게 만들어줍니다. 그러면 우리는 사람들을 이끌 방법을 정확히 알게 됩니다.[16]

모스크를 지어주세요

얼마 전의 일이 기억납니다. 몇 년 전에 예멘 대통령께서 우리 수녀님들에게 예멘으로 와달라고 부탁하신 일이 있었습니다. 제가 듣기로 그 나라에는 아주 오랜 세월 동안 공식적 성당이 없었고, 공식 미사도 없었으며, 그리고 아주, 아주 길고 긴 세월 동안 사제라는 사람이 공개적으로 알려진 적조차 없었습니다. 그래서 저는 예멘 대통령에게 답을 보내기를, 아주 기쁜 마음으로 수녀님들을 보낼 수는 있지만 신부님들 없이는, 예수님 없이는 가지 않겠다고 말씀드렸습니다. 그러자 그들끼리 회의를 했던 모양입니다. 얼마 후 그들은 그리하겠다고 결정을 내렸습니다. 저는 그때 매우 크게 느꼈습니다. 신부님들이 오시자 제단이 생겼고, 감실이 생겼고, 예수님이 오셨습니다. 오직 [사제만이] 그곳에 예수님을 모셔올 수 있었습니다.

그런 다음 정부는 우리를 위해 수녀원을 지어주었고, 우리는 그곳에 가서 거리의 사람들과 죽어가는 사람들, 가난한 사람들을 돌봐주었습니다. 그러자 정부는 우리를 위해 수녀원을 또 하나 지어주었습니다. 그때 그 공사를 후원했던 주지사에게 우리 수녀님이 부탁했습니다. "방 하나는 꼭 아름답게 꾸며주시겠습니까? 예수님이 오실 방이니까요." 아름다운 방, 우리의 성당이었습니다. 그러자 주지사가 수녀님께 청했습니다. "수녀님, 여기에 로마 가톨릭 교회를 어떻게 지으면 좋을지 알려주십시오." '작은 성당'을 생각하며 한 말이었지만, 그는 '성당'이라고 하지 않고 거기서 바로 "로마 가톨릭 교회"라고 했습니다.

그들은 그 성당을 아주 아름답게 지어주었습니다. 이제 성당이 생겼고 수녀님들도 오셨으니, 그들은 우리에게 개원을 하라고 했습니다. 나병 환자들의 갱생을 위해 그들은 우리에게 산 하나를 통째로 내주었습니다. 그곳에는 나병 환자들이 굉장히 많았습니다. 그곳으로 가서 보니 몸이 썩는 냄새가 가득하고 마치 열려 있는 무덤 같았습니다. 제가 본 것을 어떻게 말로 표현해야 할지 모르겠습니다. 그때 저는 이런 생각이 들었습니다. "예수님, 어떻게, 어떻게 우리가 당신을 저런 상태로 내버려둘 수 있겠습니까?" 저는 그곳을 받아들였습니다. 여러분이 지금 가시면 전혀 달라진 그곳을 보게 될 것입니다. 그런 다음 저는 또 부탁했습니다. 그곳에는 전부 무슬림뿐이었고, 가톨릭 신자는 단 한 명도 없었습니다. 저는 부자들 가운데 한 사람에게 이렇게 말했습니다. "이 나병 환자들은 모두 무슬림입니다. 그들은 기도해야 합니다. 부디 모스크 하나를 지어주십시오. 그곳에서 그들이 그곳에서 기도할 수 있게 해주십시오." 그 남자는 가톨릭 수녀인 제가 그런 부탁을 하니 깜짝 놀랐습니다. 하지만 그 사람들을 위해 가장 아름다운 모스크를 지어주었고, 나병 환자들은 그 모스크까지 기고 또 기어서 기도를 올리고 있습니다. 모스크가 완공되어 문을 열었을 때, 그 부자가 저에게 말했습니다. "약속드리겠습니다. 제가 다음에 이곳에 지어드릴 건물은 수녀님들을 위한 가톨릭 교회입니다." 지금 말씀드린 이야기들은 사람들의 굶주림에 관한 예들입니다. 가난한 이들 중에서도 가장 가난한 사람들, 무지한 사람들, 환영받지 못하는 사람들, 사랑받지 못하는 사람들, 거부당한 사람들, 잊혀버린 사람들의 굶주림—하느님에 대한 굶주림을 보여주는 아름다운 예입니다.[17]

하느님께 이 세상을 지켜달라고 기도하십시오

나가사키를 방문하면 우리는 가장 먼저 기도부터 할 것입니다. 제가 그곳에 가는 이유는 그 사람들과 함께 기도하기 위해서입니다. 그리고 여기서 해왔던 것처럼 그곳 사람들을 방문하고, 그 사람들을 만나기 위해서입니다. 그리고 원자 폭탄을 사용한 결과 지금까지 그곳에 얼마나 많은 고통이 남아 있는지 보기 위해서입니다. 그런 일은 또 일어날 수 있습니다. 그러니 우리는 하느님께 세상을 지켜달라고, 그 끔찍한 파괴로부터 우리 모두를 지켜달라고 기도해야 합니다.[18]

하느님은 오늘도 여전히 우리의 고통을 사용하고 계십니다

하느님이 이 땅을 특별히 순교자들의 땅으로 선택하신 데에는 분명 이유가 있을 것입니다. 그것은 이중의 순교였습니다. 저는 하느님이 오늘도 여전히 그 사람들의 고통을 사용하고 계시다고 생각합니다. 그들의 고통을 통해서, 그들의 기도를 통해서 평화가 얻어질 것입니다. 우리는 모두 함께 하느님께 일본 내 대부분의 사람들이 이미 보아왔던 그 끔찍하고 무시무시한 고통으로부터 일본뿐 아니라 전 세계를 지켜달라고 기도해야 합니다. 그러니 기도합시다. 오직 기도만이 세계에 닥칠 이 끔찍한 고난을 예방하는 은총을 얻을 수 있습니다.[19]

기도와 희생의 커다란 필요성

저는 우리가 희생에 대한 이해까지 잃어버린 건 아닐까 하는 생각이 듭니다. "오늘 그 남자가 죽어갑니다. 그는 하느님께 용서를 청하지 않으려 합니다. 제가 그를 위해 기도하고 그를 위해 조금이라도 희생하겠습니다." 이런 장면이 더 이상 보이지 않습니다.[20]

✣

우리나라와 우리 사람들은 기도와 희생을 굉장히 많이 필요로 합니다. 그 두 가지 모두에 관대하십시오. 더 뜨거운 열성으로 보속하십시오. 그리고 많이 기도하십시오. 우리나라의 지도자들은 자신의 임무를 알고 있으므로, 우리는 그들이 정의와 품위를 가지고 그 임무를 다하도록 그들을 위해 기도해야 합니다. 죽음을 앞둔 모든 이들을 위해 그들이 평화롭게 죽을 수 있도록 기도합시다. 그리고 뒤에 남겨져 그들의 죽음을 애도할 모든 이들을 위해 기도합시다. 어려움에 있는 모든 수도자들과 사제들을 위해 기도합시다. 우리의 수녀님들이 시련에 부딪히더라도 용감하고 너그럽도록, 그리고 미소를 띠고 모든 희생에 마주할 수 있도록 기도합시다. 가난한 사람들에게도 그렇게 하도록 가르치십시오. 그것이 우리가 우리나라에 가장 많이 도움이 되는 길입니다.[21]

영혼들을 위해 기도하십시오

11월은 아름다운 두 날과 함께 시작됩니다. 모든 성인의 날 대축일과 위령의 날이 그것입니다. 어머니이신 성교회는 모든 자녀들, 세례를 통해 예수님의 생명을 주었던 모든 자녀들을 기억합니다. 그들은 천국에서 예수님의 집에 함께 있거나, 연옥에서 천국에 갈 때를 기다리고 있습니다. 우리 모두 아는 것과 같이, 우리는 11월 이 한 달 동안 그들에게 기도하고 그들을 위해 기도함으로써 그들에게 특별한 사랑과 관심을 줍니다.

✣

위령의 날에 우리는 지금도 하느님에게서 멀리 떨어져 연옥에서 고통받고 있는 영혼들을 위해 기도합니다. 나는 선택할 수 있습니다. 나는 곧장 위로 올라갈 수도 있고 밑으로 내려갈 수도 있습니다. 우리는 모두 하느님을 사랑하기 위해 이 자리에 있습니다. 단지 일하기 위해서가 아닙니다. 하루하루가 하느님에 대한 사랑의 행위가 되어야 합니다.[22]

끊임없이 기도하신 수녀님

수녀님은 끊임없이 기도하셨습니다. 테레사 수녀님이 항상 기도하고 계시다는 건 누구나 느낄 수 있었습니다. 아, 수녀님이 기도하고 계시구나, 하고요. 말로 하지 않으셨지만, 수녀님은 항상 기도하고 계셨습니다. 언제나 그러셨지요. 수녀님은 당신이 하시는 모든 일에 대해 하느님의 일을 얼마나 잘하고 있는가 하는 것으로 평가하셨습니다. 만약 수녀님이 하시는 일이 정확히 하느님이 원하셨던 일이 아니라면, 하느님이 수녀님을 지원하지 않으심으로써 그 뜻을 보여주신다고 여기셨습니다.[23]

믿음이 충만한 어린아이의 기도

테레사 수녀님의 기도 생활은 믿음이 충만한 어린아이의 기도처럼 지극히 소박했습니다. 수녀님의 기도는 전혀 복잡하지 않았습니다. 깊은 마음으로 수녀님은 어린아이나 가난한 사람처럼 단순하고 충실하게 그 믿음을 실천하시는 것 같았습니다. 그런 부류의 기도 생활은 "자기를 버리라"는 예수님 말씀처럼, 금욕주의를 통해서만 얻을 수 있는 것입니다. 수녀님은 오랫동안 그 길로 예수님을 따랐습니다.

테레사 수녀님은 당신의 영혼 안에 거주하시는 하느님의 현존을 매우 깊이 의식하고 계셨습니다. 이는 특히 수녀님이 우리에게 기도를 가르치시는 방식에서 드러났습니다. 수녀님이 가장 많이 반복하셨던 기도, 다른 모든 말씀에 접두어처럼 붙어 다녔던 그것은 "제 마음속에 계시는 예수님"이었습니다. "제 마음속에 계시는 예수님, 당신의 온유한 사랑을 믿습니다."[24]

우리에게 기도를 가르쳐주셨습니다

[엔탈리] 학교에서 테레사 수녀님은 매우 엄격하셨지만, 동시에 어머니 같은 사랑을 우리에게 주셨습니다. 수녀님은 예수님을 사랑하도록 가르치셨고, 작은 희생을 할 수 있는 방법과 영혼들을 교회로 오게 하는 방법을 가르치셨습니다. 수녀님은 또 우리가 성모님과 로사리오 기도, 성 요셉과 우리의 수호천사에 대한 공경심을 가지도록 가르치셨습니다. 밤에 우리가 잠자리에 들 때면 행복한 죽음을 위해 우리에게 무릎을 꿇고 성모송을 세 번 외게 하셨고, 뱀으로부터 우리를 지키시는 성 파트리치오와 악으로부터 우리를 구해주시는 성 미카엘에게 기도하게 하셨으며, 위험으로부터 우리를 지키시고 보호해주시는 우리의 수호천사에게 기도하게 하셨습니다. 그리고 영혼들을 위해서도 기도하게 하셨습니다.[25]

하느님의 은총으로 거룩해지기를 지향하고 원합니다

테레사 수녀님은 그 외에도 여러 방법으로 그녀의 믿음을 다른 사람들과 나누셨습니다. 방문객들이 수녀님을 뵈러 올 때마다, 수녀님은 그들을 성당으로 데려가셨습니다. 그러시고는 여러 가지 짧은 기도 구절을 가르쳐주셨지요. 수녀님에게 그 사람이 누구인가 하는 것은 중요하지 않았습니다. 그들이 주교든, 사제든, 신학생이든, 추기경이든, 청년이든, 어린아이든, 가난한 사람이든, 한 나라의 대통령이든, 신자든 아니든 상관하지 않으셨습니다. 수녀님은 그들에게 명함을 주시고는 기도를 따라하게 하셨습니다. "하느님의 은총으로 거룩해지기를 지향하고 원합니다. 당신이 나에게 그것을 해준 것입니다."

기도와 일을 함께 하십시오

때때로 테레사 수녀님은 수녀님들에게 어떤 특정한 지향을 위해 기도하라고 하셨습니다. 성당 옆에 있는 칠판에 종종 "아무개를 위해 기도해주세요" 같은 메모를 남기시곤 하셨지요. 누가 찾아올 때면 언제든, 수녀님은 하시던 일을 접어두고 그 사람을 만나러 가셨습니다. 수녀님에게 그 사람들을 만나는 것은 곧 예수님을 만나는 일이었습니다.[26]

✣

마더 테레사 수녀님의 가르침 가운데 이런 말씀이 있습니다. "오직 기도만 한다면, 여러분은 사랑의 선교회원이 아닙니다. 오직 일만 한다면, 여러분은 사랑의 선교회원이 아닙니다. 사랑의 선교회원은 기도와 일을 함께 하는 사람입니다." 수녀님에게 선교의 열성은 하느님과의 깊은 결합에서 나오는 것이었습니다. 하느님이 그 원천이었지요. 성체 예수님이 그 원천이었습니다. 전 세계로 나아가시도록 수녀님을 이끌고, 가난한 자들 중에서도 가장 가난한 자들을 사랑하고 섬기도록 하고, 그들의 구원과 성화를 위해 열심히 노력하도록 만들고, 하느님의 온유한 사랑과 보살핌을 그들에게 말하고 보여주도록 이끈 것은 바로 강렬하게 타오르는 하느님 사랑이었습니다.[27]

무릎 꿇고 성체조배하다

테레사 수녀님은 심지어 활동 지부에서도 매일의 '성체현시기도' 시간에 큰 중요성을 부여하셨습니다. 수많은 자원봉사자들이 수녀님과 함께 기도하기 위해 찾아오곤 했는데, 그들 가운데 많은 이들은 테레사 수녀님이 성체조배 중에 무릎을 꿇은 채 예수님에게 완전히 빠져 계신 모습을 보는 것만으로도 힘을 얻곤 했습니다. 그들은 주로 오전에 미사를 보러 오곤 했는데, 그들은 수녀님과 같이 기도하는 걸 무척 좋아했습니다. 수녀님은 심지어 몹시 편찮으실 때에도, 계속 그들과 함께 사도직을 수행하셨습니다. 수녀님이 휠체어에 앉아 계셨기 때문에 [방문객들과 자원봉사자들은] 성당 근처의 베란다까지 올라가곤 했는데, 그러면 수녀님은 그들의 이야기에 귀를 기울이고 위로의 말씀을 해주셨습니다.[28]

✣

테레사 수녀님이 우리에게 주신 마지막 선물 가운데 하나는, [관상 지부를 위한] 종일 성체조배였습니다. 그것의 주요 의도는 사제들의 거룩함과 가정생활의 거룩함을 위해 기도하는 것이었습니다. 우리들 역시 다양한 지향을 가지고 다른 사람들을 위해 기도합니다. 1995년 테레사 수녀님이 종일 성체조배를 시작하시기 위해 성 요한 수녀원에 오셨을 때 매우 기뻐하셨던 모습은 아직도 기억납니다.[29]

기도해드릴 사제님이 팔만육천 명입니다!

테레사 수녀님이 열의를 보이셨던 또 하나가 사제들을 위한 기도였습니다. 그래서 1986년에 서로 다른 수도회의 수녀님들이 모두 사제들을 영적으로 입양하는 큰 사업을 시작하셨지요. 테레사 수녀님이 수녀님들에게 얼마나 설득력 있게 호소하셨는지, 지금까지 저희가 주선해서 수녀님들, 특히 사랑의 선교회 수녀님들에게 입양된 주교님과 사제님들이 팔만육천 명에 이릅니다. 테레사 수녀님은 사제들을 또 다른 그리스도로서 몹시 존중하셨기 때문에, 심지어는 수녀님이 젊은 사제의 축복을 받기 위해 무릎을 꿇으시는 모습도 종종 볼 수 있었습니다.[30]

성모님께로 날아가는 긴급요청기도

1975년 11월 9일, 테레사 수녀님은 모든 수련자들과 함께 교황 바오로 6세 성하께서 집전하시는 성 요한 라테라노 바실리카의 야외 미사에 가셨습니다. 미사가 시작되자 하늘은 잔뜩 찌푸리고, 계속 비가 내렸습니다. 우리가 앉아 있을 때 수녀님이 말씀하셨습니다. "아름다운 날씨에 감사하면서, 우리 성모님께로 날아가는 긴급요청기도를 드립시다." 그후에 우리는 약간의 질책을 받았는데, 우리의 기도nine Memorares가 거의 끝나갈 때쯤 우리들만 제외하고 모든 사람들이 우산을 접었는데, 이는 분명 우리 믿음이 부족했기 때문이라는 것이었습니다.[31]

✣

테레사 수녀님은 심한 영양결핍인 열 살 정도의 여자아이를 데려와서 트리반드룸으로 데려가셨습니다. 그런 다음에 캘커타로 돌아가셨지요. 그사이 그 아이는 집 밖으로 나가버렸는데, 어디로 가버렸는지 알 수가 없었습니다. 캘커타에 계신 수녀님께 사실을 알렸더니, 수녀님은 우리더러 계속 기도하며 아이를 찾아보라 하셨습니다. 수녀님도 기도하실 테니 아이를 찾을 거라 하시면서 말입니다. 결국 우리는 아이를 찾았습니다. 나리 니케탄에서였습니다. 경찰이 아이를 발견하고 그곳으로 데려왔더군요. 수녀님의 기도는 아주 강력했습니다.[32]

기도하도록 노력하세요

저의 기도 생활에 관해 테레사 수녀님께 편지를 써서 드렸더니 수녀님은 이렇게 말씀하셨습니다. "수녀님은…… 종종 기도에 늦으십니다. 성모님께 도와달라고 청하세요. 기도는 우리와 예수님의 결합에 있어 결정적인 것입니다. 기도 시간에 왜 늦게 오는지, 그 이유를 스스로 살펴보세요." 수녀님은 가르침을 주실 때 이런 말씀을 자주 하셨습니다. "기도하고, 일하십시오. 여러분은 그저 일만 하려고 여기 온 게 아닙니다. 그게 아니라면 짐을 싸서 집으로 돌아가세요." 저는 최종서원을 앞두고 수녀님을 찾아가서 여쭤보았습니다. "제가 부르심을 받은 걸까요?" 테레사 수녀님은 제 눈을 똑바로 들여다보시고 말씀하셨지요. "나의 딸. 당신은 부르심을 받았습니다. 기도하기를 사랑하고, 기도하도록 노력하세요. 간청하고 구하면, 당신의 마음은 하느님을 당신의 것으로 모시고 품을 수 있을 만큼 크게 자라날 것입니다. 기도는 자매님의 힘이고 방패입니다. 이렇게 기도하세요. '성모님, 저를 도와주시고 이끌어주소서.'" 저는 수녀님의 도움과 보호를 여러 차례 경험했습니다.[33]

기적의 메달을 지니십시오

기도를 하고 메달을 지님으로써 도움을 받은 병자들이 많았습니다. 저는 마더 테레사 수녀님이 가르쳐주신 대로 우리가 착실하게 그 메달을 지니고 다니며 기도할 때 은혜를 입는 것은, 수녀님의 기도를 통해 성모님께 전달되기 때문이라고 생각합니다. 우리가 몸이 아파서 찾아가면, 수녀님은 우리에게 기적의 메달을 주셨고, 그 메달로 우리를 축복해주신 뒤 기도하셨습니다. 그러고는 아픈 곳에 그 메달을 지니고 다니라고 하셨죠. 그러면 어느새 나았습니다.[34]

예수님의 어머니이신 마리아님, 지금 저의 어머니가 되어주소서

테레사 수녀님은 성모님을 매우 깊이 사랑하셨지만, 우리 수녀님들과 사람들이 신심 속에서 성장하도록 도우실 때, 그 방법은 아주 간단하고 단순했습니다. 다들 아는 사실이지만 수녀님은 사람들에게 기적의 메달을 주시고는 이렇게 기도하도록 가르치셨습니다. "예수님의 어머니이신 마리아님, 지금 저의 어머니가 되어주소서!" 아이가 없던 사람들이 성모님의 전구轉求를 믿는 간단한 기도 덕택에 아이를 임신하게 된 경우도 많았습니다. 수녀님은 그들에게 기적의 메달을 주시고는, 그 메달을 지니고 다니며 기도하라고 하셨습니다. "예수님의 어머니이신 마리아님, 우리에게 아기를 주시옵소서!" 그러면 정말 아기가 생겼습니다. 많은 사람들이 그런 이야기를 전해주더군요. 런던에 사는 한 힌두교 부부는 결혼 후 십오 년 동안 아이가 없었는데, 딸을 낳고는 테레사라고 이름을 지어줬다고 합니다. 저의 조카도 수녀님이 주신 메달을 지니고 다니면서 그 기도문을 외운 덕택에 아이가 생겼지요.[35]

✣

미사가 시작되기 직전에, 저는 앞쪽에 계신 테레사 수녀님께 몸을 기울이고 말씀드렸습니다. "오늘은 제 여동생의 생일입니다. 결혼한 지 6개월이 되었는데, 제가 듣기론 그들이 아이를 원하지 않는다고 합니다. 부디 동생을 위해 기도해주세요." 수녀님이 말씀하셨습니다. "이번 미사에서 우리 둘이 동생을 위해 기도합시다." 그리고 열한 달 후, 제 동생은 두 아이 중의 첫째아이를 낳았습니다......[36]

✣

저는 테레사 수녀님께 제 지인인 마리아를 위해 기도해달라고 부탁드렸습니다. 마리아는 나흘 전에 에이즈 판정을 받은 참이었습니다. 수녀님은 말씀하셨

습니다. "오, 정말 끔찍한 일이군요. 에이즈에 걸린 사람들이 너무 많습니다." 수녀님은 잠시 깊은 생각에 잠기셨습니다. 이윽고 수녀님이 물으시더군요. "그분은 어떻게 그 병에 걸렸나요?" 그녀의 상황을 알고 있던 저는 대답했습니다. "남자친구를 통해 걸린 것 같습니다." "오!" 수녀님은 다시 눈길을 돌리시더니 잠시 후 말씀하셨습니다. "남자든 여자든 어린아이든 에이즈에 걸린 사람들이 너무 많습니다." 수녀님은 마리아가 몇 살인지 물으셨습니다. "서른두 살입니다." 수녀님은 마리아가 어쩌다 에이즈에 걸렸는지 다시 물으셨고, 저는 말씀드렸습니다. "착하게 살지는 않았습니다." 그런 다음 제가 손에 쥐고 있던 기적의 메달들을 수녀님께 내밀었더니, 그 메달들을 축복해주시고는 하나를 집어들어 말씀하셨습니다. "이것을 마리아에게 주세요. 그리고 '예수님의 어머니이신 마리아님, 이제 저의 어머니가 되어주소서' 하고 기도드리라고 하세요. 특히 '예수님의 어머니이신 마리아님, 저의 에이즈를 거두어주소서'라는 기도를 덧붙이라고 하세요."[37]

그들을 저지하던 어떤 것

요르단 내전 중에, 우리가 사는 작은 아파트 안으로 한 무리의 군인들이 들어오려 하고 있었습니다. 우리는 모두 함께 기도했습니다. 그런데 갑자기 그들이 우리 집 문 앞을 떠나 다른 집으로 가버리더군요. 한참 나중에 우리는 이 군인들 가운데 몇 명을 만나 물어보았습니다. "왜 그때 우리 아파트를 놔두고 다른 아파트로 갔나요?" 그들은 우리 아파트에 들어올 수가 없었다고 했습니다. 무언가 그들을 저지하고 있다는 느낌이 들었다고 하더군요. 저는 그것이 테레사 수녀님이 전화기로 우리에게 주신 메시지 때문인 것 같았습니다. "두려워하지 마세요. 예수님이 늘 여러분과 함께 계십니다. 우리 성모님이 여러분을 돌봐주실 것입니다."[38]

억울한 감정을 갖지 않도록 기도하십시오

수녀님은 제 남편을 위해, 제가 억울한 감정을 갖지 않기 위해, 겸손해지기 위해, [오십 일이라는] 여러 날 동안 구일기도를 [오십 번] 드리라고 하셨습니다. 당시 제 전 남편의 나이가 쉰 살이었거든요…… 수녀님은 저의 기도가 제 남편에게 아주 중요하다고 생각하셨습니다. 남편으로 인해 상처를 입은 사람이 저였기 때문이었지요. 수녀님은 무엇보다 제가 남편을 용서해야 한다고, 그리고 억울한 마음이 들지 않도록 싸워야 한다고 생각하셨습니다. 사람은 누구나 문제를 가지고 있고, 우리는 다른 사람의 나약함을 이해해야 한다고 말입니다. 수녀님을 뵐 때마다 수녀님은 제 이야기를 꺼내시면서, 저의 전 남편과 이혼과 그가 저에게 했던 일에 대해 억울한 마음을 갖지 않도록 하셨습니다. 제가 이혼한 후 몇 년 동안 괴로워했던 모습을 보셨기 때문에 그 일을 많이 걱정하신 것 같았습니다.[39]

수녀님의 기도로 치유되었습니다

테레사 수녀님이 오셨을 때, 저는 열이 펄펄 끓고 있었습니다. 수녀님이 들어오셔서 저를 축복해주셨습니다. 그리고 제 머리맡에서 기도하셨습니다. 다음 날 수녀님은 다시 제 머리맡에 오셔서는 제 뺨을 어루만지며 말씀하셨지요. "열이 떨어지지 않네요." 그러시고는 오 분 정도 다시 기도를 하셨습니다. 저는 곧장 나아진 기분이었고 금세 다 나았습니다.[40]

✣

처음에 [제 남편은] 열이 있었습니다. 이십 일 동안 밤낮으로 열이 계속되었죠. 계속 약을 먹다가, 어느 날 밤 두시쯤 갑자기 열이 내렸는데, 이번에는 정신이 이상해지고 말았습니다. 그로 인해 남편은 밤에 집을 나가면서, 우리 모두를 집 안에 가두고 문을 잠가버렸습니다. 그러고는 아침 아홉시까지 어슬렁거리며 돌아다녔지요. 우리 집 건너편에 사는 직원 한 명이 남편을 데려와 우리 집 문을 열어주었습니다. 집 안으로 들어온 남편은 저와 세 아이를 때리기 시작했습니다. 그제야 저는 남편의 상태가 심각하다는 것을 깨달았습니다. 그 사건이 있은 후, 저는 아이들을 다른 사람들 집에 숨기기 시작했습니다. 아이들은 어렸고 끼니를 제대로 챙겨먹지 못했습니다. 집에서는 요리할 수가 없었습니다. 다른 사람들이 많이 도와주었지요. 남편은 집에서 저를 때리고 난 뒤 밖으로 뛰쳐나가서는 아무 상관 없는 사람들을 막대기로 때리곤 했습니다. 직원들은 그런 남편의 모습을 보고 달아나버렸습니다. 밤이 되자 네 사람이 남편을 붙들고 억지로 먹이고는 방에 가두어버렸습니다. 그런 일이 십삼 일 동안 계속되었고, 제 아들의 첫 영성체 날이 되었습니다. 미사를 끝낸 후 사랑의 선교회의 한 수녀님에게 남편의 상태에 대해 말씀드렸더니 우리 모두를 테레사 수녀님께 데려가서 모든 것을 설명하시더군요. 테레사 수녀님이 남편의 머리에 손을 얹고 기도를 드리셨는데, 남편은 다 나았습니다. 마더 하우스를 나오면서, 남편은 성모님과 예수님 주변에 놓을 꽃을 한 아름 사고는, 우리를 데리고 사진관에 가서 가족사진도 찍었습니다. 그런 다음 남편은 양고기를 샀고, 우리는 즐거운 마음으로 집에 도착했습니다. 남편이 직접 요리를 했고 우리 모두 함께 식사를 했습니다. 식사를 마치자마자 남편은 이웃들과 사무실 직원들을 찾아가, 테레사 수녀님 덕택에 오늘 다 나았다고 말했지요. 다른 사람들 역시 테레사 수녀님이 실제로 치유하는 하느님의 힘을 가지고 계시다고 믿고 있었습니다.[41]

그에 대해 기도하셨습니다

"빅"은 대장암 말기 진단을 받고 일 년밖에 살지 못한다는 얘기를 들었습니다. 그가 근치수술을 받은 뒤, 저는 마닐라 공항에서 마더 테레사를 만나게 되었지요. 운이 좋게도, 제가 맨 처음 마더 테레사를 맞이하게 되었고, 그분의 여권을 받아 서류를 검토할 입국 심사원에게 넘기고는 그사이에 그분의 짐을 챙겨드렸습니다. 그분이 저에게 먼저 물으셨습니다. "어떻게 지내세요?" "저는 아주 잘 지냅니다. 제 남편은 그렇지 못하지만요. 그 사람이 말기 암 판정을 받았거든요." 짐이 나오기를 기다리면서, 수녀님은 저에게 다음 날 오전 아홉시 삼십분에 타유만 가街에 있는 수녀원에 남편을 데려오라고 하셨습니다. 남편을 위해 기도해주시고, 바티칸에서 교황님이 총에 맞으셨을 때 교황님께 달아드렸던 바로 그 기적의 메달을 제 남편에게 달아주시겠다고 하시면서요. 저는 너무 설렜습니다. 다음 날, 저는 남편을 데리고 수녀원으로 갔습니다. 정확히 오전 아홉시 반이었습니다. 성당에서 나오시는 마더 테레사 수녀님은, 하느님의 손바닥에 있는 어린아이 그림과 함께 이사야의 한 구절이 쓰인 상본을 들고 계셨는데, 그것을 제 남편에게 건네시고는 무려 이십 분 동안 남편을 위해 기도하시더니 기적의 메달을 남편 셔츠에 달아주셨습니다. 제 남편의 눈에서도, 저의 눈에서도 눈물이 흘러내렸습니다. 마더 테레사와 저는 제 가족의 이야기를 나누었지요. 수녀님은 수녀님의 오빠가 폐암으로 돌아가셨는데, 겨우 이 년 그렇게 지내시다 하느님의 부름을 받았다는 것까지 말씀해주셨습니다. 그리고 제 남편이 그 모든 고통과 고난을 주님께 바치고 우리나라의 평화를 위해 기도해야 한다고 당부하셨지요.[42] 사흘 후, 남편이 검사를 받아야 해서 남편과 저는 의사를 찾아갔습니다. 의사가 제 남편의 신체적 변화를 믿지 못하더군요.

불과 일주일 후, 빅은 건강해졌습니다. 남편은 거의 오 년을 더 살았습니다. 빅은 항상 주님과 같이 있을 준비가 되어 있었고, 자신의 모든 고통을 주님의 영광을 위해 주님께 바치면서 매일 영성체를 받는 신자가 되었습니다. 그리고 다가올 마지막을 위해 가족을 준비시킨 뒤 창조주를 만나기 위한 사도의 축복 속에서 입가에 미소를 띠고 평화롭게 떠났습니다.[43]

당신의 뜻이 이루어지게 하소서

제 부하 경찰의 아내가 폐결핵을 앓고 있었는데, 의사들은 그녀가 이 주에서 삼 주 정도밖에 못 살 거라고 하더군요. 그녀에겐 아이가 둘인가 셋인가 있었습니다. 제가 수녀님께 그녀를 위해 기도해달라고 부탁드렸더니, 수녀님은 그녀가 몇 년이라도 더 살기 위해선 전능하신 하느님께 기도하고 애원하는 수밖에 없다고 하셨습니다. 수녀님은 확고한 믿음을 가지고 자비로우신 아버지께 드리는 기도는 모두 하느님의 축복을 받게 될 거라고 굳게 믿고 계셨지요. 수녀님은 그 경찰관을 불러달라고 하셨고, 우리 세 사람은 제 사무실에서 무릎을 꿇고 십 분 동안 기도를 드렸습니다. 마지막으로 수녀님은 "당신의 뜻이 이루어지게 하소서"라고 기도하셨습니다. 그후 십 일인가 십이 일이 지나서 그 경찰관이 신기하다는 표정으로 저에게 말하더군요. 자기 아내가 많이 호전되고 있고, 담당 의사도 어떻게 이런 일이 있을 수 있는지 갸우뚱한다는 겁니다. 그녀는 그 후로도 이십오 년을 더 살았습니다.[44]

✣

이 얘기를 듣고 또 다른 경찰관이 저에게 왔습니다. 자기 아내가 몹시 아프다는 거였습니다. 저는 수녀님께 아는 대로 다 말씀을 드렸습니다. 그리고 수녀님을 모시고 그 경찰관의 마을에 가서 그 집을 찾아갔습니다. 수녀님은 그녀를 위해 기도하시고는 "당신의 뜻이 이루어지게 하소서"라는 말로 기도를 끝내셨습니다. 정말입니다. 그녀 역시 스스로 다 나았습니다.[45]

✣

제 밑에서 일하던 순경 하나가 간질을 앓고 있었습니다. 얼마나 심한지 당국에서도 그를 경찰 업무에서 제외시켜야 하나 고심하고 있었지요. 그에겐 아이가 둘인가 셋이 있었기 때문에 저는 마음이 몹시 불편했습니다. 하루는 테레사 수녀님이 무슨 등록 업무 때문인가 제 사무실에 오셨을 때, 그 불쌍한 순경의 사연을 들려드렸습니다. 수녀님은 그 순경의 집에 데려다달라고 하시더군요. 다음 날 저는 제 사무실 차로 수녀님을 모시고 그 순경의 집에 갔습니다. 수녀님은 담요 두 장과, 사리 두 개, 그리고 두 아이가 입을 만한 옷가지 몇 점을 가져오셨더군요. 수녀님은 십오 분 동안 기도를 드리며 전능하신 하느님께 그 아픈 사람을 돌봐달라고 간청하셨습니다. 수녀님은 절대 고통받는 사람의 병을 완전히 낫게 해달라고 기도하는 법이 없으셨습니다. 다만 기도하실 때 그 병자와 그 가족까지 보살펴달라고 반복해서 간청하셨지요. 수녀님은 이런 말로 기도를 마치셨습니다. "당신의 뜻이 이루어지게 하소서." 아니나 다를까, 이 주인가 삼 주인가 지난 후 그 순경이 제 사무실에 와서 말하더군요. 거룩하신 수녀님이 다녀가신 후로는 간질 발작이 일어나지 않는다고 말입니다.[46]

✣

저에겐 당뇨가 있었습니다. 하루는 수녀님이 저를 보시면서 제가 신체적으로 건강한지 아닌지 물어보시더군요. 저는 제 혈당 수치가 매우 높다고 말씀드렸습니다. 그랬더니 수녀님이 성모 마리아 로켓을 주시고는 저의 회복을 위해 기도해주시더군요. 지금 저는 약간의 식이조절만 하면 혈당수치가 정상으로 나옵니다. 제 아내는 수녀님이 자기를 만지신 이후로는 울화와 짜증을 조절할 수 있게 되었다는 소리를 자주 합니다. 수녀님의 손길과 축복은 정말 굉장합니다.[47]

그들에게도 기도가 필요합니다

사람들이 영적인 권리를 누려야 한다는 테레사 수녀님의 배려는 종교에 상관없이 모든 사람에게로 향해 있었습니다. 테레사 수녀님은 우리 수녀님들이 처음 알바니아에 갔을 때의 경험을 우리에게 들려주셨습니다. 그 나라에서는 수십 년 동안 어떤 종류의 종교 행위도 허락되지 않았습니다. 체제가 바뀌어 우리 수녀님들이 그 나라에 들어갔고, 곧바로 가난한 사람들 중에서도 가장 가난한 자들을 찾기 시작했습니다. 그들을 돌보기 위해서였지요. 예전에 모스크로 쓰이던 곳에서 나이 많고 허약한 여인들이 몇 명 발견되었습니다. 수녀님들이 그 여인들을 우리 집에 데려와 정착시키고 나자, 테레사 수녀님의 다음 관심은 그 모스크로 옮겨갔습니다. 테레사 수녀님은 수녀님들에게 모스크를 청소하게 한 다음, 무슬림 지도자들을 불러서 모스크를 넘겨주었습니다. 같은 날 저녁 그 모스크에서 기도 시간을 알리는 소리가 울려퍼졌다는 말씀을 하실 때 수녀님은 기쁨을 감추지 않으셨습니다. 수녀님은 말씀하셨습니다. "그들에게도 기도가 필요합니다."[48]

· "나는 무엇보다도 먼저 모든 사람을 위해서 간구와 기원과 간청과 감사의 기도를 드리라고 권하는 바입니다." _디모테오에게 보낸 첫째 편지 2:1

· "기도하기를 사랑하십시오. 낮에도 자주, 기도할 필요성을 느끼십시오. 여러분의 힘은 바로 기도에서 나오기 때문입니다. 예수님은 사랑하시고, 나누시고, 우리 삶의 기쁨이 되시기 위해 항상 우리와 함께하십니다. 여러분은 제 기도 속에 있습니다. 신의 축복이 함께하기를."

기도 속에서 하느님과의 관계가 더욱 깊어지게 하기 위해 나는 무엇을 할 수 있습니까? 개인적인 기도를 하고 성서를 읽기 위해 날마다 짧은 시간이라도 따로 내고 있습니까?

바쁜 일과를 핑계로 기도를 회피하고 있지는 않습니까? 나의 하루 일과에서 덜 중요하지만 기도보다 우선시하는 다른 일들이 있지는 않습니까?

지금 이 순간 특별한 어려움을 겪고 있는 누군가를 위해, 어쩌면 어려움에 처한 가족이나 몸이 아픈 친구, 낙심한 동료를 위해 하루에 적어도 몇 분이라도 시간을 내어 기도할 수 있습니까? 내가 그 사람을 위해 바칠 수 있는 구체적인 기도나 작은 희생에는 어떤 것들이 있습니까?

내가 아는 돌아가신 분을 위해 기도할 생각을 해본 적이 있습니까? 그들을 위해 어떤 기도를 드릴 수 있을까요? 나는 돌아가신 분들과 연옥에 있는 영혼들을 위해 기도하고 있습니까?

지극히 인자하신 동정 마리아여 기억하소서.
어머니 슬하에 달려들어
도움을 애원하고 전구를 청하고도
버림받았다 함을 일찌기 듣지 못하였나이다.

우리도 굳게 신뢰하는 마음으로
어머니 슬하에 달려들어
어머니 앞에서 죄인으로 눈물을 흘리오니,
동정녀 중의 동정녀이신 천주의 성모여,
우리의 시도를 못들은 체 마옵시고
인자로이 들어주소서.
아멘.

하느님의 자비는 구체적인 형태를 지니고 있습니다. 복음서에서 예수 그리스도의 "연민과 자비"의 얼굴은 착한 사마리아인의 우화와 착한 목자의 우화를 통해서, 또한 돌아온 탕자의 아버지의 모습을 통해서 우리에게 가까이 다가옵니다. 우리는 바로 이 하느님의 아들의 모습을 관상하도록 부름을 받았습니다. 그래서 우리 얼굴과 우리 행동에서 그분의 연민과 온유함이 일부나마 빛날 수 있도록 말입니다.

우리가 보다 쉽게 그것을 실천하도록 하기 위해서, 교회는 우리에게 성인들의 본보기를 제시하는데, 성인들의 얼굴에 역시 하느님의 사랑과 연민의 일부가 비치기 때문입니다. 교회는 자비의 희년을 맞아 우리에게 마더 테레사라는 인물의 본보기를 제시하고 있습니다.

마더 테레사에게 모든 것의 시작은 기도에서부터, 하느님과의 관계에서부터, 하느님의 자애로운 시선이 수녀님의 마음 깊은 곳까지 꿰뚫도록 허락하시는 것에서부터 나오는 것이었습니다. 그리고 기도와 관상 속에서 하느님의 자애로운 시선을 경험하신 수녀님은 그 시선을 다른 사람들에게로 연결하셨습니다.

하느님의 자비 주일에, 프란치스코 교황께서는 우리 신자들에게 "그리스도교인들의 생활의 표지"인 자비의 육체적·영적 실천을 행함으로써 "복음서의 살아 있는 사가"가 되라는 과제를 주셨습니다. 마더 테레사가 하신 말씀과 행동, 특히 자비의 실천을 보여주신 본보기 속에서, 수녀님을 따르던 어떤 사람이 말한 것처럼 "복음서는 되살아나게 되었습니다". 말하자면, 수녀님은 복음서의 내용대로 살아 보임으로써 복음서를 "쓰고" 계셨습니다. 이것이 교회가 그녀에게 인정하고 있는 것이며 마더 테레사를 시성하심으로써 우리에게 본보기로 주시는 것입니다.

마더 테레사의 시성과 함께 이 책이 그분의 사랑과, 그분의 연민과, 그분의 위안의 미소를 되새기는 계기가 되었으면 합니다. 어려움에 처한 우리의 형제자매들을 볼 때면 마더 테레사가 하신 것처럼 그들의 몸과 영혼의 상처를 보듬고 치유해줌으로써 "자비의 사도"가 되도록 합시다. 마더 테레사는 계속해서 우리에게 이렇게 권유하고 계십니다. "잠깐 생각해보세요. 여러분과 저는 각자의 이름으로 부름을 받았습니다. 왜냐하면 하느님이 우리를 사랑하시기 때문입니다. 여러분과 제가 그분에게 특별한 누군가이기 때문입니다. 우리 주변의 가장 가까운 사람들, 우리 가족부터 시작합시다…… 그분의 마음이 되어 가난한 이들 안에 계신 그분을 사랑하고, 그분의 손이 되어 가난한 이들 안에 계신 그분을 섬기라고 말입니다."

이것이 바로, 프란치스코 교황께서 말씀하신 자비의 증인이 될 수 있는 방법입니다.

미주

■ 일러두기 : Ibid.은 동일한 문헌, 동일한 증언에서 인용되고 있다는 것을 가리킨다.
: MC는 Missionaries of Charity 즉 사랑의 선교회를 가리킨다.

마더 테레사의 시성식을 맞이하며

1 『자비의 얼굴Misericordiae Vultus』, 2015년 4월 11일, 2; 총 25개의 섹션으로 나뉘어 있으며 이후 MV 옆에 표시된 번호가 섹션을 가리킨다.

2 MV 15.

머리말

1 이탈리아의 "미세리코르디에Misericordie" 전국연합이 과거 1986년 6월 14일 교황 요한 바오로 2세와 만남을 기념하는 행사에서, 2014년 6월 14일.

2 MV 2.

3 MV 5.

4 『하느님은 사랑이십니다Deus Caritas Est』, 34; 총 42개 섹션으로 나뉘어 있다.

5 Ibid., 34

6 MV 15.

7 현재 이 도시의 이름은 콜카타로 바뀌었지만 이 책에서는 캘커타라는 지명을 사용할 것이다. 캘커타는 마더 테레사가 살아있는 동안 계속 사용되었던 지명이며 마더 테레사는 '캘커타의 성녀 테레사'로 알려지게 될 것이다.

8 마더 테레사의 활동 일지, 1948년 12월 21~23일.

9 MV 9.

10 Ibid.

11 Ibid.

12 Ibid.

하나, 굶주린 이에게 먹을 것을 주다

1 마더 테레사의 말씀, 도쿄, 1981년 4월 26일.

2 마더 테레사가 MC 수녀들에게 쓰신 편지, 1982년 10월 12일.

3 마더 테레사가 MC 수녀들에게 하신 말씀, 1977년 11월 16일.

4 마더 테레사가 UN에서 하신 연설, 1985년 10월 26일.

5 마더 테레사의 연설, 일본, 1984년 11월 24일.

6 마더 테레사가 MC 수녀들에게 주신 가르침, 1984년 4월 10일.

7 마더 테레사의 자그레브 연설 번역문, 크로아티아, 1987년 4월.

8 마더 테레사가 MC 수녀들에게 하신 말씀, 1984년 9월 25일.

9 마더 테레사의 전미 조찬기도회 연설, 1994년 2월 3일.

10 마더 테레사가 MC 수녀들에게 하신 말씀, 1979년 3월 7일.

11 마더 테레사가 MC 수녀들에게 하신 말씀, 1981년 4월 9일.

12 마더 테레사가 MC 수녀들에게 하신 말씀, 1984년 10월 5일.

13 캘커타 공항 근처 그린파크에 있는 사랑의 선교회의 집.

14 마더 테레사가 MC 수녀들에게 하신 말씀, 1984년 10월 5일.

15 Ibid.

16 마더 테레사의 연설, 일본, 1984년 11월 24일.

17 마더 테레사의 연설, 날짜 미상.

18 마더 테레사가 MC 수녀들에게 하신 말씀, 1982년 10월 9일.

19 마더 테레사의 도쿄 연설, 1981년 4월 26일.

20 마더 테레사의 인터뷰, 1981년 4월 23일.

21 마더 테레사의 로마 연설, 날짜 미상.

22 마더 테레사가 하버드 대학교 졸업기념식에서 하신 말씀, 1982년 6월 9일.

23 어느 MC 수녀의 증언.

24 어느 MC 수녀의 증언.

25 마더 테레사가 돌아가실 때까지 거의 삼십 년 동안 알고 지내던 한 사제의 증언.

26 어느 MC 수녀의 증언.

27 마더 테레사를 십오 년 동안 알고 지내면서 여러 사업적 문제를 도왔던 한 협력자의 증언.

28 캘커타의 협력회원인 한 힌두교 여인의 증언.

29 어느 MC 수녀의 증언.

30 마더 테레사와 개인적으로 자주 접촉했던 한 MC 사제의 증언.

31 어느 MC 수녀의 증언.

32 어느 MC 수녀의 증언.

33 마더 테레사와 개인적으로 자주 접촉했던 한 관상수도 사랑의 선교회 회원의 증언.

34 어느 MC 수녀의 증언.

35 Ibid.

36 1960년대부터 1980년대 말까지 마더 테레사와 알고 지냈던 한 사랑의 선교회 협력자의 증언.

37 어느 MC 수녀의 증언.

38 어느 MC 수녀의 증언.

39 어느 MC 수녀의 증언.

40 어느 MC 수녀의 증언.
41 마더 테레사가 한 협력자에게 쓴 편지.
42 마더 테레사가 '협력자들'에게 쓴 편지, 1974년 10월 4일.

둘, 목마른 이에게 물을 주다

1 마더 테레사가 MC 수녀들에게 주신 가르침, 1977년 9월 29일.
2 마더 테레사가 전미 조찬기도회에서 주신 가르침, 1994년 2월 3일.
3 마더 테레사가 사제들에게 주신 가르침, 로마, 1990년 9월.
4 마더 테레사가 MC 수녀들에게 주신 가르침, 1981년 6월 20일.
5 마더 테레사가 MC 수녀들에게 주신 가르침, 1977년 10월 14일.
6 마더 테레사의 연설, 날짜 미상.
7 마더 테레사가 협력회원들과의 회의에서 하신 연설, 도쿄, 1981년 4월 25일.
8 마더 테레사가 사제들에게 하신 말씀, 로마, 1984년 10월.
9 마더 테레사의 자그레브 연설 번역, 크로아티아, 1978년 4월.
10 어느 MC 수녀의 증언.
11 어느 MC 수녀의 증언.
12 어느 MC 수녀의 증언.
13 어느 MC 수녀의 증언.
14 마더 테레사가 MC 수녀들에게 쓰신 편지, 1979년 2월 25일.
15 마더 테레사가 MC 수녀들에게 쓰신 편지, 1970년 2월 19일.

셋, 헐벗은 이에게 옷을 주다

1 마더 테레사가 MC 수녀들에게 주신 가르침, 1977년 9월 29일.
2 마더 테레사의 MC 수녀들에게 주신 가르침, 1977년 6월 10일.
3 마더 테레사의 노벨평화상 수락 연설, 1979년 12월 11일.
4 마더 테레사의 연설, 1981년 12월 10일.
5 마더 테레사가 '협력자들'과의 회의에서 한 연설, 미네소타, 1974년 6월 20~22일.
6 마더 테레사가 MC 수녀들에게 주신 가르침, 1993년 3월.
7 마더 테레사가 MC 수녀들에게 주신 가르침, 1981년 9월 18일
8 마더 테레사가 MC 수녀들에게 주신 가르침, 1977년 10월 12일.
9 마더 테레사가 MC 수녀들에게 주신 가르침, 1981년 9월 16일.
10 마더 테레사가 MC 수녀들에게 주신 가르침, 1983년 1월 16일.
11 마더 테레사의 연설, 1981년 12월 10일.

12 마더 테레사의 연설, 날짜 미상.
13 마더 테레사, "Charity: Soul of Mission", 1991년 1월 23일.
14 마더 테레사가 하버드 대학교 졸업기념식에서 하신 말씀, 1982년 6월 9일.
15 마더 테레사의 연설, 1982년 4월 25일.
16 마더 테레사의 연설, 1982년 4월 25일.
17 어느 MC 수녀의 증언.
18 어느 협력자의 증언.
19 어느 MC 수녀의 증언.
20 어느 MC 수녀의 증언.
21 어느 MC 수녀의 증언.
22 어느 MC 수녀의 증언.
23 어느 MC 수녀의 증언.
24 마더 테레사가 MC 수녀들에게 쓴 편지, 1970년 2월 19일.
25 마더 테레사가 협력자회에 쓴 편지, 1974년 10월 4일.

넷: 집 없는 이에게 쉴 곳을

1 브라이언 콜로제이축 신부 엮음, Mother Teresa: Come Be My Light(New York: Doubleday, 2007), p.232 참조; 한국에서는 『마더 테레사 나의 빛이 되어라』(오래된미래, 2008)라는 제목으로 출간되었다.
2 마더 테레사, "Charity: Soul of Mission", 1991년 1월 23일.
3 로마의 남성을 위한 쉼터, 테르미니 기차역과 가깝다.
4 마더 테레사의 아시시에서의 연설, 1986년 6월 6일.
5 마더 테레사가 MC 수녀들에게 주신 가르침, 날짜 미상의 재의 수요일 전날.
6 마더 테레사의 연설, 1987년 9월 17일.
7 마더 테레사의 연설, 일본, 1984년 11월 24일.
8 마더 테레사가 MC 수녀들에게 주신 가르침, 날짜 미상.
9 마더 테레사의 연설, 세인트루이스, 1988년.
10 마더 테레사가 협력자들과의 모임에서 한 연설, 미네소타, 1974년 6월 20~22일.
11 마더 테레사가 청년들과의 토의에서 하신 말씀, 1976년 7월 21~22일.
12 마더 테레사의 연설, 오사카, 1982년 4월 28일.
13 마더 테레사가 사제들에게 하신 말씀, 로마, 1990년 9월.
14 마더 테레사가 어느 협력자에게 보낸 편지, 1961년 3월 11일.
15 마더 테레사가 한 사제에게 보낸 편지, 1976년 7월 23일.
16 마더 테레사의 전미조찬 기도회, 1994년 2월 3일.
17 마더 테레사가 사제들에게 하신 말씀, 로마, 1984년 10월.
18 마더 테레사가 어느 사제에게 쓴 편지, 1976년 7월 3일.

19 마더 테레사가 MC 수녀들에게 쓴 편지, 1995년 부활절.
20 마더 테레사가 실롱에서 하신 열설, 1975년 4월 18일.
21 마더 테레사가 세계성체대회에서 하신 말씀, 필라델피아, 1976년.
22 마더 테레사가 어느 협력자에게 쓰신 편지, 1972년 11월 5일.
23 마더 테레사가 마켓 디스커버리 시상식에서 하신 연설, 1981년 6월 3일.
24 마더 테레사가 MC 수녀님들에게 쓰신 편지, 1970년 2월 19일.
25 마더 테레사가 어느 협력자에게 쓴 편지, 1969년 10월 13일.
26 어느 MC 수녀의 증언.
27 어느 MC 수녀의 증언.
28 어느 MC 수녀의 증언.
29 어느 MC 수녀의 증언.
30 어느 MC 수녀의 증언.
31 어느 MC 수녀의 증언.
32 어느 MC 수녀의 증언.
33 마더 테레사와 1950년대 말부터 같이 일해왔던 한 의사 협력자의 증언.
34 어느 MC 수녀의 증언.
35 한 경찰관의 증언.
36 한 고아 소녀의 증언.
37 한 고아 소녀의 증언.
38 캘커타의 한 힌두교 자원봉사자의 증언.
39 어느 MC 수녀의 증언.
40 마더 테레사와 1960년대부터 계속 가까이 지냈던 한 협력자의 증언.
41 어느 MC 수녀의 증언.
42 한 의사 협력자의 증언.
43 어느 MC 수녀의 증언.
44 마더 테레사와 1960년대부터 계속 가까이 지냈던 한 협력자의 증언.
45 마더 테레사를 돌봤던 한 의사의 증언.
46 마더 테레사와 1960년대부터 계속 가까이 지냈던 한 협력자의 증언.
47 어느 MC 수녀의 증언.
48 마더 테레사와 개인적으로 자주 접촉했던 한 사랑의 선교 관상수도회 회원의 증언.
49 마더 테레사가 협력자들에게 쓴 편지, 1974년 10월 4일.

다섯, 병든 이를 찾아가다

1 마더 테레사를 담당했던 한 주치의의 증언.
2 마더 테레사의 메시지, 에크딜, 1987년 크리스마스.

3 마더 테레사가 어느 평신도에게 쓴 편지, 1991년 4월 21일.
4 마더 테레사가 세계성체대회에서 하신 말씀, 필라델피아, 1976년 8월.
5 Ibid.
6 마더 테레사가 사제들에게 하신 말씀, 로마, 1984년 10월.
7 사랑의 선교회 최초 설립 당시의 설명.
8 마더 테레사의 연설, 날짜미상.
9 마더 테레사가 MC 수녀들에게 하신 지시, 1979년 3월 7일.
10 마더 테레사가 성직자와 수련 수사들에게 하신 말씀, 로마, 1979년 10월.
11 마더 테레사가 MC 수녀들에게 쓰신 편지, 1978년 7월 3일.
12 마더 테레사가 MC 수녀들에게 쓰신 편지, 1995년 부활절.
13 마더 테레사가 MC 원장 수녀들에게 쓰신 편지, 1969년 11월 13일.
14 마더 테레사가 MC 수녀들에게 쓰신 편지, 1968년 10월 11일.
15 마더 테레사가 재클린 드 데커에게 쓴 편지, 1952년 10월 20일.
16 마더 테레사가 재클린 드 데커에게 쓴 편지, 1953년 1월 13일.
17 Ibid.
18 Ibid.
19 마더 테레사가 어느 평신도에게 쓰신 편지, 1989년 12월 22일.
20 어느 MC 수녀의 증언.
21 마더 테레사를 1970년대부터 알고 지내면서 인도 정부와 관련된 문제를 도왔던 한 정부 관리의 증언.
22 한 고아 소년의 증언.
23 마더 테레사와 개인적으로 자주 접촉했던 한 MC 사제의 증언.
24 마더 테레사를 십오 년 동안 알고 지내면서 여러 가지 사업적 문제를 도왔던 한 협력자의 증언.
25 Ibid.
26 어느 MC 수녀의 증언.
27 어느 MC 수녀의 증언.
28 어느 MC 수녀의 증언.
29 어느 사제의 증언.
30 한 오스트레일리아 사제의 증언.
31 캘커타에서 마더 테레사를 몇십 년 동안 도왔던 한 사제의 증언.
32 마더 테레사를 1980년대부터 알고 지냈고 돌아가실 때까지 계속 긴밀하게 접촉했던 한 사제의 증언.
33 어느 MC 수녀의 증언.
34 어느 MC 수녀의 증언.
35 어느 MC 수녀의 증언.
36 한 여성 평신도의 증언.
37 캘커타에 병원을 둔 어느 의사의 증언.
38 어느 MC 수녀의 증언.
39 어느 MC 수녀의 증언.

40 어느 MC 수녀의 증언.

41 어느 MC 수녀의 증언.

42 어느 MC 수녀의 증언.

43 어느 MC 수녀의 증언.

44 재클린 드 데커, 당신과 같은 영혼이 필요합니다I Need Souls Like You.

45 마더 테레사가 MC 수녀들에게 쓰신 편지, 1959년 9월 20일.

46 마더 테레사가 협력자회에 쓰신 편지, 1974년 10월 4일.

여섯, 감옥에 갇힌 이를 찾아가다

1 마더 테레사의 연설, 날짜 미상.

2 마더 테레사가 MC 수녀들에게 주신 가르침, 1983년, 5월 24일.

3 막시밀리안 콜베Maximiliam Kolbe(1894~1941). 폴란드 프란치스코회 수도사제. 한 젊은 아버지 대신 자신의 목숨을 내놓아 아우슈비츠의 수용소에서 사망했다.

4 마더 테레사가 MC 수녀들에게 주신 가르침, 1983년, 5월 25일.

5 마더 테레사의 연설, 워싱턴, 날짜 미상.

6 요셉 신부Father Joseph, 사랑의 선교 수도회 공동 설립자.

7 마더 테레사가 MC 수녀들에게 하신 말씀, 1979년 3월 21일.

8 마더 테레사가 MC 수녀들에게 하신 말씀, 1979년 3월 7일.

9 강간과 살해로 기소되어 유죄판결을 받은 조지프 오델Joseph O'Dell의 사형을 막기 위한 마더 테레사의 호소. 많은 이들이 그를 살려달라고 호소했음에도 불구하고—교황 요한 바오로 2세도 호소했다—오델은 1997년 7월 23일 버지니아에서 독극물 주사를 맞고 처형되었다. 마더 테레사의 전화 기록, 1997년 7월 5일.

10 마더 테레사가 협력자회와 가진 회의에서 하신 연설, 1974년 6월 20~22일.

11 어느 MC 수녀의 증언.

12 마더 테레사가 돌아가실 때까지 거의 삼십 년 동안 알고 지냈던 어느 사제의 증언.

13 미국 내 사랑의 선교회의 한 자원봉사자의 증언.

14 어느 MC 수녀의 증언.

15 어느 협력자의 증언.

16 미국 사랑의 선교회의 자원봉사자 의사의 증언.

17 미국의 한 자원봉사자의 증언.

18 어느 MC 수녀의 증언.

19 마더 테레사가 MC 수녀들에게 쓰신 편지, 1970년 2월 19일.

일곱. 죽은 이를 묻어주다

1 마더 테레사가 MC 수녀들에게 하신 말씀, 1983년 5월 27일.
2 마더 테레사와 청년들과의 토론, 1976년 7월 21~22일.
3 Ibid.
4 마더 테레사가 협력자회 모임에서 하신 말씀 1974년 6월 20~22일.
5 마더 테레사의 연설, 시카고, 1091년 10월 8일.
6 어느 MC 수녀의 증언.
7 어느 MC 수녀의 증언.
8 마더 테레사를 십오 년 동안 알고 지내면서 여러 사업적 문제를 도왔던 한 협력자의 증언.
9 어느 협력자의 증언.
10 어느 MC 수녀의 증언.
11 어느 협력자의 증언.
12 어느 MC 수녀의 증언.
13 어느 MC 수녀의 증언.
14 어느 협력자의 증언.
15 어느 협력자의 증언.
16 마더 테레사를 수십 년 동안 도왔던 한 사제의 증언.
17 마더 테레사를 1960년대부터 1980년대 말까지 알고 지냈던 어느 사랑의 선교회 협력자의 증언.
18 캘커타에서 수십 년 동안 마더 테레사를 도왔던 한 사제의 증언.
19 어느 MC 수녀의 증언.
20 마더 테레사와 개인적으로 자주 접촉했던 한 사랑의 선교 관상수사회 수사의 증언.
21 어느 협력자의 증언.

여덟. 모르는 이를 가르치다

1 마더 테레사가 『카톨리츠케 미시예Katoličke Misije』에 쓴 글, 1935년 2월 1일.
2 마더 테레사의 일기, 1948년 12월 29일.
3 마더 테레사가 MC 수녀들에게 쓰신 편지, 1964년 6월 3일.
4 마더 테레사가 MC 수녀들에게 하신 말씀, 날짜 미상.
5 마더 테레사가 MC 원장 수녀들에게 쓰신 편지, 1995년 3월 18일.
6 마더 테레사가 MC 수녀들에게 하신 말씀, 1992년 9월 5일.
7 마더 테레사가 MC 수녀들에게 하신 말씀, 1987년 10월 29일.
8 마더 테레사가 MC 수녀들에게 하신 말씀, 1988년 10월 10일.
9 마더 테레사가 MC 수녀들에게 하신 말씀, 1989년 2월 23일.
10 마더 테레사가 MC 수녀들에게 하신 말씀, 1992년 2월 19일.

11 마더 테레사가 수련장들에게 하신 말씀, 1993년 8월 7일.

12 마더테레사 MC 수녀들에게 주신 가르침, 1984년 1월 10일.

13 마더 테레사가 마케도니아 스코피예 텔레비전의 한 저널리스트에게 쓰신 글, 1978년 3월 28일.

14 마더 테레사가 청년들과의 모임에서 하신 말씀, 1976년 7월 21~22일.

15 마더 테레사, 기자회견, 도쿄, 1982년 4월 22일.

16 마더 테레사의 연설, 오사카, 1982년 4월 28일.

17 마더 테레사가 사제들에게 하신 말씀, 로마, 1990년 9월.

18 마더 테레사, 기자회견, 도쿄, 1982년 4월 22일.

19 마더 테레사가 MC 수녀들에게 쓰신 편지, 1966년 6월 6일.

20 마더 테레사가 MC 수녀들에게 주신 가르침, 날짜 미상.

21 마더 테레사가 MC 수녀들에게 쓰신 편지, 1966년 6월 6일.

22 마더 테레사가 MC 수녀들에게 쓰신 편지, 1974년 6월.

23 어느 MC 수녀의 증언.

24 마더 테레사의 로레토 학교 학생이던 어느 MC 수녀의 증언.

25 어느 MC 수녀의 증언.

26 어느 MC 수녀의 증언.

27 모티힐 빈민가 학교에서 마더 테레사의 학생이었던 한 여인의 증언.

28 어느 MC 수녀의 증언.

29 어느 MC 수녀의 증언.

30 어느 MC 수녀의 증언.

31 어느 MC 수녀의 증언.

32 어느 MC 수녀의 증언.

33 어느 MC 수녀의 증언.

34 어느 MC 수녀의 증언.

35 어느 MC 수녀의 증언.

36 어느 MC 수녀의 증언.

37 어느 MC 수녀의 증언.

38 어느 MC 수녀의 증언.

39 어느 MC 수녀의 증언.

40 캘커타에 있는 어린이들의 집인 시슈바반에서 주로 봉사했던 한 오스트레일리아 자원봉사자의 증언.

41 어느 MC 수녀의 증언.

42 어느 MC 수녀의 증언.

아홉, 의심하는 이에게 조언하다

1 브라이언 콜로제이축 신부 엮음, Mother Teresa: Come Be My Light(New York: Image, 2009), p.209;

한국에서는 『마더 데레사 나의 빛이 되어라』(오래된미래, 2008)라는 제목으로 출간되었다.

2 마더 테레사, 기자회견, 도쿄, 1982년 4월 22일.

3 마더 테레사가 맬컴 멕거리지에게 쓰신 편지, 1969년 7월 5일.

4 Ibid. 1970년 11월 12일.

5 Ibid. 1970년 2월 24일.

6 마더 테레사가 두 협력자들에게 쓰신 편지, 1966년 8월 20일.

7 마더 테레사가 한 협력자에게 쓰신 편지, 1967년 12월 1일.

8 마더 테레사가 한 협력자에게 쓰신 편지, 1992년 2월

9 마더 테레사가 한 사제에게 쓰신 편지, 1985년 9월 22일.

10 어느 평신도의 증언.

11 Ibid.

12 마더 테레사와 개인적으로 자주 접촉했던 어느 MC 관상 수사의 증언.

13 마더 테레사와 개인적으로 자주 접촉했던 어느 MC 관상 수사의 증언.

14 캘커타에서 마더 테레사를 몇십 년 동안 도왔던 한 사제의 증언.

15 어느 MC 수녀의 증언.

16 Ibid.

17 어느 의사의 증언.

18 어느 MC 수녀의 증언.

19 어느 MC 수녀의 증언.

20 어느 MC 수녀의 증언.

21 Ibid.

22 어느 MC 수녀의 증언.

23 어느 MC 수녀의 증언.

24 어느 사제의 증언.

25 어느 평신도의 증언.

26 어느 MC 수녀의 증언.

27 사랑의 선교 수녀회 회칙 no. 45, no. 49, 1988년.

열. 죄지은 이를 타이르다

1 마더 테레사가 MC 수녀들에게 주신 가르침, 1980년 8월 22일.

2 마더 테레사가 MC 수녀들에게 주신 가르침, 1979년 11월 14일.

3 Ibid.

4 마더 테레사가 MC 수녀들에게 주신 가르침, 1981년 9월 29일.

5 마더 테레사가 MC 수녀들에게 주신 가르침, 1980년대.

6 마더 테레사가 MC 수녀들에게 주신 가르침, 1979년 1월 8일.

7 마더 테레사가 MC 수녀들에게 주신 가르침, 날짜 미상
8 마더 테레사가 MC 수녀들에게 주신 가르침, 1980년 8월 24일.
9 마더 테레사가 MC 수녀들에게 주신 가르침, 1983년 2월 113일.
10 마더 테레사가 MC 수녀들에게 주신 가르침, 1977년 11월 9일.
11 마더 테레사가 MC 수녀들에게 주신 가르침, 1978년 5월 18일.
12 Ibid.
13 마더 테레사가 MC 수녀들에게 주신 가르침, 1982년 8월 20일.
14 Ibid.
15 Ibid
16 마더 테레사가 MC 수녀들에게 주신 가르침, 1982년 12월 4일.
17 마더 테레사가 MC 수녀들에게 주신 가르침, 1980년 5월 7일.
18 Ibid.
19 마더 테레사가 MC 수녀들에게 주신 가르침, 1988년 9월 13일.
20 마더 테레사가 MC 수녀들에게 주신 가르침, 1980년 5월 6일.
21 마더 테레사가 MC 수녀들에게 주신 가르침, 1980년 5월 7일.
22 마더 테레사가 MC 수녀들에게 주신 가르침, 1980년 5월 17일.
23 마더 테레사가 MC 수녀들에게 주신 가르침, 1981년 4월 3일.
24 마더 테레사가 MC 수녀들에게 주신 가르침, 1982년 8월 20일.
25 마더 테레사가 MC 수녀들에게 주신 가르침, 1983년 2월 14일.
26 마더 테레사가 MC 수녀들에게 주신 가르침, 1981년 4월 16일.
27 마더 테레사가 MC 수녀들에게 주신 가르침, 1981년 7월 15일.
28 마더 테레사가 MC 수녀들에게 주신 가르침, 1979년 11월.
29 마더 테레사가 낙태 경험이 있는 사람들에게 기도와 함께 쓰신 편지, 일본, 1982년 4월 11일.
30 마더 테레사, 기자회견, 도쿄, 1982년 4월 22일.
31 마더 테레사의 연설, 도쿄, 1982년 4월 23일.
32 마더 테레사의 연설, 나가사키, 1982년 4월 26일.
33 마더 테레사가 MC 수녀들에게 주신 가르침, 1980년 12월 4일.
34 마더 테레사가 MC 수녀들에게 주신 가르침, 1965년 3월 6일.
35 마더 테레사가 MC 수녀들에게 주신 가르침, 1988년 8월 30일.
36 마더 테레사가 MC 수녀들에게 주신 가르침, 날짜 미상, 1973년 이전.
37 마더 테레사가 MC 원장 수녀들에게 쓰신 편지, 1966년 6월 6일.
38 마더 테레사가 MC 원장 수녀들에게 쓰신 편지, 1962년 6월.
39 마더 테레사가 MC 원장 수녀들에게 쓰신 편지, 1977년 9월 8일.
40 마더 테레사가 MC 수녀들에게 주신 가르침, 1981년 7월 14일.
41 마더 테레사가 MC 수녀들에게 주신 가르침, 1982년 5월 14일.
42 마더 테레사가 MC 수녀들에게 주신 가르침, 1983년 5월 25일.
43 마더 테레사의 공개서한, 1983년 10월 3일.

44 마더 테레사와 개인적으로 자주 접촉했던 한 MC 사제의 증언.
45 어느 MC 수녀의 증언.
46 미국 출신 한 사제의 증언.
47 어느 MC 수녀의 증언.
48 어느 MC 수녀의 증언.
49 어느 MC 수녀의 증언.
50 어느 MC 수녀의 증언.
51 어느 MC 수녀의 증언.
52 어느 MC 수녀의 증언.
53 마더 테레사와 개인적으로 자주 접촉했던 어느 MC 사제의 증언.
54 Ibid.
55 마더 테레사를 십오 년 동안 알고 지내면서 여러 가지 사업 문제를 도왔던 한 협력자의 증언.
56 마더 테레사와 개인적으로 자주 접촉했던 어느 MC 사제의 증언.
57 어느 MC 수녀의 증언.
58 어느 MC 수녀의 증언.
59 어느 MC 수녀의 증언.
60 어느 협력자의 증언.
61 어느 MC 수녀의 증언.
62 마더 테레사가 MC 수녀들에게 주신 가르침, 1980년대.
63 마더 테레사가 MC 수녀들에게 주신 가르침, 1986년 5월 10일.

열하나, 부당함을 인내하며 견디다

1 마더 테레사가 MC 수녀들에게 주신 가르침, 날짜 미상.
2 마더 테레사, 기자회견, 시카고, 1981.
3 마더 테레사가 MC 수녀들에게 주신 가르침, 1984년 10월 5일.
4 마더 테레사가 MC 수녀들에게 주신 가르침, 1987년 3월 23일.
5 마더 테레사가 MC 수녀들에게 주신 가르침, 1979년 11월 19일.
6 마더 테레사가 MC 수녀들에게 주신 가르침, 1985년 4월 12일.
7 마더 테레사가 MC 수녀들에게 주신 가르침, 1984년 1월 10일.
8 마더 테레사가 MC 수녀들에게 주신 가르침, 1984년 4월 10일.
9 마더 테레사가 MC 수녀들에게 주신 가르침, 1981년 1월 15일.
10 마더 테레사가 MC 수녀들에게 주신 가르침, 날짜 미상.
11 마더 테레사가 MC 수녀들에게 주신 가르침, 1968년 5월 19일.
12 마더 테레사가 한 협력회원에게 보낸 편지, 1965년 3월 10일.
13 마더 테레사가 MC 수녀들에게 주신 가르침, 1982년 11월 2일.

14 마더 테레사가 MC 수녀들에게 주신 가르침, 1987년 11월 7일.
15 마더 테레사가 MC 수녀들에게 주신 가르침, 1986년 5월 22일.
16 마더 테레사가 MC 수녀들에게 주신 가르침, 1980년 9월 16일.
17 마더 테레사가 MC 수녀들에게 주신 가르침, 1981년 4월 18일.
18 마더 테레사가 MC 수녀들에게 주신 가르침, 1981년 4월 15일.
19 마더 테레사가 MC 수녀들에게 주신 가르침, 날짜 미상.
20 마더 테레사가 MC 수녀들에게 주신 가르침, 1987년 5월 20일.
21 마더 테레사가 MC 수녀들에게 주신 가르침, 1980년 8월 24일.
22 마더 테레사가 MC 수녀들에게 주신 가르침, 1983년 8월 15일.
23 마더 테레사가 MC 수녀들에게 주신 가르침, 1978년 5월 22일.
24 마더 테레사가 MC 수녀들에게 주신 가르침, 1988년 9월 13일.
25 마더 테레사가 MC 수녀들에게 주신 가르침, 1984년 10월 5일.
26 마더 테레사가 MC 수녀들에게 주신 가르침, 날짜 미상.
27 마더 테레사가 MC 수녀들에게 주신 가르침, 1983년 1월 23일.
28 마더 테레사가 MC 수녀들에게 주신 가르침, 1983년 5월 25일.
29 마더 테레사가 MC 수녀들에게 주신 가르침, 1981년 10월 30일.
30 마더 테레사가 한 협력회원에게 보낸 편지, 1969년 10월 13일.
31 마더 테레사가 한 협력회원에게 보낸 편지, 1969년 7월 3일.
32 마더 테레사가 한 협력회원에게 보낸 편지, 1964년 4월 11일.
33 마더 테레사가 MC 수녀들에게 주신 가르침, 1983년 5월 26일.
34 마더 테레사가 MC 수녀들에게 주신 가르침, 1987년 5월 20일.
35 마더 테레사가 MC 수녀들에게 주신 가르침, 1977년 10월 22일.
36 아베 피에르Abbé Pierre(1912~2007). 프랑스의 수사 신부. 프랑스와 전 세계의 가난한 자들과 노숙자들을 돕는 데 헌신하는 엠마우스 수도회를 설립했다.
37 마더 테레사가 MC 수녀들에게 주신 가르침, 1982년 10월 11일.
38 한 고아 소년의 증언.
39 어느 MC 수녀의 증언.
40 어느 MC 수녀의 증언.
41 어느 MC 수녀의 증언.
42 어느 MC 수녀의 증언.
43 어느 사제의 증언
44 어느 MC 수녀의 증언.
45 Ibid.
46 어느 MC 수녀의 증언.
47 어느 협력자의 증언.
48 어느 MC 수녀의 증언.
49 Ibid.

50 어느 MC 수녀의 증언.
51 어느 MC 수녀의 증언.
52 어느 MC 수녀의 증언.
53 Ibid.
54 Ibid.
55 어느 MC 수녀의 증언.
56 어느 MC 수녀의 증언.
57 어느 MC 수녀의 증언.
58 마더 테레사가 한 사제에게 쓰신 편지, 1976년 2월 7일.

열둘, 모욕을 기꺼이 용서하다

1 루가 복음서 23:34.
2 마더 테레사가 MC 수녀들에게 주신 가르침, 1981년 4월 15일.
3 마더 테레사가 MC 수녀들에게 주신 가르침, 1981년 9월 18일.
4 마더 테레사의 연설, 나가사키, 1982년 4월 26일.
5 마더 테레사의 기자회견, 시카고, 1981년.
6 마더 테레사가 MC 수녀들에게 주신 가르침, 1965년 6월 30일.
7 마더 테레사의 연설, 나가사키, 1982년 4월 26일.
8 Ibid.
9 Ibid.
10 마더 테레사가 캘커타의 자원봉사자들에게 하신 말씀, 1995년 12월 21일.
11 마더 테레사의 기자회견, 베이루트, 1982년 4월.
12 마더 테레사가 MC 수녀들에게 쓰신 편지, 1964년 5월.
13 마더 테레사가 MC 수녀들에게 쓰신 편지, 1973년 12월 14일.
14 마더 테레사가 MC 수녀들에게 주신 가르침, 1979년 2월 21일.
15 Ibid.
16 마더 테레사의 강연, 켄터키, 1982년 6월 19일.
17 마더 테레사가 MC 수녀들에게 주신 가르침, 1981년 2월 21일.
18 Ibid.
19 마더 테레사가 MC 수녀들에게 주신 가르침, 1980년 8월 24일.
20 마더 테레사가 MC 수녀들에게 주신 가르침, 1980년 9월 12일.
21 마더 테레사가 MC 수녀들에게 주신 가르침, 1981년 2월 21일.
22 마더 테레사가 MC 수녀들에게 주신 가르침, 1981년 3월 27일.
23 마더 테레사가 MC 수녀들에게 주신 가르침, 1982년 12월 4일.
24 Ibid.

25 마더 테레사가 MC 수녀들에게 주신 가르침, 1982년 12월 6일.
26 마더 테레사가 MC 수녀들에게 주신 가르침, 1977년 10월 15일.
27 마더 테레사가 MC 수녀들에게 주신 가르침, 1977년 11월 7일.
28 마더 테레사가 MC 수녀들에게 주신 가르침, 1979년 2월 21일.
29 Ibid.
30 마더 테레사의 연설, 1987년 9월 17일.
31 Ibid.
32 마더 테레사가 MC 수녀들에게 주신 가르침, 1981년 1월 15일.
33 마더 테레사가 MC 수녀들에게 주신 가르침, 1982년 5월 14일.
34 어느 MC 수녀의 증언.
35 어느 MC 수녀의 증언.
36 어느 MC 수녀의 증언.
37 어느 MC 수녀의 증언.
38 어느 MC 수녀의 증언.
39 어느 MC 수녀의 증언.
40 어느 MC 수녀의 증언.
41 마더 테레사를 이십 년 넘게 알고 지낸 한 협력자의 증언.
42 어느 MC 수녀의 증언.
43 어느 MC 수녀의 증언.
44 어느 MC 수녀의 증언.
45 마더 테레사가 MC 수녀들에게 주신 가르침, 1979년 2월 21일.
46 마더 테레사의 연설, 나가사키, 1982년 4월 26일.

열셋. 고통받는 이를 위로하다

1 마더 테레사가 MC 수녀들에게 주신 가르침, 1986년 5월 23일.
2 마더 테레사가 MC 수녀들에게 주신 가르침, 1988년 12월 24일.
3 마더 테레사가 MC 수녀들에게 주신 가르침, 1981년 2월 8일.
4 마더 테레사의 말씀, 나리타 공항, 도쿄, 1978년 4월 22일.
5 마더 테레사가 MC 수녀들에게 주신 가르침, 1978년 12월 15일.
6 마더 테레사가 MC 수녀들에게 쓰신 편지, 1971년 10월 15일.
7 마더 테레사가 MC 수녀들에게 쓰신 편지, 1959년 9월 20일.
8 마더 테레사의 연설, 날짜 미상.
9 마더 테레사가 의료활동가들에게 하신 말씀.
10 마더 테레사, 기자회견, 날짜 미상.
11 마더 테레사의 말씀, 시카고, 1981년 6월 4일.

12 마더 테레사가 협력자회 모임에서 하신 연설, 미네소타, 1974년 6월 20~22일.

13 Ibid.

14 Ibid.

15 마더 테레사가 협력자회에 쓰신 편지, 1995년 3월 1일.

16 어느 MC 수녀가 한 협력자에게 한 증언, 1981년 2월 12일.

17 마더 테레사가 어느 사제에게 쓰신 편지. 1974년 2월 7일.

18 마더 테레사가 한 평신도에게 쓰신 편지, 1989년 12월 11일.

19 마더 테레사가 어느 협력자에게 쓰신 편지, 1967년 9월 11일.

20 마더 테레사가 한 평신도에게 쓰신 편지, 1992년.

21 마더 테레사가 한 평신도에게 쓰신 편지, 1992년 7월 11일.

22 마더 테레사가 한 여성 평신도에게 쓰신 편지, 1990년 8월 9일.

23 마더 테레사가 한 평신도에게 쓰신 편지, 1996년 3월 8일.

24 마더 테레사가 어느 사제에게 쓰신 편지, 1991년 9월 7일.

25 어느 MC 수녀의 증언.

26 어느 MC 수녀의 증언.

27 미국에서 온 한 자원봉사자의 증언.

28 어느 MC 수녀의 증언.

29 어느 협력자의 증언.

30 어느 협력자의 증언.

31 한 평신도의 증언.

32 어느 MC 수녀의 증언.

33 마더 테레사와 가까운 관계였던 한 자원봉사자의 증언.

34 캘커타에서 마더 테레사를 도왔던 한 사제의 증언.

35 어느 MC 수녀의 증언.

36 『사랑이 있는 곳에 하느님이 계십니다Where There Is Love, There Is God』, 브라이언 콜로제이축: 마더 테레사는 국제적으로 인정받기 시작한 후부터 작은 카드를 나눠주기 시작했습니다. 한쪽 면에는 "하느님의 축복이 있기를"이라는 글귀와 수녀님의 서명이 있었고, 반대쪽에는 이런 글귀가 있었습니다. "침묵의 열매는 기도입니다. 기도의 열매는 믿음입니다. 믿음의 열매는 사랑입니다. 사랑의 열매는 봉사입니다. 봉사의 열매는 평화입니다." 살짝 장난스러운 유머를 담아, 수녀님은 그 카드를 "명함"이라고 부르셨습니다. 일반적인 명함과는 달리, 수녀님의 명함에는 조직의 이름이나, 직함, 연락처나 전화번호가 없었습니다. 그러나 그 일련의 글귀는 수녀님 "사업"의 성공 공식이라 생각할 수 있습니다. 이 잘 알려진 문구로 자신의 사업을 홍보하려는 의도도 없이, 마더 테레사는 그분의 노력이 하느님에게 초점을 맞춘 영적인 성격의 것이며 이웃들을 향하고 있음을 나타내셨습니다.

37 마더 테레사와 자주 접촉했던 한 사제의 증언.

38 어느 MC 수녀의 증언.

39 캘커타의 한 자원봉사자의 증언.

40 어느 MC 수녀의 증언.

41 한 평신도의 증언.

42 공공 기관 업무를 다루며 마더 테레사를 도왔던 한 경찰관의 증언

43 주로 칼리가트에서 도왔던 캘커타의 한 자원봉사자의 증언.

44 한 자원봉사자의 증언.

45 1960년대부터 계속해서 마더 테레사와 가까이 지냈던 어느 협력자의 증언.

46 1960년대부터 계속해서 마더 테레사와 가까이 지냈던 어느 협력자의 증언.

47 마더 테레사와 자주 접촉했던 한 MC 사제의 증언.

48 마더 테레사가 한 평신도에게 쓰신 편지, 1988년 10월 22일.

열넷. 산 자와 죽은 자를 위해 기도하다

1 마더 테레사가 협력자회에 쓰신 편지, 1996년 사순절.

2 마더 테레사가 MC 수녀들에게 주신 가르침, 날짜 미상.

3 마더 테레사와 개인적으로 자주 접촉했던 한 MC 사제의 증언.

4 어느 MC 수녀의 증언.

5 회칙 no. 130, 1988년.

6 마더 테레사의 가족회의Congress of the Family 연설, 1987년 9월.

7 어느 MC 수녀의 증언.

8 마더 테레사의 연설, 일본, 1984년 11월 24일.

9 마더 테레사의 연설, 뉴욕, 날짜 미상.

10 마더 테레사의 하버드대학교 졸업기념식 예행연습 강연, 1982년 6월 9일.

11 마더 테레사가 어느 저널리스트에게 하신 말씀, 1979년 6월.

12 마더 테레사의 후쿠오카 연설, 일본, 1982년 4월 27일.

13 Ibid.

14 Ibid.

15 마더 테레사의 공개서한, 1995년 11월 7일.

16 마더 테레사의 도쿄 연설, 1982년 4월 23일.

17 마더 테레사의 국제여성회의 연설, 로마.

18 마더 테레사, 도쿄 기자회견, 1982년 4월 22일.

19 마더 테레사의 나가사키 연설, 1982년 4월 26일.

20 마더 테레사가 MC 수녀들에게 주신 가르침, 1979년 11월 19일.

21 마더 테레사가 MC 수녀들에게 쓰신 편지, 1965년 9월 9일.

22 마더 테레사가 MC 수녀들에게 주신 가르침, 1965년 11월 4일.

23 마더 테레사와 1950년대부터 함께 일했던 한 의사 협력자의 증언.

24 어느 MC 수녀의 증언.

25 어느 MC 수녀의 증언.

26 어느 MC 수녀의 증언.

27 어느 MC 수녀의 증언.

28 어느 MC 수녀의 증언.

29 Ibid.

30 어느 MC 수녀의 증언.

31 어느 MC 수녀의 증언.

32 어느 MC 수녀의 증언.

33 어느 MC 수녀의 증언.

34 어느 MC 수녀의 증언.

35 어느 MC 수녀의 증언.

36 어느 MC 수녀의 증언.

37 어느 MC 수녀의 증언.

38 어느 MC 수녀의 증언.

39 마더 테레사와 가까운 관계에 있었던 한 자원봉사자의 증언.

40 어느 MC 수녀의 증언.

41 어느 평신도의 증언.

42 어느 여성 평신도의 증언.

43 Ibid.

44 한 경찰관의 증언

45 Ibid.

46 Ibid.

47 캘커타의 한 의사의 증언.

48 어느 MC 수녀의 증언.

옮긴이 오숙은

서울대학교 노어노문학과를 졸업하고, 한국브리태니커회사 편집실에서 일했다. 현재 번역가로 활동하고 있으며 옮긴 책으로 콜럼 토빈의 『브루클린』, 아이웨이웨이의 『아이웨이웨이 블로그』, 대프니 셸드릭의 『아프리칸 러브 스토리』, 도널드 서순의 『유럽 문화사』(공역), 움베르토 에코의 『추의 역사』『궁극의 리스트』『전설의 땅 이야기』, 로버트 그루딘의 『당신의 시간을 위한 철학』, 솔로몬 노섭의 『노예 12년』 등이 있다.

먼저 먹이라

마더 테레사, 무너진 세상을 걸어간 성녀

2016년 8월 25일 초판 1쇄 발행
2022년 6월 3일 초판 3쇄 발행

교회인가 2016년 9월 20일

말과 글 마더 테레사
엮은이 브라이언 콜로제이축 신부
옮긴이 오숙은
감수 사랑의 선교 수녀회
펴낸이 박해진
펴낸곳 도서출판 학고재

주소 서울시 마포구 새창로 7(도화동) SNU 장학빌딩 17층
전화 편집 02-745-1722 마케팅 070-7404-2810
팩스 02-3210-2775
이메일 hakgojae@gmail.com
페이스북 www.facebook.com/hakgojae

ISBN 978-89-5625-341-1 03800

책값은 뒤표지에 있습니다.
잘못된 책은 구입한 곳에서 바꿔드립니다.